Nancy Rue

Bis ich dich wiederfinde

Roman

BRUNNEN
Verlag Giessen · Basel

Die amerikanische Originalausgabe erschien unter dem Titel „Tristan's Gap" von Nancy Rue bei WaterBrook Press, einem Imprint von The Crown Publishing Group, Verlagsgruppe Random House, Inc., 12265 Oracle Boulevard, Suite 200, Colorado Springs, Colorado 80921, USA.

Veröffentlicht in Zusammenarbeit mit der Literarischen Agentur Alive Communications Inc., 7680 Goddard Street, Suite 200, Colorado Springs, CO 80920, www.alivecommunications.com
Internationale Rechte durch: Gospel Literature International, P.O.Box 4060, Ontario, California 91761-1003, USA.

Die Übersetzung erscheint durch Vereinbarung mit WaterBrook Press, einem Imprint von The Crown Publishing Group, Verlagsgruppe Random House, Inc.

Deutsch von Konstanze von der Pahlen

Für Sonia Beck

FSC
www.fsc.org
MIX
Papier aus verantwortungsvollen Quellen
FSC® C014496

www.brunnen-verlag.de
Umschlagfoto: Photocase / Gurkentanz; Shutterstock
Umschlaggestaltung: Sabine Schweda
Satz: DTP Brunnen
Druck: GGP Media GmbH, Pößneck
ISBN 978-3-7655-1236-0

1

Gut erzogener Golden Retriever gegen raufllustigen Zwergdackel. So konnte man den Unterschied zwischen meinen beiden Töchtern beschreiben, und das wurde immer dann am deutlichsten, wenn wir über ihren Vater redeten.

An diesem Augustabend, als ich Charlie zusammen mit Maxie zu ihrem Job fuhr, mochte es sich für einen Außenstehenden so anhören, als ob wir über ihre Haare diskutierten. Aber im Grunde ging es doch wieder um Tom.

„Hast du Dad gefragt, ob ich sie mir abschneiden darf?", fragte Charlie.

„Hab ich", antwortete ich.

„Er hat Nein gesagt, stimmt's?"

„Er hat gesagt, dass er darüber nachdenken will."

„Das heißt Nein", schaltete sich Maxie von der Rückbank ein. „Das war's, Charlie."

Ich warf einen Blick in den Rückspiegel auf die dunklen, wie mit einem Pinsel gemalten Zöpfe meiner Zehnjährigen, die von ihrem Kopf abstanden, während die restlichen Haare auf ihre Schultern fielen. Über *diese* Frisur hatten wir noch nicht einmal angefangen zu diskutieren.

„Ich möchte sie mir aber so gern abschneiden", sagte Charlie. „Ich mache mir doch sowieso immer einen Pferdeschwanz."

Diese leichte Schwermut in ihrer Stimme war für Charlie schon das Äußerste. Näher kam sie einem Streit nie.

Ich hielt an einem Stoppschild und sah sie an. Mit dem Bürstenstiel im Mund nahm sie eine dicke, dunkelbraune Strähne mit der einen Hand nach hinten und klipste, was wir Soltani-Mädels Ponyhalter nennen, mit der anderen Hand ins Haar. Sie machte das auf die Art, wie sie alle Aufgaben erledigte: ordentlich und mit anmutiger Resignation. Ich musste zugeben, dass ich sie das schon seit mindestens zehn ihrer sechzehn Jahre hatte tun sehen.

Sie zog den Pferdeschwanz fest und ließ ihn gegen ihre Wange fallen, als sie sich herüberlehnte, um die Bürste wieder an ihrem exakten Platz in ihrer Handtasche zu verstauen.

„Ich würde deinen Pferdeschwanz vermissen", sagte ich. „Er gehört einfach zu dir." Ich grinste in den Rückspiegel. „Und jetzt, Maxie, müssen wir über deinen sprechen."

Maxie zeigte auf die Kreuzung, an der wir immer noch warteten. „Mama, es ist schon seit einer Ewigkeit frei."

„Ich wusste es", sagte ich.

Sie zog eine Augenbraue hoch – ein Kunststückchen, das sie gerade erst gelernt hatte.

Charlie stützte die Füße auf den Sitz und schlang die Arme um ihre schlanken, langen Beine.

„Er hat gesagt, er würde darüber nachdenken, mein Schatz", sagte ich. „Und das heißt nicht *immer* Nein. Er wollte auch erst mal darüber nachdenken, ob du dir einen Job suchen darfst, und dann hat er Ja gesagt."

„Da ist ja wohl ein Riesenunterschied zwischen an der Strandpromenade arbeiten und sich die Haare schneiden lassen", warf Maxie ein.

Keiner kann die Dinge so gut auf den kleinsten gemeinsamen Nenner bringen wie eine Zehnjährige. Muss etwas mit der Einführung der Brüche in der vierten Klasse zu tun haben.

„Papa befürchtet, dass du es bereuen könntest, wenn du sie dir abschneiden lässt", erklärte ich Charlie. „Fürs Tanzen sind lange Haare doch besser, oder?"

„Genau", sagte Maxie, „da müsst ihr eure Haare doch zu diesem straffen Knoten binden, der dir Schlitzaugen macht." Ich musste mich nicht zu ihr umdrehen, um zu wissen, dass sie es demonstrierte.

Die Pizzerias und Sandwichläden an der Straße, die zur Strandpromenade führte, brummten zur Mittagszeit, aber ich hatte Glück und ergatterte einen Parkplatz.

„Wir reden noch mal mit Papa darüber, wenn er heute Abend nach Hause kommt", versprach ich. „Bis dahin haben wir noch eine Menge Zeit. Jetzt arbeitest du erst mal, um Sandra zu vertreten." Ich streichelte ihre Wange. „Vielleicht lässt er sich ja mit einem Eis erweichen."

„Chocolate Chip Cookie Dough", rief Maxie. „Tante Pete will bestimmt Pistazie, aber das ist total eklig."

Ich wartete darauf, dass Charlie „Butterpekannuss" erwiderte oder wenigstens Maxie ihre gerümpfte Nase entgegenstreckte. Aber sie starrte nur durch die Windschutzscheibe, als ob sie alle Details von unserem Ort Bethany Beach in sich aufnehmen würde: sonnenverbrannte Gesichter und das Strandspielzeug in den Schaufenstern. In ihre dunklen, schokoladenbraunen Augen traten Tränen.

Ich spürte, wie ich weich wurde. „Ich wusste nicht, dass das so wichtig ist für dich, Schatz", sagte ich. „Okay, ich werde auf jeden Fall mit Papa sprechen."

„Schon okay", sagte Charlie. „Vergessen wir es einfach."

„Sicher?"

Sie nickte und nahm ihre Tasche.

„Papa holt dich um neun hier ab", sagte ich. „Vielleicht kaufen Maxie und ich nach meinem Meeting trotzdem Eis – für den Fall, dass du deine Meinung änderst."

Mit den Fingern am Türgriff hielt Charlie inne und sagte: „Glaub ich nicht."

Sie stieg aus und ich lehnte mich über den Sitz, bevor sie die Tür schließen konnte. „Ich liebe dich, mein Schatz."

Ich beobachtete, wie sie sich ihren Weg durch die Menschenmenge bahnte, die grüne Tasche mit dem blauen T baumelte von ihrer Schulter. Ihre Anmut löschte das Bild eines schlaksigen Teenies aus, den ich noch gestern in ihr gesehen hatte. Es war einer dieser Augenblicke, in denen mir bewusst wurde, dass von meinem kleinen Mädchen nichts mehr da war – abgesehen von dem Bild, das ich von Charlie hatte. Ich ließ diesen Moment der Traurigkeit vorbeiziehen.

Maxie kletterte über den Sitz nach vorn und ließ sich auf Charlies Platz plumpsen. In hellen grünen Buchstaben knallte „Verkleideter Engel“ über die Brust ihres ärmellosen pinken Kapuzenshirts. Ein BH war bei meiner Zehnjährigen nicht so bald angesagt. Sie war noch das unbefangene kleine Mädchen.

Aber es gab Augenblicke, so wie jetzt, in denen sie durch und durch Tom war und die Situation wie ein kleiner Computer durchschaute. In Höchstgeschwindigkeit natürlich. Ihre feinen, dunklen Augenbrauen legten sich über den kräftigen Augenlidern in Falten. Es war unmöglich vorherzusagen, was aus Maxies Mund kommen würde.

„Ich kapier's nicht“, sagte sie.

„Was kapierst du nicht?“

„Warum Dad sich darum schert, wie wir unsere Haare tragen.“ Sie gab das typische kräftige Grunzen von sich. „Warum sollten wir Schönheitstipps von ihm annehmen, wo er selbst kaum was auf dem Kopf hat? Seine Haare sind doch total kurz.“

Ich spürte meine Mundwinkel gefährlich zucken. Das war ein untrügliches Zeichen, dass Maxie kurz davor war, mich zu etwas zu überreden, was ich ihr nicht abschlagen konnte.

Ich legte den Gang ein und fuhr aus der Parklücke. „Es geht ja gar nicht um die Haare.“

„Worum dann?“

„Dad möchte nicht, dass Charlie eine Entscheidung trifft, die sie bereuen könnte.“

„Aber es sind doch nur Haare. Die wachsen doch wieder."

„Okay", sagte ich. „Wie wär's dann, wenn wir dir eine Stoppelfrisur verpassen?"

„Echt?"

„Klar." Ich zog an einem ihrer frechen Zöpfe. „Es gäbe auf der ganzen Welt nicht genug Eis, um das bei deinem Dad wiedergutzumachen."

„Männer sind einfach komisch."

Ich konnte das tiefe Lachen nicht mehr zurückhalten, von dem Tom immer sagte, dass es verschlagen klang. Das war keine Absicht. Es kam einfach aus mir heraus wie ein kleines freches Teufelchen. Das Lachen schien Maxie jedoch nie zu überraschen. Es kam mir so vor, als würde sie darauf warten, während sie mit der Zunge über ihre kleinen Lippen fuhr.

„Warum denkst du, dass Männer komisch sind?", fragte ich.

„Weil sie nicht so sind wie wir."

„Hast du das schon bemerkt?"

„Nicht so, dass ihnen Bärte wachsen und uns nicht …"

„Hoffentlich."

„Nei-hein."

„Na gu-hut."

„Nein, es ist eher so …" Ihre Augen blitzten mir entgegen. „Nenn mir ein Thema."

„Ähm, Fernsehen."

„Okay. Jungs wollen immer nur – die Fernbedienung in Beschlag nehmen. Und Mädchen …"

„Ach, okay. Nenn mir ein Zweites."

„Ich hab's. Mädchen wollen immer – die *Gala* lesen."

Maxie zog wie geübt die Augenbraue nach oben.

„Ehrlich", sagte ich. „Jungs informieren sich, indem sie durch die Programme zappen, und Mädchen suchen direkt an der Quelle."

„Was auch immer. Okay, bei einem traurigen Film gehen Jungs

in die Küche, um sich dort ihre Nase mit einem Papier von der Küchenrolle zu putzen."

„Und Mädchen verbrauchen eine ganze Packung Tempos."

„Jungs müssen immer betonen, was in einem Actionfilm alles überhaupt nicht stimmen kann."

„Da hab ich auch was Tolles: Mädchen gucken romantische Filme und wünschen sich, dass das Leben wirklich so wäre."

„*Ich* nicht", sagte Maxie.

Diese Chance konnte ich nicht verstreichen lassen. „Gibt's nicht irgendeinen süßen Fünftklässler, auf den du stehst?", fragte ich.

„Na ja, jetzt, wo du fragst", sagte sie, „ich bin total verknallt in Justin Dalberg. Ich warte nur darauf, dass er mal mit mir weggeht."

Ruckartig brachte ich den Wagen auf dem Parkplatz der Kirche zum Stehen. „Das ist jetzt nicht dein Ernst, oder?"

Ein Glucksen kam aus Maxies Kehle. „Reingelegt, Mama."

„Du bist gemein." Ich zog ihr Gesicht an beiden Zöpfen an meine Brust. Maxie war einer der wenigen Menschen, bei denen meine freche Art auftauchte. *Ihre* freche Art lockte sie hervor.

Mit zusammengekniffenen Augen guckte sie sich auf dem Parkplatz um, während ich einparkte. „Da ist Mrs Godfrieds Auto. Ich hoffe, sie hat nicht das Quanten-Quartett mitgebracht."

„Das *was*?"

„Ihre Kinder. Die sind alle irgendwie wissenschaftlich."

„Weißt du überhaupt, was *Quanten* sind?", fragte ich.

Maxie schüttelte den Kopf und schlenkerte dabei mit ihren Zöpfen. „Irgendwas Nerdmäßiges, das niemand versteht – außer den Kindern, die so schlau sind, dass sie schon komisch werden."

Rebeccas Söhne – Noah, Jesaja, Daniel und Matthias – *waren* die jüngsten Nerds, die ich je gekannt hatte. Gott segne sie; im Gottesdienst trugen sie sogar kleine Krawatten.

„Sie sind einfach ein bisschen … anständig", sagte ich und zügelte meinen Übermut. „Das ist schon okay."

„Sie sind einfach ein bisschen …“

„Also … viel Spaß beim Spielen mit den anderen Kindern.“ Ich hüpfte aus dem hohen Geländewagen und wünschte wie jedes Mal in den vier Monaten, seit denen ich das große Auto fuhr, dass Tom mir entweder ein Trittbrett befestigt oder den kleinen VW-Beetle gekauft hätte, den ich so gerne gehabt hätte. Meine Mutter hatte mich früher immer Pummelchen genannt – sehr passend.

„Da sind nur Jungs. Schon wieder. Justin sitzt nur da und spielt ohne Ende mit seinem Gameboy, und die Quanten …“

„Aber jetzt sind wir schon mal hergekommen“, sagte ich und legte meinen Arm um ihre Schultern, als wir auf die Tür des Gemeindesaals zugingen. „Wann kommt Ashley wieder aus ihren Ferien zurück?“

„Noch ewig nicht. Aber warum erlaubt Dad nicht, dass ich mit Tante Pete zu Hause bleibe? Sie wird schon nicht wieder versuchen, das Haus abzubrennen.“

„Sie hat nicht versucht, das Haus abzubrennen.“

„Hat Dad aber gesagt.“

„Er war an dem Tag nur ein bisschen stinkig.“

Maxie machte sich los und rannte zum Kinderspielplatz. Selbst sie wusste, wann man besser ein Thema beendete.

„Tante Pete hat versucht, das Haus abzubrennen, Isabella?“

Ich drehte mich herum und sah in Lissa Dalbergs gerötetes Gesicht. Sie war offensichtlich amüsiert. Alles an meiner besten Freundin wippte, abgesehen von ihrem zwölfjährigen Sohn Justin mit Gameboy-Image, der anscheinend ebenso wenig begeistert davon war, „mit den Kindern zu spielen“, wie Maxie. Als Lissa ihn vorsichtig Richtung Spielplatz schubste, machte er ein Gesicht, als ob er lieber tot wäre.

„Es hat sich zu dir rumgesprochen, oder?“, fragte ich sie.

Lissa schlang ihren Arm um meinen, die Haut klebrig von der Augusthitze. Trotz des Windes vom Meer waren es schwüle 32 Grad.

„Und? *Hat* Toms Tante versucht, euer Haus abzubrennen?“

„So stellt Tomy es immer dar“, sagte ich. „Sie hat gerade Speck gebraten, als ein kleiner Fettbrand entstand. Es war nicht ihre Schuld. Sie war etwas abgelenkt, weil sie gerade ihre dritten Zähne im Gefrierfach gefunden hatte.“

„Ach, dann ist ja alles klar.“

„Ist das hier die Beratungsstunde für Erziehungsfragen?“

Ich blickte mich um und entdeckte eine Frau, die auf uns zukam. Mit großen Augen starrte ich sie an. Nie vorher hatte ich auf dem Gemeindeparkplatz jemanden wie sie gesehen.

Mit ihren blauen Augen, die im Kontrast zu ihrer ledrigen Haut zu glühen schienen, sah sie mich unverwandt an und warf ihre Haare zurück, die in unmöglichem Blond gefärbt waren. Sie verschränkte die tätowierten Arme vor ihrem schwarzen Top – wobei es wegen der unzähligen Armbänder und goldenen Halsketten fast so aussah, als ob sie einen langärmeligen Rolli trug.

„Also, ist das hier die Gruppe?“, fragte sie. An ihrer rauchigrauen Altstimme hätte ich meine Nägel feilen können.

Lissa gewann als Erste die Fassung zurück. Das war eins der Dinge gewesen, die sie zuallererst in der Pfarrfrauenschule lernen mussten.

„Ja, richtig“, antwortete sie. „Und das hier ist unsere Leiterin, Isabella Soltani.“ Lissa streckte ihr eine manikürte Hand entgegen. „Und Sie sind?“

„Hazel.“ Die Frau drückte Lissas Hand, aber ihre übertrieben blauen Augen waren fest auf mich gerichtet. „Sie sind also Mama Mächtig?“

Ich schluckte schwer.

„Isabella ist eine wunderbare Mutter. Ihre Kinder Charlie und Maxie sind …“

„Sie haben zwei Jungs?“, fragte Hazel.

„Zwei Mädchen.“

„Kleines Geschlechterdurcheinander.“

„Heute ist erst unser zweites Treffen, aber Isabella hat uns schon so viel weitergeholfen …"

„Genau das brauche ich auch – Hilfe", sagte Hazel. Ihre Stimme erinnerte mich zunehmend an Kies in einem Wäschetrockner. „Also, wie läuft das hier? Geben Sie Tipps oder erzählen Sie nur Kram aus der Bibel? Ich warne Sie gleich mal vor: Ich weiß so gut wie nichts darüber."

Sie sah nicht gerade danach aus, als ob sie das ändern wollte. Aber da war etwas Ernsthaftes in diesen blauen Augen. Ich konnte meinen Blick nicht von ihr wenden.

„Also eigentlich ist es mehr eine Gesprächsrunde", antwortete Lissa. Sie öffnete die Eingangstür und winkte Hazel herein. „Wir haben alle die Möglichkeit, über unsere Schwierigkeiten zu reden, und dann bespricht Isabella das, manchmal aus ihrer eigenen Erfahrung heraus. Ihre Kinder sind ein Paradebeispiel für …"

„Gut", sagte Hazel und drängelte sich an uns vorbei. „Das ist genau, was ich brauche. Meine Kinder sind völlig außer Kontrolle. Ich brauche Hilfe, bevor ich sie umbringe."

Rebecca Godfrieds Blick, als Hazel den Raum durchquerte, war unbezahlbar. Wann immer Rebecca auch nur den Hauch von etwas „Unchristlichem" spürte, verzog sie den Mund zu einer Rosine. Mit ihren mehrfach gepiercten Ohren und der Bikerkluft musste Hazel Rebecca vorkommen, als gebe es bei ihr mehr als nur einen Hauch.

Lissa trug zwei Tüten voller Snacks in die Küche. Als Leiterin blieb mir nichts anderes übrig, als zu bleiben. Außerdem hatte ich Rebecca Godfried noch nie sprachlos erlebt. Ich wollte nicht verpassen, was als Nächstes passierte.

Als auch die restlichen Mütter eintrudelten, mussten alle zweimal zu Hazel gucken. Ein paar von ihnen verschwanden in der Küche, offensichtlich, um ein paar Infos über die Neue herauszubekommen. Lissa hatte noch nie so viel Hilfe dabei gehabt, gewöhnliche Supermarktkekse auf Teller zu verteilen.

Christine Michaels, die Werbechefin, deren einziges Kind sechs Monate alt war, schaute verdutzt zwischen mir, Hazel und dem branchenüblichen Notizblock hin und her, auf dem sie Dinge notierte. Plötzlich wurde mir klar, dass ich keine Ahnung hatte, was ich sagen wollte. Mein ganzer Gesprächsplan war dahin, seit Hazel hereingeschneit war.

Ich hätte mir gar keine Sorgen zu machen brauchen. Sobald Lissa die Frauen dank der Erfrischungen zusammengetrommelt hatte, beugte sich Hazel zu mir und sagte: „Wenn jetzt Zeit ist fürs Reden, fange ich an."

„Klar", sagte ich.

Dann warf Hazel ihre langen Haare zurück: „Meine Mutter hat mich auf dem Vordersitz eines Neunachsers zur Welt gebracht. Sie fuhr per Anhalter, und irgendein Lkw-Fahrer hat sie dann mitgenommen. Stellt euch *das* mal vor." Ihre Stimme sank noch tiefer in die Schottergrube. „Ich meine, was für ein Vorbild hatte ich?"

Von da an ging es noch weiter bergab. Ich traute mich nicht, jemanden anzusehen. Das Einzige, was ich tun konnte, war, mir die Hand vor den Mund zu halten, um die Sorte schuldbewusstes Kichern zu unterdrücken, das man bei Beerdigungen bekommt.

Jemanden zu bremsen, war nicht gerade eine meiner Stärken. Die meisten der anderen Vorzeigemuttis guckten schockiert drein, aber ich traute mich nicht, Hazel zu unterbrechen; selbst dann nicht, als sie erzählte, dass ihre Mutter sie nach dem Tattoo auf dem Arm des Lkw-Fahrers benannt hatte (Hazel, englisch – „Haselnussstrauch"; d. Übers.). Danach führte sie uns durch die Liste von Autos, Wohnmobilen und Wohnwagen, in denen sie aufgewachsen war. Der ganze Bericht wurde nur unterbrochen von einer Brille, die sie aus ihrer Tasche nahm, aber nie aufsetzte. Sie gab gerade ihre Jugendzeit wieder, als ich erst bemerkte, dass die Brillenbügel exakte Nachbildungen von Barbiepuppen-Beinen waren. Irgendwie beneidete ich sie um ihren Stil.

„Ich habe nie in etwas ohne Räder gelebt, bis ich meinen ersten Mann heiratete", erzählte Hazel. „Wir haben dieses Öko-Ding durchgezogen und in einer Blockhütte gewohnt. Wir haben aufgehört, uns zu rasieren. Beide. Wir wollten ‚eins werden mit der Erde'." Sie gestikulierte mit Barbies hochhackigem Fuß. „Ich hätte bei den Rädern bleiben sollen."

Lissa warf eine Reihe von „Tu endlich was"-Blicken in meine Richtung. Aber ich sah nur mit wachsender Faszination zu, wie Hazel meine Gruppe mit einer Lebensgeschichte gefangen nahm, die mit jedem Wort haarsträubender wurde.

„Meine Älteste bekam ich in dieser Müllhalde", sagte Hazel. „Zwanzig Stunden Wehen. Schon da begann ich, dieses Kind zu hassen …"

Rebecca seufzte laut.

„Und diese Hebamme. Als sie mir zum zehnten Mal sagte, dass dies die beste Zeit meines Lebens sei, befahl ich ihr …"

„Nun!", sagte ich. „Ich denke, viele von uns können so einen schwierigen Start mit Kindern nachempfinden, oder?" Ich nickte so eifrig wie ein Wackeldackel auf der Hutablage eines Autos. Niemand nickte zurück. Ganz offensichtlich konnte das *keiner* nachempfinden.

Christine balancierte ihren Stift über dem Notizblock, eine erlesene Augenbraue nach oben gezogen wie eingefroren, mit der sie ausdrückte: *Das* hätte ich nicht erwartet.

„Ich hätte nie gedacht, dass ein Sieben-Pfund-Baby so viele Windeln füllen kann", fuhr Hazel fort. „Das dritte Mal, als ich eine Ladung dieser ekelhaften Dinger runter zum Fluss brachte, um sie an einem Felsen auszuklopfen, wusste ich, dass ich abhauen musste."

„Sie haben das Baby alleingelassen?", fragte Rebecca entgeistert.

Hazel lachte mit einem lang gedehnten Japsen, in das ich am liebsten kichernd eingestimmt hätte. „Ich bin kein *totaler* Loser", sagte sie. „Ich habe den Naturburschen verlassen und das Kind mitgenommen, aber ich wusste nichts mit ihm anzufangen. Und ich weiß es immer noch nicht und habe inzwischen zwei weitere Kinder."

Sie war erst bis zu ihrem ersten Baby gekommen, was bedeutete, dass wir wahrscheinlich noch nicht mal die Hälfte ihrer Lebensgeschichte gehört hatten. Sie sah aus wie mindestens vierzig. Wenn man den Sonnenschaden auf ihrer Haut bedachte, vielleicht fünfunddreißig. Das bedeutete, dass sie vier Jahre jünger war als ich und irgendwie schon viermal länger gelebt hatte. Ich musste zugeben, dass ich seltsam fasziniert war.

„Also, Mama Mächtig", sagte sie zu mir, „können Sie mich wieder herrichten?"

„Äh", sagte ich, „ich weiß nicht, ob *herrichten* das richtige Wort ist."

„Gibt es Hoffnung für mich und meine Kinder? Das möchte ich bloß wissen."

„Na ja", sagte ich etwas zu heiter, „Sie sind ja hier, nicht wahr?"

„Beim Herrn gibt es immer Hoffnung", sagte Rebecca.

Hazel setzte die Barbie-Brille auf und richtete ihre Augen auf Rebecca. Ein Kranz von nach außen strebenden Linien strahlte von ihnen aus, etwa so wie Kinder eine Sonne mit Kreide malen. „Kann der Herr meine Kinder dazu bringen, das zu tun, was ich ihnen sage?"

„Er kann *Ihnen* helfen, sie dazu zu bringen", antwortete Rebecca. Sie setzte sich aufrecht hin. Eine Minipredigt stand unmittelbar bevor.

„Das stimmt", schaltete ich mich schnell ein. „Gott führt uns."

Seit sechs Jahren hatte ich mit Rebecca Gemeindegruppen besucht. Es war immer eine gute Idee, ihr das Gefühl zu geben, dass sie recht hatte, damit sie den gekräuselten Lippen nicht noch ihre schneidenden Seitenblicke hinzufügte. Wenn eine Familie in Not war, war sie immer die Erste, die mit einem Auflauf auf der Matte stand, und sie kannte sich besser in der Bibel aus als irgendjemand aus der Gemeinde, ausgenommen Pastor Gary Dalberg, Lissas Mann.

Hazel nahm die Brille ab und lehnte sich zu mir herüber, wobei die Reifen an ihrem Arm auf- und abklimperten. „Okay … also … ich möchte eine richtig gute Mutter sein – egal, was es kostet –, bevor meine Kinder zu Ladendieben oder Oben-ohne-Tänzerinnen werden."

„Das möchte ich auch." Christine klickte mit ihrem Kuli. „Gibt's nicht ein paar Stichpunkte, die du uns nennen kannst?"

„Na ja", sagte ich, „also, in dieser Gruppe zeige ich euch ja im Wesentlichen, was unser Vater über Elternschaft sagt – in seinem Wort."

Ich wusste, selbst Maxie hätte sich schlüssiger ausdrücken können als ich gerade, aber Christine schrieb alles mit. Hazel sah mich an, als würde ich versuchen, ihr ein Teilzeitwohnrecht zu verkaufen.

Lissa gab mir einen Rippenstoß und tippte auf ihre Uhr. Hazel hatte mehr als eineinhalb Stunden verbraucht.

„Die Zeit ist leider schon um", sagte ich. „Vielleicht können wir am nächsten Donnerstag mit unserer Frage weitermachen, wie Gott als Vater ist." Ich rieb meine schweißnassen Handflächen aneinander. „Wir machen mit Lukas weiter."

„Wir hätten die Kapitel fünf bis zehn heute durchsprechen sollen", sagte Rebecca. Sie warf Hazel einen kurzen Blick zu. „Aber das schaffen wir nie."

„Genau. Und deshalb machen wir nächste Woche damit weiter, okay?", erwiderte ich. Und dann ergänzte ich das obligatorische „Außer du möchtest ein paar bestimmte Verse an uns weitergeben, Rebecca."

„Das wäre nicht schlecht", sagte sie. „Wir übergehen total das Alte Testament, und darin finden sich Dinge, die ich bei meinen Jungs …"

Ich bremste sie. „Dafür nehmen wir uns dann Zeit."

Als alle nach ihren Taschen griffen, umarmte Lissa mich flüchtig. „*Ich* wäre gern so liebevoll wie du", flüsterte sie mir zu. „Hast du super gemacht."

Das Zwitschern des Handys in meiner Handtasche unterbrach

mich in meinen Gedanken, ob Lissa Hazel oder Rebecca damit gemeint hatte. Auf dem Display stand Toms Handynummer, also lief ich in Richtung der Faltwand, die den Raum in zwei Hälften teilte.

„Danke, Liebling“, sagte ich, die Hand um den Hörer geschlossen.

„Wofür?“

„Dass du mich aus der schrecklichsten Situation dieses Planeten gerettet hast.“

Ich konnte fast hören, wie er sein typisch breites Grinsen grinste. „Du schuldest mir also was, und ich bin bereit, etwas anzunehmen.“

„Welche Sorte möchtest du – Chocolate Chip oder Baked Alaska?“

„Cherry Garcia, *und* du musst Charlie abholen.“ Seine Stimme straffte sich. Es war nicht das erste Mal in diesem Sommer, dass er mich daran erinnerte: Ich hatte ihn dazu überredet, dass Charlie einen Job an der Strandpromenade annehmen durfte, und er fand immer noch nicht, dass das eine gute Idee war. Typisch Tomy. „Ich möchte nicht, dass sie alleine nach Hause läuft.“

„Liebling, sie weiß doch, dass sie auf einen von uns warten soll.“

„Tante Pete sagt, Maxie ist bei dir.“

„Du hast also zu Hause angerufen.“

„Ich will einfach hören, was meine Mädchen machen. Wann kannst du Charlie abholen?“

„Ich bin schon fast unterwegs“, sagte ich. „Unser Treffen löst sich gerade auf.“

„Wie war's?“

Ich fühlte dieses unbezähmbare Gurgeln in meiner Kehle. „Interessant“, antwortete ich. „Zu schade, dass das alles vertraulich ist, sonst würde ich dich bitten, es mir zu erklären.“

„Ich krieg das schon noch aus dir raus. Okay, Charlie hat in zehn Minuten Feierabend …“

„Bin schon weg“, sagte ich und klappte das Handy mit dem Kinn zusammen.

„Anweisungen vom Göttergatten?“

Ich drehte mich zu Hazel herum, die inzwischen als Einzige noch da war. Sie machte keine Anstalten zu verbergen, dass sie ungeniert gelauscht hatte. „Das ist einer der fünfhundert Gründe, warum ich nicht mehr verheiratet bin“, sagte sie. „Drei Ehemänner haben mir gereicht, um herauszufinden, dass es keinen einzigen Mann auf dieser Welt gibt, der nicht über dein Leben bestimmen will.“

„Tom will einfach nur ein bisschen Beschützer sein“, antwortete ich.

„Muss ich das dann auch sein, damit meine Kinder so perfekt werden wie Daniel und Matthias, oder wie die auch immer heißen?“

Endlich konnte ich das Lachen herauslassen, das ich die ganze Zeit unterdrückt hatte.

Ein leises Lächeln löste die Klammer um Hazels harten Mund und offenbarte einen nikotinverfärbten Zaun überkronter Zähne.

„Hätte ich nicht gedacht, dass so etwas aus Ihnen rauskommen könnte“, sagte sie. „Sie sitzen da wie eine jungfräuliche Petunie, und dann kommt dieses tiefe … Lachen heraus. Es klingt, als müsste es von einer Filmdiva aus den Vierzigerjahren stammen. Marlene Dietrich oder so jemand.“

„Ich weiß, es klingt etwas teuflisch, was nicht gerade toll ist …“

„Ist das der Grund, warum Sie sich immer die Hand vor den Mund halten? Damit niemand weiß, was Sie wirklich denken?“

Ich war wirklich nicht gerade scharf darauf, dass Hazel die schelmische Isabella in mir entdeckte. Noch mit Toms Stimme im Ohr und Hazel an den Fersen lief ich zum Ausgang.

„Vielleicht sind Sie ja gar nicht so perfekt“, beharrte sie. „Das ist gut zu wissen. Ich versuche nämlich herauszufinden, ob das hier das Richtige für mich ist.“ Reumütig warf sie einen Blick auf das Schild über der Tür, zu dem ich mich gedreht hatte und auf dem zu lesen war: „Gott ist gut zu jeder Zeit. Zu jeder Zeit ist Gott gut.“ „Ich glaube, ich passe in diese Kirchenszene nicht so richtig rein.“

Bevor sie aus dem Lichtschein der Eingangsbeleuchtung heraustrat, konnte ich sehen, wie sie ihre Lippen schürzte und die Augen zu schmalen Strichen zusammenkniff. Mein Lachen hätte selbst Marlene Dietrich beschämt.

„Ich glaube, Sie und ich könnten am Ende doch miteinander klarkommen", meinte sie.

Ich versuchte, mich langsam in Richtung Parkplatz zu bewegen, wo Maxie neben dem Geländewagen stand und ein paar Stepp-Jazz-Hip-Hop-Schrittfolgen übte. Aber Hazel hielt mich zurück und winkte mit ihrer Barbie-Brille.

„Als ich Sie zum ersten Mal in dieser süßen Verpackung gesehen habe, dachte ich: ‚Oh-oh. Supermami.' Sie haben so einen niedlichen Haarschnitt. Ich wette, Sie haben noch Ihre natürliche braune Haarfarbe ... Ich hasse Frauen wie Sie. Ein kleiner süßer Körper in Designerklamotten ..."

„Kleiner süßer Körper?", fragte ich. „Meine Mutter hat immer gesagt, ich sei gebaut wie ein Hydrant."

Hazel schmatzte mit ihren vollen Lippen. „Finden Sie sich damit ab. Wie auch immer, ich sehe das ja alles, plus das Kirchenlächeln, und ich denke: ‚Was kann mir diese Schickimickitante beibringen? Die entschuldigt sich wahrscheinlich sogar noch, wenn sie in einem leeren Raum rülpst.'" Prüfend blickte sie mich an. „Sie rülpsen doch manchmal, oder?"

„Klar", sagte ich, obwohl ich hoffte, sie würde mich nicht um einen Beweis bitten. Unter Druck kann ich das nicht so gut.

Mit einer Barbie-Wade schob Hazel ein paar gebleichte Strähnen von ihrer Wange. „Aber ich habe Sie beobachtet, während ich erzählt habe: Sie haben mich nicht verurteilt. Ich spüre so was sofort." Sie verzog das Gesicht. „Aber ein paar andere haben das gemacht."

Ich versuchte erst gar nicht, das zu leugnen.

„Wie auch immer, Sabrina – Susannah ... Wie war Ihr Name noch mal?"

„Isabella", half ich ihr.

„Genau. Also, die Bibel ist echt nicht mein Ding, aber ich will *Sie* studieren. Ich werde Ihnen hinterherdackeln, bis ich kapiere, wie Sie dieses Supermami-Ding machen."

Ich schielte auf meine Uhr. Es war später, als ich gedacht hatte, und Charlie war gerade fertig mit der Arbeit. Ich eilte zu Maxie und Hazel folgte mir. Sie hatte keinen Scherz damit gemacht, dass sie mir wie ein Hund hinterherlaufen wollte.

Ich drückte auf den automatischen Türöffner des Wagens und rief: „Steig ein, Maxie! Wir müssen Charlie abholen."

„Oh, klar. Drei Häuserblocks ist *viel* zu weit, als dass sie den Weg allein gehen könnte."

„Ich muss jetzt wirklich los", erwiderte ich Hazel.

Ich erwartete fast, dass sie in ihr Auto hüpfen und mich den ganzen Weg bis zur Strandpromenade verfolgen würde. Aber sie wedelte nur ein letztes Mal mit der Barbie-Brille und sagte: „Sie sind wirklich eine gute Mutter. Das können Sie mir glauben."

„Wer war *das* denn?", fragte Maxie, als wir beide im Auto saßen.

„Das war eine Frau, die etwas Hilfe für die Erziehung ihrer Kinder braucht", antwortete ich.

„Die sah vielleicht gruselig aus." Maxie streichelte meinen Arm. „Wahrscheinlich kann nicht jede so eine Supermama sein wie du, was?"

Ich lachte. Aber ich kam nicht umhin zu denken, dass ich – neben Hazel – vielleicht wirklich Supermama war.

2

Es war kurz nach neun am Abend, und die Menschenmengen am Bethany Beach hatten sich gelichtet. Es war immer noch voller als damals, vor zwanzig Jahren, selbst in Spitzenzeiten, als Tom angefangen hatte, mit mir hierher zu gehen. Selbst als wir vor sechs Jahren in das Haus am Strand gezogen waren, gab es dort nicht so ein Gedränge wie jetzt, wo unzählige Familien die Bohlen und den Sand platt drückten.

Zwei Häuserblocks von der Strandpromenade entfernt, wo ich parken musste, verhedderten Maxie und ich uns in den Menschenbüscheln, die so dicht waren wie Strandhafer. Die meisten von ihnen waren ausgelaugte Eltern, die schlafende Kinder auf den Schultern trugen, oder Großeltern, die den Hals reckten und riefen: „Weißt du noch, wo wir geparkt haben?" „Wo ist Mikey? Hat einer von euch Mikey?" Ich lächelte sie dafür an, dass sie wie Esel bepackt Windeln voller Sand und Kühlboxen trugen, was dazugehörte, wenn man mit Kindern an den Strand ging. *Eure Kinder werden euch das niemals vergessen*, hätte ich ihnen am liebsten zugerufen, als ich an ihnen vorbeilief. *Auch wenn ihr kaum abwarten könnt, dass es vorbei ist.*

Wir wohnten acht Kilometer nördlich von Ocean City in Maryland. Unser Teil der Delaware-Küste machte noch Werbung für Bethany Beach und Fenwick Island bis zu uns in den Süden als „Orte der Ruhe". Tom grummelte jedes Mal, wenn er davon hörte. Seine Vorstellung eines ruhiges Strandes rührte von den sechzehn Jugendjahren in unserm jetzigen Haus am Bethany-Strand, bevor seine Mutter starb. Danach zogen er und sein Vater nach Washington und das Leben, wie Tom es gekannt hatte, zerfiel. Jetzt glichen seine frühen Erinnerungen an den Strand alten gemalten Bildern einer verschlafenen Küste, wo Sandburgen für immer stehen blieben. Mein guter Tom.

Ein paar verwitterte Zedernhäuschen aus diesen einfacheren Tagen standen noch, und die Strandpromenade konnte auf diese Weise etwas von ihrem 1930er-Zuckerwatte-Charme bewahren. Aber die Flut neonfarbener Schirme in beiden Richtungen, so weit Toms Auge reichte, kam ihm wie ein Picasso-Gemälde vor und er mochte abstrakte Kunst nicht.

Trotz der Horden von Sommertouristen war der Ort Bethany Beach noch immer vorwiegend eine Gemeinde der Einheimischen. Der Garfield-Parkway, den wir gerade entlangfuhren, war die Hauptstraße der Surfshops und Souvenirläden. Aber Richtung Norden und Süden und zwischen dem Ozean und der Küstenautobahn bestand der Ort aus nicht viel mehr als kleinen privaten Wohnhäusern am Strand in allen erdenklichen Formen, Größen und einem fröhlich zusammengewürfelten Designmischmasch aus verschiedenen Jahrzehnten. Genau jetzt standen die Kreppmyrten, die die breiten Grünstreifen in der Mitte jeder Straße säumten, in herrlichster fuchsienfarbener Blüte, und versteckte Hinterhofgärten standen voller Tomaten, die von der Sonne bereits aufgeplatzt waren, und Mais, der so süß war, dass ich ihn gewöhnlich ohne Butter aß.

Als ich mit Maxie am Arm die Stufen zur Strandpromenade nach oben ging, stellte ich mir Charlie vor, die sich in ihrem Bistro nach Feierabend mit der Schürze den Schweiß aus dem Nacken wischte, bevor sie sie in den Wäschebehälter fallen ließ. Trotzdem wusste ich, dass sie nicht mit den Augen rollen oder „Hallo, ich hab vielleicht *gewartet*" oder sonst etwas sagen würde, wie Maxie es getan hätte.

Ihr Bistro war das erste am nördlichen Ende der Strandpromenade und dort die beste Adresse, aber es würde genauso gut laufen, wenn es irgendwo im zweiten Stock unterm Dach versteckt wäre. Diese Promenade war dank wundervoller Fettdüfte ein Fest für die Nase – Schmalzkuchen, senfbestrichene Wiener im Schlafrock, frittierte Muschelsandwiches –, aber für mich waren es vor allem die Pommes. Wunderbar verknäult bekam man sie in großen Schalen –

eine kleine fasste ein halbes Pfund –, gestiftelt und ungepellt. Ich redete mir ein, dass sie das gesünder machte. Bestäubt mit einer meisterhaft kleinen Menge an Salz verrieten sie kaum, dass sie heißes Öl geküsst hatten. Ketchup auch nur in ihre Nähe zu bringen, wäre einer Entweihung gleichgekommen. Immer wenn mir der Duft in die Nase stieg, lief mir das Wasser im Mund zusammen. Das war auch der Grund, warum ich in den drei Monaten, in denen Charlie hier arbeitete, fünf Pfund zugenommen hatte.

„Kaufen wir welche?“, fragte Maxie.

„Wir gehen nachher noch Eis essen“, erwiderte ich. Es kostete mich extreme Willenskraft.

Als wir auf das Bistro zuliefen, war Yuri der Einzige an der Straßenausgabe, die Ärmel seines blauen Bistro-T-Shirts bis zu den Schultern hochgekrempelt. Er war Russe. Alle jungen Leute, die in diesem Sommer dort arbeiteten, waren internationale Studenten, bis auf Charlie. Das Schild neben einem Kaffeebecher mit Amerikaflagge lautete:

„Das Trinkgeld ist zum Reisen.“

Ich gab Maxie eine Handvoll Kleingeld und sie warf es hinein.

„Das bringt dich ein paar Kilometer näher nach irgendwo“, sagte ich zu Yuri.

Er lehnte sich über die Theke. Seine blauen Augen tanzten russische Volkstänze. „Sind Sie für unser Date gekommen?“, fragte er.

„Hall-o-o!“, sagte Maxie.

Ich lachte. „Ich habe dir doch schon gesagt, Yuri, dass ich vergeben bin.“

„Was für ein Drama.“ Er griff nach einer Schale. „Die Pommes wie immer?“

Ich schüttelte den Kopf und blickte an ihm vorbei Richtung Küche. „Ist Charlie schon fertig?“

Yuris Augenbrauen verzogen sich zu einem sanften V. „Charlie?“, fragte er. „Sie ist heute gar nicht zur Arbeit gekommen.“

„Ja. Schon klar“, sagte ich.

„Nein, im Ernst. Wir haben uns auch gewundert.“

Inga, das schwedische Mädchen, kam von hinten heran, ihr Bistro-Shirt zwei Nummern zu klein und den Bund ihrer Shorts so weit wie technisch irgend möglich heruntergerollt. Auf ihrem gebräunten Bauch waren zwei winzig kleine Brandmale zu sehen.

„Sie ist überhaupt nicht hier aufgetaucht, Mrs Soltani“, sagte sie. Ihr Englisch war, genau wie ihre Haut und ihre Wangenknochen, makellos. „Wir dachten, es ist ihr vielleicht irgendwas Dringendes dazwischengekommen oder so.“

„Aber ich habe sie hier abgesetzt“, sagte ich. „Sie haben sie gar nicht gesehen?“

Beide schüttelten den Kopf.

„Check ich nicht“, sagte Maxie.

Meine Gedanken prallten aneinander wie Kugeln in einem Flipper.

Charlie wäre nicht einfach gegangen, ohne jemandem Bescheid zu geben. Charlie machte nie irgendetwas, ohne jemandem Bescheid zu geben. Sie musste nach Hause gegangen sein. Aber sie würde nicht zu Fuß nach Hause gehen. Tante Pete hatte Tom auch nichts davon gesagt, dass sie zu Hause war. Sie war nicht zu Hause. Ende des Spiels.

Ich umklammerte die Theke und starrte dumm auf meine Hände.

„Alles in Ordnung bei Ihnen?“, fragte Yuri.

Inga streichelte meinen Arm. „Sie ist sicher mit ein paar Freunden weggegangen. Ich kenne …“

„Sie kennen Charlie nicht“, erwiderte ich. Wenn Charlie nicht eine neue Persönlichkeit angenommen hatte, lief hier gerade etwas gewaltig schief.

3

„Mama?“

Ich blickte zu Maxie hinunter, die mich eindringlich ansah. „Wo ist Charlie?“, fragte sie. „Und warum ist sie nicht hier?“

Ich zwang mich zu lächeln. „Einer von uns beiden muss da etwas durcheinandergebracht haben. Weißt du was, Yuri? Gib uns jetzt doch eine kleine Portion. Kann Maxie hier bleiben und sie essen?“

Ich lief zum Geländer der Strandpromenade und angelte mein Handy aus der Tasche. Meine Finger hatten die Geschicklichkeit von Kinderhänden in Fäustlingen, als ich daran herumfummelte, um Tom anzurufen.

„Lass mich raten“, sagte Tom nach dem dritten Klingeln. „Sie haben kein Cherry Garcia mehr.“

„Charlie ist nicht hier.“ Ich erkannte meine brüchige Stimme selbst kaum.

„Sie ist nicht wo?“, fragte Tom.

„Im Bistro.“

Tom seufzte. Er konnte so märtyrerhaft seufzen, wie es selbst meine Mutter nie hinbekommen hatte. „Wie oft habe ich ihr gesagt, dass sie dort nicht ohne einen von uns weggehen soll“, sagte er. „Deutlicher kann man sich doch nicht ausdrücken, oder?“

„Liebling, sie ist gar nicht hier aufgetaucht. Keiner hat sie gesehen …“

„Moment, Moment.“ Seine Stimme wurde ärgerlich. „Was hat das zu bedeuten?“

„Ich hab sie hier abgesetzt, aber sie ist gar nicht zum …“

„Okay. Also, erstens: Das mit dem Jobben ist jetzt endgültig vorbei. Für den ganzen Sommer.“ Er seufzte erneut. „Also gut. Ich fahre gerade an Ocean View vorbei. Wir treffen uns zu Hause. Wir setzen uns mit ihr zusammen und überlassen es ihr …“

„Tomy!“ Ich sah, wie Maxie in meine Richtung schaute. „Sie ist nicht zu Hause“, flüsterte ich. „Ich weiß nicht, wo sie ist. *Niemand* weiß, wo sie ist.“

Innerhalb einer Sekunde tat Tom, was er immer tat. Er fegte die Scherben von mir zusammen und begann sie Stück für Stück wieder zusammenzusetzen.

„Wo bist du jetzt?“, fragte er.

„Wir sind noch an der Strandpromenade. Ich bin nicht weggegangen für den Fall …“

„Eins nach dem anderen. Wo an der Promenade?“

„Am Bistro. Nein, am Promenadengeländer, genau gegenüber.“

„Okay, bleib, wo du bist. Ich bin in zehn Minuten bei dir.“

„Meinst du nicht, wir sollten die Polizei anrufen?“

„Nein, mein Schatz. Wenn sie auftaucht, bevor ich da bin, ruf mich an.“

Ich nickte, als ob er mich sehen könnte.

„Ich übertreibe, oder?“

„Ja“, antwortete er. „Aber mach dir keine Sorgen. Steht in deinem Vertrag.“ Ich stellte mir vor, wie er mich sanft ansah und vorsichtig sein breit gezogenes Grinsen grinste. „Alles okay?“

„Ich bin nur ein bisschen aufgewühlt“, sagte ich.

„Verständlich. Aber konzentrier dich einfach darauf, sie nicht gleich umzubringen, wenn sie auftaucht.“

„Beeil dich“, erwiderte ich.

Ich klappte das Handy an meiner Brust zusammen und drückte es an mich, als ob mein hämmerndes Herz ein Zeichen zu meiner Tochter senden könnte, mich anzurufen und mir zu sagen, dass sie irgendwo zwischen Auto und Strandpromenade haltgemacht und die Zeit vergessen hatte.

Aber das war es nicht, was ich mir in diesem Augenblick vorstellen konnte. Ich neigte eher dazu, mir auszumalen, wie sie gefesselt und geknebelt im Kofferraum irgendeines Psychopathen lag. Es war viel einfacher, diese unerwünschten Fantasien heraufzubeschwören, als den Gedanken aufrecht zu halten, dass meine Charlie irgendetwas aus dem Auge verloren hatte. Ich wusste so genau, wie ich jedes Pünktchen in den Augen meiner Tochter kannte und jede Nuance ihres Gesichts, dass sie nicht einfach weggelaufen war und vergessen hatte, zur Arbeit zu gehen.

Diese Erkenntnis machte es mir unmöglich, weiter hier zu stehen und mich an das Geländer der Strandpromenade zu klammern, als ob es wegfliegen und meinen Verstand mit forttragen könnte. Aber ich konnte auch nicht Maxie gegenübertreten. Während ich sie mit Inga und Yuri plaudern sah, die Backen mit Pommes gefüllt, öffnete ich mein Handy und rief die Nummer von Jessica Johnstone an, Charlies bester Freundin.

„Hallo?", zwitscherte eine Stimme in mein Ohr.

„Jessica?", fragte ich. „Hier ist Mrs Soltani. Süße, hast du vielleicht …"

„Hi, Mrs Sol*tani*! Wie geht es *Ihnen*?"

Jessica schwang ihre Stimme am Satzende immer nach oben, ungefähr so, wie sie auch ihre Haare stylte. Sie war so sprudelig wie Mineralwasser. Ich spürte, wie ich wieder in Stücke zerbrach.

„Also, was *gibt's*?", fragte Jessica.

„Charlie", antwortete ich.

„Jaa*aa*?"

„Ich meine, hast du heute Abend mit ihr gesprochen?"

„Nei-hein!", sagte Jessica. „Sie wollte mich anrufen, wenn sie mit der Arbeit fertig ist, aber das hat sie nicht gemacht!" Das Mädchen schnaufte. „Sie hat doch keinen Hausarrest und darf nicht telefonieren, oder? Nein, das würde nicht zu ihr passen. Eher zu mir, aber nicht im Moment, denn mein Dad ist nicht in der Stadt und meine Mama schert sich nicht darum, wie lange ich telefoniere. Sie ist cool. So wie *Sie*!"

Ich hatte schon genug Monologen von Jessica zugehört, um zu

wissen, dass sie nicht etwa stoppte, nur weil ihr der Atem ausgegangen war. Ich musste ihr ins Wort fallen, bevor sie neuen Anlauf nehmen konnte und ich vollständig zusammenbrach.

„Nein, sie hat keinen Hausarrest", sagte ich.

„O-kay …"

„Ich bin auf der Suche nach ihr", sagte ich.

„Alles in Ordnung bei Ihnen? Sie klingen so komisch." Sie schnaufte erneut. „Nicht negativ gemeint. Sie hören sich nur einfach nicht an wie Sie …"

„Wird schon alles gut werden", sagte ich. Als ich auflegte, wusste ich nicht, wen ich damit beruhigen wollte.

Ich hatte mindestens fünf andere Nummern von Mädchen in meinem Handy, mit denen Charlie Zeit verbrachte. Ihre Mütter und ich waren ein Netzwerk von „Klar, sie können bei uns lernen" und „Klar, ich hole sie vom Tanzen/Französisch-Klub/Wochenende der Schülervertretung ab". Wir zeichneten die Bewegungen unserer Teenagertöchter auf wie die Verkehrsüberwachung. Aber es ergab keinen Sinn, eine von ihnen anzurufen. Wenn Charlie bei ihnen gewesen wäre, hätte Jessica, die Veranstaltungskoordinatorin, davon gewusst.

Ich starrte hinüber zum Bistro, wo Yuri die Theke zum Takt eines Led-Zeppelin-Songs schrubbte und Inga unmissbaft an der Kasse zu sehen war. Charlie und ihr Pferdeschwanz waren ganz offensichtlich nicht zu sehen. Aber es fehlte ein weiterer Kopf, was ich davor gar nicht bemerkt hatte.

Den Nachzüglern ausweichend, die sich zu den Stufen schlängelten, lief ich zurück zur Straßentheke. Yuris samtene Augenbrauen schossen nach oben, als er mich sah.

„Haben Sie Charlie gefunden?"

„Noch nicht." Mein Lächeln war wie in Gips gegossen. „Ist Aylana noch hier?"

Aylana Kalidimos war eine junge griechische Collegestudentin, die üblicherweise mit Charlie in einer Schicht arbeitete. Charlie brachte immer eine neue Aylana-Geschichte mit nach Hause. An einem Abend erzählte sie, dass Aylana sich während der Pause ein Nabelpiercing hatte stechen lassen. Tom hatte Charlie ermahnt, nicht auch auf die Idee zu kommen, einen ihrer Körperteile durchbohren zu lassen. An einem anderen Abend berichtete sie, dass Aylana alle hinter der Theke dazu gebracht hatte, synchron zu einem Creedence-Clearwater-Revival-Song zu tanzen. Mir hatte die Vorstellung gefallen, wie Charlie zu „Down on the Corner" herumhüpfte. Ich liebte es, ihr beim Tanzen zuzusehen …

„Aylana hat sich heute krankgemeldet", sagte Inga. Ihre Wangenknochen strafften sich, als ob sie die Glaubwürdigkeit der Krankmeldung anzweifelte, aber ich stürzte mich darauf wie auf eine Rettungsleine.

„Habt ihr ihre Privatnummer?", fragte ich. Das Handy hatte ich schon aufgeklappt.

Etwas verlegen dreinschauend griff Yuri in die Tasche seines T-Shirts und zog ein paar gefaltete Zettel heraus. Einen auseinandergefalteten hielt er zwischen seinem Zeige- und Mittelfinger.

Bevor der Zettel ganz auf der Theke lag, hatte ich die Zahlen schon in mein Handy gehämmert.

„Wenn meine Schwester mit Aylana losgezogen ist", erklärte Maxie ihnen, „dann kriegt sie *richtig* Ärger."

Ich machte ein paar Schritte von der Theke weg und zählte die Freizeichen, während mein Herz bei jedem weiter nach unten rutschte, bis eine Frauen-Hip-Hop-Gruppe irgendetwas Unverständliches zur Melodie von „If I Were a Rich Man" ausspuckte. Aylanas heisere Stimme kam dazwischen, mit starkem Akzent, aber schon im typischen Rhythmus amerikanischer Teenager. „Wenn ich ein reiches Mädchen wäre, würde mein persönlicher Sekretär für mich ans Telefon gehen, aber ich bin eine arme Collegestudentin, also sprechen Sie nach dem Piep, okay?"

Das Piepen dauerte endlos, was wahrscheinlich entweder bedeutete, dass Aylana schon länger nicht mehr ihre Nachrichten abgehört hatte oder dass sie viele Anrufe bekam. Ich vermutete Letzteres. Laut Charlie erregte das Mädchen mehr männliches Interesse als Janet Jackson beim Superbowl. Eigentlich war es Maxie gewesen, die diesen Vergleich angestellt hatte, was eine sofortige Befragung durch Tom provoziert hatte.

Ich sprach Aylana eine Nachricht aufs Band, in der ich sie bat, mich anzurufen, wenn sie nach Hause kam. Das Schlusspiepen schnitt meine Worte ab, bevor ich meine Nummer hinterlassen konnte. Ausgehend von Aylanas legendärem Sozialleben war ich mir sicher, dass sie eine Anruferkennung hatte.

Ich klammerte mich fest ans Telefon. Wenn Charlie Aylanas Geschichten erzählte, sah sie immer aus, als hätte sie gerade eine Nahtoderfahrung. Sie schien die Geschichten köstlich zu finden, aber der Gedanke an die Geschehnisse selbst waren für sie wohl alles andere als toll. Wo immer Aylana in diesem Augenblick auch war, ich wusste, dass Charlie nicht bei ihr war. Ich ließ diese Rettungsleine los.

Mein Mädchen war fort. Sie war irgendwo in der Menge verschwunden, die jetzt von der Strandpromenade abzog, und ich hätte den Leuten am liebsten hinterhergeschrien: „Wo ist sie? Wer von euch hat sie?“

Ich schlang die Arme um meinen Körper, um mich vor dem Auseinanderfallen zu bewahren. In diesem Augenblick hörte ich Tom rufen: „Isabella!“ Es war offensichtlich der letzte von vielen Versuchen, meine Aufmerksamkeit zu erregen. Die Hände auf meinen Schultern, drehte er mich herum, sodass ich in sein südländisch gebräuntes Gesicht blicken konnte, das noch dunkler geworden war.

„Sie ist nicht hier“, sagte er. Es war keine Frage, aber ich schüttelte trotzdem den Kopf. „Nein“, sagte ich, „und sie ist auch nicht zu Jessica gegangen und …“

„Zu Hause ist sie auch nicht. Ich habe gerade noch mal dort angerufen." Mit irritiertem Blick suchte Tom die Strandpromenade ab. Er fuhr sich mit der Hand über seinen dunklen Kopf, eine Handbewegung, die ich als Versuch erkannte, ihn vorm Wegfliegen zu bewahren.

„Okay, jetzt bin ich echt sauer", sagte er. „Was denkt sie sich eigentlich?"

Ich hätte am liebsten dabei mitgemacht, Charlie gedanklich zu versohlen, weil ich mich danach sehnte, wie Tom einfach davon auszugehen, dass unsere Tochter weggegangen war, um Party zu machen, während wir uns die Haare rauften. Aber ich konnte nicht.

„Was, wenn sie sich jemand geschnappt hat, nachdem ich sie abgesetzt hatte?", sagte ich.

Toms Augen zuckten. „Isabella, bitte ..."

„Du warst doch derjenige, der nicht wollte, dass sie alleine nach Hause läuft, weil ihr etwas zustoßen könnte. Was, wenn das passiert ist?"

Tom zog mich an seine Brust. „Okay, Liebling, du musst dich zusammenreißen. Es gibt noch Hunderte anderer Möglichkeiten, die wir in Betracht ziehen sollten, bevor wir davon ausgehen."

Ich glaubte das nicht. Und die Art und Weise, wie er sich an mir festhielt, zeigte mir, dass er es auch nicht tat.

Aber in typischer Tom-Manier hatte er sich einen Plan A ausgedacht, noch bevor er mich losließ, um mich wieder anzusehen. Er beauftragte mich, mit Maxie nach Hause zu fahren, die restlichen Freundinnen von Charlie anzurufen und alle, die mir sonst noch einfielen. Er wollte die Läden abklappern.

Als ich mich zum Gehen wandte, warf ich einen letzten zweifelnden Blick über die Strandpromenade. Die Markise von Tropicana Strandmode war bereits eingefahren. Inga ließ im Bistro gerade die Rollläden herunter. Neonlichter flackerten entlang der Promenade und erloschen.

Ich fragte mich, was Plan B war, aber ich fragte Tom nicht. Sein Gesicht, das er dem Strand zugewandt hatte, war aschfahl.

Bis zu diesem Moment war es mir nicht aufgefallen, dass ich gar nicht am Wasser geguckt hatte. Vielleicht war ich zu benommen gewesen. Oder vielleicht war irgendein Selbstschutzmechanismus in Gang gekommen. Aber die gesamte Zeit, die ich brauchte, um die drei Häuserblocks nach Hause zu fahren, während Maxie untypischerweise mucksmäuschenstill neben mir saß, verwendete ich auf die Möglichkeiten, die im Sand lagen und jenseits davon.

Jedes Jahr, zwischen Memorial Day und Labor Day, musste sich Charlie einmal pro Woche die „Geh nicht nachts alleine an den Strand"-Litanei von Tom anhören. Sie war zehn, als wir an die Küste zogen, was bedeutete, dass sie es nicht weniger als zweiundsiebzig Mal in ihrem Leben gehört hatte. In der Regel tat sie es pflichtbewusst und blickte ungerührt aus ihren Rehaugen. Maxie andererseits betete es gemeinsam mit ihrem Vater herunter.

„Es ist wie in der Stadt", sagten sie im Chor. „Du gehst da nicht alleine spazieren, wenn es dunkel geworden ist. Da laufen Psychos rum."

Nicht dass irgendjemand hier je am Strand von einem Psycho angefallen worden wäre, erinnerte Maxie ihn jedes Mal. Das hielt Tom nie davon ab, immer wieder zu erklären, dass vor allem die Anlegestellen gefährlich waren. Man wusste nie, was dort angeschwemmt worden sein und sich verfangen haben könnte – alles Mögliche von Quallen bis zu einem …

„Psycho", hatte Maxie während der Erster-August-Predigt von Tom genuschelt. Sie war deshalb auf ihr Zimmer geschickt worden.

Da unser Haus dem Meer direkt gegenüber lag, war das ruhelose Rauschen der Brandung kaum mehr als ein Hintergrundgeräusch für mich, außer ich war tatsächlich am Strand. Jetzt, als ich fuhr, empfand ich jedes Krachen einer Welle, die an die Küste prallte, jedes Zischen, mit dem sich das Wasser in den Atlantik zurückzog, wie eine höhnische Bemerkung.

Charlie könnte hier unten sein, weißt du. Wir könnten sie auf dem Grund des Ozeans vor und zurück wälzen. Wir könnten sie aufs offene Meer hinaustragen, wo du sie nicht finden kannst, bis sie eines Tages an den Strand gespült wird …

Ruckartig stoppte ich den Geländewagen in der Auffahrt.

„Bitte geh hinein und sieh nach, ob sie schon zu Hause ist“, bat ich Maxie.

Sie sprang aus dem Wagen, und ich ließ meinen Kopf mit geschlossenen Augen auf das Lenkrad sinken. Die Körperhaltung ließ etwas in mir zutage treten, an das ich nicht gedacht hatte.

Gott.

Ich hatte nicht ein einziges Gebet gesprochen.

„Vater?“, flüsterte ich.

Mein Bild von ihm erschien sofort: sanfte Augen, weit geöffnete Arme. Es war ein Bild, das mich durch das Sterben meiner Mutter getragen hatte, als sie erst fünfzig war, durch das meines Vaters, der mit einundsechzig gestorben war, durch die dreißig Stunden Geburtswehen und die vier Stiche in Maxies Kinn.

„Es geht ihr gut, oder? Du würdest doch nicht zulassen, dass ihr etwas passiert, nicht wahr?“

Ich wartete darauf, Ruhe zu finden. Auf das Gefühl, erinnert zu werden: *Isabella, Isabella, Isabella. Das weißt du doch. Ich bin treu.*

Es war noch nicht da, aber ich wusste, es würde kommen. Es musste da sein, bevor ich zu Maxie und Tante Pete hineingehen konnte.

Ich hatte eine mütterliche Bindung an unser Haus. Toms Urgroßeltern hatten den vorderen Teil im frühen zwanzigsten Jahrhundert gebaut. Bis in die 1920er-Jahre hinein war der dreistöckige kastenförmige Bau mit einer umlaufenden Veranda eingefasst gewesen, bis Toms Großeltern eine damals noch moderne Küche, innen liegende Bäder und im zweiten Stock ein saalähnliches Schlafzimmer für ihre berühmten Wochenend-Hauspartys ergänzten. Toms Eltern hatten dem Haus dann ein Facelifting verpasst und in den frühen Sechzigern einen Pool gebaut, als ihre Firma Soltani-Rollen sehr gut zu laufen begann.

Nachdem Toms Mutter, Maximiliane, 1980 gestorben war, gerade als sie die Innenausstattung viktorianisch ummodelten auf blauen Chintz und geblümte Tapete, entledigte sich Toms Vater, Tom senior, des Hauses und seiner Erinnerungen wie auch der Firma Soltani-Rollen und verlor sich in einem Alkoholnebel. Er ließ seine Tante Lee Anne darin leben und verfiel in so einen Stumpfsinn, dass er ihr sogar erlaubte, es in eine Bed-and-Breakfast-Pension umzuwandeln, ein Unternehmen, das nie über die Neudekorierung jedes der sieben Schlafzimmer hinauskam, die alle einer anderen Rock 'n' Roll-Größe gewidmet waren.

Als Tom senior 1998 einer Lebererkrankung erlag, hatte mein Tom der Firma Soltani-Rollen wieder zu altem Erfolg und Ruhm verholfen. Zwei Jahre später entwirrte er endgültig das legale Rattennest, in das sein Vater sein Erbe verwickelt hatte, brachte Tante Lee Anne ins Betreute Wohnen und zog mit uns zurück in sein geliebtes Haus am Strand.

Dem Zustand des Hauses nach zu urteilen, war das betreute Wohnen für die arme Tante Lee Anne längst überfällig gewesen. Elvis und Co. bröckelten schon von den Wänden. Die Küche war mit uraltem Essen und Dreck gepflastert.

In der ersten Woche, in der wir dort wohnten, schaute ich in jeden Winkel des Hauses, von den verschlossenen Fensterrahmen im Schlafzimmer bis hin zum pinkfarbenen Verandageländer, das unter meinen Händen fast zusammengebrochen wäre. Ich gab mir selbst das Versprechen, dass wir die Würde des Hauses wiederherstellen würden.

Ich brauchte vier Jahre, um dieses Versprechen wahr zu machen. Während Tom eine 60-Stunden-Woche hatte, zog ich meine drei

Kinder auf: Charlie, Maxie und das Haus am Strand. Tagsüber, während die Mädchen in der Schule waren, zog ich vorsichtig die Teppiche meines Hauses ab und schrubbte seine Hartholzböden, bis sie glänzten. Behutsam löste ich die lebensgroßen Elvis-Poster ab und auch die viktorianische Tapete, mit Rosen so groß wie Kohlköpfe.

Als zwanzig erniedrigende Jahre langsam weggewaschen, -gekratzt und -gemeißelt waren, konnte ich das Haus hin und wieder erleichtert aufseufzen hören. Jedes Mal, wenn ich in die Auffahrt fuhr, schien es mich willkommen zu heißen mit seinen diamantverglasten Augenlidern, einladenden Veranden und der Dachlinie, die mich an schelmische Augenbrauen erinnerte. Ich war immer begierig darauf, hineinzugehen und mit ihm zu atmen.

Aber an diesem Abend konnte ich mich nicht einmal dazu aufraffen, aus dem Auto zu steigen. Mir wurde bewusst, dass ich nicht auf Gott wartete. Ich scheute die erbarmungslose Abwesenheit von Charlie, die im Haus auf mich wartete.

Die Haustür sprang auf und warf Licht auf die Veranda. Maxie rannte die Stufen zu mir herunter, das Telefon in der Hand. Ich fummelte nach dem Türgriff, aber sie riss die Tür von außen auf. Als ich versuchte, mich hinter dem Lenkrad herauszuwinden, bemerkte ich, dass ich noch angeschnallt war.

„Ist es Charlie?“, fragte ich.

Maxie schüttelte den Kopf. „Mrs Johnstone.“

Ich nahm das Telefon und ging mit sinkendem Herzen Richtung Stufen.

„Jody“, sagte ich.

„Habt ihr Charlie gefunden?“ Ihre Stimme war hoch und schrill.

„Noch nicht“, antwortete ich.

„Okay, hör zu, Isabella, ich hoffe, ich habe nichts Falsches getan, aber als Jessica mir erzählte, dass du angerufen hast und nach ihr suchst, habe ich mich ans Telefon geschmissen und ...“

Sie zählte jedes einzelne Mädchen auf, das Charlie seit der fünften Klasse gekannt hatte, und einige, von denen ich noch nie gehört hatte. Es waren sogar ein paar Jungennamen auf der Liste. Mit jedem sank mein Herz tiefer in die Kluft, die es in meine Brust riss. Noch eine Mutter dachte, was ich dachte, und das brachte all die Möglichkeiten in greifbare Nähe.

„Niemand hat sie gesehen, Isabella“, schloss Jody mit einem Schnaufen, das mich an Jessica erinnerte. „Ich hatte gehofft, dass ihr sie inzwischen gefunden habt.“

„Wir haben noch nicht überall nachgesehen“, sagte ich.

„Dann werdet ihr sie finden; das weiß ich ganz sicher. Ich hoffe, dass ich nicht zu weit gegangen bin …“

„Nein, nein, ich bin dir dankbar dafür“, entgegnete ich. Ich fühlte mich atemlos und sank in den roten Korbstuhl neben der Haustür.

„Ich ruf dich auf jeden Fall an, wenn ich irgendwas höre“, sagte Jody. „Ich hab bei Dahlia Carr nur eine Nachricht hinterlassen, es gibt also noch die Chance, dass sie bei ihr ist …“

Mit leerem Gesichtsausdruck sah ich Maxie an, die ihre Wange an meine gepresst hatte, um mitzuhören. Ich wusste noch nicht einmal, wer Dahlia Carr war.

„Sie ist dieses EFM, mit dem Charlie in der Schülervertretung ist“, flüsterte Maxie. „Sie mag sie gar nicht.“

Irgendwie konnte ich das Gespräch mit Jody beenden und starrte Maxie benommen an. Die einzige Frage, die mir in den Sinn kam, war: „Was ist ein EFM?“

„Ein echt fieses Mädchen“, sagte Maxie. „Weißt du noch, wie du dieses Krallending in Charlies Haare gemacht hast? Dahlia hat gefragt, ob wir überhaupt Spiegel bei uns zu Hause haben.“ Sie rollte mit den Augen. „Charlie hängt *so was* von gar nicht mit ihr ab.“

In diesem Moment wäre es mir sogar egal gewesen, wenn Charlie mit den Hells Angels herumgehangen wäre, solange ich gewusst hätte, wo sie sich aufhielt und dass es nicht der Boden des Atlantiks war.

Maxie betrachtete mich, einen Fuß wie ein Flamingo an das andere Bein gestützt.

„Maxie", sagte ich, „hast du irgendeine Ahnung, wo deine Schwester sein könnte? Sei ehrlich. Hat sie dir von irgendwelchen Plänen erzählt, irgendetwas, das sie vergessen haben könnte, mir zu sagen?"

Maxie zog eine Augenbraue nach oben. „Du machst Witze, oder?"

Das hätte sein können, und wir beide wussten das. Nicht nur, dass Charlie um Erlaubnis gebeten hätte, sie hätte es außerdem in den Familienkalender geschrieben und noch zweimal per Telefon nachgefragt, ob es auch wirklich okay war.

„Ich verstehe nicht, warum du hier nur herumsitzt, Isabella." Toms Großtante, die wir Tante Pete nannten, stand in der Tür. Seit sie im Juni hergekommen war, um den Sommer über bei uns zu bleiben, hatte mich ihre Stimme an einen Radioansager aus vergangenen Zeiten erinnert, inklusive Knistern und Rauschen. Sie verschränkte die Arme vor dem alten pinkfarbenen Chenille-Bademantel, in den sie jeden Abend um acht schlüpfte und den sie bis in den Vormittag des nächsten Tages hinein trug. Zum Teil war die Farbe zu einem schmutzigen Rosa verblasst, weil sie während der vierzehnstündigen Tragezeit regelmäßig Oberflächen und verstaubte Möbel damit abwischte.

Das bernsteinfarbene Licht unserer großen Eingangsdiele zeichnete ihre drahtige Gestalt und ihr kurzes, ungebändigtes weißes Haar ab. Ich brauchte ihr Gesicht nicht zu sehen, um zu wissen, dass die Soltani-Augen mit der gleichen Verachtung zusammengekniffen waren, die ich schon in ihrer Stimme gehört hatte.

„Wartest du darauf, dass Charlotte die Auffahrt heraufgeschlendert kommt, oder was?", fragte sie. Sie war die Einzige, die Charlie bei ihrem richtigen Namen nannte.

„Ich bin einfach ratlos, Tante Pete", sagte ich.

„Komm wenigstens rein. Du lässt ja die ganze kühle Luft hinaus."

Sie zog die Tür vollständig auf, und ich wollte ihr gerade ins Haus folgen, als Strahlen von Autolichtern – weiß und rot und blau – auf das Haus trafen.

„Es ist Dad“, rief Maxie. „Er hat die Polizei mitgebracht.“

Ich schaffte es gerade noch, sie an der Kapuze ihres Shirts zu erwischen, bevor sie zu dem Polizeiauto stürmen konnte, das holprig hinter Toms schwarzem Nissan zum Stehen kam. Tante Pete zog sie das letzte Stückchen ins Haus. Bewegungslos stand ich da und ließ die roten Lichter in meine Augen leuchten.

Ich versuchte, Toms Körpersprache zu deuten, als er aus dem Auto stieg. Er rieb sich die Rückseite seines Kopfes, während er auf einen Mann wartete, der sich wie in Zeitlupe zu bewegen schien. Er rückte seine Krawatte gerade und bummelte zu Tom, als ob nicht jemandes Kind genau in diesem Moment vermisst würde. Die Spannung in Toms Schultern hielt mich davon ab, aus der Unbekümmertheit des Mannes Trost zu schöpfen.

Lichtjahre später erreichten sie die Veranda. Tom und ich tauschten Blicke, die bestätigten, was wir beide wussten. Keiner von uns hatte eine Spur von ihr entdeckt. Aber wir würden. Ich wusste, wir würden.

„Das ist Detective Ed Malone“, sagte Tom und nickte in Richtung des Polizisten. Toms Stimme war so angespannt wie seine Schultern. „Meine Frau, Isabella Soltani.“

Ed Malone streckte die Hand aus und ich schüttelte sie abwesend. Wenn mich dreißig Sekunden später jemand gefragt hätte, wie er aussah, hätte ich es nicht sagen können. Ich suchte noch immer in Toms Gesicht nach einer Beruhigung, die nicht zu finden war.

„Wir müssen eine Vermisstenmeldung ausfüllen“, sagte Tom.

Ich schüttelte den Kopf.

„Isabella, wir müssen das tun …“

„Ja, machen wir das. Ich kann einfach noch nicht glauben, was hier gerade passiert.“

„Ich weiß, es kommt Ihnen unwirklich vor." Ed Malones Stimme war überraschend weich und hatte nicht diesen abgehackten Mittelatlantikakzent, der die Menschen in Delaware klingen ließ, als ob ihre Kiefer mit Draht zusammengeschnürt wären. „Es ist nur eine Vorsichtsmaßnahme. Die meisten Teenager, die am Abend vermisst werden, tauchen in der Morgendämmerung wieder auf."

„Sie kennen unsere Charlie nicht …"

Tom nahm meinen Arm, und ich spürte seine klammen Hände auf meiner Haut. Er führte mich durch die Eingangstür und nach rechts ins Wohnzimmer. Die warmen Karamellbonbons und gebrannten Orangen, deren Duft mich normalerweise so freundlich empfing, kamen mir plötzlich schrill und unpassend vor.

Maxie war schon da, in die Ecke eines der Sofas geklemmt, und hielt ein Kissen an ihre Brust gedrückt. Als Tom sie mit einem Nicken hinausschickte, schielte sie zum Detective und verkniff sich sichtbar eine Beschwerde. Ich hörte, wie Tante Pete sie aus der Küche rief. Dabei war ich mir sicher, dass Tante Pete selbst binnen Kurzem hinter einer Säule im Esszimmer Position beziehen würde, um zu lauschen. Ein Teil von mir wollte es ihr gleichtun. Der Teil, der dem Detective keine Antworten geben wollte, die meine Charlie zu einer offiziell Vermissten machten.

Ich redete mir weiter gut zu, dass Gott da war. Auch in diesem Moment kümmerte er sich um alles. Er *war* …

Ed Malone setzte sich auf eine Stuhlkante, legte eine Mappe auf den Wohnzimmertisch und fuhr mit den Fingern an dessen Rändern entlang, als ob er die bereits glatten Kanten gerade richten müsste. „Nur damit Sie Bescheid wissen", begann er, „wir haben schon ein Team rausgeschickt, das die typischen Jugendtreffs abklappert. Jemand vom Rettungsdienst wird bald hier sein. Es tut sich schon etwas, während Sie und ich den Papierkram erledigen."

Ich versuchte, dankbar auszusehen, als ich nickte. Tom setzte mich auf das Sofa, das mit dem Rücken zu unserer Fensterreihe stand, die auf den Ozean hinausging. Er stellte sich hinter mich. Ich tastete über meine Schulter nach seiner Hand, und er ergriff sie.

Malone hatte kaum den Fragebogen aus seinem Ordner gezogen, als Maxie aus der Diele brüllte: „Hier ist eine Dame mit einem Hund!“ Sie kam rückwärts hereingetänzelt und winkte einer jungen Frau mit einem Bluthund an der Leine. Seine Ohren streiften den Boden, während sie hinter ihm das Zimmer betrat.

Das kann alles nicht wahr sein, dachte ich zum hundertsten Mal.

Malone stellte uns die Frau als Officer Pierce vor. Sie nickte, ohne uns anzusehen, und redete, als ob sie versuchte, alle Gefühle von ihrer Stimme fernzuhalten. Ihr ernstes Gesicht machte mir Angst. „Haben Sie irgendetwas vom Opfer?“, fragte sie. „Ein Kleidungsstück, das sie kürzlich getragen hat?“

Opfer?

„Hier!“ Maxie zog eine Socke aus ihrer Tasche. „Die habe ich gerade aus dem Wäschekorb geholt. Ich wusste, dass Sie etwas brauchen würden.“

„Ist das ein Problem?“, fragte Tom. „Dass sie dort vermischt mit unseren Klamotten lag?“

„Nein“, antwortete die Beamtin. „Wenn es Ihnen nichts ausmacht, müsste Duke mal an Ihnen allen riechen, damit er den Geruch des Opfers von Ihrem unterscheiden kann. Der des Opfers wird der Hauptgeruch sein.“

„Charlie“, sagte Tom. „Sie heißt Charlie. Charlotte.“

Die Beamtin schien ihn gar nicht zu hören, als sie Duke das Kommando gab, an Maxie zu schnuppern, die kicherte, und an Tante Pete, die nicht kicherte. Tom blieb gefasst, aber als das Tier mit den traurigen Augen und mit so viel Haut, dass es noch für einen zweiten Hund gereicht hätte, zu mir kam, nahm ich sein Gesicht in meine Hände und sagte: „Du wirst sie finden.“

Officer Pierce ließ Charlies Socke mit ihrer behandschuhten

Hand in einen Kissenbezug fallen. „Wir werden den Geruchsartikel dorthin bringen, wo sie zum letzten Mal gesehen wurde."

„Genau an der Ecke von Ocean View und Garfield", sagte Maxie.

Tante Pete mahnte sie, still zu sein.

„Wir schicken außerdem einen Hund mit der Küstenwache mit, obwohl …" Die Beamtin sah Malone an.

„Danke", sagte Malone. Er neigte den Kopf in meine Richtung. Er war am Kopf geschoren – anscheinend als Zugeständnis an den fortschreitenden Haarausfall – und glänzte im Schein der Lampe. „Haben Sie ein Foto von Charlie?"

Maxie stand schon wieder auf der Matte mit einem fünf-mal-sieben-großen Zehntklässler-Schulfoto von Charlie und hielt es uns mit ausgestrecktem Arm hin. In dem Augenblick, als Ed Malone es nahm, machte Maxie einen unbeholfenen Schritt zurück und hechtete zum Sofa, wo sie sich an mich klammerte wie ein Koalababy.

Als Officer Pierce Duke nach draußen geführt hatte, sah Malone mich erneut an. „Hat Ihre Tochter ein Handy?"

„Nein", antwortete Tom.

„Und was ist mit E-Mail?"

„Sie hat keinen eigenen Account."

„Können Sie sie mit eigenen Worten beschreiben? Ich weiß, Sie haben uns ein Bild von ihr gegeben, aber Sie können uns Einzelheiten nennen, die die Kamera nicht erfasst."

Ich nickte und schloss die Augen. Ich konnte sie sehen. Ich konnte sie fast riechen.

„Sie hat schulterlange Haare, etwa in der Farbe wie meine", sagte ich, „nur dicker. Sie hat so dickes Haar wie ihr Vater. Ihre Augenbrauen sind auch kräftig. Ach nein, sie hat diesen Sommer angefangen, sie zu zupfen. Ihre Augen sind braun – wir haben alle braune Augen –, aber ihre sind größer als unsere und ausdrucksstark, so ausdrucksstark …" Die Worte brachen ab.

Ed Malone nickte und notierte und nickte wieder, bis ich weitersprechen konnte.

„Sie hat einen olivfarbenen Teint – wissen Sie, was ich damit meine? Ein schönes Lächeln, perfekte Zähne, große Zähne. Sie ist in sie hineingewachsen, aber es sah immer aus, als hätte sie mehr als die meisten anderen Menschen. Es ist ein schüchternes Lächeln. Sie ist meistens sehr still, wie ein Reh – ich denke immer an sie als mein kleines Rehlein …" Ich drückte mir die Hände auf den Mund. Meine Schultern sackten nach vorne zusammen, als ich mich ganz in mich zusammenzog.

„Sie ist nicht größer als eins fünfundsechzig", hörte ich Tom sagen. „Sie wiegt so um die 55 Kilo."

„Sie hatte ihre Handtasche dabei", sagte ich. „Sie ist grün und trägt ihre Initialen in Blau darauf."

„Was hatte sie an?", fragte Malone.

„Ihre Arbeitsuniform. Blaues T-Shirt. Kakifarbene Shorts." Ich hatte die Sachen diesen Nachmittag gerade für sie gebügelt. „Sie sah so niedlich darin aus", sagte ich. Dann schluckte ich schwer. Ich hatte gerade in der Vergangenheitsform von meiner Tochter gesprochen.

Irgendwie drang die Information zu mir durch, dass Ed Malone die Meldung in die Datenbank vermisster Personen einspeisen und beim Nationalen Kriminalitätsinformationszentrum einreichen wollte, das für die gesamten USA zuständig ist.

Ich spürte, wie ich beim Wort *Kriminalität* erbleichte.

„Das ist wieder nur eine Vorsichtsmaßnahme", sagte Ed Malone. „Wir haben im Moment keinen Grund, von einem Verbrechen auszugehen."

Tom schlang seine Finger um mein Handgelenk und drückte es. Ich sah, wie der Kriminalbeamte schluckte.

„Für den Fall, dass wir unrecht haben", sagte er, „geben wir an alle Polizeidienststellen Bericht." Er stand auf, und zum ersten Mal bemerkte ich, dass er größer war als Tom und breiter in den Schultern, obwohl Tom auch schon einen Meter fünfundachtzig maß und gut gebaut war. Mir wurde bewusst, dass ich mich angesichts dieses Ausdrucks von Stärke hätte ermutigt fühlen sollen. Aber es war nicht so.

„Ich begleite Sie hinaus", sagte Tom zu ihm.

Ed Malone richtete seinen Blick erneut auf mich. „Das war eine tolle Beschreibung. Ich würde sie überall erkennen."

Das Einzige, was ich konnte, war zu nicken, als Tom ihn in die Diele führte.

Tante Pete kam durch das Esszimmer mit zwei dampfenden Bechern herein. „Es ist höchste Zeit, dass er aufhört, mit den Lippen zu trommeln, und hinausgeht, um nach ihr zu suchen", sagte sie. Sie warf einen durchdringenden Blick in Richtung Veranda, wo Tom und der Detective noch immer in gedämpftem Ton miteinander sprachen. „Hier." Sie stellte die Becher auf den Tisch vor mir. „Dieser Kaffee ist stark genug, um tote Tanten aufzuwecken. Du wirst ihn brauchen können."

„Wofür?", fragte Maxie.

„Du glaubst doch nicht etwa, dass deine Mutter die ganze Nacht hier im Haus herumsitzen wird, wenn deine Schwester irgendwo da draußen ist." Tante Pete schob einen heißen Becher in meine Richtung. „Los, trink."

„Denk noch nicht einmal daran", sagte Tom, während er auf uns zukam. Er nahm beide Becher und gab einen davon Tante Pete in die Hand. Er schlang seine Finger um den anderen und setzte sich mir schräg gegenüber auf den Stuhl, den Ed Malone gerade frei gemacht hatte. Er war wieder im Ich-führ-hier-Regie-Modus, als ob der Detective ihm den Kommandostab übergeben hätte.

„Liebling", sagte er zu mir, „ich möchte, dass du versuchst, so ruhig zu bleiben, wie du kannst, und dich ein bisschen auszuruhen."

„Ha", warf Tante Pete ein.

Tom ignorierte sie. „Wenn wir Charlie finden, und das werden wir, garantiere ich dir, dass sie aufgerüttelt sein wird – ob wegen der Schuldgefühle oder wegen irgendeines Beinaheunfalls, von dem wir nichts wissen –, aber du musst dann stark sein für sie. Hab ich recht?“

Ich antwortete nicht.

„Hm? Hab ich recht?“

„Natürlich“, sagte ich.

Er stellte den Kaffeebecher auf den Tisch zurück und nahm mein Gesicht in beide Hände. Sie brannten auf meinen Wangen. „Die Polizei tut, was sie kann. Ich tue alles, was ich kann. Aber wir müssen es auch an Gott abgeben.“

„Ja, er passt auf Charlie auf. Ich weiß es.“

„Gut so.“ Tom nahm seine Hände weg. „Warum streckst du dich nicht ein bisschen hier auf dem Sofa aus und behältst das Telefon und das Handy neben dir? Tante Pete, du legst dich aufs andere Sofa.“

„Und was ist mit mir?“, fragte Maxie.

„Du gehst jetzt ins Bett, Knirps“, sagte Tom. „Wir kriegen das schon hin. Deine Schwester wird wieder zurück sein, wenn du aufwachst.“

Maxie sagte keinen Ton. Als Tom sich zu mir wandte, drückte sie sich noch tiefer ins Sofa und setzte ein entschlossenes Gesicht auf.

„Wo willst du hin?“, fragte ich Tom.

„Ich laufe noch mal den Strand ab. Die können sicher noch ein Augenpaar mehr gebrauchen.“ Er beugte sich über die Armlehne des Sofas und küsste mich. „Das Beste, was du tun kannst, ist beten.“

Als er um die Ecke verschwunden war, leckte ich mir den Angstschweiß seiner Oberlippe ab, den er auf meinem Mund hinterlassen hatte. Er hatte so große Angst wie ich – tief wie der Ozean in der schwärzesten aller Möglichkeiten.

4

Diese Nacht erinnerte mich an jene, in der ich mit Charlie in den Wehen lag. Schmerzhafte Angstkrämpfe wechselten sich mit Pausen hoffnungsvollen Wartens ab. Aber die Erholungsphasen waren gerade lange genug, dass die Belagerer neue Kräfte sammeln und dann umso brutaler angreifen konnten. Der Unterschied war, dass ich im Kreißsaal wusste: Jede Wehe brachte mich dem Augenblick näher, in dem ich Charlie in den Armen halten konnte.

Während dieser Angstphasen trieb ich mich im Haus herum und lief in Charlies Zimmer, ohne zu wissen, wonach ich suchte, durchkämmte den Familienkalender in der Küche fünf, sechs, zehn Mal, kontrollierte den Anrufbeantworter für den Fall, dass er ausgefallen war. Das schabende Geräusch der Küstenwachen-Hubschrauber erinnerte mich daran, dass auch andere Menschen nach ihr suchten. In der einen Sekunde wollte ich ihnen „Vielen Dank!" zurufen. In der nächsten ihnen erklären, wie albern das alles war – meine Tochter wurde nicht wirklich vermisst.

Wenn die Ruhepausen kamen, lief ich den Holzsteg, der am Pool vorbeiführte, zur Terrasse, um über den Sand zu blicken, und hauchte in die Nacht: „Vater, bitte", bis mich der nächste Krampf packte und ich losrannte, um auf den Grund des Pools zu sehen oder die Stufen zu den Umkleidehäuschen hinunterzupreschen.

„Was zur Hölle tust du hier, Isabella?", fragte Tante Pete, als sie mich dabei ertappte, wie ich die Klappe des Fensterplatzes im Poolhaus anhob und einen Stapel Handtücher anstarrte.

Ich wies sie nicht darauf hin, dass das auch nicht sinnloser war als ihr Verhalten, sich über das Terrassengeländer zu beugen und Charlies Namen zu rufen.

„Sissy ist doch kein Dummchen", sagte Maxie an meinem Ellenbogen. „Sie kennt den Weg nach Hause."

Meine Kehle schnürte sich zu. Vor sechs Monaten hatte Maxie uns verkündet, dass sie Charlie nicht länger „Sissy" nennen würde, ihr Name für ihre Schwester, da sie im Alter von achtzehn Monaten noch nicht „Charlie" sagen konnte und überall hinter ihr hergetapst war. Ich hatte das Gefühl, dass Maxie sie auch Königin der Welt genannt hätte, wenn sie nur einfach durch die Haustür hereingeschlendert gekommen wäre.

Um etwa zwei Uhr morgens schlief Maxie eingeigelt auf dem Rattanstuhl im Wohnzimmer ein. Ich deckte sie mit einer Wolldecke zu und ließ sie schlafen. Tante Pete wurde um kurz nach vier von der Müdigkeit übermannt, während sie aufrecht auf dem Korbsofa auf der Seitenveranda saß, die Luft mit der Nase einsaugend, mit den Lippen wieder ausschnaubend.

Ich bekam eine weitere Panikattacke, aber es gab keinen Ort, an dem ich nicht schon gesucht hatte. Ich legte ein Kissen unter Tante Petes Kopf und lief zum Strand.

Vom Nebel, der die Luft abkühlte, fror ich nicht mehr als ohnehin schon. Obwohl ich mir längst einen Pulli von Tom übergezogen hatte, zitterte ich noch immer von innen heraus. Mit in die Ärmel zurückgezogenen Händen lief ich die Steinstufen hinunter, die zwischen den Dünen zu „unserem" Strand führten. Ich hatte es nie gemocht, ihn so zu nennen. „Niemand kann den Sand oder den Ozean besitzen", hatte ich meinen Mädchen immer erklärt.

Am Fuß einer Düne sank ich zu Boden und rupfte ein fedriges Büschel Strandhafer aus. Ich hatte es erst kürzlich wieder gesagt, vielleicht letzte Woche noch, als nachts jemand hier entlanggekommen war und eine Sandburg zerstört hatte, an der Maxie einen ganzen Vormittag lang gebaut hatte. Sie hatte vor Wut geschnaubt.

„Wie kommt es, dass überhaupt Leute hier entlanglaufen?", hatte sie gefragt, die Hände in ihre nicht vorhandenen Hüften gestemmt. „Wissen die gar nicht, dass das ein Privatstrand ist?"

Noch bevor ich den Mund hatte öffnen können, hatte sie mich angesehen und mit den Augen gerollt. „Los, Mama, sag's schon."

Ich hatte ihr unter dem Sonnenschirm sitzend zugegrinst. „Der Sand und der Ozean gehören uns nicht."

Charlie, neben mir auf dem Handtuch, hatte mich über ihre Sonnenbrille hinweg angesehen. „Nein, sie gehören uns nicht", hatte sie gesagt. „Aber manchmal denke ich, wir gehören ihnen."

„*Wie bitte*?", hatte Maxie überrascht gefragt.

„Ich weiß auch nicht. Vergiss es", hatte Charlie nur gemeint. Sie hatte sich auf den Bauch gerollt, und ich hatte ihren Rücken mit Sonnencreme eingerieben.

Jetzt kniff ich die Augen zusammen, aber der Gedanke kam trotzdem und ich flüsterte in den Nebel hinein: „Ich hoffe, du gehörst ihm jetzt nicht, Charlie. Ich bete darum."

Wieder stieg Panik in mir hoch, und ich grub die Hände in den Strandhafer. Auf keinen Fall war Charlie gestern Abend in dieses Wasser gegangen. Auf keinen Fall hatte sie sich überhaupt hinunter zum Strand gewagt.

Nicht aus eigenem Willen.

Mein Nacken spannte sich an, und ich spürte, dass ich mich übergeben musste. Ich warf mich auf alle viere, aber ich würgte kaum etwas in den Sand. Als ich mich wieder aufsetzte, hatte ich beide Hände voll Strandhafer, mitsamt den Wurzeln und allem.

Blauer Strandhafer hieß er. Schilder den ganzen Strand entlang forderten die Menschen auf, nicht durch den Hafer zu laufen, um ihn zu schützen.

„Was für Hafer?", hatte ich schon mehr als einen Touristen fragen hören, während er seinen Strandstuhl darüber ausklappte.

Genau das war der Punkt. Der Blaue Strandhafer starb in vielen Gebieten aus, von Massachusetts bis Virginia, während Wissenschaftler noch immer nach den Gründen suchten. Es war dringend, dass sie welche fanden, denn die Pflanze war ein wichtiger Halt für die Dünen. Der Hafer war sehr empfindlich, aber seine Wurzelgeflechte halfen, den von den Dünen rutschenden Sand festzuhalten, und verhinderten so die Erosion. Ich achtete immer darauf, die Dünen in ihrer nachdenklichen Einsamkeit zu lassen. Manchmal betete ich sogar bei den weichen grünen Flecken, wenn ich den Strand verließ. Und jetzt fand ich mich selbst mit zwei Händen voll, die ich aus dem Boden gerissen hatte.

Ich drückte die Pflanzen zurück in die Löcher und klopfte den Sand darum fest. Es war, wie wenn ich meine beiden Mädchen in ihren Betten einpackte.

Der Nebel hob sich ein wenig und ließ ein dünnes graues Licht hindurchschlüpfen. Eine Möwe landete am Rande des Wassers, kaum drei Meter von mir entfernt, und stampfte mit den Füßen, als ob sie ungeduldig auf ihr Frühstück warten würde. Eine andere Möwe kam herunter, um sich zu ihr zu gesellen, und sie beschwerten sich gemeinsam.

Weiter den Strand entlang, in Richtung des Bohlenwegs, konnte ich gerade die ersten Fischer ausmachen, die ihre Netze ins Wasser warfen, ihre Angelruten in den Sand bohrten, ihre batteriebetriebenen Laternen auf ihre Kühlboxen setzten und warteten. Wie konnten sie ihrer normalen Arbeit nachgehen, wo doch ein riesiges Stück von mir fehlte? Es war nichts normal an diesem Tag, diesem Freitagmorgen nach der Nacht, in der meine Tochter nicht nach Hause gekommen war. Ich drehte mich zum Haus herum.

Ich konnte einfach nicht begreifen, was passierte. Charlie war zehn gewesen, so alt wie Maxie jetzt, als sie zum ersten Mal bei jemand anderem geschlafen hatte. Vorher hatte ich sie mindestens dreimal von einer Übernachtungsparty abholen müssen, weil sie plötzlich von einer mysteriösen Krankheit ergriffen worden oder weinend aus einem bösen Traum aufgewacht war. Im Auto gestand sie mir dann immer, wie sehr sie uns vermisst hatte und dass sie einfach nach Hause wollte. Als kleines Kind war sie in Kaufhäusern nie von meiner Seite gewichen, im Gegensatz zu Maxie, die praktisch noch heute an die Leine genommen werden musste.

In einem weiteren Anfall von Ich-muss-irgendetwas-Tun nahm ich zwei Stufen zur Veranda auf einmal. Tom stieg gerade aus dem Nissan, als ich oben ankam. Bevor er mich entdeckte, sah er ganz und gar nicht aus wie mein Tom.

Ich hatte ihn immer für sehr weich gehalten. Nicht in dem Sinn, dass er Menschen um den Bart ging. Sein Charakter war weich. Er trug seine fast schwarzen Haare kurz geschoren, die Andeutung eines schwarzen Barts bedeckte seine olivfarbene Haut. Seine dunklen Augen, die gerade Nase, sogar die wunderbar unruhige Mundlinie – nichts davon konnte die Makellosigkeit seines Gesichts zerstören. Von dem Augenblick an, in dem ich ihn zum ersten Mal sah, fand ich ihn auf unaufdringliche Weise erotisch. Es verschlug mir immer noch den Atem, wenn er nur den einen Mundwinkel nach oben zog und mir ein Zwinkern sanfter als ein Kuss schenkte.

Der Mann, den ich die Stufen zu unserem Haus heraufsteigen sah, hatte nur wenig mit meinem Tom gemeinsam. Selbst aus der Entfernung konnte ich den dunklen Schatten unebener Stoppeln in seinem Gesicht erkennen. Seine Hände waren tief in den Taschen seiner Hose vergraben, die er jetzt schon seit vierundzwanzig Stunden trug. Unter dem zerknautschten dunkelblauen Shirt sackten seine kräftigen Schultern zusammen, sodass es wie zwei Nummern zu groß aussah. Sein starrer Blick schien an seinen Slippern zu kleben.

Als ich ihn rief, straffte er den Rücken und drehte sich zu mir, einen Arm ausgestreckt. Als ich in ihn hineinsank, roch ich getrockneten Schweiß und alten Kaffee. Nie hatte Tom so gerochen.

Ich fragte ihn nicht, ob er irgendetwas wusste. Er würde mich nicht einfach schweigend im Arm halten, wenn er etwas wusste, außer …

Ich krallte mich in seinen behaarten Unterarm, wo er seinen Ärmel hochgekrempelt hatte. „Tom, sie ist doch nicht …“

Er drückte mein Gesicht zurück an sein Shirt. „Nein. Der Hund konnte ihre Spur bis zum Parkplatz nahe der Stufen an der Strandpromenade zurückverfolgen, aber dort verlor sich die Spur. Der Rettungsdienst meint, dass das bedeuten könnte, dass sie in einem Auto weggefahren ist."

„Sie würde nicht einfach mit jemandem in einem Auto davonfahren, Tomy. Das weißt du doch."

„Sie tun, was sie können, Liebling. Wir sind die ganze Nacht den Strand entlanggelaufen. Die Polizei hat jeden Jugendtreff von hier bis hinter Ocean City abgeklappert. Hast du die Hubschrauber gehört?"

Ich nahm den Kopf von seiner Brust und nickte. „Warum haben sie sie dann nicht gefunden? Sie ist nicht mehr da, Tomy. Sie haben sie mitgenommen ..."

„Okay, stopp. Hör auf damit." In Toms Stimme schwang erschöpfte Wut, und er fuhr sich mit der Hand übers Gesicht, als wollte er sie wegwischen. „Das dürfen wir erst gar nicht denken, Isabella. Wir dürfen und wir werden nicht." Er legte seine Hand an meinen Hinterkopf. „Okay? Gott würde so etwas einfach nicht zulassen, nicht wahr?"

Die Frage erlaubte keine andere Antwort als: „Ich weiß, Tomy."

„Hast du ein bisschen geschlafen?", fragte er.

Ich schüttelte den Kopf. „Wenigstens Tante Pete irgendwann."

Tom öffnete die Haustür, und wir beide schnupperten. „Sie ist jetzt auf", sagte er.

Durch das Haus zog ein untrüglicher Duft von leicht angebranntem Speck und Kaffee Marke Herztod. Tante Pete schob gerade zwei Spiegeleier auf einen Teller, als ich mich auf einen Hocker an die Theke setzte. Die Ränder der Eier waren braun und hochgekringelt – Tante Petes Wunderkur für den großen Hunger, wenn ich einen gehabt hätte.

„Wenn du schon nicht schlafen gehst, musst du wenigstens was essen", sagte sie. „Hab ich nicht Tom kommen hören?"

„Ich bin hier.“ Tom ließ sich auf den Hocker neben mir fallen und klatschte die Morgenzeitung auf die Theke.

Tante Pete schlug sie auseinander, überflog die Titelseite mit einem flüchtigen Blick und ließ sie wieder fallen. „Steht nichts über unser Mädchen drin“, stellte sie fest. Ihre Stimme kratzte deutlich. „Wie wollen sie sie finden, wenn sie die Nachricht nicht verbreiten?“

„Wir sind nicht in Philadelphia, Tante Pete“, sagte Tom in bemüht geduldigem Ton.

„Ich rufe diese Zeitungsleute einfach selbst an“, sagte Tante Pete.

„Ich bin mir sicher, sie wissen schon davon. Detective Malone hat einen entsprechenden Suchaufruf beantragt.“

Einen Suchaufruf. Charlies Name in überlebensgroßen blinkenden Buchstaben an der Schnellstraße, die jedem signalisierten, dass es unserer Tochter vermutlich *nicht* gut ging?

Dieses Bild prallte so hart in mir auf, dass ich vom Hocker taumelte.

Tom fing mich auf und drückte seinen Mund nah an mein Ohr. „Das ist die ganz normale Vorgehensweise, Liebling“, flüsterte er. „Wahrscheinlich werden wir sie gar nicht brauchen.“

Was ich brauchte, war die Sicherheit, die ich immer hatte, dass es jemanden gab, der auf meine kleine Familie achtgab. Tom. Eine Welt, die Gott für uns sicher machte. Gott selbst.

Tom legte mich auf das Sofa im Wohnzimmer und bat mich, wenigstens die Augen zuzumachen. Ich wehrte mich gegen den Schlaf, sodass er mich nur in ruheloses Dämmern entführte. Ich bekam mit, dass Lissa und Pastor Gary Dalberg hereinkamen – und später, dass die Klingel ohne Pause läutete. Einmal hörte ich, wie Stimmen jemanden bedrängten …

„Mrs Soltani, fällt Ihnen irgendjemand ein, der Ihre Tochter entführt haben könnte?“

„Gibt’s irgendwelche Neuigkeiten?“

„Sind Sie sehr besorgt, Isabella?“

„Haben Sie Angst, dass Sie Ihre Tochter nie wiedersehen könnten?“

„Ich bin nicht Mrs Soltani“, hörte ich Lissa schreien. „Und nein, das befürchtet sie nicht.“

Später konnte ich andere gedämpfte Stimmen in der Küche hören, die erzählten, dass der Parkplatz Richtung Strand, der an unser Grundstück grenzte, vollgestopft war mit Übertragungswagen von allen möglichen Sendern.

Im Dämmerzustand hörte ich den Pastor sagen: „Ich denke, Sie sollten eine kurze Stellungnahme abgeben, Tom. Ich weiß, die Leute sehen aus wie Geier, aber es kann Ihnen nur helfen, wenn sie die Geschichte rausbringen.“

Einmal wachte ich auf und sah zwei ziegenbärtige Zwanzigjährige mit Digitalkameras, die durch die Glastüren spähten. Ich schnappte Gesprächsfetzen auf.

„Das sind keine Leute von offiziellen Medien …“

„Sag dem Bullen da draußen …“

„Haut ab, bevor ich eure kleinen Schädel zu Mus schlage!“ Das kam natürlich von Tante Pete, die hinzufügte: „Oder wollt ihr richtig Ärger bekommen?“

Um die Mittagszeit wurde ich von schrillem Rufen aus Richtung des Pools wach gerüttelt.

„Ist das Charlie?“, rief ich, noch bevor ich mich aus der Decke befreien konnte. „Ist sie nach Hause gekommen?“

Aber es waren nur die Kinder, Lissas, Rebeccas und meine. Eins von meinen.

„Los, komm, Isabella“, sagte Lissa. „Wir gehen nach oben. Dort ist es ruhiger.“

Sie schob mich die Treppe hinauf und versuchte mich zu überreden, ins Bett zu krabbeln, aber das lockte mich so wenig wie eine Matratze voller Reißzwecken. Alles in mir schrie: *Leg dich nicht hin! Sonst verlierst du noch den Verstand!*

„Ich möchte gerne wach bleiben“, sagte ich, „für den Fall, dass wir etwas hören.“

„Ich wecke dich, *wenn* wir etwas hören“, erwiderte Lissa. In ihren honigbraunen Augen spiegelte sich ihre Besorgnis, und ich hätte am liebsten geweint. Plötzlich brachte mich alles zum Weinen.

Ich versenkte mein Gesicht an Lissas Schulter und schluchzte. Sanft ließ sie Strähnen meiner Haare durch ihre Finger gleiten. „Du machst das super, Isabella. Ich finde, du machst das wirklich super.“

Ich lag nicht in Embryonalstellung gekrümmt auf dem Fußboden, wenn sie das meinte. Alles, was ich tun konnte, war, weiter nach der Sicherheit zu suchen, die es doch geben musste. Irgendwo.

Für den Rest des Tages herrschte im Haus emsige Betriebsamkeit. Frauen, die meine Wäsche machten. Leute, die mir erklärten, ich müsste Gott die Führung überlassen und mich schlafen legen. Stimmen, die beteten. Freundinnen, die ihre Kinder umklammerten, als ob auch sie ihnen weggeschnappt werden könnten.

Detective Malone gab eine offizielle Stellungnahme der Polizei an die Journalistenhorde auf dem Parkplatz ab, der ich von hinter der Haustür lauschte. Pastor Gary Dalberg stand neben mir und strich mit seinem sommersprossigen Daumen und Zeigefinger über seinen kastanienbraunen Schnurrbart. „Ich habe schon Menschen begleitet, deren Kinder starben oder von der Schule flogen oder Drogen nahmen“, sagte er. „Aber das hier ist so anders, Isabella. Ich habe schon zu Tom gesagt, dass ich gar nicht weiß, was ich euch sagen soll. Es gibt so viele Wenns. Es ist schwer, Trost in Wenns zu finden.“

Ich verriet ihm nicht, dass ich darum kämpfte, überhaupt Trost in irgendetwas zu finden. Ich war dankbar, dass er nicht das sagte, was ich noch vor vierundzwanzig Stunden selbst gesagt hätte, wenn das Gleiche Lissa oder Rebecca oder sonst irgendeiner Mutter passiert wäre: „Gott ist gut zu jeder Zeit. Zu jeder Zeit ist Gott gut.“ In diesem Augenblick konnte ich nichts damit anfangen. Ich wartete immer noch auf die Gewissheit, dass Gott bald mit einer unversehrten Charlie in der Tür auftauchen würde.

Tom war den ganzen Tag auf den Beinen. Irgendwann reichte Christine aus meiner Müttergruppe in der Gemeinde ihm einen Vorschlag für seine Stellungnahme vor der Presse, aber ansonsten hatte ich keine Ahnung, was er die ganze Zeit tat. Er war nicht da, als Christine zu mir in die Frühstücksecke kam, wo ich mit Lissa saß, hinaus auf den Ozean starrte und nicht von Tante Petes zuckerrübenfarbenem Eistee trank.

„Eine Aylana ist an der Tür“, sagte Christine. „Sie meinte, du hättest ihr eine Nachricht hinterlassen.“

Ich quälte mich aus der Essecke und rief nach Aylana, bevor ich die Diele erreichte. Sie stand mit einem Polizeibeamten in der Haustür, der so jung war, dass er noch Pickel am Kinn hatte. Aylanas große wassergraue Augen weiteten sich, als sich eine Horde Frauen hinter mir zusammenscharte. Eine dunkle Augenbraue ging in die Höhe, einen winzigen Goldring mit sich ziehend.

„Sie behauptet, Sie hätten sie angerufen“, erklärte der knabenhafte Beamte.

„Gestern Abend“, sagte Aylana. Sie machte einen Schritt vorwärts, um mich wie gewöhnlich zu umarmen und auf die Wangen zu küssen. Ihre Haut war sonnendurchwärmt, ihre Arme waren gertenschlank wie Charlies. Ich zwang mich, mich nicht an ihr festzuklammern.

„Ich war gerade auf dem Weg zur Arbeit im Bistro“, sagte sie, „und ich dachte, ich könnte mal vorbeischauen, ob Charlie mich begleiten möchte.“ Sie schielte argwöhnisch zu ihrem polizeilichen Begleiter. „Was ist hier eigentlich los?“

Die kleine Seifenblase an Hoffnung, die mit Aylanas Ankunft aufgetaucht war, zerplatzte fast hörbar. Das Mädchen verschwamm hinter meinem Tränenschleier.

Aylana riss ihren Blick von mir los und ließ ihn über die kleine Horde Frauen schweifen.

„Charlie ist verschwunden", sagte Rebecca. „Das ist jetzt wirklich kein guter Zeitpunkt …"

„Hat sie Ihnen irgendetwas gesagt?", fragte ich Aylana. Ich wischte mit den Fingerspitzen unter meinen Augen entlang. „Als Sie sie am Mittwoch gesehen haben, hat sie da irgendetwas Ungewöhnliches gesagt?"

Aylana schüttelte den Kopf, sodass ihr mahagonibrauner Pferdeschwanz und die Creolen im Gleichtakt mitschwangen. „Wir haben uns über Musik unterhalten, über Jungs …" Ihre vollen Lippen dehnten sich zu einem flüchtigen Lächeln. „Na ja, *ich* habe über Jungs geredet. Ich habe sie mit diesem Typen aufgezogen, der immer vorbeikommt, um mit ihr zu flirten …"

„Was ist denn hier los?"

Mit Ed Malone im Rücken stand Tom im Türrahmen des Wohnzimmers. Ich hatte keine Ahnung, wie er dort hingekommen war. Er machte einen Schritt an Christine vorbei und trat an Aylana heran, sein Gesicht ganz nah an ihrem. Sie fuhr zurück.

„Was für ein Typ?", fragte Tom. Ich sah, wie seine Kiefermuskeln arbeiteten.

„Ich weiß nicht", sagte Aylana. „So ein Typ eben."

„Kannte sie ihn?"

Aylana zuckte die Schultern.

„Hat sie sich so verhalten, als ob sie ihn kennen würde? Kannte sie seinen Namen?" Tom nahm die Hand aus der Hüfte und stach neben Aylanas Ohr in die Luft. Seine Stimme klang so gepresst, als ob die Sehnen an seinem Hals dagegendrückten. „Hören Sie zu, das ist wirklich wichtig. Sie müssen uns alles erzählen …"

„Ich weiß von überhaupt nichts, okay?", sagte Aylana. Sie machte einen steifen Schritt Richtung Tür.

„Das glaube ich nicht!"

„Mr Soltani." Ed Malone trat an mir vorbei und legte eine Hand auf Toms Schulter. „Wir müssen ruhig bleiben."

Ungläubig sah ich zu, wie Tom einen Schritt von Aylana weg machte. Seine glühende Wut verschwand wieder in seinem Inneren.

„Also gut, alle Mann raus aus dem Wasser“, sagte Tante Pete.

„Wir sind doch gar nicht im Wasser“, sagte einer der Quanten.

„Sie meint doch, dass wir raussollen aus dem Zimmer, du Trottel“, sagte Maxie.

Aylana war offenkundig den Tränen nahe, als alle bis auf Malone und Tom und mich das Zimmer verließen. Tom hatte die Hände wieder in die Hüften gestemmt und durchbohrte das Mädchen mit seinen Blicken.

Malone berührte Aylana leicht am Ellenbogen. „Fangen Sie bitte ganz von vorne an, uns über diesen Mann zu erzählen, mit dem Charlie bei der Arbeit geredet hat.“

Aylana hielt Toms Blick stand. „Es tut mir leid. Ich sollte gar nichts sagen, weil ich auch gar nichts weiß.“

Toms Knöchel wurden weiß. Ich schlang meinen Arm unter seinem durch. Er fühlte sich an wie aus Stahl.

„Wie oft ist er bei ihr vorbeigekommen?“, fragte Malone.

„Er kommt nur, um sich Pommes zu holen“, sagte Aylana. „Er flirtet einfach mit Charlie, weil sie süß ist.“

„Meinen Sie, sie kennt ihn?“, fragte Malone.

Aylana zuckte mit den Schultern.

„Was glauben Sie?“

„Keine Ahnung“, sagte Aylana. „Charlie und ich sind nicht so dicke.“

Tom zog sich aus meiner Umklammerung.

„Können Sie ihn beschreiben?“, fragte Malone.

„Ich habe ihn mir nicht so genau angesehen“, meinte Aylana.

Das nahm ich ihr kaum ab.

Sie murmelte irgendetwas davon, dass er groß und schlank und braun gebrannt war, aber immer eine Baseballkappe tragen würde, sodass sie nie sein Gesicht sehen könne.

„Welcher Klub?“, blaffte Tom.

Aylanas Augenbraue verzog sich.

„Welcher Klub stand auf dem Cap?“

„Ich kenne mich nicht mit Klubs aus.“

Tom grummelte und marschierte ins Wohnzimmer.

Aylanas Gesicht spannte sich, während sie zur Tür starrte.

Malone nickte ihr zu. „Hier haben Sie meine Karte“, sagte er. „Wenn Ihnen irgendetwas einfällt oder Sie etwas hören, rufen Sie mich an.“ Er legte die Betonung auf das *mich*.

Aylana warf einen letzten Blick ins Wohnzimmer, bevor sie ging. Sie floh förmlich.

Tom tauchte wieder auf. Er rieb seinen Hinterkopf, als ob er ihn mit Stahlwolle scheuern würde. „Tut mir leid wegen eben“, sagte er. „Ich kann einfach nicht glauben, dass sie nicht mehr weiß.“

„Vielleicht fällt ihr ja noch was ein“, meinte Malone. „Wir haben sie etwas überrumpelt.“ Er blickte über die Schulter Richtung Küche, wo die gedämpften Stimmen verstummt waren. „Können wir hier irgendwo in Ruhe reden?“

Tom führte uns in die Bibliothek auf der anderen Seite der Treppe. Eine gestreifte Chaiselongue und zwei buttergelbe Lehnstühle winkten, aber keiner von uns setzte sich. Malone legte eine Hand auf ein höheres Bücherregal und sah zu Boden.

„Ihre Entführungstheorie“, sagte er schließlich. „Ich bin mir nicht sicher, ob da etwas dran ist.“

Ich starrte Tom an. „Welche Entführungstheorie?“

„Liebling, wir schaffen das schon“, sagte er und drückte meine Schulter.

Ich blickte von ihm zu Malone und wieder zurück. Ich war dem Wahnsinn nah. „Was meinst du damit, Entführung? Jemand hat Charlie entführt, um Geld zu erpressen?“

Tom zog seine Hand weg und schloss die Augen.

„*Wie bitte*?“, wandte ich mich an Malone.

„Hör zu“, sagte Tom. „Ich habe Detective Malone gegenüber erwähnt, dass ich während der letzten Entlassungen von ein paar Leuten bedroht worden bin. Ich habe das zu dem Zeitpunkt nicht ernst genommen …“

„Inwiefern?“, fragte ich. „Haben sie gedroht, Charlie zu entführen?“

„Nein, natürlich nicht.“

„Aber warum …“

Wieder schloss Tom die Augen, so wie er es immer tat, wenn er eine Diskussion mit Maxie beenden wollte. „Du hast gefragt, ich habe geantwortet“, würde er zu ihr sagen. „Und jetzt ist Schluss.“ Eine ungewohnte Irritation kroch mir den Rücken hinunter.

„Ich habe etwas herumgefragt“, sagte Tom. „Anscheinend gab’s da Gerede – Typen, die ein paar Bier gehoben haben –, einer den anderen überbietend, wie sie mich fertigmachen könnten.“ Er seufzte. „Ich wollte nicht, dass du dich noch mehr aufregst. Ich dachte einfach, dass es vielleicht wichtig sein könnte, also habe ich Malone ein paar Namen genannt.“

„Wir gehen jedem Einzelnen nach“, versicherte Malone. „Bislang haben sie wasserdichte Alibis und können nicht mit Charlies Verschwinden in Verbindung gebracht werden. Sie haben keine schriftliche Lösegeldforderung oder einen Anruf bekommen, irgend so was?“

Ich riss den Kopf zu Tom herum. Er schüttelte den Kopf.

„Wenn doch, geben Sie uns Bescheid.“

Das war keine Frage. Tom nickte kaum merklich.

„Wenn nötig, schalten wir das FBI ein.“ Malone sah mich an. Die Sonne, die versuchte, sich einen Weg durch die geschlossenen Jalousien zu bahnen, zeichnete feine Linien in seinen Augenwinkeln ab. Erst jetzt fiel mir auf, dass seine Augen grün und golden waren, fast durchscheinend, ruhig und aufrichtig. Ich hoffte, dass er es nicht gelernt hatte, so zu gucken.

„Sie glauben nicht, dass sie entführt wurde", sagte ich. „Ich meine, nicht so, wie Tom das denkt."

„Nein. Das glaube ich nicht." Rasch blickte er zu Tom. „Aber wir möchten Ihnen die Möglichkeit geben, mit einer öffentlichen Stellungnahme vor die Presse zu gehen. Wir werden verfolgen, was Aylana über diesen jungen Mann gesagt hat, der beim Fritten-Restaurant herumgehangen hat. Aber wenn Sie vor die Kameras treten, bekommen wir vielleicht noch mehr Hinweise. Bisher haben wir noch nicht so viele Anhaltspunkte."

„Das Mädchen verschweigt irgendwas", sagte Tom.

Natürlich tut sie das, dachte ich. *Du hast sie zu Tode erschreckt.*

Der Gedanke überraschte mich und ich verscheuchte ihn schnell. Wir waren beide in Knoten von Unglück und Frustration gefangen und versuchten, uns von Panik und Horrorfantasien frei zu machen. Ich war wie gelähmt, Tom schlug um sich. Wir waren jetzt in einer Situation, wie wir nie zuvor eine erlebt hatten. Niemand konnte uns vorwerfen, dass wir taumelten.

„Der Chef ist bereit, eine Pressekonferenz anzusetzen, sobald Sie zustimmen."

„Ja, in Ordnung", sagte Tom. „Ich schätze, ich muss alles probieren."

Malone neigte den Kopf zu mir. Selbst in meinem verwirrten Zustand wurde mir klar: Diese Haltung bedeutete, dass er mir etwas Schweres zu sagen hatte.

„Nicht nur Ihr Mann", sagte er. „Es wäre wirklich sinnvoll, wenn Sie auch etwas sagen würden, Mrs Soltani. Nicht lang – nur ein paar Worte."

„Warum?", fragte Tom.

Malone sah mich weiterhin an. „Ihr emotionaler Zustand wird die Aufmerksamkeit der Leute gewinnen, sie dazu bringen, helfen zu wollen. Sie werden Sie – oder Charlie – nicht mehr aus dem Kopf bekommen."

„Ich weiß nicht.“ Tom legte die Hand in meinen Nacken, wie er es immer tat, wenn wir eine Straße überquerten oder am Strand entlangschlenderten und ein Sandkrebs über meinen Fuß rannte. „Liebling, du bist doch schon so überanstrengt.“

„Es ist Ihre Entscheidung“, sagte Malone. Er sah mich immer noch an. „Ich gebe dem Chef Bescheid, sage Ihnen dann, wann es losgeht. Wahrscheinlich machen wir es gleich da draußen auf dem Parkplatz neben Ihrer Auffahrt.“

Als Malone hinausgegangen war, führte Tom mich zur Chaiselongue, während seine Hand noch immer meinen Nacken streichelte. Ich setzte mich und legte mir den gelben Schal, der auf dem Sofa lag, um die Schultern. Tom hockte sich vor mich und strich mir das Haar behutsam aus dem Gesicht.

„Ich wollte nicht, dass du von der Entführungssache so überrumpelt wirst“, sagte er. „Ich dachte, dass du schon genug auszuhalten hast.“

„Der Detective hat doch gerade gesagt, dass er *nicht* an eine Entführung glaubt. Wenn du mir nicht etwas verschweigst, haben wir doch gar nicht so eine Menge Geld, dass sich Entführer dafür interessieren wurden.“ Ich versuchte zu lächeln.

Tom strich mit dem Handrücken über meine Wange. „Du hast Informationen aus erster Hand über die gängigen Raten für Lösegeld?“

„Ich habe diesen Mel-Gibson-Film gesehen“, antwortete ich.

Wir wechselten ein mattes Grinsen und für einen Augenblick war alles so, wie es noch vor vierundzwanzig Stunden gewesen war. Aber es war alles so ermüdend. Ich sackte an die Lehne der Chaiselongue zurück und zog den Schal noch enger um die Schultern. Tom streifte mit den Lippen über meine, bevor er aufstand, die Handflächen an seiner Hose abwischte und feuchte Flecken auf dem Kaki hinterließ.

„Ich weiß, was Malone gesagt hat, aber ich finde trotzdem, dass wir Maxie fest im Auge behalten sollten. Sie nicht für eine Minute alleine lassen. Wir richten ihr für heute Nacht ein Bett in unserem Schlafzimmer."

„Aber wenn Charlie gar nicht entführt wurde …"

„Lass mich dafür sorgen, Isabella." Toms Miene verdunkelte sich, als ob er seinen Frust mit Gewalt zurückhalten würde. Sein Telefon ging los wie ein Alarm, und er knurrte ein Hallo.

Ich saß da, die Fransen des Schals zwischen den Fingern, und beobachtete, wie er die Augen schloss und „a-ha" murmelte, bis das Knurren und die Dunkelheit abnahmen und ihn grau zurückließen. Er legte eine Hand über den Hörer und flüsterte: „Tut mir leid, Liebling. Wir reden nachher weiter, ja?"

Wir drückten unsere Hände, und er verschwand aus der Bibliothek, das Telefon ans Ohr gepresst. Seine Schritte auf den Stufen nach oben verhallten. Neue Zweifel überfielen mich und ließen mich erneut auf- und ablaufen wie im Käfig.

***

Malone rief an, als die Gruppen-Mütter gerade aufbrachen. Die Pressekonferenz war für den nächsten Morgen um neun Uhr angesetzt.

„Möchtest du, dass ich hierbleibe?", fragte Lissa. Sie legte die Hand auf meinen Arm. „Ich könnte dir wenigstens dabei helfen, etwas zum Anziehen herauszusuchen." Sie schauderte. „Isabella, tut mir leid. Ich weiß einfach nicht, was ich dir Gutes sagen könnte."

„Sobald ich das herausgefunden habe, gebe ich dir Bescheid", sagte ich. Ich schenkte ihr das letzte Lächeln, das ich aufbringen konnte. Sie wirkte fast durchsichtig; Tränen, Mitleid und Angst bebten unter der Oberfläche. Sie legte ihren Arm um Justin und grub ihre Finger in die nassen Spitzen seiner roten Haare, als sie Richtung Tür gingen.

Jede Mutter, die an diesem Tag von unserer Geschichte gehört hatte, bewachte ihre Kinder mit Argusaugen und behandelte sie wie rohe Eier, das wusste ich. Heute wurde überall vor dem Fernseher ausgiebig gekuschelt. Es gab leise Gespräche über die Gefahren, mit Fremden mitzugehen. Auf Zehenspitzen schlichen die Mütter in den frühen Morgenstunden in die Kinderzimmer, um sicherzugehen, dass ihre Schätzchen noch warm und friedlich in ihren Betten lagen.

Ich wünschte mir, eine dieser Mütter zu sein.

Ich hatte eine weitere fast schlaflose Nacht. Tom bestand darauf, dass wir ins Bett gingen und uns wenigstens ausruhten. Ich lag da und lauschte auf Maxies gleichmäßigen Atem. Sie schlief so tief und fest, wie es nur Zehnjährige können. Zusammengerollt lag sie auf dem Sofa in der Leseecke. Tom lag auf der Seite unseres Bettes, die ihr am nächsten war, angespannt wie eine Springfeder. Er döste weg, aber sein Schlaf war so leicht und unruhig, dass ich versuchte, mich nicht zu rühren, um ihn nicht zu stören.

Bevor sie gegangen war, hatte Rebecca mir mitgeteilt, dass die Gemeinde die ganze Nacht durch in der Kirche beten würde. Einige Male während der trostlosesten Stunden vor Sonnenaufgang dachte ich darüber nach, mich ihnen anzuschließen. Die Kerzen verbreiteten sicherlich ein tröstliches kleines Licht. Der vertraute Duft von Bienenwachs, die warmen Hände von Freunden, zu einem Kreis geschlossen, die Stimmen, die Gottvertrauen ausstrahlten – sie hätten alle Trost gespendet. Es war die gleiche Art Trost, die ich anderen Menschen gespendet hatte. Lissa, als ihre Großmutter starb. Rebecca, als bei ihrem Sohn Asthma diagnostiziert worden war. Charlie, als sie nicht für die Rolle der Clara im *Nussknacker*-Ballett ausgewählt worden war. In diesen Zeiten hatte ich mein Gebetsleben und meine Hingabe an Gott für sehr reif und gesund gehalten, als ob sie für uns ausgereicht hätten.

Aber mein Vertrauen bröckelte. Immer und immer wieder wandte ich mich in dieser Nacht an Gott, aber ich sah nur eine riesige Schreckenswelle auf mich zukommen. Ich flüsterte: „Vater, bitte …" Weiter kam ich nicht. Alles, was ich hörte, waren nur meine eigenen verzweifelten Gedanken, die mir ihre Was-Wenns entgegenschrien.

Es fiel mir schwer zu hoffen, dass die Gebete, die in diesem Augenblick für uns emporgesandt wurden, Charlie wieder nach Hause bringen würden. Es schien mir zu gefährlich, um Hoffnung zu bitten, und als ich in die dunkle Nacht starrte, wurde mir auch klar, warum.

Zum ersten Mal hatte ich Angst, dass Gott Nein sagen könnte.

5

Als ich am nächsten Morgen in meinem begehbaren Kleiderschrank stand und wie blind auf meine Kleider starrte, nahm Tom mich am Ellbogen, schob mich zurück ins Bett und brachte mich dazu, mich hinzulegen.

„Es wird keine Pressekonferenz geben", sagte er.

„Ich verstehe nicht …", antwortete ich.

Er legte einen Arm auf den Bettpfosten. „Alles, was die Presse will, ist eine Story. Ich möchte nicht, dass du dastehst und wie ein Tier im Zoo angestarrt wirst. Lissa hat mir erzählt, was die gestern so alles wissen wollten, als sie dachten, sie wäre du, und ich glaube nicht, dass das Charlie wieder nach Hause bringt."

Ich lag wie versteinert da und sah zu ihm hoch. Ein kehliges Geräusch, das ich nie zuvor von mir vernommen hatte, entschlüpfte meinem Hals.

„Oh Liebling", sagte Tom. „Wein, schrei, mach, was immer du willst. Es sind doch nur wir beide hier."

Ich konnte nicht. Angst durchströmte mich und nahm mir die

letzte Kraft. Ich wollte, dass Tom mich festhielt, sodass die Angst nicht zurückkommen konnte, und ich streckte ihm die Arme entgegen.

„Ich glaube nicht, dass eine große Pressekonferenz eine gute Idee ist", meinte er in meine Haare hinein. „Malone denkt, dass er weiß, was er tut, aber er kennt dich nicht." Er nahm mein Gesicht in beide Hände, drehte es zu sich und suchte darin, als ob ich auch dabei war zu verschwinden. „Deine einzige Aufgabe ist es jetzt, so ruhig zu bleiben, wie du kannst, für Maxie. Sie braucht ihre Mama. Wenn sie sieht, wie du auseinanderfällst, was soll sie dann noch zusammenhalten? Schau ..."

Es klopfte leise an der Schlafzimmertür. „Dieser Detective möchte mit euch sprechen", sagte Maxie mit kratzendem Flüstern.

„Wir sind gleich unten", sagte Tom. „Wer ist bei dir?"

„In dieser Sekunde niemand. Ich habe meinem Bodyguard eine Kaffeepause gegeben."

Ich wollte aufstehen, aber Tom hielt mich fest. „Isabella", sagte er, „wir werden sie finden. Kümmer dich um Maxie. Bitte, Liebling."

Ich nickte. Und plötzlich rasten meine Gedanken direkt zu Charlie. Genau jetzt, vielleicht irgendwie, irgendwo starrte sie im Fernsehen auf ihr eigenes Bild. Vielleicht wartete sie darauf, dass ich auf dem Bildschirm erschien und um ihre Rückkehr bat. Vielleicht konnte die Pressekonferenz, die Tom ablehnte, ihr etwas zum Festhalten geben.

„Bitte", flüsterte ich. Ich wusste nur nicht, zu wem.

Falls Ed Malone enttäuscht war, dass wir keine Pressekonferenz geben wollten, dann zeigte er es nicht. Er erklärte, dass es den gewünschten Effekt erzielte, wenn Charlies Bild in den Nachrichten gezeigt wurde. Die Polizeistation hatte schon einige Anrufe erhalten.

„Nichts, dem wir jetzt schon nachgehen könnten", sagte er, „aber es ist ja auch noch früh."

Er ging mit Tom, um sich mit zwei FBI-Agenten zu treffen und ihren Ermittlungsansatz zur möglichen Entführung zu hören. Maxie verkündete von ihrem Posten am Dielenfenster, dass derselbe Polizist von gestern draußen in seinem Auto saß.

„Wie alt ist er? Zwölf?", fragte Tante Pete, als sie aus dem Fenster spähte. Dann machte sie sich wieder daran, das gesamte Haus zu wischen.

Ein weiterer Detective, jünger und, laut Maxie, noch „horstiger" als Ed Malone, brachte eine Kopie des Flyers mit, den sie verteilten. Ich stand mitten in der Diele und starrte auf das Mädchen, das mich von dem Blatt Papier anlächelte.

Das konnte nicht meine Tochter sein. Sie hatte das verschämte Lächeln meiner Tochter, ihre großen Augen, dieselben Haarsträhnen, die in ihr Gesicht fielen. Dieses Mädchen senkte sein Kinn, wie es meine Tochter tat. Aber das konnte nicht Charlie sein, nicht mit diesen Worten, die in fett gedruckten Buchstaben neben ihrem Bild standen: „Haben Sie dieses Mädchen gesehen?"

Ihr Steckbrief – ihre Größe, ihr Gewicht, ihre Arbeitsuniform aus dem Bistro – war ebenfalls abgedruckt. Es gab keinen Hinweis auf ihr glockenhelles Lachen oder auf die Art, wie sie Pirouetten durch die Küche drehte, oder darauf, wie sehr sie Senf auf einer heißen Brezel liebte. Wenn dieses Mädchen meine Charlie war, wie konnten sie sie dann finden, ohne all das zu wissen?

„Jody Johnstone hat gerade angerufen", sagte Christine. Sie war irgendwie neben mir aufgetaucht, mit ihrem üblichen Klemmbrett in der Hand. „Sie hat eine Gruppe von Müttern und Töchtern mobilisiert, um beim Verteilen der Flyer zu helfen."

„Ich komme auch mit!", rief Maxie.

„Nur über die Leiche deines Vaters", rief Tante Pete. Sie stand am obersten Treppenabsatz und polierte das Geländer.

Ich legte einen Arm um Maxie und schob sie behutsam Richtung Wohnzimmer. Sie ließ sich auf einen der Stühle plumpsen, alle Glieder von sich gestreckt. „Ihr habt immer gesagt, wenn *mich* mal jemand stehlen würde, würde er mich sofort wieder zurückbringen, also weiß ich nicht, warum ihr euch Sorgen macht."

„Warum denkst du, dass wir Angst haben, dass dich jemand klauen könnte?", fragte ich in etwas zu hysterischem Ton.

Maxie rollte mit den Augen. „Ich bin ja nicht blöd." Sie zog die Knie an ihre Brust und spannte ihr Shirt bis zu den Zehen hinunter. Ich realisierte, dass sie eines von Charlies Shirts trug. Das mit Baryschnikow, dem berühmten Balletttänzer, drauf.

„Überhaupt niemand wird mich schnappen, Mama. Ich würde treten und schreien und beißen. Du weißt schon, ich würde so charmant sein wie immer." Sie grinste.

Ich setzte mich aufs Sofa und streckte die Arme nach ihr aus. Sie kam zu mir herüber und rollte sich auf meinem Schoß zusammen. Sie fühlte sich in meiner Umarmung kräftig an, ganz anders als Charlie. Die gertenschlanke Charlie, die noch vor zwei Tagen vor meinen Augen zur Frau geworden war. Das Verschwinden dieses Kleinmädchenhaften machte sie für mich noch verwundbarer, zu zerbrechlich für das, wofür auch immer sie sich entscheiden mochte.

An jenem Abend hatten wir über ihre Haare gesprochen. Das allein hatte sie fast zum Weinen gebracht. Ich konnte es nicht ertragen, mir vorzustellen, wie sie noch Schlimmeres bewältigen sollte. Ich konnte es nicht.

„Ich kapier nicht, warum wir nicht wenigstens runter zum Strand gehen können", beklagte sich Maxie. „Du kannst mich bewachen, und" – sie kuschelte sich noch näher an mich – „wer soll sich uns schon nähern, wenn Tante Pete dabei ist? Du musst zugeben, dass sie ziemlich unheimlich aussieht."

„Das habe ich gehört", rief Tante Pete aus der Küche.

Maxie versteckte mit der Hand ihr Grinsen.

„Das Kind hat recht." Tante Pete erschien in der Tür und trocknete sich die Hände an ihrem Bademantel ab. „Wir können sie unten am Strand genauso gut beaufsichtigen wie hier im Haus. Der

Kleine da draußen kann ja Wache stehen, anstatt im Streifenwagen zu pennen, wie er es gerade tut." Sie nickte in Richtung meines Daumens, an dem ich nagte. Der Nagel war längst abgekaut, die Nagelhaut blutete. „Wenn wir hier nicht schleunigst rauskommen, schnappen wir drei noch völlig über."

Ich drückte Maxie in der Erwartung, dass irgendetwas wie „Das bist du doch längst, Tante Pete" aus ihrem Mund kam.

„Tom hat uns ausdrücklich gebeten, im Haus zu bleiben", wandte ich ein.

„Hat er gar nicht", protestierte Maxie. „Er hat gesagt, dass ihr mich mit Argusaugen bewachen sollt und dass wir in der Nähe des Telefons bleiben sollen. Er hat nicht gesagt, dass es nicht auch das Handy sein kann."

„Dir kann man wirklich nichts vormachen", meinte Tante Pete. „Ich bereite dann mal ein kleines Picknick vor."

„Ich habe keinen Hunger", sagte Maxie schnell. Sie hüpfte von meinem Schoß. „Los, gehen wir!"

Der junge Polizist wurde herbeigerufen. Er hieß Frankie Bales, wie uns Christine erzählte, als sie kam, um das Festnetztelefon zu bewachen.

Tante Pete lud sich ihren persönlichen Strandstuhl auf, eine Thermoskanne mit ihrem ungenießbaren Eistee und ihre geflochtene türkise Tasche, die so groß war wie die eines Briefträgers und in der sie am Strand immer herumkramte, als ob die ganzen Geheimnisse des Universums darin zu finden wären.

Ich hatte mich diesen Sommer schon mehrfach gefragt, wie Tante Pete das hinbekommen hatte, wenn sie und ihr Mann, der legendäre Onkel Hank Bernardi, auf Reisen gewesen waren. Sie hatten nie Kinder bekommen, und Maxie hatte mich darauf hingewiesen, dass das wahrscheinlich auch besser so war, denn Tante Pete hätte sie sonst mit ihren Kochkünsten umgebracht. Bis zu Onkel Hanks Tod vor zwei Jahren hatten sie die Zeit nach seiner Pensionierung damit verbracht, jede Touristenattraktion auf vier Kontinenten abzuhaken. Sie sandten uns Postkarten, auf denen immer etwas stand wie: „Wir waren heute Morgen im Louvre, in Versailles und auf dem Eiffelturm. Heute Nachmittag machen wir das linke Ufer.“ Als Onkel Hank im Alter von zweiundachtzig an einem schweren Herzinfarkt starb, waren Afrika, Südamerika und die Antarktis noch unerledigt.

Damals kannte ich Tante Pete und Onkel Hank nicht besonders gut; die Postkarten, Kühlschrankmagnete, T-Shirts und Salz- und Pfefferstreuer in Form von englischen Telefonzellen und japanischen Tempeln waren mein einziger Kontakt zu ihnen. Das meiste, was ich von ihnen wusste, rührte von Toms Kindheitsgeschichten her. Damals hatte Onkel Hank zwei Kinos in Philadelphia besessen, und er hatte dafür gesorgt, dass Tom mindestens einmal im Monat von Bethany Beach für einen Besuch zu ihnen hinaufkam und so viele Vorführungen der laufenden Filme sah, wie er wollte, und Popkorn und M&M's aß, bis er kurz vorm Platzen gewesen war oder sich übergeben musste, was auch immer als Letztes kam. Tante Pete hatte die Buchhaltung erledigt, die Süßigkeiten bestellt und sich insgesamt mehr um die banaleren Aspekte des Kinogeschäfts gekümmert. Wenn man Tom Glauben schenkte, kümmerte sie sich auch um die Angelegenheiten aller anderen. Diese Eigenart hatte sie nicht verloren.

„Du bist schon zu weit draußen!“, brüllte sie Maxie jetzt zu. Sie stieß mich mit ihrem Ellbogen an. „Sie ist schon zu weit draußen, Isabella.“

Maxie stand etwa zwei Meter vom Strand mit dem Rücken zu uns, tänzelte vor einer Welle und zog eine Seite ihres gepunkteten Badeanzugs über ihren Po, weil sie wusste, dass ich guckte. Sie scherte sich selbst nie darum, dass der Badeanzug immer hochrutschte. Mit einem Mal sprang sie kopfüber in die Welle und tauchte wieder auf, um die nächste zu erobern.

Vor meinem inneren Auge sah ich, wie Tom ihr und Charlie

Wellenreiten beibrachte. Da war Maxie vier und Charlie zehn. Tom stand vor der herankommenden Brandung, in jeder Hand die Rückenträger ihrer Badeanzüge haltend.

„Die! Jetzt, Daddy!“, quietschte Maxie an ihrem ersten Tag.

„Nein!“, schrie Charlie. „Die ist viel zu groß!“

„Nicht groß genug!“, rief Tom. Er hob die beiden über die Welle hinüber, ihre Beine baumelten in der Luft. Charlies Gekicher klang im Wind wie ein Glöckchen.

„Wir müssen auf die richtige warten“, erklärte ihnen Tom. „Und da kommt sie. Fertig?“

„Ja!“, quietschte Maxie.

„Nein!“, kreischte Charlie.

„Schwimmt!“, rief Tom. „Schwimmt, bis ich euch zurufe, dass ihr aufhören sollt!“

Er schwamm zwischen ihnen, als die Mädchen sich durch das Wasser schlängelten, Maxie so frei wie ein kleiner Fisch, Charlie in einem Rhythmus, den sie in stundenlangen Schwimmkursen gelernt hatte. Ich erhob mich am Strand, beschirmte meine Augen mit einer Hand und vergewisserte mich, dass Tom sie nicht ertrinken ließ. Meine zwei Babys sahen so klein aus da draußen …

„Okay, lasst euch einfach mitziehen!“, rief Tom.

Maxie trieb mit der Welle den ganzen Weg bis zum Strand, wo ihre kleine, kräftige Gestalt mit stürmischem Gekicher wieder auftauchte. Charlie streckte die Arme nach vorne aus, gerade und steif. Als sie heranschwamm, sah ich, dass ihr Gesicht ganz konzentriert war von dem Bemühen, alles richtig zu machen.

Jetzt schloss ich die Augen. Ich konnte sie zwitschern hören: „War das gut, Dad?“ Konnte ihren köstlichen Duft riechen, eine Mischung aus Sunblocker, Gummibärchen und Gurke-Melone-Shampoo.

Das Einzige, was ich nicht konnte, war, sie zu fragen: „Charlie, meine Kleine, wo bist du?“

Jetzt tauchte Maxie in eine sich brechende Welle ein, glitt auf dem Bauch über den nassen Sand und verkündete: „Yes!“

„Du warst zu weit draußen“, stellte Tante Pete fest. Sie drehte sich wieder zu ihrer geflochtenen Tasche, wühlte darin herum und brachte einen riesigen roten Schlapphut zum Vorschein. Sie platzierte ihn auf ihrem Kopf und grub erneut in der Tasche, diesmal nach ihrem Sarong, den sie sich gekauft hatte, als sie mit Onkel Hank Neu-Delhi „gemacht“ hatte. Er war am Strand ein Muss, wo doch der Chenille-Bademantel im Haus geblieben war.

Maxie schmiss sich im weichen Sand auf ihre Knie, die Unterschenkel fünfundvierzig Grad abgewinkelt, und fing an, mit aller Kraft zu graben.

„Noch eine Sandburg“, sagte Tante Pete. „Ich verstehe nicht, warum sie immer wieder welche baut. Irgendwelche Idioten kommen doch immer vorbei und machen sie kaputt.“

„Verstehe ich auch nicht“, sagte ich. Meine Hoffnung sank erneut. Ich redete mir ein, das käme daher, dass ich vor Morgengrauen nur zwei Stunden geschlafen hatte. Aber selbst als ich mein Handy mit beiden Händen umklammerte, schrumpfte die Hoffnung auf einen Anruf von Charlie auf null.

Was würde sie jetzt wohl sagen? „Mama, es tut mir leid. Ich habe etwas ganz Dummes gemacht“ oder: „Mama, hol mich bitte ab. Ich mache das nie wieder“ – diese Möglichkeiten hatte ich schon verworfen. Ich konnte mir selbst nicht erlauben zu denken: „Mama, es geht mir gut. Sie haben mir nichts getan.“ Oder: „Mama, bitte tu alles, was sie von dir verlangen, sie tun mir sonst etwas Schreckliches an.“

Charlie wäre sowieso nicht fähig, so etwas auszusprechen. Wenn sie tatsächlich entführt worden wäre, hätte sie die Angst in einen Schockzustand versetzt. Sie würde tun, was ich selbst tun wollte – dichtmachen, sich zurückziehen, alles ausblenden. Sie wäre von der Angst wie mumifiziert.

Ich setzte mich aufrecht hin und versuchte zu atmen. Ich hatte nicht geahnt, dass Panik einen so ersticken konnte. Noch nie hatte ich so eine Panik gefühlt wie jetzt.

„Hey, Mama", rief Maxie aus dem Loch, in dem sie jetzt bis zu den Schenkeln steckte.

„Hey sagen nur ungezogene Cowboys", sagte Tante Pete. Sie förderte eine *Gala* und eine Familienpackung Sonnencreme aus ihrer Tasche zutage.

„Nein, guckt doch mal." Maxie zeigte ans südliche Ende „unseres" Strandes. „Da ist diese Mylanta."

„Mylanta?", fragte Tante Pete. „Wovon sprichst du, Kind?"

Aylana. Es war Aylana, die mit Officer Frankie auf der anderen Seite des Zauns stand. Er winkte mich zu sich hinüber, was total unnötig war, denn ich war bereits auf halbem Weg.

Die Sonne glitzerte von Aylanas Augenbrauenring, von ihren Ohrringen und der Kette unterhalb ihrer Taille. Ihre weißen Shorts saßen gefährlich tief, und ihr Neckholder-Top war nur wenig mehr als eine Anerkennung der amerikanischen Sitte, die wichtigsten Körperteile am Strand zu bedecken. Officer Frankies Gesicht hatte die Farbe von Radieschen, und er hielt seine Augen fest auf mich gerichtet.

„Entschuldigen Sie die Störung, Mrs Soltani", sagte er. Seine Stimme quietschte in sopranigen Höhen.

„Schon gut", sagte ich. „Sie ist eine Freundin."

Wie zum Beweis drückte Aylana ihre Wange an meine. „Ich würde Sie gern allein sprechen", flüsterte sie.

„Brauchen Sie mich?", fragte Officer Frankie. Jetzt konnte er kaum noch sprechen. In jedem anderen Augenblick hätte ich mich amüsiert gefragt, was ihm wohl lieber gewesen wäre: wenn wir ihn dabehielten oder ihn fortschickten.

„Nein, danke", sagte ich.

Ich warf einen Blick zurück. Tante Pete stand über Maxie, die von der Sandburg fast vollkommen verdeckt wurde. Die beiden waren wohl gut aufgehoben.

Aylana blickte zum Haus. „Ihr Vater ist nicht da, oder?“

„Charlies Vater?“, fragte ich. „Nein …“

„Gut. Es gibt da etwas, was ich Ihnen sagen muss, und ich möchte nicht, dass er zuhört. Er ist gewalttätig, Ihr Mann.“

„Er ist nur etwas reizbar im Moment“, sagte ich. Es hätte nicht lächerlicher klingen können, das wusste ich. Es war nur meine übliche Antwort, wenn Tom eines der Mädchen anblaffte oder Maxie am Abendbrottisch schmollte oder Donald Rumsfeld in einer Pressekonferenz jemandem das Wort abschnitt.

Tom hatte das Wort *reizbar* für Aylana offensichtlich neu definiert. „Er hat mir Angst gemacht“, sagte sie. „Und dann habe ich mich nicht mehr getraut zu erzählen, was ich weiß.“

Ich merkte, wie ich erstarrte. „Was wissen Sie?“

„Dieser Junge, von dem ich gesagt habe, dass er immer nur zum Pommesholen kommt …“

„Was? Was ist mit ihm?“

„Er kam oft vorbei. *Sehr* oft.“ Sie schüttelte den Kopf, den Pferdeschwanz mitschlenkernd. „Ich habe gelogen. Pommes, keine Pommes – er kam, um mit *ihr* zu reden. Ich habe ihr gesagt, dass er sie *mag*. Sie wissen schon, er hat sich für sie *interessiert*, und zuerst hat sie gesagt, nein, niemals, all diese Sachen, weil sie nicht weiß, wie wunderschön sie ist.“

„Zuerst?“, wiederholte ich. Ich brachte die Lippen kaum auseinander, aus Angst, dass ein lebensnotwendiges Teil abfallen und verloren gehen könnte, wenn ich mich bewegte.

„Er stand auf sie“, fuhr sie fort. „Er gab nicht auf, fragte sie immer wieder, ob sie ihre Pause mit ihm verbringen würde. Und schließlich, eines Abends, hat sie es getan.“

„Sie ist mit ihm weggegangen?“

„Nur für eine Viertelstunde.“

Ich hätte ihr am liebsten gesagt, dass sie sich das alles nur einbildete. Oder es erfunden hatte. Aber ich sagte: „Wann war das?“

Aylana spielte mit einer Creole herum und starrte in den Sand. Ihr Gesicht strahlte, als ob sie mich mit einem Märchen verzaubern würde.

„Nicht lange, nachdem sie anfing, dort zu arbeiten", sagte sie schließlich. „Vielleicht zwei Wochen."

„Das ist also drei Monate her?", überlegte ich. Erneut entschwand die Hoffnung. „Wenn das schon so lange her ist, dann hat er wahrscheinlich nichts mit Charlies Verschwinden zu tun."

Aylanas Augenbrauen zogen sich zusammen, als ob ich den Knackpunkt der Geschichte überhaupt nicht verstanden hätte. „Er ist danach nicht weggegangen. Als sie das erste Mal ihre Pause mit ihm verbracht hatte, kam Charlie mit leuchtenden Augen und diesem typischen Lächeln zurück."

„Was für einem Lächeln?"

Sie berührte meinen Ellbogen. „Das Lächeln, das Sie Ihrem Mann geschenkt haben, als Sie jung und verliebt waren."

„Ver*liebt*?"

„Das überrascht Sie." Aylana nickte. „Charlie hat mir erzählt, dass ihr Vater ihr nie erlauben würde, mit einem Jungen zu gehen. Sie sind ja auch gar nicht miteinander gegangen. Glaube ich zumindest. Sie hat nur ihre Pausen mit ihm verbracht."

„Charlie?", fragte ich. „Sind Sie *sicher*?"

„Oh ja."

Ich massierte meine Schläfen mit den Fingerspitzen. Bilder blitzten auf, fremdartige Bilder. Charlie, die sich über den Tresen lehnte, schüchtern einen Fremden anlächelte. Charlie, die aus dem Seitenausgang des Bistros schlüpfte und ihre Finger zwischen seine schob, während sie sich die Stufen hinunterstahlen. Charlie, die am Donnerstagabend losrannte, um ihn an der Strandpromenade zu treffen, und in irgendeinem dunklen Winkel seines Lebens verschwand. Selbst in meiner Vorstellung erkannte ich sie nicht wieder.

„Alles in Ordnung?"

Ich öffnete die Augen. „Sind Sie sich sicher?“, fragte ich. „Inga und Yuri haben ihn nie erwähnt. Ihre beste Freundin hat mir nichts davon erzählt.“

„Niemand sonst wusste davon“, erklärte Aylana. „Ich habe es nur erraten, weil ich mich mit diesen Dingen auskenne.“

„Was ist das für ein Junge?“

Aylana blickte mich erschrocken an, als ob ihr zum ersten Mal bewusst würde, dass „Es war einmal …“ und „Sie lebten glücklich bis an ihr Lebensende“ sich hier nicht bewahrheiten könnten.

„Ich weiß nicht genau, wie er heißt.“

Sie starrte herunter auf meine Hand, die sich an ihrem Arm festkrallte. Ich wusste nicht, wie sie dort hingekommen war, und nahm sie nicht fort.

„Sie hat seinen Namen manchmal erwähnt, als er sie aufgezogen hat, aber es war kein richtiger Name. Er nannte sich irgendwie …“

„Ein Spitzname?“, fragte ich.

„Ja! Er begann mit …“ Sie machte ein zischelndes Geräusch. „Spion. Schlange. Nein. Ich weiß es nicht mehr.“

Sie legte ihre Hand auf meine. Ihre Augen waren weit aufgerissen und sahen mich flehend an. „Es tut mir so leid. Ich fand, es war so unschuldig.“

„Er hat auf Sie also nicht gefährlich gewirkt? Nicht bedrohlich?“

„Nein, nein! Er war …“ Sie zog ihre Hand behutsam weg und bewegte ihre Hände vor ihrem Gesicht, als ob sie eine Aura beschreiben wollte. „Dunkel manchmal. Und dann wieder nicht. Wie nennt man das?“

„Launenhaft?“, sagte ich.

Sie schnippte mit den Fingern. „Genau. Typen sind so, aber er war mehr als das.“

„Sie haben gesagt, Sie wüssten nicht, wie er aussieht. Stimmt das wirklich?“

Aylana pustete. „Ja. Ich habe ihn mir nie aus der Nähe angesehen. Er ist nicht mein Typ, wissen Sie? Zu dünn. Zu volle Lippen. Und" – sie beugte sich zu mir – „er hat Strähnchen in den Haaren. Ich hasse das."

Ich hasste es ebenfalls. Ich hasste alles an ihm. „Bitte", sagte ich, „könnten Sie das alles auch dem Detective erzählen?" Ich sah ihr Zögern. „Bitte. Wir müssen sie finden."

Ich legte die Hand vor den Mund, und sie schlang ihre Arme um mich, das leicht bekleidete Mädchen mit dem Augenbrauenpiercing, das ein Geheimnis kannte, das meine Tochter mir nicht verraten hatte.

„Ich werde Ihnen helfen", sagte sie.

Als Ed Malone eintraf, um Aylana zu befragen, war Tom nicht bei ihm. Er kam nicht nach Hause, bis beide wieder gegangen waren. Inzwischen döste ich auf dem Sofa im Wohnzimmer. Ein Teil meiner Sorge war verebbt, als Malone mir sagte, dass sie – obwohl ein heimlicher Freund, dessen Spitzname mit einem S begann, ihnen nicht viel weiterhalf – der Spur nachgehen würden. Der kleine Raum, den die Hoffnungslosigkeit gelassen hatte, füllte sich mit großer Müdigkeit, gegen die ich mich nicht wehren konnte. Tom fand mich kurz vorm Einnicken.

„Weck sie nicht auf, Tomy", hörte ich Tante Pete sagen.

„Ich schlafe gar nicht." Ich stützte mich auf einen Ellbogen. Tom schritt durchs Zimmer und zog einen der Korbstühle näher an das Sofa heran. Ich sah, dass er irgendetwas unterdrückte.

„Was ist?", fragte ich.

„Tante Pete hat mir von Aylana erzählt."

„Könnte doch sein, dass es uns weiterhilft, oder?", meinte ich.

„Wir wissen noch nicht einmal, ob es der Wahrheit entspricht."

Ich blinzelte ihn an. Er fuhr sich verräterisch mit der Hand über den Hinterkopf. „Liebling, warum hast du mich nicht angerufen, bevor du Malone herbestellt hast, um sie noch einmal zu befragen?"

„Ich verstehe nicht …"

„Du bist schon total mitgenommen. Dann taucht dieses Mädchen noch mal hier auf, mit dieser Geschichte, dass Charlie einen Freund hat." Er hielt inne und legte sein Gesicht in ungläubige Falten. „Ich wünschte, du hättest mir zuerst Bescheid gegeben."

Ich konnte ihn nur anstarren.

„Lass uns die Dinge von jetzt an besprechen." Er küsste meine Stirn und warf sich dann zurück in den Stuhl. Die Anspannung war greifbar. „Passiert das hier alles wirklich gerade, Isabella?"

Der Angst nach zu urteilen, die mich erneut niederdrückte, musste ich Ja sagen.

***

Der Rest des Nachmittags und Abends brachte genügend Ablenkungen, die mich davon abhielten, völlig die Nerven zu verlieren. Charlies Tanzlehrer kam mit einer überlebensgroßen, selbst gebastelten Karte der Mädchen aus dem Studio herüber. Ein älteres Paar aus der Gemeinde gab zwei Kisten voller Mais und Tomaten bei uns ab. Das Telefon läutete unablässig, und Anrufer boten von Gebeten bis hin zu Beruhigungsmitteln alles an.

Die Ruhe der Nacht dagegen war grausam. Gegen vier Uhr morgens bezwang sie mich schließlich und ich fiel in einen erschöpften Schlaf, geschüttelt von Träumen von einem zischenden Jungen mit riesigen Lippen, Charlie, die Aylanas Neckholder-Top trug, und Tom, der Rebecca befahl, mir mit der gusseisernen Bratpfanne eins überzuziehen, wenn ich in zwanzig Minuten nicht eingeschlafen war. Genau als die Bratpfanne auf mich zukam, setzte ich mich im Bett kerzengerade auf und schrie: „Ich kann doch nichts dafür! Ich kann nicht schlafen, bis sie nach Hause gekommen ist!"

Aber es war niemand da, um mit mir zu reden. Sonnenstrahlen malten Streifen auf den Holzfußboden, und die Uhr zwinkerte ein digitales 9:15. Eine Nachricht war daran gelehnt: „Liebling, wir sind zum Gottesdienst gegangen. Du brauchtest den Schlaf. Du bist sicher – jemand bewacht das Haus. Tomy"

Ich berührte das Papier, berührte das Kissen, auf dem sein Kopf gelegen hatte. Sein sorgenschwerer Kopf. Er hatte im Schlaf Dinge gemurmelt, bevor ich schließlich weggedöst war. Ich konnte die Worte nicht enträtseln, aber der verängstigte Ton war mehr als deutlich gewesen. Selten hatte ich Tom mehr als „ein bisschen launisch" erlebt. Er knirschte manchmal mit den Zähnen, spannte seine Kiefermuskeln an und überlegte sich dann normalerweise eine Lösung. Es gab für ihn keinen Grund, herumzuschreien oder um sich zu schlagen, wenn eine Lösung nur einen ruhigen Gedanken entfernt war.

Im Augenblick lief es anders bei Tom. Mein übliches Lächeln und beschwichtigendes „nur ein bisschen launisch" funktionierte auch für mich nicht. Unbekannte Reaktionen kamen in uns beiden hoch.

Genauso unbekannt, wie ein Teil von Charlie im Moment war. Wenn Aylana die Wahrheit sagte, wusste meine Tochter, wie man mit einem Jungen redete und dass fünfzehn Minuten mit ihm ein Leuchten in ihr Gesicht bringen konnten. Das war schwer zu begreifen.

Bloß drei Jahre vorher, als Charlie kaum dreizehn war, war sie einmal schweigend und mit verquollenen Augen aus dem Bus gestiegen. Den ganzen Weg von der Bushaltestelle nach Hause hatte ich versucht, aus ihr herauszubekommen, was los war, aber sie konnte nicht einmal zugeben, dass sie durcheinander war – als ob mir der zu einem jämmerlichen Fragezeichen gekrümmte Rücken und die Verletzlichkeit um ihre Mundwinkel nicht aufgefallen wären. Eine Stunde später fand ich sie schluchzend in ihrem Zimmer.

„Ich hasse Jungs!", rief sie.

Das war nichts Neues. Seit dem Kindergarten hatten Jungen sie gequält, indem sie in der Nase bohrten, das Alphabet rülpsten oder mit der Achselhöhle Geräusche machten. Sie hatte einige schreckliche Erlebnisse mit vorpubertären Jungen gehabt, die bei Gruppenarbeiten mit ihr nicht mitmachen wollten und schrill und albern lachten, wenn sie Spitzentanz auf dem Pausenhof übte. Aber sie hatte noch nie so ein Theater gemacht wie jetzt.

„Warum hasst du Jungs denn heute?“, fragte ich. Ich bedeutete ihr, sich herumzurollen, damit ich ihr den Rücken kraulen konnte.

„Die lassen mich einfach nicht in Ruhe, vor allem Jan.“

„Was macht er denn?“

„Er schreibt mir Zettelchen. Läuft hinter mir her. *Redet* andauernd mit mir.“

„So ein Fiesling“, sagte ich.

„Ma-ma, ich meine es ernst.“ Charlie drehte sich um, um mich anzusehen, und ich unterdrückte ein Grinsen.

„War er gemein zu dir?“, fragte ich.

Sie streckte ihre Hände aus, die Finger wie beim Jazztanz über die Bettdecke gespreizt, und seufzte verzweifelt. „Nein! Aber er ist mir unheimlich.“ Sie stützte sich auf ihre Ellbogen, die braunen Augen so groß wie Monde. „Er fragt dauernd: ‚Magst du mich?‘ und ‚Willst du mit mir gehen?‘“ Ihre Augen weiteten sich. „Ganz ehrlich, Mama, ich habe überhaupt nichts getan, dass er sich so verhält. Ich weiß ja, dass ich Jungs nicht mögen darf. Also *tue* ich das auch nicht.“

„Schatz, wir haben nie gesagt, dass du Jungs nicht mögen darfst.“

„Daddy schon. Er hat gesagt, dass das alles alberne kleine Widerlinge sind und dass ich mich von ihnen fernhalten soll.“

Ich musste mich wirklich anstrengen, nicht zu lachen. „Daddy hat nur Spaß gemacht, meine Kleine. Du sollst nicht mit einem gehen, aber du bist wirklich wunderschön. Warum sollten dich Jungs nicht mögen?“

„Er darf nicht“, weinte sie. Dann verknautschte sich ihr wunderschönes offenes Gesicht in pubertärer Qual. „Ich weiß gar nicht, was ich dagegen machen soll!“

„Du musst überhaupt nichts machen“, sagte ich. „Du bist einfach so nett und süß wie immer, okay?“

Danach gab es keine Beschwerden mehr über Jan. Ihre Freundin Jessica war im darauffolgenden Jahr total verrückt nach Jungen geworden, und ich hörte, wie sie Bemerkungen über diesen „heißen Typen“ oder jenen „Loser“ abgab. Charlie bat sie mehr als einmal in meinem Beisein, damit aufzuhören.

Es tat weh, daran zu denken, dass etwas oder jemand ihre Meinung geändert hatte.

Plötzlich kam mir das Bett wieder wie eine Matratze voller Reißzwecken vor. Ich stand auf und zog Caprihosen und ein Top über, bevor ich die Gardinen vor unserer Leseecke zur Seite schob, um zu sehen, wer „das Haus bewachte“. Ed Malone sah von seiner Zeitung hoch, die er zu lesen schien, und stand auf. Er nahm seinen Fuß von der Bordsteinkante des Parkplatzes und winkte. Ich winkte zurück und zeigte nach unten.

Mit zwei Tassen Kaffee in der Hand traf ich ihn auf der Seitenveranda. Tom hatte Tante Pete offensichtlich auf den Pott gesetzt, denn der Kaffee war einige Nuancen heller als Matsch. Ed nahm eine Tasse und lächelte verlegen auf seine abgeschnittenen Shorts und das ärmellose Shirt herunter. Irgendwann einmal hatte darauf sicherlich „Bethany Beach“ gestanden, aber die Buchstaben hatten sich zu einem blassblauen Konfetti aufgelöst.

„Ich bin außer Dienst“, sagte er. „Ich habe gerade eine Radtour gemacht und dachte, ich könnte den Uni ablösen. Er war die ganze Nacht hier.“

„Uni?“, fragte ich.

„Uniformierter Beamter.“ Er sah mich ernst an. „Ich nehme an, Sie hatten bisher nicht wirklich einen Grund, sich den Polizeislang zu merken, oder?“

„Ich habe noch nicht mal einen Strafzettel wegen zu schnellem Fahren bekommen.“

Er legte seine Faust sanft an seinen Mund. Es gab keinen Ehering, aber ich fragte ihn trotzdem: „Haben Sie Kinder?"

„Nein. Ich kann mir gar nicht richtig vorstellen, was Sie durchmachen." Seine Augen straften seine Aussage Lügen. Ich ahnte, dass sie gerade in diesem Augenblick ein ziemlich klares Bild von unserer Qual abgaben. Vor allem, als er erneut den Kopf senkte.

„Was ist?", fragte ich.

Er stellte den Becher auf dem Verandageländer ab und lehnte sich mit gekreuzten Beinen daran. „Mrs Soltani, sehen Sie, ich möchte, dass Sie wissen, dass wir Charlies Verschwinden immer noch wie eine Entführung behandeln." Ich sah in meinen Kaffee hinunter. „Die gute Nachricht ist …"

Ich hob den Kopf, und er zuckte zusammen. *Gut* war offensichtlich ein zu starker Ausdruck.

„Ich möchte Ihnen keine falschen Hoffnungen machen", sagte er. „Aber als wir die Strandpromenade noch mal abgeklappert haben, haben wir herausgefunden, dass jeder Rettungsschwimmer an der Ostküste einen Spitznamen hat."

„Und was ist die schlechte Nachricht?", fragte ich.

Er lächelte mich an. „Sie ist gar nicht so schlecht. Bislang hatte niemand vom Bethany-Beach-Trupp einen Spitznamen, der mit S beginnt, aber es gibt ja noch andere Strände. Er könnte aus Ocean City, Fenwick …"

„Und das könnte der Grund sein, warum Aylana ihn nicht kannte", sagte ich.

Malone grinste erneut. Dieses Mal bemerkte ich, dass seine beiden Vorderzähne etwas übereinandergeschoben waren. „Stimmt, ich hatte auch das Gefühl, dass sie so ungefähr jeden Typen in diesem Gebiet abgecheckt hat."

Meine Augen brannten. „Ich hoffe, Sie denken das nicht auch von Charlie. Es ist schon schwer genug für uns zu glauben, dass sie überhaupt einen Freund hatte."

„Also“, sagte er, „ich habe die meiste Zeit der letzten achtundvierzig Stunden mit den Soltanis verbracht. Ich denke, ich habe einen ziemlich guten Eindruck von Ihrer Familie bekommen. Sie sind keine Eltern, die“ – seine Lippen zuckten – „eine Aylana großziehen würden.“

Ich versuchte, Danke zu sagen, aber meine Kehle war wie zugeschnürt.

„Schon in Ordnung“, sagte er.

***

Es schien mir unmöglich, dass eine neue Arbeitswoche ohne eine Spur von Charlie anbrechen könnte.

Kein Anruf. Nicht der Bruchteil eines Hinweises. Maxie wollte wissen, warum niemand nach Charlies Kamm oder ihrer Zahnbürste gefragt hatte, um ihre DNA herauszufinden.

„Woher hat sie das alles?“, fragte mich Tom am Montagmorgen, als wir an der Küchentheke saßen, während Tante Pete den Speck anbriet.

„Vielleicht guckt sie im Moment etwas zu viel fern“, antwortete ich.

Tom nickte. „Armes Mädchen. Ist wahrscheinlich auch ziemlich langweilig, wenn man zehn ist und kaum rausgehen darf.“

„Was wirklich lächerlich ist“, bemerkte Tante Pete. Sie klopfte mit den Fingerknöcheln ans Fenster. „Da ist doch der Junior, der das Haus vom Parkplatz aus überwacht, und dieser Detective, der hier herumschwebt, als sei er Sherlock Holmes. Einer von beiden könnte uns doch Begleitschutz geben?“ Sie marschierte zum Herd zurück, die Augen auf gar nichts gerichtet. „Ich hätte nicht übel Lust dazu, Maximiliane eine Sonnenbrille und eine Perücke aufzusetzen und sie wenigstens runter zur Strandpromenade zu nehmen …“

„*Keine* Strandpromenade“, sagte Tom.

Tante Pete drehte sich um und schubste den Speck in der Pfanne herum. Tom starrte auf seine Hände.

Kurz darauf verließ er das Haus, um kurz ins Büro zu fahren und sicherzugehen, dass man sich dort um alles kümmerte. Ich versprach ihm dreimal, dass ich ihn auf seinem Handy anrufen würde, wenn sich irgendetwas tun würde, bevor er zurück war. Als er davonfuhr, wünschte ich mir insgeheim, dass ich irgendwohin gehen könnte, etwas tun könnte, was meinen Verstand zusammenhalten würde. Es gab nichts zu tun, außer zu warten.

Tante Pete jedoch hatte andere Pläne. Gegen neun faltete sie die Zeitung voller Wut zusammen und sagte: „Niemand hat gesagt, dass *ich* das Haus nicht verlassen dürfte.“ Sie verschwand in ihr Zimmer. Als sie zwanzig Minuten später wieder herunterkam, trug sie den roten Hut, den Sarong mit einem Phillies-Shirt darunter und die unvermeidliche geflochtene Tasche.

„Wohin gehst du?“, fragte ich.

„Ich weiß nicht“, antwortete sie. „Ich weiß nur, dass ich aus dem Haus muss.“

Maxie schlief noch. Die Wäsche war rebecca-akkurat in die Schubladen gelegt. Wir hatten genügend vorgekochte Mahlzeiten, um uns bis Halloween zu versorgen. Keine Oberfläche im Haus war je so staubfrei gewesen. Ich war kurz vor einer weiteren Panikattacke, als jemand an der Haustür klopfte. Ich spähte hinaus, maxiemäßig, und entdeckte Officer Frankie mit einer Frau, die mir irgendwie bekannt vorkam. Da jedes neue Gesicht eine Chance war, riss ich die Tür auf.

Ich brauchte ganze zehn Sekunden, um zu realisieren, dass die Frau Hazel war, vom Müttertreff am Donnerstagabend. Sie schien genauso lang zu brauchen, um mich wiederzuerkennen.

„Oh Gott“, sagte sie, „Sie sehen schrecklich aus.“

Officer Frankie straffte die Schultern, sein verpickeltes Gesicht war schon dabei, dunkelrot anzulaufen. Er blickte etwas verärgert drein.

„Schon in Ordnung", entgegnete ich.

Er sah zweifelnd zu Hazel, als ich sie hereinließ.

„Ich würde mich von Officer Clearasil *echt* gut beschützt fühlen", sagte sie und streckte ihren Daumen in Richtung der geschlossenen Tür. Dabei klang sie, als ob sie heute Morgen schon eine ganze Packung Marlboro geraucht hätte. Die Blau-auf-Leder-Augen überflogen, was sie vom Haus sehen konnten, und landeten schließlich wieder bei mir.

„Ich hab's heute Morgen in der Zeitung gelesen", sagte sie. „Sind Sie schon ausgerastet? Ich wäre ausgerastet."

„Ich kann nicht ausrasten", sagte ich.

Sie musterte mich einen langen Augenblick. „Ich empfehle es dringend", sagte sie. „Sieht aus, als ob Sie Ihre gesamten Emotionen in diese Beutel unter Ihren Augen gestopft hätten."

Ich hörte mich lachen. Es war eine blasse, matte Wiedergabe meines Marlene-Dietrich-Lachens, aber es war das Erste, das aus mir herausgekommen war, seit ich letztes Mal mit Hazel gesprochen hatte. Zehn Minuten danach hatte ich erkannt, dass meine Tochter fort war.

„Möchten Sie einen Kaffee?", fragte ich.

Zuerst lehnte Hazel mein Angebot ab. „Die Brut wartet im Auto", sagte sie.

„Sie können gern hereinkommen", forderte ich sie auf und versuchte mich daran zu erinnern, von wie vielen Kindern sie gesprochen hatte. Sie musste uns an diesem Abend davon berichtet haben; sie hatte auch alles andere aus ihrem Leben an uns Frauen weitergegeben.

„Haben Sie einen Garten?", fragte sie und spähte in der Diele herum. „Sie könnten alles hier innerhalb von etwa sieben Sekunden demolieren."

Ich wollte ihr bereits mein übliches „Die können hier gar nichts kaputt machen" antworten, als eine Sirene aus Richtung des Parkplatzes aufheulte, die zu lang und zu unerträglich war, als dass sie ein Autoalarm sein konnte.

„Ich bin kurz davor, ein paar Hinterteile zu versohlen", rief Hazel und riss die Haustür auf.

Ich stand auf der Veranda, während sie auf einen uralten Geländewagen zumarschierte, der wahrscheinlich mal rot gewesen war. An den Stellen, die der Rost noch nicht weggefressen hatte, war er jetzt milchig rosa. Officer Frankie hatte sich nach vorn gebeugt, glotzte hinein und klopfte an das Fahrerfenster. Ich konnte nur eine hüpfende braune Gestalt hinter dem Lenkrad ausmachen.

„Hey, hört sofort auf damit!", schrie Hazel. „Oder ich schwöre, ich mache Kleinholz aus euch."

Erst dachte ich, sie würde mit Officer Frankie sprechen, aber sie schubste ihn bloß zur Seite und kreischte schrill. Als sie die Autotür aufriss, sprang ein kleiner mokkafarbener Junge heraus und rannte über den Parkplatz davon.

„Fangen Sie ihn!", brüllte Hazel Officer Frankie an. Ihr Tonfall unterstellte, dass er die Flucht des Kindes hätte vorhersehen müssen und mit einer Spezialeinheit bereitstand.

Sie hatte beide Hände voll zu tun, die beiden anderen, die hinten aus dem Auto sprangen, in Schach zu halten – einen stämmigen, vielleicht neunjährigen Jungen mit Strähnchen, die Hazel sicherlich mit ihrer eigenen Tube gefärbt hatte, und ein erschreckend dünnes vorpubertäres Mädchen mit wilden Locken.

„Lasst bloß nicht die Hunde raus", knurrte Hazel sie an. Aber schon ergossen sich zwei schlaksige Irish Setter auf den Parkplatz, tollten herum, verknäulten sich ineinander und schüttelten sich schließlich frei, um dem kleinen Alarmschläger hinterherzujagen, der auf den Strand zurannte, Officer Frankie dicht auf den Fersen.

Ja, Hazel, dachte ich, *ich habe einen Garten. Aber ich glaube nicht, dass er groß genug ist.*

Sie wandte sich zu mir, mit einer Hand den blonden, stämmigen

Jungen umklammernd, den sie sich unter den Arm geklemmt hatte, die andere kurz davor, auf das kaum vorhandene Hinterteil des Mädchens zu hauen.

„Sie können es sich mit dem Kaffee noch mal überlegen", meinte sie.

Ich überlegte. Einer Nachwuchsabrisstruppe dabei zuzusehen, wie sie meinen Garten demolierte? Oder den Tag damit zu verbringen, meine Ängste zu verdrängen, bis eine von ihnen mich zerfleischte? Es fiel mir nicht sonderlich schwer, eine Entscheidung zu fällen.

Nicht, dass es groß etwas zu entscheiden gegeben hätte. Als Officer Frankie das flüchtige Kind auf der obersten Stufe der Treppe ergriffen hatte, die zum Strand führte, bogen die Hunde nach links ab und rannten wie Rotwild über unseren Privatzaun. Ich hörte es zweimal spritzen.

„Sie haben einen Pool?", fragte Hazel. Sie war mittlerweile am Fuß der Verandastufen angelangt, den sich windenden Nachwuchs noch immer im Schlepptau.

„Richtig", bestätigte ich.

„Dann sind sie drin. Sie werden den Tierschutzbund anrufen müssen, wenn Sie sie da raushaben wollen. Ich habe keine Kontrolle über die beiden."

Ich war mir nicht sicher, von welchen „beiden" sie sprach. Das Mädchen und der untersetzte Junge, die sie momentan im Schwitzkasten hatte, versuchten sich loszumachen. Der Junge kaute an Hazels Unterarm.

Wir schafften es, alle in den Garten zu befördern, und ich schickte Officer Frankie mit einer Tupperdose voll Muffins aus unserer in letzter Zeit überfüllten Vorratskammer zu seinem Streifenwagen. Inzwischen war Maxie heruntergekommen und stand gähnend auf der obersten Stufe der hinteren Verandatreppe.

Charlies T-Shirt, das Maxie seit zwei Tagen nicht ausgezogen hatte, hing von einer Schulter und reichte ihr bis zu den Knien. Sie schüttelte ihre Haare, die vom Schlafen noch ganz verwuschelt waren, und wagte sich mit nackten Füßen die Stufen herunter nach draußen. Sie reckte ihren Hals Richtung Pool, wo die beiden roten Hunde ihre Runden drehten.

„Krass!", rief sie. „Kann ich mit ihnen schwimmen?"

Die Frage war ganz offensichtlich an mich gerichtet, aber bevor ich antworten konnte, antwortete Hazels Tochter: „Klar. Die tun dir nichts. Siehst du?" Vollständig bekleidet sprang sie in den Pool. Zugegeben, die Jeansshorts von fünf Zentimetern Länge und das Spaghettiträgertop konnte man nicht zwingend als *vollständig* bezeichnen. Ich winkte Maxie zum Poolhaus, bevor sie das Gleiche tun konnte. Sekunden später tauchte sie wieder auf, zupfte an ihrem Bikini und sprang kopfüber zwischen die beiden Hunde ins Wasser.

„Ich gehe auch rein", rief der dickliche blonde Junge und machte eine Arschbombe, die den Pool nahezu leerte.

„Möchtest du auch?", fragte Hazel das noch verbleibende jüngste Mitglied der Sippe. Der Junge hörte für einen Moment auf, auf einen aufgeblasenen Delfin einzutreten, und schüttelte dann den Kopf.

„Er schmollt", erklärte Hazel. „Ich hatte noch nie einen Schmoller. Sun ist eine Heulsuse, Tri ein Beißer. Aber wenn Sie die Wahrheit wissen wollen: Ich bevorzuge Schmoller. Sie sind leiser, und sie erzeugen kein böses Blut."

„Also", sagte ich, „ähm, ihre Namen sind also Sun und Tri?"

„Ja, na ja, Sunrise. Sie war diejenige, die ich in der Blockhütte bekommen habe. Ihr Vater gab ihr diesen Namen, weil sie in der Morgendämmerung zur Welt kam." Sie hob eine Hand, an der, wie ich bemerkte, an jedem Finger ein Ring steckte und sogar einer durch einen pinkfarbenen Nagel gebohrt war. „Erinnern Sie mich nicht daran", sagte sie. „Tri ist die Kurzform für Triumph. Mein zweiter Mann war ein Biker, fuhr eine Triumph 750. Ich bin froh, dass er keine Harley hatte, sonst hätte er ihn Hog genannt. Kein Witz!"

Da war ich sicher. Ich fürchtete mich schon, nach dem Namen des dritten Kindes zu fragen. In Gedanken hatte ich ihn bereits von „Huper“ in „der Terminator“ umbenannt. Der Delfin lag jetzt schlaff und verschrumpelt auf der Terrasse, und der Junge hatte angefangen, die rosa Plastikschildkröte zu bearbeiten. Ihre Enthauptung stand kurz bevor.

„Mann, tut mir echt leid“, meinte Hazel.

„Es spielt sowieso niemand mehr damit“, sagte ich.

Aber Hazel stand von selbst vom Holzgartenstuhl auf, um dem Kind die Schildkröte zu entreißen.

„Lass das!“, sagte sie, bevor sie ihm mit dem Tier auf den Kopf knuffte. „Geh zu deinen Geschwistern in den Pool. Ich möchte dich schwimmen sehen.“

Der Junge verschränkte die Arme und schob seine Unterlippe vor, die Augenbrauen nach unten gezogen, als ob er sie damit berühren wollte. Hazel zog an einem seiner Zöpfchen, die so gelb wie Mais waren. Ich vermutete, dass Ehemann Nummer drei Afroamerikaner gewesen war, aber Hazels Gene waren mindestens so unbezwingbar wie der Rest von ihr. Alle drei Kinder hatten ihre überraschend blauen Augen.

„Okay, Desi“, sagte sie zu ihm. „Dann setz dich eben hierhin. Hab bloß keinen Spaß.“

„Desi?“, fragte ich.

„Desmond“, erklärte Hazel. „Ich finde, es ist ein Name wie für einen Waschlappen.“ Sie schnaubte. „Aber es sollte der sein oder Tutu.“

Ich war kurz davor zu fragen, warum sie ihren Männern erlaubt hatte, die Namen für ihre Kinder auszusuchen, als sie sich mit ihrem Handballen an die Stirn schlug.

„Ach du meine Güte“, sagte sie. „Ich rede hier andauernd von meinen Kindern, und Ihnen fehlt eines.“

„Ja“, sagte ich, „das tut es.“

Die Angst überfiel mich erneut, vermischt mit Schuldgefühlen.

Wie hatte ich mich davon ablenken lassen können, an Charlie zu denken?

„Also, was können wir diesbezüglich unternehmen?“, fragte Hazel. „Deshalb bin ich ja hergekommen: um zu sehen, wie ich helfen kann.“ Mit zusammengekniffenen Augen sah sie zum Pool, wo das Gekreische immer lauter wurde. „Bisher habe ich nichts in der Richtung getan, fürchte ich.“

Maxie tauchte am Beckenrand auf. Das Bikinihöschen war wie immer nach oben gerutscht. Ihre Haare klebten glatt an ihrem nassen Kopf. Ihr Grinsen glich einem Stück Wassermelone. Das Wasser, das an ihren Armen und Beinen herunterkräuselte, glitzerte auf ihrer Haut.

„Ich hole ein paar Sachen, nach denen wir tauchen können“, sagte sie. „Mal gucken, ob die Hunde sie vom Grund holen.“

„Die holen alles wieder“, brüllte Tri ihr zu.

„Klar, aber wir können nicht einfach alles reinschmeißen“, antwortete Maxie. Sie lief rückwärts Richtung Poolhaus und schüttelte ihre Arme wie gekochte Nudeln. „Sonst kriegt mein Dad einen Herzinfarkt.“

Als ob er nicht sowieso schon einen bekommen würde, wenn er einige Pfund roter Hundehaare im verstopften Filter entdeckte. Aber als Maxie mit vor Eifer gerötetem Gesicht ins Poolhaus flitzte, drehte ich mich zu Hazel und schüttelte den Kopf.

„Sie tun schon eine ganze Menge“, sagte ich. „Sie haben ja keine Ahnung.“

6

An diesem Tag wurde mir bewusst, dass Hazel nicht still sitzen konnte. „Sie müssen mir sagen, was ich für Sie tun kann“, sagte sie, nachdem sie unsere Kaffeetassen zum dritten Mal nachgefüllt hatte.

„Ich weiß nicht, was Sie tun könnten …“

„Für den Anfang könnte ich dieses lahme Etwas von Flyer überarbeiten, den sie verteilen. Da steht viel zu viel drauf. Er muss viel mehr reinhauen. Ich bin Grafikerin. Ich könnte es ja mal probieren.“

„Das wäre wirklich …“

„Was ich wirklich gern machen möchte, ist, einen Haufen Mütter zusammenzutrommeln, um diesen kindergrapschenden Psycho auf eigene Faust zu finden, damit er sich nicht aus irgendeinem nichtigen Grund davonmachen kann. Wenn die Polizei ihn erwischt, wird es dem Gericht nur darum gehen, Gesetze einzuhalten.“

Hazel streifte ihre Armreifen nach oben, da sie keine Ärmel hatte, die sie kampfbereit hochschieben konnte. Ich konnte mir Hazel noch nicht mal in Ärmeln vorstellen. Sie trug wieder ein Tanktop, das sie fast sprengte.

„Ein Haufen Mütter würde sich nicht um die Rechte dieses Kerls scheren“, fuhr sie fort. „Wen kümmert es, ob er Kinderfußballtrainer ist oder ein Geisteskranker, der aus der Anstalt entlassen wurde, weil er zwei Tage lang nicht mehr mit dem Kopf gegen die Wand geschlagen hat?“ Sie klopfte die Taschen ihrer mattgrünen Wandershorts ab, die an den Nähten spannten. „Wenn wir hier bloß herumhängen, werden wir wohl kaum herausfinden, ob er ein Soziopath ist, der seine Mutter hasst und das an Ihnen auslässt, indem er Ihr Kind stiehlt. Wir werden mit der Machete auf ihn losgehen und ihn *so* klein mit Hut machen.“ Sie klopfte erneut ihre Taschen ab und stand auf. „Hey, Sun, hast du meine Zigaretten gesehen?“

„Sie sind in deiner Handtasche“, rief ihre Tochter vom Pool. „Aber du brauchst jetzt keine.“

„Lass mich in Ruhe, Gör.“ Hazel griff nach einer Tasche im Dschungelmuster und sah mich an. „Sie versteckt sie vor mir. Sie denkt, sie könnte mich zum Aufhören bewegen.“ Sie zog ein mit Glitzersteinen überzogenes Etui aus der Tasche. „Wenn ich versuchen würde aufzuhören, würden sie mich jagen – bis es Tote gäbe. ‚Mutter im Nikotinentzug erdrosselt Kinder.‘“ Sie warf mir einen schmerzvollen Blick zu. „Und jetzt gehe ich mit der Zigarette raus, bevor ich mir noch einen Fuß in den Mund klemme.“

„Sie *sind* doch draußen“, meinte ich.

Hazel ließ ihren Blick über die frisch gebeizte Terrasse, die Veranda mit den hübschen Säulen und die dick gepolsterten Gartenmöbel schweifen und knurrte: „Das hier ist nicht ‚draußen‘. Das ist ‚vornehmes Freiluftwohnen‘.“ Sie schüttelte den Kopf und ging durch das Tor hinaus.

Ich umklammerte die Armlehnen des Gartenstuhls und drückte meinen Rücken gegen das sonnendurchwärmte Holz. Wie würde es sich wohl anfühlen, Charlie selbst aus den Klauen eines dieser abscheulichen kranken Monster zu reißen, die Hazel beschrieben hatte? Ich konnte mir nichts Tödlicheres vorstellen als ein Brotschneidemesser, aber selbst dieses Bild durchflutete mich mit unbekannter Kraft. Vielleicht würde mich etwas überkommen, und ich könnte mit meinen Fingernägeln durch sein Gesicht harken, ihm mit der bloßen Kraft mütterlichen Instinkts ein Ohr abreißen und auf den Händen herumtrampeln, die meine Tochter angerührt hatten.

Aber die Welle von Energie krachte in eine Mauer. Selbst wenn diese Art von Hass aus mir selbst kam – und nichts in meiner fast blütenweißen Vergangenheit hatte je darauf hingedeutet –, kam sie definitiv nicht von Gott. Nicht von dem Gott, mit dem ich versuchte zu reden. Was auch immer meine Hände auf den Armlehnen des Stuhls und meine Zähne zusammengeschweißt hielt, war nicht der

Gott, den ich kannte. Aber Angst, Schuldgefühle und Hoffnungslosigkeit, die alles andere überdeckten, waren es auch nicht.

Wo war Er also in all dem? War Er nicht der, für den ich Ihn gehalten hatte? Und wenn nicht, wer war Er dann?

Die Tatsache, dass ich mir überhaupt solche Fragen stellte, verstärkte die Schuldgefühle, die mich schon jetzt fast erstickten.

„Sie müssen alle Verrückten der Stadt angelockt haben", rief Hazel von der anderen Seite des Tors. „Gucken Sie sich mal diese Show an."

Ich schälte mich aus dem Stuhl und lief über einen mit dem Gesicht nach unten liegenden Desmond zu Hazel hinüber.

„Soll Officer Clearasil nicht alle merkwürdigen Typen fernhalten?", fragte Hazel. „Gucken Sie sich das an. Er lässt diese Frau einfach bis zu Ihrer Tür vor." Erneut schob Hazel die Armreifen nach oben. „Wollen Sie, dass ich mich darum kümmere?"

Ich stellte mich auf Zehenspitzen und spähte über das Tor. Tante Pete überquerte die Auffahrt, steifbeinig wie ein Storch, der Sarong bedrohlich weit von der Hüfte gerutscht.

„Sie *ist* verrückt", flüsterte ich Hazel zu. „Aber sie ist die Großtante meines Mannes und wohnt bei uns."

Hazel schob ihre Sonnenbrille auf die Nasenspitze herunter, um mich über den Rand hinweg anzusehen. Sie musste sie aufgesetzt haben, als sie „raus"-gegangen war. Der Rahmen war mit pelzartigem Leopardenstoff überzogen. „Sie lassen sie außer Haus?", fragte sie.

„Sie wollte an den Strand gehen oder so etwas. Ihr fiel irgendwie die Decke auf den Kopf."

„Erschreckend." Hazel ließ ihre Zigarette in den Kies fallen und drückte sie mit der Sohle ihres getigerten Flipflops aus. „Sieht aus, als ob sie am Strand etwas für Sie gefunden hätte. Zu schade, dass er etwas jung ist. Guter Körper."

Ich drückte das Tor auf und trat zu Hazel hinaus. Sie zeigte auf Officer Frankie, der in ein intensives Gespräch mit einem gebräunten jungen Kerl in roten Bethany-Beach-Rettungsschwimmer-Badehosen vertieft war.

„Würden Sie bitte nach den Kindern sehen?“, bat ich Hazel und joggte zur Auffahrt hinüber, ohne eine Antwort abzuwarten.

„Also, Leute, jetzt ist Schluss mit Herumtollen im Pool“, hörte ich sie schreien. „Tri, wenn du diesen Hund ertränkst, ertränke ich dich.“

Officer Frankie nickte in Richtung des Rettungsschwimmers, als er mich kommen sah. Das junge männliche Gesicht, das sich zu mir wandte, war jenseits der Pubertät, die Kinnbacken nicht mehr die eines flaumbärtigen Teenagers, die Wangenknochen dank seiner aufkommenden Männlichkeit frisch geglättet. Geschmeidige, muskulöse Arme hingen lässig an ihm herunter, aber ich sah Charlie in ihnen, an seine Brustmuskeln trommelnd, ihr Gesicht vom Angriff seiner Lippen abwendend …

Mein letzter Gedankenblitz, bevor ich vor ihm stand, war die sägeartige Klinge eines Brotmessers.

„Das ist Mrs Soltani“, stellte Officer Frankie mich vor. Er rückte näher an mich heran, nah genug, dass ich Muffinkrümel auf den Knöpfen seines Hemdes entdecken konnte. „Und das ist Jeff Cousins. Ihre Tante sagt …“

„Vielleicht weiß er ja irgendetwas, Isabella“, rief Tante Pete von der Seitenveranda. „Sprich mit ihm. Ich muss jetzt reingehen. Irgend so ein Kind ist mir mit seinem Skateboard über den Fuß gefahren. Ich glaube, meine Zehe ist gebrochen.“ Sie wackelte mit dem Zeigefinger. „Sprich mit dem Jungen.“

Ich sah wieder den jungen Mann an, der sich mit dem Daumen über die Nase rieb.

„Die Dame hat gesagt, dass Sie nach einem Rettungsschwimmer suchen“, sagte er. „Sein Spitzname soll mit S beginnen?“

„Kennen Sie einen?“, fragte ich.

„Was ist *Ihr* Spitzname?“, schaltete sich Officer Frankie ein. Er hatte sich breitbeinig hingestellt und senkte die Stimme, aber trotz seiner Bemühungen quietschte die letzte Silbe.

„Brati“, sagte Jeff. Er grinste verlegen, was seine Keckheit kein bisschen verbarg. „Im ersten Sommer, in dem ich Rettungsschwimmer war, habe ich mich geweigert, Sonnenmilch zu benutzen. Ich wurde in der ersten Woche regelrecht gebraten und musste schließlich ins Krankenhaus.“ Er hielt inne und wischte sich den Mund mit der Hand ab, als ob er alle Leichtfertigkeit damit ausradieren wollte. „Entschuldigen Sie“, sagte er. „Ich kenne einen Typen, der unten in Fenwick Strandwächter ist – oder zumindest *war*. Er wird ‚Spinne‘ genannt.“

Der Name kroch über meine Haut.

„Er *war* Rettungsschwimmer auf Fenwick Island?“, fragte Officer Frankie. Er hakte die Daumen in seinen Gürtel und zuckte mit dem Kinn Richtung Brati. „Was soll das heißen?“

„Das heißt, dass ich gehört habe, dass er gefeuert wird. Er muss dort unten jemandem auf die Nerven gegangen sein.“ Brati schleuderte die Antwort heraus, ohne Frankie anzugucken. Er war offensichtlich nicht gerade von seinem Befragungsgeschick begeistert.

„Auf die Nerven gegangen? Und wie?“

Brati zuckte mit den Schultern. „Wahrscheinlich, indem er sich wie ein Idiot benommen hat. Das kann er besonders gut.“

„Sie kennen ihn also?“, fragte ich.

„Nicht mehr als nötig. Er hängt seit diesem Sommer hier herum. Ich schätze, auf Fenwick Island wollte keiner mehr etwas mit ihm zu tun haben. Ich war auf ein paar Partys, auf denen er auch aufgetaucht ist, und ich dachte immer: ‚Haltet mir diesen Kerl vom Leib, Mann.‘ Er ist diese Art Typ, die ich am liebsten aus dem Weg räumen würde.“ Er zuckte mit den Schultern, wie um sich dafür bereit zu machen, falls Spinne plötzlich in den Dünen auftauchen würde.

Ich wünschte, er würde.

Officer Frankie fummelte an seinen Hemdtaschen herum, und für einen wirren Moment dachte ich, er suche nach Zigaretten. „Warten Sie hier", sagte er. „Ich hole schnell meinen Notizblock."

Er trabte Richtung Streifenwagen. Der dunkle Schweißfleck auf Frankies Rücken ließ sein Hemd an ihm kleben wie die Haut einer Pflaume. Brati setzte ein Grinsen auf.

„Wissen Sie, wo er jetzt ist?", fragte ich, „dieser Spinne?"

„Ich habe ihn in der letzten Zeit gar nicht gesehen. Seinen echten Namen habe ich nie herausgefunden. Wollte ich auch nicht. Alles, was ich Ihnen sagen kann, ist, dass er nicht von hier ist."

„Ist er böse?", fragte ich. „Glauben Sie, er könnte einem Mädchen … etwas antun?"

Bratis Arme schienen ihm plötzlich zu lang geworden, und er vergrub seine Hände unter den gegenüberliegenden Achselhöhlen.

„Ich habe nie gesehen, dass er gewalttätig war oder so etwas", sagte er. „Er hat so eine widerliche Art – er versucht, witzig zu sein, kränkt die Leute aber bloß damit. Er tut so, als wäre er der Obermacho, aber ich kenne kein einziges Mädchen, das mit ihm weggegangen wäre." Er streckte die Arme. „Glauben Sie, Spinne könnte etwas mit dem Verschwinden Ihrer Tochter zu tun haben?"

„Ich weiß selbst nicht, was ich glauben soll", antwortete ich.

Er sah hinüber zu Officer Frankie, der mit leeren Händen auf uns zueilte.

„Ich habe Ihre Tochter immer im Bistro gesehen", sagte Brati. „Sie war ein hübsches Mädel. *Ist* ein hübsches Mädel." Er blickte mich gequält an.

Officer Frankie erreichte uns schwer atmend wie eine kleine Dampflok, sein Gesicht neonpink.

„Ich konnte meinen Notizblock nicht finden", sagte er. „Sie sollten sowieso am besten direkt mit Detective Malone sprechen." Er klopfte erneut auf seinen Taschen herum. „Das Handy ist im Auto."

„Ich rufe ihn an", sagte ich und zog mein Handy aus der Tasche meiner Cargoshorts. „Sobald … also, ich rufe ihn an."

„Sicher?", fragte er. Er reckte die Brust, noch immer keuchend, und zuckte mit dem Kinn Richtung Brati.

„Kontaktieren Sie mich einfach über die Fenwick-Beach-Streife." Brati hatte seine Überlegenheit wiedererlangt und reichte Frankie großmütig die Hand. „Ich freue mich, dass ich Ihnen helfen konnte, Kollege", sagte er.

Auf dem Weg zurück zum Pool rief ich Tom an. Seine Mailbox ging fast umgehend dran und informierte mich übergangslos darüber, dass er meinen Anruf im Moment nicht annehmen konnte.

Angst befiel mich erneut oder war es Ärger? Er hatte sein Handy genau *jetzt* ausgeschaltet?

Okay, sagte ich zu mir selbst. *Er hat keinen Empfang. Er telefoniert gerade mit jemand anderem. Er ist auf der Toilette. Die Entführer haben ihn auch geschnappt …*

Aber diese Schlussfolgerung hatte nicht die gleiche Macht, wie sie sie noch vor einer Stunde gehabt hätte. Nicht mit der noch verstörenderen Alternativmöglichkeit, dass jemand mit dem Namen Spinne meine Tochter in sein Netz gelockt hatte. Der Gedanke durchzuckte mich. Ich versuchte, Maya, Toms Assistentin, zu erreichen. Sie sagte, dass sie Tom heute noch nicht gesehen hatte.

Aber er hatte das Haus vor Stunden verlassen.

Als ich durch das Tor trat, entdeckte ich Tante Pete, die mit einem Eisbeutel auf dem Fuß in der Hängematte unter dem Verandavordach lag. Hazel hatte sich ein paar Schritte entfernt auf die Kante eines Segeltuchliegestuhls gesetzt, die Unterarme auf den Knien. Eine unangezündete Zigarette baumelte in einer Hand. Ihre Körperhaltung verriet, dass Tante Pete sich ausführlich über das andauernde Gekreische beschwert hatte, das vom Pool kam.

„Und?", fragten sie gleichzeitig. Gerade erst kennengelernt, sprachen sie schon mit einer Stimme.

Ich informierte sie über alle neuen Details. Das Sprechen hielt mich davon ab, die Beherrschung zu verlieren.

„Hast du Malone angerufen?“, fragte Tante Pete.

„Tom möchte sich darum kümmern“, sagte ich. „Aber ich erreiche ihn nicht.“

Hazel blickte mich über den Rand ihrer Leopardenbrille an. „Verstehe ich nicht.“

Ich unternahm keinen Versuch, es ihr zu erklären. Mein Verstand wirbelte in eine andere Richtung, was mich dazu brachte, erneut auf mein Handy einzuhämmern.

„Du rufst doch Malone an?“, fragte Tante Pete. „Dem Himmel sei Dank.“

Ich schüttelte den Kopf und wartete, dass Aylana abhob. Als die Hip-Hop-Version von *Fiddler on the Roof* einsetzte, wollte ich das Handy am liebsten in den Pool schleudern.

„Was ist los?“, fragte Hazel.

„Ich muss mit Aylana sprechen“, antwortete ich.

„Wer?“

Tante Pete nickte mir zu. „Um herauszufinden, ob Spinne der Name des Typen ist, der Charlie angebaggert hat.“

„Haben Sie gerade ‚angebaggert‘ gesagt?“, fragte Hazel.

„Ich würde ja hinunterlaufen und es für dich herausfinden, Isabella“, sagte Tante Pete, „aber …“ Sie nahm den Eisbeutel hoch, um zwei Zehen zu enthüllen, die man für griechische Oliven hätte halten können.

„*Wo*hin laufen?“, fragte Hazel. Genau genommen schien es ganz egal zu sein, wohin, denn sie war bereits aufgestanden. „Soll ich gehen?“

„Charlies Bistro“, sagte ich.

„Ich bin schon fast da. Ich bringe ein paar Corn Dogs mit, okay? Die schreien hier alle, dass sie Hunger haben.“

Ich lenkte meinen Blick zum Pool, wo Maxie und Sun je rittlings auf einem Irish Setter saßen und Tri mit Desmond über der Schulter am Rand taumelte. Ich konnte nicht entschlüsseln, was Desmond brüllte, aber es hatte auf jeden Fall nichts mit Essen zu tun. Tante Pete und ich wechselten Blicke. Ihre besagten: *Wenn du die jetzt ohne ihre Kinder von hier abhauen lässt, kriegst du's mit mir zu tun.*

***

Gesprächsfetzen jagten vom Wind getragen an mir vorüber, während ich mich auf der Strandpromenade durch die Menschenmengen schlängelte.

„Das bezahle ich nicht …"

„Ich habe dir drei Tacos und Zuckerwatte gekauft und soll eine schreckliche Mutter sein?"

„Ich möchte das nicht hören. Ich habe dir gesagt, dass du deine Schuhe anziehen sollst."

Aber die Worte kamen mir seltsam fremd vor. Sie hätten eine Umschreibung für etwas Wichtigeres sein sollen, wie: „Ich habe Charlie erst vor zehn Minuten gesehen, wie sie ein Vanilleeis schleckte" oder „Wir müssen alle damit aufhören, was wir gerade machen, und nach ihr suchen, bis wir sie gefunden haben. Was ist schon ein Taco, wenn ein Kind vermisst wird?"

Die knallbunten Schilder, die „Hawaiianisches Eis" und „Exotisches Essen" schrien, waren zu laut, um sie zum Schweigen zu bringen. Ich hatte das Gefühl, durch die alten Männer mit ihren Ferngläsern, die um ihre Hälse baumelten, und die Gymnasiasten, um deren Hälse iPods hingen, geradewegs hindurchgehen zu können.

Das Einzige, worauf meine Augen gerichtet waren, war Charlies Bistro, sein peppiges gelbes Schild, das mich schon von Weitem verspottete. Und warum auch nicht? Das letzte Mal, als ich hier gewesen war, hatte mir der Ort gesagt, dass er es nicht geschafft hatte, meine Tochter zu beschützen, und dass er keine weiteren Informationen für mich hatte. Vielleicht bis jetzt.

Ein schmaler Tunnel öffnete sich der Realität. Ich hatte kein

Sägemesser, aber ich hatte die Energie, mich an allem vorbeizudrängeln, was unwichtig war, um zu der einzigen Sache vorzudringen, auf die es ankam.

Die Schilder über der geöffneten Straßenausgabe zeigten an, dass ich Limo, Eis am Stiel und gefrorene Getränke haben konnte, aber als Inga mich begrüßte und dabei offensichtlich nach passenden Worten suchte, fragte ich nur nach Aylana.

Während Inga sie holen ging, starrte ich auf das geschlossene Fenster rechts neben mir, bis ich realisierte, dass ich Charlies Gesicht betrachtete, das von einem Schulfotografen aufgenommen worden war und jetzt vom Polizeiflyer zu mir zurückstarrte. Ich hatte sie nicht einmal erkannt, denn sie war nicht dort, wo sie eigentlich hingehörte. Sie hätte zu Hause auf der Terrasse sein und Klein-Desmond dazu überreden sollen, ins Wasser zu gehen. Und Hazel hätte erstaunt zugesehen. Und ich hätte erklärt, dass Charlie ganz wunderbar mit Kindern umgehen konnte, dass sie ihr im Kindergottesdienst praktisch in den Beutel hüpften wie Babykängurus und dass ihr Wesen so sanft war wie ein Wiegenlied.

Die birnenglatten Arme einer Frau umschlangen mich von hinten, und ich umklammerte sie für ein paar Sekunden mit geschlossenen Augen, bevor ich bemerkte, dass es nicht meine Tochter war.

„Sie sehen so traurig aus“, meinte Aylana. Ihre Worte klangen wie Silber. Ihre Wangen fühlten sich warm an. Trotzdem hasste ich sie für einen Augenblick, weil sie nicht Charlie war. Ich drehte mich zu ihr herum.

„War es Spinne?“, fragte ich.

Ein paar Sekunden starrte sie mich verständnislos an, dann leuchteten ihre Augen. „Der Rettungsschwimmer? Ja!“ Sie nahm meine Hände in ihre. „Sein Name *ist* Spinne.“

„Und er kannte Charlie?“, fragte ich.

Yuri lehnte sich aus einem anderen Fenster. „*Dieser* Kerl?“ Er schüttelte den Kaffeebecher. „Der gibt nie Trinkgeld.“

„Du meinst diesen Typen, der immer versucht hat, bei Charlie Pommes für umsonst zu bekommen?“, fragte Inga. Sie stellte eine Schale trauriger Pommes auf den Tresen, als ob der gestresst aussehende Vater auf der anderen Seite die gleiche unverschämte Bitte geäußert hätte. „Er ist ein Widerling.“

Ich presste die Hand vor den Mund.

„Warum redet ihr über ihn?“, fragte Inga. „Hat er irgendwas gemacht? Würde mich nicht überraschen.“

Ich huschte zu Ingas Ausgabefenster, als sich der Vater im Geschwirr hinter uns verloren hatte.

„Haben Sie ihn an dem Abend gesehen, an dem sie verschwunden ist?“, fragte ich. „Donnerstagabend, haben Sie ihn hier gesehen?“

Eine zarte Linie bildete sich zwischen ihren Augenbrauen. Ich legte meine ganze Hoffnung hinein. Aber sie schüttelte den Kopf. „Nein“, antwortete sie.

Yuri schüttelte ebenfalls den Kopf. Ich wusste, dass sie es mir erzählt hätten, wenn es irgendetwas anderes zu berichten gegeben hätte. Das konnte ich ihren sehnsüchtigen Blicken ansehen.

Wenigstens hatten sie alle übereinstimmend bejaht, dass Spinne derjenige war. Aber derjenige was? Derjenige, der versucht hatte, Charlie um verbotene Pommes anzuschnorren? Derjenige, der an der Ausgabe herumlungerte und – was tat? Der unanständige Bemerkungen machte, wie Brati erzählt hatte? Der versuchte, sie mit seinem selbst gebastelten Machogehabe zu beeindrucken?

Oder war er derjenige, der mit seinen Spinnenfingern zugeschnappt und sie hatte verschwinden lassen?

Ich machte mich von Aylana los und schaffte es irgendwie, mich bei ihnen zu bedanken, bevor ich die Strandpromenade wieder hinaufstolperte und in meiner Tasche nach meinem Handy tastete. Wieder bekam ich nur Toms Mailbox dran, und dann Mayas. Es gab niemanden, an den ich die magere, düstere Bestätigung hätte weitergeben können, die vielleicht überhaupt nichts zu bedeuten hatte oder vielleicht alles offenbaren konnte. Ich rannte los und hielt die Augen nach vorne gerichtet, bis das weiße Tor, das in meinen eigenen Garten führte, in Sicht war.

Hazel zog es auf, als ich es gerade öffnen wollte, und ich stürzte hinein, mit den Armen wild nach etwas tastend, was ich greifen konnte, nach einem Ort, an dem ich meine Worte loswerden konnte.

„Spinne … er ist derjenige … und ich kann Tom nicht finden …"

Aber ich hielt inne. Es war plötzlich still geworden, diese Art von Stille, die nur Kinder erzeugen können, wenn ein Erwachsener sein vertrautes Erwachsensein verlässt und selbst zum Kind wird. Eine Stimme rief vom Pool herüber, eine Stimme, die für gewöhnlich kräftig war und jetzt so dünn, als ob sie jemand betrogen hätte.

„Mama?", fragte Maxie. „Alles okay?"

Ich nickte, sammelte bereits verzweifelt die Bruchstücke meiner selbst zusammen, als ich mich zu ihr herumdrehte.

„Ja, alles okay", log ich. „Ich bin den ganzen Weg über die Strandpromenade zurückgerannt. Ich bin nur ein bisschen außer Form."

Tris Kopf tauchte neben Maxies auf. „Haben Sie uns Corn Dogs mitgebracht?"

Ich schnipste mit den Fingern. „Ich wusste doch, dass ich etwas vergessen habe", sagte ich.

„Was essen wir dann zum Mittag?", fragte er.

„Ihr werdet schon nicht verhungern, Tri", blaffte Hazel hinter mir. „Geh wieder spielen."

Erstaunlicherweise tat er das. Inmitten von alldem ließ Maxie mich nicht aus den Augen. In ihren weichen, zusammengekniffenen Höhlen warteten sie auf eine bessere Antwort.

„Ich versuche, mehr darüber herauszufinden, wen … wen Charlie kannte, ohne dass wir das wussten …, und der uns vielleicht helfen kann."

Das war nur die halbe Wahrheit, und ganz offensichtlich glaubte sie auch nur so viel davon. Sie zog eine Augenbraue nach oben. „Und was willst du jetzt machen?“, fragte sie.

„Ich rufe Daddy an“, antwortete ich.

Ich beobachtete, wie sie das verarbeitete. Schließlich nickte sie und tauchte unter Wasser.

Ich versuchte, festen Schrittes zum Liegestuhl hinüberzugehen, den Hazel neben der Hängematte frei gemacht hatte. Tante Pete warf den Beutel, in dem sich inzwischen nur noch Wasser befand, auf den Terrassenboden und setzte sich auf, um mich anzublinzeln wie eine Bauerngans.

„Du willst ‚Daddy‘ anrufen?“, fragte sie.

„Er möchte, dass ich …“

„Warum rufst du nicht einfach Ed Malone an? Wir verschwenden hier unsere Zeit!“

„Tom hat mich gebeten …“

Tante Pete lehnte sich nach vorne, die Augen zu Schlitzen verengt. „Brauchst du auch seine Erlaubnis, Isabella“, fragte sie, „wenn du ins Badezimmer gehen willst, um zu weinen?“

Ich schloss die Augen, und da war Charlie, die ihren nervösen, braunäugigen Blick von der funkelnden Schale Pommes auf dem Tresen auf die leeren Hände des jungen Mannes mit den Spinnenfingern richtete.

Es gibt nur eine Wahl, die du treffen kannst, Charlie, wollte ich ihr zuflüstern.

Aber zu meinem Erschrecken sah ich, wie sie einen Blick über die Schulter warf und die unbezahlten Pommes dann zu ihm hinüberschob. Er zog sie beiseite und ließ seine Finger zwischen ihre gleiten. Und sie ließ es zu.

Ich wählte Ed Malones Nummer.

7

Binnen einer Stunde hatte Malone Aylana auf die Fenwick-Island-Beach-Wache gebracht, wo sie sich Fotos der dortigen Rettungsschwimmer ansah. Er rief mich an, um mir mitzuteilen, dass sie ohne Zögern Spinne herausgesucht hatte.

„Sein richtiger Name ist Ricky Zabriski", sagte er. „Er ist nicht mehr bei der Arbeit erschienen, seit er Donnerstagabend abgehauen ist. Die Polizei von Fenwick versucht, eine Ermächtigung zu bekommen, um nach dem Wohnwagen zu fahnden, den er gemietet hat."

„Vielleicht ist sie dort!", meinte ich.

„Sie haben ihn bereits von außen überprüft. Da war niemand."

Noch bevor eine weitere Stunde vergangen war, rief Malone erneut an. Die Kinder hatten begonnen, ein Marco-Polo-Spiel im Pool zu spielen. Also nahm ich das Telefon mit vor das Tor und legte die Hand über die Augen, um sie vor der Sonne abzuschirmen.

„Der Wohnwagen war so hinterlassen, als ob er beabsichtigte, zurückzukommen", erzählte Malone. „Den anderen Rettungsschwimmern zufolge, die sie befragt haben, ist er nicht einer, der einfach eine teure Stereoanlage und einen Kühlschrank voller Bier zurücklässt. Wir haben den Aufruf gestartet, ihn für ein Verhör herzubefördern."

„Glauben Sie …"

„Ich glaube, das ist der erste wertvolle Hinweis, den wir bekommen haben." Malones Stimme, die so frei von Anspannung war, überraschte mich noch immer. Wenn die Worte, die er sagte, schon nicht sanft sein konnten, war es wenigstens ihr Klang. Ich lief zur seitlichen Veranda und setzte mich auf die unterste Stufe neben einen Kübel Geranien, die mich mit ihrer Heiterkeit verspotteten.

„Die *gute* Nachricht ist", fuhr Malone fort, „dass niemand, mit dem wir gesprochen haben, ihn jemals etwas Brutales hat tun sehen.

Sein schlimmster Fehler scheint sein aufgeblasenes Anspruchsdenken zu sein."

„Und das heißt?"

„Er möchte alles für nichts. Er denkt, die Welt schuldet ihm etwas. Sie werden ihn in Fenwick feuern, aber niemand scheint damit zu rechnen, dass er plötzlich Amok laufen könnte oder so."

„Aber Sie glauben, dass er wegen seiner Sachen zurückkommen wird?"

„Das hoffen wir. Die Polizei von Fenwick beobachtet weiter seinen Wohnwagen. Der Suchtrupp hat jetzt sein Autokennzeichen und eine Beschreibung seines Autos: blauer 94er Buick. Nicht zu übersehen."

Schweiß lief mir den Rücken hinunter, aber ich konnte mich nicht in den Schatten der Veranda hinaufbewegen. Ich wusste nicht genau, ob das an der Luftfeuchtigkeit oder an dem unausgesprochenen Teil von Malones Bericht lag, der mir das Gefühl gab, in einem Kissen eingeschlossen zu sein.

„Also, was ist die *schlechte* Nachricht?", fragte ich.

„Sie ist nicht so schlecht, wie sie sein könnte. Hängt davon ab, wie Sie sie betrachten." Ich konnte fast sehen, wie er den Kopf senkte. „In gewisser Hinsicht ist es auch eine gute Nachricht, Mrs Soltani. Die Möglichkeit steigt, dass Charlie nicht gegen ihren Willen mitgenommen wurde. Dass sie sich vielleicht dafür entschieden hat, mit diesem Typen abzuhauen."

Wie, wollte ich ihn fragen – wollte ich ihn aus meinem erstickten Inneren anschreien –, wie konnte etwas Unmögliches eine Möglichkeit sein?

„Ich persönlich denke das nicht", sagte Malone, „nicht nach dem, was Sie mir über Ihre Charlie erzählt haben. Aber wenn sie freiwillig mitgegangen ist, ist die Chance größer, dass sie nicht verletzt ist. Das sollte Ihnen etwas Hoffnung geben."

Ich schüttelte den Kopf, als ob er mich sehen könnte. Ich konnte nicht mein Vertrauen in etwas legen, von dem ich wusste, dass es nicht wahr war.

„Das ist sicherlich schwer zu akzeptieren", meinte er, „aber es würde die Sache sehr viel einfacher machen als irgendein anderes Szenario. Sagen Sie, erinnern Sie sich an Ihr letztes Gespräch mit Charlie?"

Ich war es bereits mindestens fünfzig Mal im Kopf durchgegangen. „Wir haben über ihre Haare gesprochen", sagte ich. „Sie wollte sie sich abschneiden lassen, und mein Mann wollte ihr das nicht erlauben."

„Schien sie verärgert zu sein?"

„Ein bisschen, aber Charlie ist sehr sensibel."

„Also nicht mehr verärgert als sonst?"

„Nein."

„Ich weiß, das ist hart, aber können Sie sich zurückerinnern? Hat sie irgendeine Andeutung gemacht, dass sie Sie für eine Weile nicht sehen würde?"

Ich zwang mich erneut, mir die Szene ins Gedächtnis zu rufen. Charlie, die so still war, die Füße auf den Sitz gestützt. Wie sie sich mit Toms Nein bezüglich des Haarschnitts abfand. Mein Angebot, Eis zu kaufen, ablehnte. Mir versicherte, dass sie ihre Meinung nicht ändern würde.

„Nein", sagte ich. „Ich sagte ihr, dass Tom um neun kommen würde, um sie abzuholen, und das war's."

Bis sie von unserem Geländewagen direkt auf einen blauen Buick zulief?, fragte ich mich. *Sich, als sie ging, von meinem Kind in eine unbekannte junge Frau verwandelte? War es das, was passiert war?*

„Nein", sagte ich noch einmal.

„Okay", meinte Malone. „Ich werde Sie jetzt nur noch diese eine Sache fragen und Sie dann damit in Ruhe lassen. In den meisten Fällen, wenn Kinder ausreißen, die Umstände zu Hause aber grundsätzlich gut sind, kommen die Kinder nach wenigen Stunden oder Tagen wieder zurück." Seine Stimme wurde sanft. „Ich denke, Ihr Zuhause geht weit über ‚grundsätzlich gut' hinaus, meinen Sie nicht?"

„Gelten vier Tage noch als wenig?", zitterte ich. Ich hatte das Gefühl, als ob ich meine Tochter durch diese bloße Frage hintergehen würde.

Malone antwortete nicht.

***

„Er heißt Ricky Zabriski", erklärte ich Tante Pete und Hazel auf der hinteren Veranda.

„Na, da haben wir das Problem", sagte Hazel. „Mit so einem Namen ist es kein Wunder, dass er total verpfuscht ist."

Tante Pete blickte von Hazel zu den vier Kindern, die mit Handtüchern um die Schultern in einer Reihe am Terrassenrand saßen und Bananeneis schleckten. Ganz offensichtlich hatte sie die Namen von Hazels drei gelernt.

Hazel stupste mich mit der Hand an, in der sie noch immer die unangezündete Marlboro hielt. „Wie er auch immer heißen mag", sagte sie, „wenigstens wissen Sie es jetzt. Das ist doch was."

„Wahrscheinlich haben Sie recht", antwortete ich. „Aber wir wissen nicht, wo er ist oder ob er bei Charlie ist und, wenn ja, was er mit ihr macht ..."

„Von wem sprecht ihr?"

Meine Stimme brach ab, als ich zu Maxie aufsah. Sie stand plötzlich neben mir, mit angeklatschten Haaren, und sah mich mit erwartungsvollen Augen an.

„Von niemandem, Maximiliane", meinte Tante Pete. „Guck mal, du kleckerst mit deinem Eis hier überall herum."

Aber ich schüttelte den Kopf und sagte zu Maxie: „Wir reden über einen Jungen, den Charlie kannte und von dem sie uns nichts erzählt hat."

„Quatsch", meinte Maxie.

„Doch", sagte ich.

„Also ist er derjenige, der sie geschnappt hat?", fragte Maxie.

„Vielleicht", antwortete ich.

„Warum?"

Ich zupfte an dem Handtuch, in das sie sich gekuschelt hatte. Trotz der Hitze hatte die sonnengebräunte Haut an ihren Beinen eine Gänsehaut bekommen. Ich konnte nicht einfach dasitzen und dabei zusehen, wie sie meinen Kummer auf sich nahm.

„Das wissen wir nicht, Schatz", erklärte ich ihr. „Vielleicht hat er sie gar nicht geschnappt. Vielleicht ist sie einfach mit ihm gegangen."

Maxie zog ihr Kinn ein. „Das ist *nicht* dein Ernst, Mama!", rief sie. „Diese Bullen müssen sich was Schlaueres ausdenken, weil Charlie *das* bestimmt nicht gemacht hat."

Ich musste lächeln. Jeder sollte zehn Jahre alt bleiben, wenn das Offensichtliche noch benannt und alles andere mit rollenden Augen verworfen werden durfte.

Tom hatte eine ähnliche Meinung, als er ein paar Minuten später anrief, sich wie verzweifelt dafür entschuldigend, dass sein Akku sich verabschiedet hatte. Wortwörtlich wiederholte ich, was Detective Malone mir erzählt hatte. Als seine Stimme drohte, über die normale Telefonlautstärke hinauszugehen, schlüpfte ich ins Haus. Ich wusste, dass Maxie von ihrem Platz aus lauschte, den Kopf an die Flanken eines erschöpften Irish Setters gelegt.

„Malone kann diese Ausreißertheorie getrost in den Schredder hauen!", brüllte Tom. Das erwartete Seufzen klang tief und erschöpft. „Alles in Ordnung mit dir, Liebling?"

„Ich weiß es nicht. Wenn das stimmt, dann ist sie wahrscheinlich sicher, und ich kann mich daran festhalten, aber ich weiß, dass es *nicht* stimmt, und das macht mich …"

„Ja, ich weiß. Die Sache ist, es ist ein Hinweis, und darauf hatten wir doch gehofft. Was hat Malone noch gesagt?"

Ich wiederholte es noch einmal, jedes Wort, jede Pause, jede Nuance, genau wie ich es davor getan hatte. Jedes Mal, wenn ich davon erzählte, kam es mir für einen Moment wirklicher vor. Es schien mich zusammenzuhalten.

„Okay. Du bist nicht allein, oder?", fragte Tom.

„Nein, Tante Pete ist hier und Maxie und Hazel und ihre Kinder."

„Wer?"

„Hazel. Die letzte Woche zu meinem Müttertreff gekommen ist …"

„Isabella, das ist jetzt nicht der Augenblick, in dem du andere bespaßen musst. Das ist jetzt wirklich zu viel für dich."

„Nein, es hilft mir …"

„Ich möchte nicht, dass du dich noch mehr aufreibst. Warum schickst du sie nicht nach Hause? Ich bin in etwa fünfzehn Minuten bei euch. Ich umfahre den großen Verkehr, also bin ich fast schon da. Ich werde Ed Malone anrufen."

Etwas sträubte sich in mir, als ich auflegte, aber ich beeilte mich, das Gefühl abzuschütteln. Natürlich wollte er alles noch einmal selbst hören. Es von Malone hören, der inzwischen vielleicht schon etwas Neues hatte. Dessen Stimme nicht von Angst angespannt war. Der ihm vielleicht etwas sagen konnte, was ich vergessen hatte. Tom war ja nur etwas … Was? Frustriert? Verängstigt? Sicher, dass er zusammenbrechen würde, wenn Charlie nicht bald zurückkam und ihre Pirouetten durch die Küche drehte?

Genau wie ich es immer und immer wieder erzählen wollte, wollte er immer wieder hören, was es für Hinweise gab. Das war es. Ich musste meinen stechenden Groll wegpacken.

Und tatsächlich hatte Malone Neuigkeiten zu berichten, als Tom ihn anrief. Ricky Zabriski war aus Georgetown, eine gute Stunde von hier entfernt. Seine Mutter erklärte, dass sie seit zwei Wochen nichts von ihm gehört hatte, dass das aber nichts Ungewöhnliches war. Als man sie bat, sich bei Detective Malone zu melden, sobald sie etwas von ihrem Sohn hörte, sagte sie, dass das nicht lange dauern sollte. Aller Erfahrung nach würde er innerhalb der nächsten Woche anrufen, um nach Geld zu fragen.

Aber an diesem Tag rief Spinne Zabriski seine Mutter nicht an. Auch nicht am nächsten. Und nicht am übernächsten. Und Charlie Soltani rief auch nicht bei ihrer Mutter an.

***

Ich steckte Maxie am folgenden Montagabend ins Bett, nach mehr als einer Woche ohne Charlie, als sie sagte: „Ich möchte über Sun und die Jungs und Regis und Kelly reden."

„Regis und Kelly?"

„Die Hunde."

„Oh."

„Ist das okay, wenn ich mit ihnen Spaß habe, wenn sie rüberkommen?"

„Schatz!", sagte ich und fuhr mit der Hand über das umgeschlagene Laken, das ihre Schultern bedeckte. „Warum fragst du mich so etwas? Natürlich ist das okay. Sie sind etwas, ähm, anders, aber sie mögen dich …"

„Nein, ich meine …" Sie verzog die Augenbrauen. „Darf ich Spaß haben, wenn Sissy etwas Schlimmes passieren könnte?" Ihr Gesicht knautschte sich zusammen, und sie begann zu weinen und schluchzte so lange laut und krächzend, bis sie in meinen Armen einschlief. Ich verbrachte diese Nacht in ihrem Bett, rollte mich zu einer Kugel zusammen und hielt sie darin fest.

***

Am nächsten Morgen war ich noch ganz benebelt, als Hazel mit ihrer Brut auftauchte. Ich schaffte es, mich ihr zu entziehen, als Hazel mir ein Blatt Papier mit einem Bild von Charlie reichte, auf dem sie in ihrer Bistro-Uniform wie ein Reh von unseren Eingangsstufen heruntersprang.

Ich streichelte über das anmutige kleine Kinn. „Das haben wir geschossen, kurz bevor sie zum ersten Mal zur Arbeit gegangen ist."

„Es war in dem Stapel Bilder, den Sie mir gegeben haben", sagte Hazel und winkte mit einem prall gefüllten braunen Umschlag.

Ich konnte mich nicht daran erinnern, ihr Fotos gegeben zu haben, aber vor lauter Schlafentzug wusste ich auch nicht, ob ich mir jeden Tag die Zähne geputzt hatte.

„Also, wie finden Sie ihn?"

Erst jetzt wurde mir klar, dass es sich um einen neuen Flyer handelte, weniger überladen als der von der Polizei und mit seiner auffälligen Schrift sicherlich besser geeignet, die Blicke auf diesen lebhaften Teenager zu ziehen, der noch immer verschwunden war.

Verschwunden war. Und sich vielleicht jeden Augenblick, jeden Tag weiter und weiter entfernte.

„Er ist richtig schön", sagte ich. „Großartig."

„Und Sie wünschten, dass wir ihn gar nicht erst brauchen würden."

Wir blickten uns an, bis ich sie durch meine Tränen nicht mehr sehen konnte.

„Los, hol Mrs Soltani ein Taschentuch, Sun", sagte Hazel. „Und schnüffel nicht in ihrem Arzneischränkchen herum."

Als alle drei Kinder losdackelten, über den Holzfußboden rutschten und darüber stritten, wer mir das Tempo reichen durfte, sank ich auf einen Küchenstuhl, den Flyer noch immer in der Hand.

„Ich habe den Rest wieder mitgebracht", erklärte Hazel. Sie schüttete den Inhalt des Umschlags auf den Tisch und breitete die Fotos aus. „Ich muss das fragen. Wer hat die alle gemacht?"

„Tom", antwortete ich. „Er ist der Kamerafanatiker in unserer Familie."

„Er ist mehr als das. Die sind richtig professionell."

Hazel nahm eines geschickt in die Hand, ohne die Oberfläche zu berühren. Es war eine Nahaufnahme von Charlie und Maxie, die mit einer Eistüte in der Hand an der Strandpromenade auf einer Bank saßen. Maxie hatte einen Chocolate-Chip-Cookie-Dough-Bart. Vanille rann ihre Finger herunter, während ihr Blick auf irgendetwas Faszinierendes außerhalb des Bildes gerichtet war. Charlie betrachtete ihre Eistüte eindringlich wie eine Hirnchirurgin. Sie hatte das Eis so behutsam abgeleckt, dass die Kugel wie gemalt aussah.

„Schauen Sie, das ist ein richtiges Kind", sagte Hazel. „Diese 08/15-Shorts, die sie von der Schule haben, lassen sie alle gleich aussehen. Sun und Tri sind in denen vom letzten Jahr wie identische Zwillinge. Aber dieses hier …" Sie tippte mit einem goldgestreiften Fingernagel auf das Bild. „Sehen Sie, wie er sie da eingefangen hat."

„Sie hat nie einen Tropfen fallen lassen", sagte ich.

„Es ist nicht nur das. Ich meine, sehen Sie sie sich an. Für sie ist das nicht nur Eis. Es steckt eine ganze Welt darin."

Sie hatte recht. Es schien, als ob Charlie sich zu ihren Träumen hindurchschlecken würde, die in den Wirbeln von Schokolade und Vanille verborgen lagen.

„Wir werden Ihr Mädchen zurückbekommen", meinte Hazel.

Ich sah in die viel zu blauen Augen. Sie blinzelten wütend. „Die Kinder und ich werden die Flyer überall verteilen, von Ocean City bis nach Bowers Beach und landeinwärts, so weit, wie die Küste von Maryland reicht."

„Ich will auch mithelfen." Maxies Stimme klang wie von einem Frosch, ihre Augen waren vom Schlaf noch ganz verquollen. „Darf ich, Mama?"

„Für mich wäre es in Ordnung", meinte Hazel. „Ein Kind mehr macht auch keinen Unterschied."

Aber ich schüttelte schon den Kopf.

„Ma-ma!", flehte Maxie.

„Schatz, Daddy würde Zustände kriegen."

„Kannst du ihn nicht anrufen?"

„Nicht, wenn ich schon weiß, was er antwortet. Wir machen etwas anderes Lustiges."

„Klar", sagte Maxie. „Natürlich." Mit sarkasmustriefenden Lippen stampfte sie aus der Küche.

„Okay", meinte Hazel. „Ich versteh's nicht, aber ich werde meine große Klappe halten."

Ich hielt meine auch. Ich konnte Hazel ja schlecht erklären, dass Tom von ihrer Anwesenheit nicht besonders begeistert war – obwohl ich mir sicher war, dass sie bemerkte, wie er jedes Mal stocksteif wurde, wenn er sie bei uns antraf. Noch konnte ich Tom erklären, was sie ins Haus brachte, abgesehen von Fast Food und Kindern, die immer klangen, als ob sie ein Megafon benutzten. Wenn jemand Maxie dazu brachte zu lächeln, ihre Hip-Hop-Schritte zu machen und an etwas anderes als an ihre verlorene Schwester zu denken, musste ich ihn einfach zur Tür hereinlassen. Selbst wenn Tom fand, dass Hazel „keinen guten Einfluss" hatte.

***

Maxie schmollte, weil sie zu Hause bleiben musste, bis Hazel und die Kinder am nächsten Morgen wiederkamen und meldeten, dass bald *jeder* Charlies Gesicht kennen würde.

„Ich wünschte immer noch, ich hätte mitkommen dürfen", sagte Maxie und funkelte mich böse an.

„Es hat aber gar nicht so viel Spaß gemacht", erklärte ihr Sun.

„Gestern hast du noch das Gegenteil behauptet", meinte ihr Bruder Tri.

„Halt die Klappe!", zischte Sun und schubste ihn in den Pool.

Ed Malone kam später vorbei, voller Bewunderung für den neuen Flyer. „Vielleicht wird das Telefon ja wieder läuten."

„Ähm, kann ich Ihnen mal eine Frage stellen, Mr Detective?", fragte Hazel.

Ich erschauderte, aber Malone lächelte sie ruhig an. „Ich glaube nicht, dass ich Sie aufhalten kann."

Hazel richtete ihren Blick auf ihn. „Wie stark bearbeiten Sie Mama Zabriski?"

„Rickys Mutter?"

„Genau die."

Malone nahm einen Schluck von dem Kaffee, den Tante Pete ihm hingestellt hatte, und zuckte zusammen. „Wir haben sie befragt. Ich bin überzeugt davon, dass sie uns alles gesagt hat, was sie weiß."

„Aha", meinte Hazel wenig überzeugt.

„Wir haben keine Bambussprossen unter ihre Fingernägel geschoben", sagte Malone. „Aber ich hatte nicht das Gefühl, dass sie log."

Hazel sah aus, als ob sie *ihm* gleich ein paar scharfe Gegenstände unter die Fingernägel schieben wollte, aber die Ankunft von Christine, einer der Frauen aus meiner Müttergruppe, rettete ihn. Sie trug einen schicken Anzug und kam offensichtlich in bestimmter Mission. Malone entschuldigte sich, während Hazel Desi davon abhielt, mit in Baby Mitchells Buggy zu klettern.

„Ich kann nicht lange bleiben", sagte Christine und blickte skeptisch zum Buggy. „Ich habe euch nur eine Käseplatte gekauft."

Maxie rümpfte die Nase in Richtung der Platte, die Tante Pete in die Küche hinüberschleppte.

„Was stinkt denn hier so?", fragte Tri.

„Dein Benehmen", sagte Hazel.

Christine drängte sich näher Richtung Buggy. „Oh, und ich wollte euch schon mal sagen, dass ich an einer Website baue, einfach damit wir die Leute auf dem Laufenden halten können, wie es mit der Suche vorangeht."

„Oh", meinte ich.

„Auf diese Weise fragen die Leute dann nicht ständig bei euch nach. Und dann wissen wir natürlich auch, wofür wir beten sollen."

Beten. Ich war mir nicht einmal mehr sicher, ob ich das selbst überhaupt noch konnte.

„Ich weiß nicht, was das für ein Käse ist", sagte Tante Pete, als Christine und Mitchell wieder weg waren und Hazel die Kinder raus an den Pool getrieben hatte. „Aber Tri hat recht mit dem Gestank."

„Christine isst gern Ziegenkäse", erzählte ich.

Hazel öffnete die Terrassentür für mich. „Sie isst etwas, das ihr nicht bekommt. Daher hat sie wahrscheinlich auch diesen nervösen Tick im Auge."

„Christine hat einen nervösen Tick?", fragte ich.

„Das liegt bestimmt daran, dass sie die ganze Sache wahnsinnig macht."

„Ich denke, sie wäre verrückt, wenn es das nicht täte", stellte Tante Pete fest. Sie sah mich mit einem rätselhaften Blick an, den ich nicht verstand. Ich hatte keine Energie herauszufinden, was sie damit meinte.

„Erstens war sie seit letzter Woche nicht mehr hier", sagte Hazel.

„Sie hat so viel zu tun", sagte ich und ließ mich in einen Stuhl fallen. „Sie hat ihren Job, das Baby, ihren Mann. Ich erwarte nicht, dass jeder alles andere sausen lässt."

Hazel lehnte sich gegen das Verandageländer und klopfte ihre Taschen ab. „Ich weiß. Ich bin nur sauer, weil diese Bullen nicht genug machen."

„Genau das denke ich auch", erklärte Tante Pete. „Da kannst du Gift drauf nehmen, dass ich, wenn ich fahren könnte, schon längst in Georgetown gewesen wäre."

„Und genau rein in das Gesicht von dieser Zabriski-Frau", sagte Hazel. Sie gab ihre Suche nach Zigaretten auf und nickte in meine Richtung. „Sie und ich sollten genau jetzt auf dem Weg dorthin sein."

„Was?“

„Wir müssen mit ihr reden. Ich würde sie wahrscheinlich am liebsten an die Wand nageln, bis sie ihr Kind ausliefert, aber wenn Sie dabei sind, werde ich mich zurückhalten.“

„Ich kann auf die Kinder aufpassen“, bot Tante Pete an. „Die wissen, dass ihre Tante Pete nicht einfach alles durchgehen lässt.“

„Wartet“, sagte ich.

„Sehen Sie, das ist das Problem“, sagte Hazel. „Sie *haben* gewartet, und es hat Sie keinen Zentimeter näher an Ihr Kind gebracht.“ Sie ergriff meine Hand und zog mich auf die Beine. „Ich hatte schon mit Strafverfolgung zu tun, okay? Es kommt eine Zeit, da muss man die Dinge einfach selbst in die Hand nehmen.“

„Ich kann das nicht. Tom würde …“

„Tom würde was?“, fragte Tante Pete. „Meinst du, er würde deinen Geburtstag streichen?“

„Er schlägt Sie doch nicht etwa, oder?“, fragte Hazel.

„Nein!“

„Dann verstehe ich das Problem nicht.“

Ich schreckte vor ihr zurück. „Ich glaube nicht, dass Sie verstehen …“

„Wollen Sie Ihre Tochter zurückhaben oder nicht?“

Ich konnte mich ihrem Blick nicht entziehen. Es lagen ein Funkeln und eine Kampfeslust darin, die in mir bisher nur wellenförmig aufgetaucht waren.

„Wir können mein Auto nehmen“, sagte ich, „wenn Sie fahren.“

***

„Ich kann nicht glauben, was ich hier mache“, sagte ich.

„Das haben Sie jetzt schon sechs Mal gesagt, und wir sind gerade erst aus Bethany Beach raus“, meinte Hazel. „Entweder Sie nehmen jetzt eine meiner Beruhigungspillen oder wir reden darüber, wie Sie mit der Sache umgehen werden. Sie machen mich sonst noch wahnsinnig."

„Wie *ich* mit der Sache umgehen werde?", fragte ich. „Sie haben doch gesagt, Sie hätten Erfahrung damit, die Dinge einfach selbst in die Hand zu nehmen."

„Ich glaube nicht, dass Sie mit dieser Situation so umgehen werden, wie ich es mit meiner tun musste."

„Was war Ihre?" Ich war mir nicht sicher, ob ich es wirklich wissen wollte, aber wenn sie nicht irgendetwas unternahm, um mich abzulenken, glaubte ich nicht, dass ich das durchziehen würde.

„Mein dritter Ex", erzählte Hazel, „Desis Vater. Er war ein Monster, und ich habe dafür gesorgt, dass er verhaftet wurde. Als er sich bei der Polizei erfolgreich herausgeschwafelt hatte, bekam er Kontaktverbot. Er ignorierte es, also habe ich ein Bein vom Esstisch abgebrochen und ihn damit fortgejagt. Habe ihm den Macho ausgetrieben." Sie sah mich triumphierend an. „Seitdem habe ich ihn nie wieder gesehen."

„Ist das dein – Entschuldigung – Ihr Ernst?"

„Na endlich, ich dachte schon, du würdest mir nie das Du anbieten. – Ich schlage ja nicht vor, dass wir Mama Zabriskis Möbel zerlegen, aber du musst wohl etwas tougher werden."

Mein Mund fühlte sich an, als wäre ich seit Tagen in der Wüste. „Ich weiß noch nicht mal, wo sie wohnt", sagte ich.

„Dann schätze ich, dass wir wohl besser ihre Adresse herausfinden", meinte Hazel.

Der verängstigte Teil von mir hoffte, dass das Telefonbuch von Georgetown Mrs Zabriski nicht preisgeben würde, aber das tat es. Als Hazel den Geländewagen in die Auffahrt des grauen Farmhauses schwenkte, hoffte derselbe verängstigte Teil von mir, dass es das falsche Haus war oder dass Sarah Zabriski wenigstens nicht zu Hause war.

„Ich weiß nicht, ob ich das kann, Hazel", sagte ich.

„Geh einfach rein und sei Charlies Mutter." Sie nahm ihre Leopardensonnenbrille ab und sah mich an. „Scheint so, als ob du das am allerbesten könntest."

Ich ließ Hazel die Klingel drücken, und ihren Anweisungen folgend stand ich ein paar Schritte hinter ihr. „Wir wissen nicht, was für eine Durchgeknallte sie sein könnte", hatte sie mir im Auto erklärt.

Ich war auf alles gefasst, vom Lauf einer halb automatischen Waffe (Hazels Vermutung) bis hin zu einem explosiven Schwall von Beleidigungen über meine Tochter (meine Vermutung). Jedenfalls erwartete ich nicht, dass die Frau, die jetzt die Tür öffnete, geblümte OP-Kleidung trug und zurückhaltend lächelte.

„Ich bin froh, dass Sie hergefunden haben", sagte sie. Ihre Stimmte war fast schrill. „Kommen Sie herein."

Ich sah sie nur verdutzt an, als sie die Tür öffnete und uns hereinwinkte. Hazel ging geradewegs hinein und zog mich am Ärmel mit sich.

Die große, drahtige Frau strich sich über die Haare. Das Blond verblasste eher, als dass es ergraute, so wie anscheinend alles andere an ihr. Ich bemerkte, dass meine Horrorvorstellung von ihr wie ein Gespenst langsam verschwand.

„Giselle ist hinten", sagte sie. „Sie können sie sicherlich hören." Sie stieß ein nervöses Lachen aus, das das schrille Gebell begleitete. Es schien von hinter einer verschlossenen Tür zu kommen.

„Meinen Sie, dass wir länger als eine halbe Stunde brauchen?", fragte sie. „Ich muss dann zur Arbeit."

Ungeachtet dessen, dass Hazel mich in den Arm knuffte, schüttelte ich den Kopf. „Ich befürchte, dass Sie uns mit jemand anderem verwechseln."

Die Frau sah auf meine Hände. „Wo sind alle Ihre Sachen? Sind Sie nicht die Hundefriseurin?"

„Nein", antwortete ich. „Ich bin Isabella Soltani. Sind Sie Sarah Zabriski?"

Die Frau löschte ihr Lächeln und erstarrte. „Was wollen Sie?“, fragte sie. „Glauben Sie nicht, Sie können einfach hier hereinkommen und mir Vorwürfe über meinen Jungen machen. Davon hatte ich schon genug. Ich weiß nicht, was mit Ihrer Tochter passiert ist – das habe ich bereits gesagt –, und ich sage Ihnen jetzt, was ich auch zu denen gesagt habe: Mein Ricky hat ihr überhaupt gar nichts getan. Giselle, *Ruhe* jetzt!“

Das Bellen erstarb. Aber es war in dem Moment schwer, Mrs Zabriskis Stimme von der des Hundes zu unterscheiden. Hazel knuffte mich in den Rücken, aber ich konnte nichts sagen. Ich hatte Angst, dass Sarah Zabriski in Stücke zerfallen würde, wenn ich es tat.

„Mrs Soltani ist nicht hier, um Sie wegen irgendetwas anzuklagen“, sagte Hazel.

„Wer sind Sie?“

Hazel streckte ihre Hand aus. „Hazel Jefferson. Ich bin die moralische Unterstützung. Sieht aus, als ob Sie beide welche gebrauchen könnten.“

Sarah schüttelte zwar nicht Hazels Hand, aber sie trat einen Schritt von der Wand weg, an die sie sich gedrückt hatte, und nickte in Richtung eines geheimnisvollen Zimmers. „Fünf Minuten“, sagte sie. „Wenn Sie danach nicht verschwinden, schreie ich nach den Bullen da draußen.“

„Was für Bullen?“, fragte ich.

„Sie meinen diese zwei in dem Zivilfahrzeug auf der anderen Straßenseite?“, fragte Hazel. „Auffälliger geht’s wohl nicht.“

„Sie beobachten das Haus für den Fall, dass Ricky hier auftaucht.“ Sarah wies uns auf das Sofa und hockte sich auf die Kante eines Schaukelstuhls. Sie war so dünn, dass er sich kaum bewegte. Alles in diesem Zimmer passte zu ihr – zerbrechlich, zart und zwanghaft ordentlich.

„Ich werde Ihnen sagen, was ich auch der Polizei schon mehrfach gesagt habe“, sagte sie, als Hazel und ich uns auf eine Nachbildung eines Queen-Anne-Sofas gesetzt hatten, von dem ich befürchtete, dass es gleich unter uns zusammenbrechen würde. „Ich weiß *nicht*, wo Ricky ist. Ist vielleicht mal irgendjemandem gekommen, dass er auch vermisst wird? Was, wenn beiden etwas zugestoßen ist?“

Der Gedanke war noch abschreckender als fast jeder, den ich bereits erwogen hatte.

„Dann wissen Sie wirklich nicht, wo er ist?“, fragte ich. „Und Sie haben nichts von ihm gehört?“

Sarah schloss die Augen. „Warum glaubt mir eigentlich keiner? Ich möchte, dass er nach Hause kommt – wie jede andere Mutter sich das auch wünschen würde.“

„Es tut mir so leid“, sagte ich. „Mrs Zabriski, ich weiß genau, wie Sie sich fühlen.“

Sie umklammerte die Armlehnen des Schaukelstuhls. „Ach ja? Behauptet denn irgendwer, dass Ihr Kind ein Entführer ist und ein Vergewaltiger und vielleicht sogar ein Mörder? Jagen sie nach Ihrem Kind, als sei es ein Serienkiller?“

Ich konnte nur den Kopf schütteln.

„Ist das Ricky?“, fragte Hazel. Sie hielt eine gerahmte Fotografie in der Hand, die sie offensichtlich vom Tischende genommen hatte. Für einen Augenblick befürchtete ich, Sarah würde durch das Zimmer fliegen und das Bild Hazel aus der Hand reißen.

„Sieht nett aus“, meinte Hazel.

Sie drehte das Bild zu mir. Entweder Hazel log, oder ich konnte nicht sehen, was sie sah. Der Junge auf dem Bild grinste mich höhnisch mit seinen dicken Lippen an, von denen Aylana gesprochen hatte. Sie sahen aus, als würden sie sagen wollen: „Möchtest du ein Stückchen von mir?“

„Ich wollte nicht, dass er sich die Haare so färben lässt“, erklärte Sarah. „Aber er dachte, ein Rettungsschwimmer müsste blonder sein.“ Ihre Stimme milderte sich zu mütterlichem Stolz. „Abgesehen davon sieht er immer noch fast wie sein Vater aus.“

Rickys Vater musste eine gerade Nase, stechend grüne Augen und finster hervorstehende Wangenknochen gehabt haben. Obwohl ich mich dagegen wehrte, stellte ich mir Charlie an ihn gekuschelt vor. Er sah auf sie herunter, mit gekräuselten Lippen und mit der gleichen Verachtung in den Augen, die er für die Kamera übrig gehabt hatte.

„Wo ist sein Dad?", fragte Hazel.

„Er starb, als Ricky erst fünf war", sagte Sarah. „Seitdem gibt es nur noch uns beide. Wir stehen uns sehr nah. Deshalb weiß ich, dass ihm etwas zugestoßen ist. Er würde mir niemals so große Sorgen bereiten."

Der Hund im Hintergrund begann zu jaulen.

„Ist schon gut, Giselle!", rief Sarah. „Sie ist irgendwie durchgedreht, seit Ricky verschwunden ist. Als ob sie wüsste, dass ihm etwas passiert ist. Sie ist *sein* Hund; er wollte unbedingt einen Schnudel haben."

„Einen Schnudel?", fragte Hazel.

„Eine Mischung aus Pudel und Schnauzer. Sie liebt ihn abgöttisch." Sie sah auf ihre Hände hinunter, die sie in ihrem Schoß zusammengeknotet hatte. Ihr Kummer war so spürbar wie mein eigener.

„Schönes Tattoo", meinte Hazel und tippte auf das Bild. „Sieht neu aus."

Ich zwang mich, erneut hinzusehen. Wie hatte ich die schwarzrote Spinne auf Rickys linkem Arm übersehen können? Er wollte sie offensichtlich vor der Kamera vorführen.

„Da war es noch neu. Das Foto wurde im Juni geschossen. Er konnte es nicht abwarten, bis er das nächste Mal nach Hause kam, um es mir zu zeigen, also hat er mir das Foto geschickt. Er hat die Spinne selbst entworfen."

„Er ist wirklich begabt", meinte Hazel.

„Das ist er. Trotzdem wünschte ich, er hätte sein Talent nicht für ein Tattoo verschwendet. Das Piercing im Ohr hat mir nichts ausgemacht, aber ich mag keine Körperkunst." Sarah seufzte. „Jetzt bin ich froh, dass ich ihm das nicht gesagt habe. Ich würde es nicht ertragen, wenn eines unserer letzten Gespräche schlecht verlaufen wäre."

„Das verstehe ich", sagte ich. „Beim letzten Mal, als ich mit Charlie gesprochen habe, ging es darum, dass wir ihr nicht erlauben wollten, sich die Haare abzuschneiden. Das kommt mir jetzt so lächerlich vor."

Sarah nickte. „Man geht jedes einzelne Wort, das man gesagt hat und das sie gesagt haben, wieder und wieder durch und sucht nach einem Hinweis."

„Ja." Ich holte tief Luft. „Als Sie mit Ricky gesprochen haben, hat er je Charlie erwähnt?"

„Er hat nie mit mir über seine Freundinnen gesprochen. Ich bin mir sicher, dass er welche hatte, niedlich, wie er ist, aber ich nehme an, dass Jungs solche Sachen nicht mit ihren Müttern besprechen."

Obwohl Sie sich nahestehen?, wollte ich sagen, aber ich konnte das Messer nicht noch tiefer in das Herz dieser Frau stoßen. „Ich denke, wir sollten jetzt gehen", sagte ich. „Damit Sie zur Arbeit können."

„Sind Sie Ärztin oder so?", fragte Hazel.

„Ich bin Schwesternhelferin in einer Tageseinrichtung." Sie klang fast entschuldigend. „Ich verdiene da nicht viel. Ich wünschte, ich würde mehr kriegen, dann könnte ich mehr für Ricky tun. Ich hasse es, dass er diese alte, ausgeleierte Karre fahren muss."

Ich fragte mich, ob sie wusste, dass die alte, ausgeleierte Karre durch den Suchaufruf nun zu zweifelhaftem Ruhm gelangt war. Irgendwie hoffte ich, dass nicht.

„Hören Sie", sagte sie, als sie uns zur Tür führte. „Es tut mir leid, dass ich am Anfang so unhöflich war. Ich bin einfach schon so viel belästigt worden – erst die Polizei von Georgetown, dann die von Bethany Beach, dann der Privatdetektiv …"

„Jemand hat einen Privatermittler engagiert?“, fragte ich.
Sarah blinzelte mich an. „Ähm, ja. Sie.“
„Wie bitte?“
„Er sagte, die Soltanis hätten ihn geschickt. Ich schätze, ich würde das Gleiche tun, wenn ich es mir leisten könnte.“
Giselle begann erneut zu jaulen, und Hazel nahm mich am Arm. „Wir lassen Sie jetzt mal nach dem Hund sehen“, sagte sie. „Vielen Dank für Ihre Zeit.“

8

Auf dem Weg nach Hause konnte ich nichts sagen. Es war alles zu viel: die Vorstellung, dass Charlie *und* Ricky etwas zugestoßen sein könnte, dass wir sie ohne ihn vielleicht nie finden würden, dass das Herz einer anderen Frau gerade zerbrach wie mein eigenes. Und dass Tom einen Privatdetektiv angeheuert hatte, ohne mit mir darüber zu sprechen.

Hazel ließ mich in Ruhe, bis wir nur noch einen Häuserblock von meinem Haus entfernt waren. „Etwas ist mir aufgefallen, als ich das Tattoo betrachtete“, sagte sie dann, „und ich denke, wir sollten dem nachgehen. – Was zur …“

Kies spritzte, als sie den Geländewagen am Straßenrand schlitternd zum Stehen brachte. Ich konnte spüren, wie die Farbe aus meinem Gesicht wich.

Ein Krankenwagen stand in unserer Auffahrt, mit blinkenden Lichtern. Ed Malones Streifenwagen war quer auf dem Rasen geparkt, und ein Jeep der Strandstreife stand zur Hälfte auf dem Bordstein hinter beiden. Tom hatte seinen Nissan noch nicht einmal ganz von der Straße bekommen, und die Fahrertür stand offen.

Ich schrie Hazels Namen, aber sie war schon aus dem Auto ausgestiegen und preschte zum Haus. Ich folgte ihr blind. Angst schnitt jeden Gedanken meines Gehirns ab.

Als ich Hazel erreichte, kam sie gerade durch das Pooltor zurück, mit wildem Blick.

„Wo sind sie?“, fragte sie mich. „Sunrise! Tri!“

„Hier unten!“ Die Stimme kam vom Strand.

„Lieber Gott, nein.“ Ich drehte mich herum, zu den Gestalten, die die Stufen vom Strand heraufkamen.

Als ich bei ihnen war, hatte Hazel bereits einen Sanitäter am Kragen.

„Wo sind meine Kinder? Wehe, wenn Sie meine Kinder nicht gerettet haben …“

„He, gnädige Frau.“ Ein zweiter Sanitäter klemmte einen Arm zwischen die beiden. „Ihren Kindern geht es gut.“

Hinter ihm grinste ein klitschnasser Rettungsschwimmer. „Um diese Viecher sollten Sie sich Sorgen machen.“

Hazel ließ vom Sanitäter ab. „Was? Meine Setter?“

Der Rettungsschwimmer nickte mit dem Kopf Richtung Stufen. Ein weiterer Rettungsschwimmer stolperte ins Blickfeld und konnte Regis und Kelly nur mit Mühe an zwei Stricken halten. Durchnässt und sandig hielten sie auf der obersten Stufe an und schüttelten sich gleichzeitig.

„Ihr wartet alle, wenn ihr oben seid“, hörte ich Tom sagen. „Keinen Schritt weiter.“

Vier kleine Köpfe erschienen oberhalb der Stufen – Maxie, Sun, Tri und Desi. Tante Pete folgte ihnen und blickte – genau wie die Kinder – wie ein geprügelter Hund drein.

Als Tom oben ankam, spuckte einer der Sanitäter aus. „Sieht so aus, als ob Sie uns nicht mehr brauchen. Scheint ja allen gut zu gehen.“

„Nicht mehr lange“, murmelte einer der Rettungsschwimmer.

Die vier gingen und überließen Hazel die Hunde. Sie reichte sie an Ed Malone weiter, der als Letzter vom Strand auftauchte und zur reuig dreinblickenden Mannschaft vor Tom herübermarschierte. Als Desi seine Mutter sah, brach er in Tränen aus und versteckte sich hinter Maxie.

„Was ist passiert?", fragte sie.

„Das versuche ich auch gerade herauszufinden", zischte Tom mit zusammengebissenen Zähnen.

„Was habt ihr gemacht?"

„Es war nicht meine Idee", versicherte Tri.

„Halt die Klappe!", rief Sun.

„Super Plan", sagte Tom. „Also, Tante Pete, willst du mir das vielleicht erklären?"

„Ja", sagte Tante Pete, „wenn du deinen Finger wieder wegpackst." Sie funkelte ihn an, bis er seine Hand in die Tasche stopfte.

Sie erholte sich schnell. „Wir waren unten am Strand. Jeder spielte fröhlich, und eh ich mich's versah, waren diese zwei Hunde so weit draußen, dass ich sie kaum noch sehen konnte."

Tom starrte sie an. „Also hast du die 112 gerufen."

„Genau. Maximiliane war fest entschlossen, rauszuschwimmen und sie zu retten, und als ich ihr das nicht erlauben wollte, wurde sie hysterisch."

„Aber echt", sagte Tri. „Ihr Gesicht lief dunkelrot an und so."

„Halt die …"

„Es reicht." Tom hob seine Hand in Suns Richtung und sah Maxie an. „Warum warst du so aufgebracht? Guck dir an, was für einen Wahnsinn du verursacht hast."

„Es war meine Schuld, dass die Hunde so weit rausgeschwommen sind", sagte Maxie. Sie hatte die Arme um ihren nassen Körper geschlungen, und ihre Lippen waren blau. Niemand hatte ihr ein Handtuch umgelegt. Ich machte einen Schritt auf sie zu, aber diesmal hob Tom seine Hand in meine Richtung.

„Was meinst du damit, es war deine Schuld?", fragte er Maxie.

„Es war meine Idee, Rettungsdienst zu spielen. Sie haben alles rausgeholt, wonach wir sie haben suchen lassen, aber ich wusste nicht, dass sie so weit rausschwimmen würden."

„Du musst ihn nicht decken, Maxie", sagte Sunrise. „Tri war derjenige, der das Paket Hotdogs rausgeworfen hat."

Hazel fing Tris Faust ab, bevor sie auf Suns Arm landen konnte.

„Es ist trotzdem meine Schuld", sagte Maxie. Sie hob ihr zitterndes Kinn und sah Tom an. „Ich hätte es nicht ertragen, wenn Regis und Kelly etwas passiert wäre. Ich möchte nicht, dass noch jemand verloren geht." Ihr Gesicht verzog sich, und sie rannte auf mich zu. Tom sah Malone an, der noch immer von den beiden hechelnden Irish Settern flankiert wurde. „Es tut mir leid, dass Sie deswegen herkommen mussten."

„Eigentlich war ich gar nicht auf diese Party eingeladen", sagte Malone. Er blickte unbehaglich drein. „Ich bin wegen etwas anderem gekommen."

Tom legte seine Hand auf Maxies Schulter. „Gut, geh rein und dusch dich. Wir reden später darüber."

„Hey, ist irgendjemand zu Hause?"

Pastor Gary Dalberg kam über die Auffahrt auf uns zu, im Arm eine Zinkwanne, die fast so groß war wie er selbst. Lissa hüpfte hinter ihm her.

„Hat jemand Lust auf frische Krebse?", fragte sie.

„Leben die noch?", fragte Tri.

„Guck doch mal selbst."

Kreischend wie Ferkelchen umringten die Kinder die beiden Wohltäter. Sogar Tante Pete reckte den Hals, um einen Blick auf schnappende Greifer zu erhaschen.

Tom rückte näher an Malone heran. „Um was geht's?", fragte er.

Ich hatte Malone noch nie verlegen gesehen. „Ich habe einen Anruf aus Georgetown bekommen", sagte er, „und ich bin mir sicher, dass es eine gute Erklärung dafür gibt …"

„Wofür?“, fragte Tom.

„Dafür, dass die Polizei Isabella heute Nachmittag im Zabriski-Haus gesehen hat.“

Ich biss mir auf die Lippe.

„Aber wie gesagt, ich bin mir sicher, dass es eine absolut schlüssige Erklärung dafür gibt.“

„Besser wär's“, sagte Tom.

„Ich koche die Krebse für alle, die Hunger haben“, rief Gary Dalberg uns zu.

Seine Frau, meine Freundin Lissa, nickte. „Ich habe Krautsalat und Brot mitgebracht.“

„Tri, Sun, ab ins Auto. Wir fahren“, rief Hazel. Desi saß bereits auf ihren Schultern.

„Geht nicht“, bat ich. „Bleibt doch und esst mit uns.“ Ich konnte Toms stechenden Blick durch meinen Hinterkopf spüren. Ich wandte mich zu Malone um. „Ich hoffe, ich habe kein Chaos verursacht. Ich musste einfach mit Rickys Mutter sprechen.“

„Isabella, um Himmels willen“, sagte Tom.

„Und weißt du was?“, sagte ich. „Diese arme Frau fühlt sich so elend wie wir.“

***

Die Kinder nickten eines nach dem anderen im Wohnzimmer ein, als das Chaos des Krabbenessens sich legte. Lissa und Tante Pete verbannten mich aus der Küche, während sie alles sauber machten, und unser Pastor und Hazel begaben sich auf die Seitenveranda, nachdem Hazel ihn gefragt hatte, ob sie sie, falls sie käme, aus der Kirche schmeißen würden, wenn sie erführen, dass sie „eine bewegtere Vergangenheit hatte als diese Vorhänge, die im Gemeinderaum hängen“.

Tom sah mich an und fragte: „Drehen wir eine Runde? Ich möchte mit dir reden.“

Eine abendliche Brise wehte vom Ozean herüber, als wir den Strand erreichten, aber ich fühlte mich seltsamerweise eingeengt. Tom hielt meine Hand fest und fing an zu sprechen, während ich mich beeilte, mit seinen langen Schritten mitzukommen.

„Ich weiß noch nicht einmal, wo ich anfangen soll, Isabella. Du hast Maxie bei Tante Pete gelassen, obwohl ich dich gebeten hatte, das nicht zu tun. Du bist mit Hazel weggefahren, obwohl du weißt, was ich von ihr halte. Und was hast du dir dabei gedacht? Du hattest keine Ahnung, was dich in diesem Haus erwarten würde."

Ich versuchte nicht, etwas zu erwidern. Ganz offensichtlich war er nicht an Antworten interessiert. Meine Aufmerksamkeit richtete sich auf einen Mann weiter vorn, der für seinen galoppierenden hellen Labrador Stöckchen ins Meer warf. Am Ufer bereiteten sich Fischer vor, und Lärm schwappte von der Strandpromenade herüber. Ich liebte all das, aber ich hatte begonnen, es zu fürchten. Dieser Ort hatte Charlie gestohlen und wollte sie nicht wieder hergeben.

„Das bekräftigt nur meine Entscheidung", sagte Tom.

Ich zwang mich, mich auf ihn zu konzentrieren.

„Ich möchte nicht, dass Maxie auf die Lord-Baltimore-Schule geht", sagte er. „Ich habe mir die Bethany-Home-Schule angesehen, und ich denke, unter diesen Umständen wäre es besser, wenn du sie zu Hause unterrichten würdest. Es handelt sich um eine Art Kooperation. Sie haben …"

Ich kam wieder zu mir. „Unter welchen Umständen?"

Tom blieb stehen und sah mich an. „Glaubst du nicht, dass Maxie das alles schadet? Denk doch mal, was heute passiert ist, als du sie bei Tante Pete gelassen hast. Rettungsdienst spielen? Und dann wegen zwei Hunden total hysterisch werden? Das kann nicht gesund sein."

„Welche Umstände?", fragte ich noch einmal.

„Du musst mir einfach vertrauen, wenn ich dir sage, dass wir wegen Maxie sehr, sehr vorsichtig sein müssen."

„Hat dir der Privatermittler irgendetwas gesagt?"

Tom verschränkte zögernd die Arme. „Wie hast du das herausgekriegt?"

„Sarah Zabriski hat es mir erzählt", sagte ich.

Toms Blick verschleierte sich. „Isabella, ich möchte, dass du auf Maxie aufpasst, und ich kümmere mich um den Rest. Ich habe nicht nur um Charlie Angst. Ich habe auch um Maxie und dich Angst." Er legte seine Hand in meinen Nacken und versuchte, mich an seine Brust zu ziehen. Als ich meinen Hals versteifte, nahm er seine Hand fort und steckte sie in die Hosentasche.

„Ich möchte, dass Maxie auf eine Schule geht, die näher ist als die in Ocean View. Und dass sie in der Zwischenzeit nicht mit Tante Pete allein ist."

Ich sah ihn so lange und eindringlich an, dass sein Gesichtsausdruck sich verwandelte – von meinem Leuchtturm und Fels zu meinem Herrn und Anführer, der die Regeln bestimmte und Macht übertrug.

Als ich beobachtete, wie sein Mund hart blieb und seine Augen auf meine vermutete Antwort warteten, wurde mir bewusst, dass ich diesen Ausdruck nicht zum ersten Mal gesehen hatte. Vorher war er jedoch nie von Belang gewesen.

Tom berührte meinen Ellbogen und führte mich zurück zum Haus. „Tante Pete reist am Tag nach dem Labor Day ab, also …"

„Sie reist ab?"

„Das war doch so geplant. Ich denke, sie ist schon ganz kribbelig, nach Philadelphia zurückzukehren. Wie auch immer, es wird sicherer sein, wenn ihr nah am Haus bleibt, wenn nur du und Maxie da seid, solange ich weg bin."

Ich grub meine Füße in den Sand. Tom stolperte und konnte sich geschickt fangen.

„Wohin fährst du?", fragte ich.

Tom versuchte, mich leicht vorwärtszuschieben, aber ich bewegte mich nicht. Ich konnte nicht.

Er seufzte voller Ungeduld, die er offensichtlich zu verbergen versuchte. „Also gut. Schau, Ed Malone steckt fest. Der Privatdetektiv hat eine Spur, aber er ist ihr schon so weit wie möglich nachgegangen. Ich glaube, ich sollte das jetzt übernehmen."

„Was für eine Spur?"

„Isabella …"

„Tomy, bitte."

Er kratzte sich am Hinterkopf. „Ich werde nach Los Angeles fliegen. Der Privatdetektiv hat dort einen Typen aufgespürt, einen, den ich vor ein paar Monaten entlassen habe. Er hat mächtig Lärm darum gemacht, dass er es mir genauso heimzahlen wollte, wie ich es ihm heimgezahlt habe. Ich kenne diesen Typen; alles bloß heiße Luft. Wenn er Charlie hat, dann nur, um sich an mir zu rächen, nicht, um ihr etwas anzutun."

Ich hielt meine Fragen zurück: *Warum ist das bei dir in Ordnung, deinem Herzen zu folgen und nach ihr zu suchen, aber bei mir nicht? Warum ist es okay, wenn ich nicht weiß, wo du bist, wenn ich dich nicht erreichen kann, du aber jeden meiner Schritte kennen willst?*

„Ed Malone weiß nichts davon", sagte Tom, „und ich möchte auch nicht, dass er etwas erfährt."

„Aber er bat uns, ihm alles zu erzählen …"

„Und was hat er daraus gemacht, Isabella? Die Polizei ist keinen Schritt näher an Charlie als in der Nacht, in der sie verschwunden ist. Du hattest das Gefühl, dass *du* zu Zabriskis Mutter fahren musstest, Herrschaft noch mal. Also bin ich jetzt dran, und ich *werde* sie finden." Seine Stimme brach ab. „Ich bin ihr Vater."

Zum ersten Mal, seit unsere Krise begonnen hatte, sah ich ihn jetzt den Tränen nahe. Sein Kummer schwoll in mir an, und ich streckte meine Hand aus, um seine Wange zu streicheln. Als er wieder anfing zu sprechen, war seine Stimme flach und hart. „Das ist alles, was ich dazu sage. Ich kümmere mich um alles, was Tante Pete und Maxie angeht, und ich weiß, dass du hinter mir stehst."

Es gab eine Zeit, in der ich still meinen Platz hinter ihm eingenommen hätte, wo ich hingehörte, wo ich mich sicher gefühlt hatte. Aber es gab dort keine Sicherheit mehr. Meine Vorstellung von einem starken, weisen Tom Soltani, der beschützen, versorgen und Dinge abwenden konnte, zerfiel in einer Attacke von Zweifeln. Und irgendwie verging mit ihm auch meine Vorstellung von einem starken, zuverlässigen himmlischen Vater, der so etwas nie zugelassen hätte, wenn Er der Gott gewesen wäre, für den ich Ihn hielt.

Ein anderer Tom führte mich durch die hereinfallende Dämmerung. Ich folgte ihm, denn ich wusste nicht, was ich sonst tun sollte; es war das, was ich immer getan hatte. Aber der Abstand zwischen uns dehnte sich aus wie die Schatten, bis ich ihn kaum noch sehen konnte.

9

Vier Tage später, am Abend, bevor er nach Kalifornien abflog, rief Tom Maxie ins Wohnzimmer, wo er die Broschüre der Bethany-Home-Schule auf dem Couchtisch ausgebreitet und mit den Steinuntersetzern beschwert hatte, auf denen Segelboote tanzten. Seine Erklärungen waren knapp und klar und ließen keinen Raum für Diskussionen. Ganz offensichtlich war Maxie das entgangen.

Mit wütendem Blick sah sie auf die Broschüre hinunter und sagte: „Ich kapiere nicht, warum ich für etwas betraft werden soll, das Charlie gemacht hat.“ Sie warf sich in eine Ecke des Sofas und verschränkte die Arme vor der Brust. Dann ließ sie ihren Kopf so weit nach unten hängen, dass es fast komisch aussah, aber Tom lachte nicht.

„Zuerst einmal, junge Dame“, sagte er, „ist das keine Strafe. Und zum Zweiten: Deine Schwester hat überhaupt nichts *getan*. Etwas wurde *ihr* getan."

„Vielleicht", sagte Maxie.

Es war das erste Mal, dass Maxie die Möglichkeit einräumte, dass Charlie nicht entführt worden war, und ich wusste, dass sie eine Gelegenheit sah, das zu ihrem Vorteil zu nutzen. Es hätte mich ärgern können, wenn sie mir nicht leidgetan hätte.

„Das ist nicht fair!", rief sie. „Und sag jetzt nicht wieder: ‚Das Leben ist nicht fair', denn das hilft mir auch nicht weiter."

Zu meiner Überraschung schluckte Tom sichtbar seine Verärgerung hinunter und setzte sich auf die Armlehne des Sofas, die Arme hinter den Rücken gelegt. Maxie weigerte sich, zu ihm aufzusehen.

„Und was *würde* dir helfen, Maxie?", fragte er. „Abgesehen davon, dich wie immer in den Bus zur Lord-Baltimore steigen zu lassen? Das wird nicht passieren."

Ein Hoffnungsschimmer leuchtete in Maxies Augen auf. „Ich muss ja nicht mit dem Bus fahren", sagte sie. „Mama kann mich morgens zur Schule bringen und nachmittags wieder abholen. Auf diese Weise würdet ihr sichergehen, dass mich niemand schnappt …" Sie rollte mit den Augen. „Das ist doch das Einzige, worum ihr euch wirklich Sorgen macht. So kann ich weiter auf eine richtige Schule gehen und eine anständige Ausbildung bekommen."

Ich wusste, dass Tom diesen Vorschlag ablehnen würde, und zumindest dafür war ich dankbar. Die Lord-Baltimore war nur in Ocean View – fünfzehn Minuten bei viel Verkehr. Aber ich war seit Charlies Verschwinden nicht mehr Auto gefahren. Was, wenn ich mitten auf der Landstraße eine Panikattacke bekam? Ich stellte mir bereits vor, wie der Geländewagen quietschend in den entgegenkommenden Verkehr prallte, als Tom sagte: „Na gut."

Ich riss meinen Kopf zu ihm herum.

„Ist das dein Ernst?", fragte Maxie. Sie kam auf dem Sofa auf ihre Knie.

„Wir versuchen es. Wenn es deiner Mutter zu viel wird, dann mischen wir die Karten neu."

Es vergingen ganze fünfzehn Sekunden, bevor Tom zu mir blickte. Ungläubig sah ich ihn an. Es gab kein Anzeichen für die Frage: *Macht es dir etwas aus, Liebling? Meinst du, das wäre in Ordnung für dich?* Ich drückte die Fingerspitzen in meine Handflächen. Wenn ich noch Nägel gehabt hätte, hätte ich mich selbst zerkratzt.

„Es wird dir doch nicht zu viel, oder, Mama?" Ich spürte, dass Maxie mich forschend ansah.

Ich zog meinen Blick von Toms unerschütterlicher Miene und drehte mich herum, um ihr zu sagen, dass es mir allerdings zu viel wurde. Es war im Moment ja schon fast zu viel, morgens aus dem Bett zu kommen. Aber das Gesicht, in das ich blickte, war so sanft und voller Sehnsucht wie das eines Hundewelpen. Ich hatte dort nicht mehr so viel Vertrauen gesehen, seit Maxie vier geworden war und begonnen hatte, alles zu wissen.

„Es wird nicht zu viel für dich, stimmt's?", fragte sie noch einmal.

Mein Herz wand sich. Wie könnte ich das letzte bisschen Normalität aus dem Leben dieses Kindes quetschen, wenn alles, was es wollte, seine Welt war, wie es sie schon immer gekannt hatte? Und wie könnte ich die Distanz aushalten, die ein einfaches Nein zwischen Maxie und mir erzeugen würde? Ich musste eine Tochter haben, die ich noch in den Armen halten konnte.

„Klar", log ich. „Das wird schon klappen."

Tom gab Maxie einen laut schmatzenden Kuss auf die Wange.

„Das ist so widerlich, Dad", wehrte sich Maxie. Sie fuhr sich mit der Hand über die Wange. „Du weißt schon, dass ich kein Baby mehr bin, oder? Du weißt, dass ich im Bus auf mich selbst aufpassen kann, wenn das nicht klappt."

„Keine Chance, Knirps", sagte Tom.

Als sie nur widerwillig aufgegeben hatte, ihn dazu zu bewegen, für alle Fälle auch ihre Fahrten mit dem Bus zur Schule zu erlauben, und zurück in ihr Zimmer ging, drehte sich Tom zu mir. „Ich denke, das ist ein richtig guter Kompromiss, oder? Sie ist glücklich, du bist glücklich, und auch wenn es mich trotzdem etwas beunruhigt, bin ich nicht *un*glücklich." Ohne eine Antwort abzuwarten, küsste er mich auf den Kopf. „Ich werde uns da schon durchbringen, Liebling", sagte er. „Jetzt muss ich packen."

***

In dieser Nacht schlief ich zu einer Faust gekrümmt. Maxie wohl auch, denn als sie am nächsten Morgen aufstand, lange nachdem Tom zum Flughafen gefahren war, sah sie mich nur kurz an und explodierte dann mitten in der Küche vor Rebecca und Hazel.

„Dad behandelt mich wie ein Baby!", schrie sie. Sie schlug auf eine Schale Pflaumen auf der Frühstückstheke. Als sie sich schneller und schneller drehte und dabei Früchte ausspuckte wie eine Ballwurfmaschine, drehte sich mein Verstand mit ihr. Soltanis schleuderten nie irgendwelche Dinge – weder Beschimpfungen noch Früchte noch Gefühle. Trotzdem sah es aus, als ob es guttäte, so einen Wutanfall zu haben.

Rebecca beobachtete das Ganze mit ihrem Rosinengesicht, und in meinem Kopf blitzte die Vorstellung auf, wie ich sie mit einer Pflaume bewarf. Dieser Gedanke schockierte mich. Immerhin war Rebecca seit Charlies Verschwinden fast jeden Tag hier gewesen und hatte Essen und Losungsverse und manchmal auch ihre Mutter mitgebracht – eine fülligere, grauere Ausgabe ihrer selbst. Ich drückte das Pflaumenwerfbild weg und führte Maxie aus der Küche.

„Geh rauf auf dein Zimmer, Schatz", sagte ich unten an der Treppe zu ihr. „Ich komme in einer Minute nach."

„Ich möchte mit meinen Freunden im Bus fahren, Mama", sagte sie. „Das ist nicht fair, und es ist mir egal, was Dad für richtig hält."

Ich konnte ihr keine ehrliche Antwort geben, und ich war mir sicher, dass sie das wusste, bevor sie die Stufen hinaufstampfte und ihre Tür zuknallte.

„Ich bin froh zu sehen, dass sie ein normales Kind ist", sagte Hazel, als ich in die Küche zurückkehrte.

Rebecca hatte die zerquetschten Pflaumen zusammengesammelt und richtete sich wieder auf. „Für Isabellas Töchter ist das nicht normal."

Keine von beiden haute mit dem Freund ab, den sie nicht haben sollte.

Plötzlich wurde mir bewusst, wie unmöglich dieser Gedanke gewesen war und die Tatsache, dass ich ihn überhaupt zugelassen hatte. Charlie war nicht mit Spinne Zabriski fortgelaufen.

Aber weil die Alternative schlimmer war – dass er sie gezwungen hatte mitzukommen –, sackte ich am Tisch auf einen Stuhl und versuchte, meine Gefühle zu betäuben. Es funktionierte nicht. Angst sickerte durch die Ritzen in mich hinein, genau wie Rebeccas Stimme.

„Sie wird nach oben gehen und Maxie zurechtstutzen", informierte Rebecca Hazel, „aber Sie werden kein Schreien und keine Widerrede hören." Die Botschaft *Sie können da noch das ein oder andere von ihr lernen, Hazel* war nicht gut kaschiert. Rebecca schob eine Platte von Tante Petes gegrilltem Toast zu mir herüber. „Hast du schon etwas Neues von diesem Rettungsschwimmer gehört?"

Ich schüttelte den Kopf.

„Isabella, ich weiß, ich hab dir das schon mal gesagt, aber es ist unmöglich, dass Charlie aus eigenem Willen mit irgend so einem Jungen abgehauen ist. So hast du sie nicht erzogen."

„Hä?", machte Hazel.

„Wofür war das jetzt?", fragte Tante Pete vom Herd.

„Ich glaube einfach", erklärte Hazel, „wenn ein Kind erst mal sechzehn ist, ist es mehr Einflüssen ausgesetzt als nur dem seiner Eltern. Hormonen zum Beispiel, falls Ihnen das was sagt."

Ich brauchte Rebecca gar nicht anzusehen, um zu wissen, dass sich ihr Körper augenblicklich straffte. Zu jedem anderen Zeitpunkt hätte ich gefragt, ob jemand noch etwas Kaffee haben wollte, aber ich besaß nicht den Antrieb, die Situation zu entschärfen.

„Na ja, mit einer Sache haben Sie wohl recht“, gab Rebecca zu. „Das glauben *Sie*. Aber *wir* wissen, dass der wichtigste Einfluss auf ein Kind von seinen Eltern ausgeht, besonders wenn sie Christen sind.“ Sie fegte mit einer Hand in meine Richtung.

„Also ist Isabella das beste Beispiel“, sagte Hazel.

„Isabella hat ein fantastisches Vertrauen in den Herrn. Sie sehen sie nicht zusammenbrechen, oder? Sehen Sie, wie stark sie ist.“

Tante Pete schlurfte von der Theke herüber und goss mehr matschfarbenen Kaffee in meine Tasse. „Sie ist ein bisschen *zu* stark, wenn Sie mich fragen.“ Sie sah mich eindringlich an. „Ich höre dich nicht weinen. Ich sehe dich nicht durchdrehen. Ich meine, wenn ich du wäre, ich hätte Toms Anweisungen ihm mittlerweile schon etwa zehnmal direkt zurück in den Rachen gestopft.“

Hazel klatschte.

„Das meinen Sie nicht ernst“, sagte Rebecca.

„So ernst wie eine Herzattacke“, bekräftigte Tante Pete.

Rebecca legte ihre Hand auf meine. „Wir machen so etwas einfach nicht. Deshalb kann Isabella auch so ruhig bleiben. Sie verlässt sich auf Tom und auf den Herrn.“

Ich zog meine Hand weg. „Rebecca“, sagte ich, „würdest du mir einen Gefallen tun?“

„Jeden. Das weißt du.“

„Würdest du die Sachen aus der Reinigung holen? Tomy hat fast keine sauberen Hemden mehr.“

„Das hatte ich sowieso vor.“ Sie strich ihr Haar nach hinten und sah Hazel an. „Ich würde diese Unterhaltung gerne irgendwann zu Ende führen.“

„Oh“, sagte Hazel, „war das eine Unterhaltung?“ Sie streifte sich ihre Tasche über die Schulter und lief hinter Rebecca zur Tür. Als

Rebecca dahinter verschwunden war, streckte Hazel ihren Kopf noch einmal herein und flüsterte heiser: „Zeit zu gehen, Isabella. Ich muss etwas besorgen. Aber ich komme wieder."

„Niemand kommt an dieser Hazel vorbei", sagte Tante Pete, nachdem beide gegangen waren. Sie stand vom Tisch auf.

„Geh nicht", bat ich.

„Ich will nur eine neue Kanne Kaffee aufsetzen."

„Nein, ich meine, geh nicht zurück nach Philadelphia. Bitte."

Sie drehte sich zu mir, die Augen in ihrem vom Leben ausgedörrten Gesicht glasig. „Wer hat denn gesagt, dass ich nach Philly zurückgehe? Ich bleibe, bis Charlie nach Hause kommt oder bis du – nicht Tomy – mich hinauswirfst." Ihr Atem ging für eine Minute unregelmäßig, als sie die Kaffeekanne unter dem Wasserhahn füllte. „Und das werde ich ihm auch sagen", erklärte sie. Sie ließ das Wasser überlaufen, während sie ihre Augen abtupfte. „Das und noch ein paar andere Dinge."

***

Als Hazel an diesem Nachmittag wiederkam, traf sie mich beim Herumschlendern um das Haus an. Sie parkte die Kinder im Wohnzimmer mit einer DVD und einer Packung Schokokekse, und wir verzogen uns in die Bibliothek.

„Okay", sagte sie, „ich hätte dich ja mitgenommen, aber Tante Pete hat erzählt, dass du jetzt unter Hausarrest stehst, also musste ich ohne dich gehen."

„Wohin?"

„Zum Tattoostudio." Hazel warf ihren Pony zurück. „Ich habe eine ganze Weile gebraucht, um herauszufinden, wo Klein-Ricky seins hat stechen lassen, aber ich habe Connections. Wie auch immer, erinnerst du dich, dass ich seine Mutter gefragt habe, ob das Tattoo auf dem Foto neu war?"

„Ja, sie sagte, es sei neu."

„Das war vor drei Monaten. Und das bedeutet, dass er bald wiederkommen muss, um es auffrischen zu lassen."

„Woher weißt du das?", fragte ich.

„Ich habe mal in einem Tattoostudio gearbeitet. Ich habe dir doch erzählt, dass ich Grafikerin bin."

„Und du bist da einfach hingegangen?", schoss es von der Chaiselongue aus mir heraus. „War er zurückgekommen? Haben sie ihn gesehen?"

Hazel schüttelte den Kopf. „Nein. Ich sage es nur ungern, aber … ich habe etwas herausgefunden, und ich weiß nicht genau, wie sehr es dich trifft, also …"

„Was ist es, Hazel?" Meine Hände hatten sich zu kleinen Bällen zusammengekrampft. „Sag es mir einfach. Ich habe es wirklich satt, dass mir nie etwas gesagt wird."

„Brav, Isabella! Okay. Der Typ im Einsamen Wolf hat mir erzählt, dass er Ricky Zabriski seit Mitte Juli nicht mehr gesehen hat, als er mit seiner Freundin gekommen war."

„Charlie?"

„Ich habe ihm ihr Foto gezeigt, und er hat gesagt, dass sie es war. Er hat gesagt, dass der Zabriski-Junge versucht hat, sie zu einem Tattoo an ihrer Fessel zu überreden. Sie hat Nein gesagt, aber der Typ war überrascht, dass sie nicht wiedergekommen sind, um doch eins stechen zu lassen."

„Wieso?", fragte ich.

Hazel verzog ihr Gesicht. „Er meinte, dass sie entweder in ihn verliebt war oder Todesangst vor ihm hatte, dass aber eines sicher war: Sie hätte alles getan, was er von ihr verlangt hätte."

***

Um neun lag ich auf meinem Bett und musste die Vorstellung ertragen, wie Charlie herumschleimte, um Ricky Zabriski zu gefallen, als Tante Pete mir das Telefon brachte.

„Tomy ist in L.A. angekommen", sagte sie.

Ganz offensichtlich hatte sie ihm während ihres Gesprächs „ein paar Dinge" gesagt.

„Ich finde das nicht gut", sagte er zu mir, „aber ich schätze, dass ich sie nicht aus dem Haus schmeißen kann."

„Ich möchte sie hierhaben", sagte ich. „Sie hält mich davon ab, den Verstand zu verlieren. Ich kann mit ihr reden."

„Rede mit ihr, so viel du willst", antwortete er. „Aber hör bitte nicht auf sie." Er seufzte. „Wahrscheinlich ist sie noch besser für dich als diese Hazel-Type."

Die Vorstellung blitzte in meinem Kopf auf, wie ich ihm eine Pflaume an die Stirn pfefferte.

Vielleicht verliere ich ja wirklich den Verstand, dachte ich, nachdem wir aufgelegt hatten. Ich stellte mir vor, wie ich meine Liebsten mit verfaulten Früchten angriff, aber ich konnte mich nicht auf das konzentrieren, was mich schon immer gesund erhalten hatte.

Vielleicht war das eine gute Sache, entschied ich. Das Bild von Gott als Christus, der einen Schoß voller zutraulicher Kinder tröstet, ließ zu viele schreckliche Fragen hochkommen, die ich nicht stellen durfte. Was hatte Er mit *meinem* Kind gemacht? Was war mit dem Trost, den *ich* brauchte? Wie sollte ich Ihm jetzt vertrauen?

Der Trost, die Sicherheit und mein Vertrauen waren verschwunden. Genau wie Charlie. Und ich wusste nicht, wohin.

***

Obwohl Toms Aufenthalt in L.A. sich mehr als eine Woche hinzog, unterrichtete er mich nicht über die Suche nach dem frustrierten Angestellten, von dem er dachte, dass er Charlie entführt hatte. Alles, was er sagte, war, dass er an der Sache dran sei und dass ich mir keine Sorgen machen solle. Ich behielt so viele Erwiderungen für mich, wie „Wie könnte ich mir keine Sorgen machen?“ und „Habe ich nicht das Recht, es zu erfahren?“, dass ich am Freitag des Labor-Day-Wochenendes ganz und gar vollgestopft damit war. Ich dachte, wenn ich sie alle aussprechen würde, würde ich das kleine bisschen Kontrolle verlieren, das ich noch hatte. Lissa sah mich an diesem Morgen kurz an und rief „die Mädels“ herein.

„Das musst du nicht machen, Süße“, erklärte ich ihr. „Es geht mir gut.“

„Du brauchst deine Freunde um dich herum, Isabella. Wir können dich zwar nicht von deiner Last befreien, aber ich denke, du brauchst etwas Unterstützung.“

Pastor Gary Dalberg brachte alle Kinder nach Fenwick ins Kino. Kinderlos versammelten wir uns in unserem Wohnzimmer – Hazel, Tante Pete, Rebecca, Christine, Lissa und Rebeccas Mutter Peg –, während Baby Mitchell in der Bibliothek ein Nickerchen machte. Peg reichte Gläschen mit selbst gemachtem Ingwerschnaps herum, und Rebecca erzählte ihnen von meinen neuen Chauffeurspflichten.

„Du bist unglaublich, Isabella“, sagte Christine. „Im Ernst. Du musst so viel aushalten und kannst dich trotzdem noch ganz auf Maxie einlassen.“

„Das ist gar nicht so unglaublich, eigentlich“, sagte Peg. Sie strich über die Gänsehaut in ihrem Nacken. „Isabella vertraut einfach auf den Herrn. Du lässt dich nicht unterkriegen, wenn du so einen starken Glauben hast.“ Sie nickte mir verschwörerisch zu, als ob sie und ich zu den wenigen gehörten, die so einen Glauben vorweisen konnten.

„Das habe ich neulich auch schon zu Hazel gesagt“, sagte Rebecca. „Isabella wird nicht daran zerbrechen. Sie bleibt einfach weiter so eine fantastische Mutter. Ich wette, sie kann euch genau sagen, welcher Vers sie aufrechterhält." Sie nickte mir zu, als ob sie mir gerade mein Stichwort gegeben hätte.

Die Erwartung drückte mich, und ich entzog mich ihr.

Hazel, die bisher seltsam still gewesen war, sagte: „Es gibt also einen Vers für jede Lebenslage?"

„Wenn Sie Ihre Bibel kennen", bestätigte Peg.

„Oder jemand anderes erklärt es Ihnen", ergänzte Lissa.

„Also gut, ich höre", sagte Hazel.

Halt die Klappe, Hazel, wollte ich sie anschreien. *Haltet alle die Klappe.*

Hazel streifte ihre Armreifen nach oben. „Verstehe ich das also richtig? Wenn man seine Bibel kennt oder jemand einem die richtigen Verse zeigt, gehen die normalen Gefühle weg und man wird mit allem fertig, ohne sich aufzuregen?"

Peg machte ein finsteres Gesicht. Die Haut hing schlaff von ihrer Stirn. Sie erinnerte mich irgendwie an Duke, den Bluthund der Polizei. „Das haben wir überhaupt nicht gesagt."

„Was sagen Sie denn dann?"

„Dass wir negative Gefühle an den Herrn abgeben können." Rebecca nickte mir zu. „Genau wie es Isabella tut."

„Ist es das, was du tust?", fragte Hazel und heftete ihre intensiv blauen Augen auf mich.

Peg streckte ihre Hand nach Hazel aus und tätschelte in der Luft herum, denn Hazel saß zu weit weg, um getätschelt zu werden. „Das ist sicherlich schwer für Sie zu begreifen, Harriet, weil Sie ja nicht diesen Hintergrund haben …"

„Hazel", murmelte Lissa.

„Danke, Lissa, aber ich kann für mich selbst sprechen", sagte Hazel. „Die Frage ist, kann Isabella das? Sie sprechen alle für sie, als ob Sie wüssten, was sie denkt."

„Das tun wir wohl auch", meinte Rebecca.

Tante Pete brummelte irgendetwas. Christine entschuldigte sich, um zu sehen, ob Mitchell noch schlief. Lissa streichelte mir unablässig über den Arm. Das Einzige, was ich tun konnte, war, sie nicht wegzuschubsen.

„Wissen Sie was?“, sagte Hazel. „Das glaube ich nicht.“

Peg rang nach Luft.

„Ich möchte es von Isabella hören“, sagte Hazel.

Alle drehten sich zu mir, und ich konnte sie fast sagen hören: *Sag es ihr, Isabella. Stell das richtig.*

Aber als ich den Mund öffnete, kam nichts heraus. Ich konnte ihnen nicht bestätigen, dass ich tatsächlich all meine „negativen Gefühle an den Herrn abgegeben“ hatte. Gern hätte ich gesagt: „Sicherlich ist er noch nicht fertig mit ihnen.“ Noch lieber wollte ich schreien: „Wen kümmern meine Gefühle? Ich möchte meine Tochter zurück.“ Aber alles, was ich herausbrachte, war: „Ich möchte nicht.“

„Du bist müde.“ Lissa streichelte weiter meinen Arm und wandte sich an Hazel: „Wir wollen sie doch nicht zwingen, oder?“

„Nein“, sagte Hazel, „aber dann sage ich Ihnen mal, was *ich* glaube, das du denkst, Isabella.“ Hazel schob ihren Allerwertesten an die Vorderkante des Korbstuhls, sodass er leicht nach vorn kippte. „Du denkst: ‚Ach, *hätte ich* Charlie doch nie erlaubt, diesen Job anzunehmen. Es ist alles meine Schuld. Ich wollte Supermama sein und hab’s vermasselt.‘“

„Also wirklich“, sagte Peg.

„Du stirbst innerlich, weil du das Monster, das dir deine Tochter weggenommen hat, am liebsten umbringen würdest, ob sie jetzt freiwillig mitgegangen ist oder nicht. Du *würdest* brennend gern die Bullen zusammenstauchen, weil sie sie noch nicht gefunden haben. Und, verdammt, nicht nur die Bullen. Den Bürgermeister. Den Stadtrat. Den Gouverneur.“

„Isabella, möchtest du, dass ich sie zum Schweigen bringe?“, fragte Lissa.

„Du kannst nachts nicht schlafen, weil du dich davor fürchtest, Sachen zu träumen, die dich *völlig* um deinen Verstand bringen …"

„Entschuldigung, aber Sie haben keine Ahnung, was Sie da reden", sagte Peg.

„Vielleicht würden *Sie* sich so fühlen, Hazel", sagte Rebecca.

Hazel wandte ihren Blick nicht von mir ab. „Du möchtest noch nicht einmal an deinen Mann denken, weil du ihm am liebsten eine scheuern würdest."

„Woher haben Sie diesen ganzen Unsinn?", fragte Lissa.

„Ich schaue hin." Hazel zeigte auf mich. „Ich schaue dich an, Mädchen, und ich kann nicht erkennen, dass du stark und heilig bist. Ich sehe, dass du so tust, als ob du das Leben im Moment nicht hassen würdest. Du bist kurz davor, wie ein Ei aufzubrechen."

Ich drehte mich von ihr weg und versuchte, etwas zu finden, das ich ansehen konnte und das verhindern würde, dass sie recht hatte. Auf dem Couchtisch entdeckte ich den Stapel Steinuntersetzer, auf denen fröhlich die Segelboote tanzten. Ich hasste sie. Ich, Isabella Soltani, hasste, und ich hatte noch nicht einmal geahnt, dass ich überhaupt wusste, wie man hasst.

„Ich glaube, wir sollten das Thema wechseln", sagte Lissa.

„Ich nicht", erwiderte Hazel. „Jetzt fangen wir doch gerade erst mit der Wahrheit an."

„Sie wissen gar nicht, was die Wahrheit ist, Hazel", sagte Rebecca.

„Und?", fragte Hazel.

„Wahr ist, dass Gott die Macht hat, und auch wenn wir nicht immer verstehen, was Er tut …"

„Ich hasse, was Er tut", sagte ich.

Die Luft erstarrte.

„Ich hasse es", sagte ich. „Ich *hasse* es."

„Isabella!", sagte Rebecca.

Ich zog einen Untersetzer vom Stapel herunter wie eine Karte von einem Kartenspiel, kam auf die Beine und schleuderte ihn fort.

Er rauschte an Rebeccas Ohr vorbei und landete mit einem dumpfen Schlag in einem Korb mit Baumwolldecken.

„Schatz? Was ist los mit dir?", fragte Lissa.

Ich wich ihrer Hand aus, die versuchte, meinen Arm zu ergreifen. „Ich hasse alles, was Charlie von mir fernhält." Ich pfefferte einen Untersetzer an die Zimmerdecke, sodass sich der Putz löste. Und einen weiteren auf den Boden, und noch einen, mit dem ganzen Hass, der aus meiner angeknacksten Schale drang.

„Ich hasse Spinne Zabriski. Ich hasse mich. Ich hasse es, dass mir andauernd gesagt wird, was für eine wunderbare *Mutter* ich bin. Ich *hasse* es zu hören: ‚Gott ist gut zu jeder Zeit. Zu jeder Zeit ist Gott gut', denn Er hat zugelassen, dass sie mir weggenommen wurde, und Er wird sie mir nicht zurückbringen, und ich weiß nicht, was daran *gut* sein soll."

Der letzte Untersetzer prallte ins Teleskop, das gegen das Fenster krachte.

Peg drängte sich an Lissa vorbei, um zu mir zu gelangen. „Jetzt setzt du dich aber mal hin, Isabella. Und reiß dich zusammen. Das bist nicht du, die da spricht; das ist der Teufel, und wir müssen dem ein Ende setzen."

„Hör auf", sagte ich.

„Wir müssen beten, und zwar tiefe …"

„Aufhören …"

„Isabella, jetzt …"

„Haut ab. Ihr alle, haut einfach *ab*!"

Ich ergriff die Tischlampe und schrie noch einmal in ihre entsetzten Gesichter. „Haut ab. Haut *ab*!" Dann ließ ich meine Waffe los und hörte sie zu Boden krachen. Mit beiden Händen aufs Gesicht gepresst, folgte ich ihr.

Schluchzer quollen in mir hoch, so stark, dass es schmerzte. Als jemand versuchte, seine Arme um mich zu legen, stieß ich ihn davon. Jetzt brach alles aus mir heraus, und ich wollte nicht, dass irgendjemand es aufhielt. Wenn ich es wieder herunterschluckte, war ich mir sicher, dann würde es für immer dort bleiben und mich zerstören.

Zusätzlich zu meinen eigenen drangen die verängstigten Schreie von Baby Mitchell an der Haustür nach drinnen. Ich hörte Gesprächsfetzen von Lissa, die telefonierte, und Peg, die immer noch verkündete, dass sie für mich um einen tieferen Glauben beten müssten, damit der Teufel nicht meiner habhaft werden konnte, und von Tante Pete, die Rebecca zurief, dass sie ihre Mutter hier herausschaffen sollte, bevor sie selbst noch mit Geschirr schmeißen würde.

Ich würgte weitere Schluchzer heraus. Mein ganzer Körper bebte. Als nichts mehr übrig war als leise Klein-Mädchen-Hickser, hob ich den Kopf. Bis auf einen vertrauten Geruch, der mich einhüllte, war das Zimmer leer.

„Tante Pete kocht Kaffee", sagte eine Schotterstimme. „Aber ich glaube, dass du jetzt etwas Stärkeres vertragen könntest."

Hazel saß auf dem Sofa und schichtete die Untersetzer wieder aufeinander. Die tiefen Furchen um ihre Augen strahlten Weisheit aus.

„Alles in Ordnung?", fragte sie.

„Nein", erwiderte ich.

„Gute Antwort. Wenn du Ja gesagt hättest, hätte ich dich geschlagen."

Ich saß immer noch auf dem Boden und sah argwöhnisch zur Tür. „Sind alle weg?"

„Was glaubst du? Christine und Lissa konnten hier gar nicht schnell genug wegkommen. Tante Pete hat die anderen zwei mit dem Besenstiel hinausgescheucht."

„Das war einfach ein bisschen zu viel für sie."

„Ein bisschen? Du warst besser als Richterin Barbara Salesch hoch zehn." Hazel grinste. „Ich bin stolz auf dich. Ich habe ja immer gewusst, dass das in dir steckt."

„*Ich* nicht." Ich streckte meine Beine aus und rieb mir die Schienbeine. Ein Gefühl von Bedauern beschlich mich.

Hazel stupste mich mit ihrem Zeh an die Schulter. „Du hast nichts zu bereuen. Wenn sie deine Freundinnen sind, werden sie schon damit klarkommen. Du hast den ganzen Mist einfach zu lange in dir angehäuft. Es musste raus."

„Warum musste es ausgerechnet vor allen herauskommen?"

„Wen kümmert's?", fragte Tante Pete. Sie brachte ein Tablett mit Bechern voll Kaffee herein, der – ihren eigenen Worten zufolge – tote Tanten aufwecken könnte. Ich hätte wetten können, dass sie den Kaffee dreimal so stark gemacht hatte wie sonst.

„Na ja, ich bin mir sicher, dass sie das alle gut meinen und so", sagte Hazel, „aber sie erlauben dir nicht, dich wie ein menschliches Wesen zu verhalten." Mit gerunzelter Stirn blickte sie in den Becher mit dem matschfarbigen Getränk. „Sie erlauben es sich ja nicht einmal *selbst*, Schwächen zu zeigen."

Ich fing erneut an zu weinen. „Ich will ja gar nicht böse sein auf Gott, wisst ihr, aber wo *ist* Er? Und wo war *ich* und wo ist Charlie?" Ich zog die Knie an meinen Körper und verbarg meinen Kopf zwischen ihnen. „Mann, das tut so weh."

„Lass alles raus, Isabella", sagte Tante Pete. „Lass diesen ganzen Mist mal raus."

„Ich weiß nicht, wie!"

„Sieht mir aber ganz danach aus, als ob du das ganz gut hinbekommen würdest."

„Willst du noch einen Stapel Untersetzer?", fragte Hazel.

10

Hazel blieb, bis Gary Dalberg die Kinder wiederbrachte. Ich durchsuchte das kleine Grüppchen auf der Veranda mit meinem Blick und sagte: „Wo ist Maxie?“ Ich bekam Garys Ärmel zu fassen. „Wo ist *Maxie*?“

„Sie ist bei uns zu Hause“, erklärte Gary. „Tom hat gefragt, ob wir sie über Nacht bei uns behalten könnten, damit du die Möglichkeit hast …“

„Tom?“, fragte ich.

„So gern ich hierbleiben und das Ende *dieser* Geschichte hören würde“, sagte Hazel, „ich bringe diesen Haufen jetzt besser nach Hause.“

Sun stützte die Hände in ihre nicht vorhandene Hüfte. „Ich wollte bei Maxie bleiben. Das ist ungerecht.“

„Wer hat dir je Gerechtigkeit versprochen, Fräulein?“, fragte Hazel.

Ich sah ihnen hinterher, als Hazel die Bande in den Geländewagen stopfte. Tom hatte so etwas schon Dutzende Mal zu Maxie gesagt, aber die Art, wie Hazel es ausdrückte – „Wer hat dir je Gerechtigkeit versprochen?“ –, bohrte sich mir tiefer ein. Ehrlich gesagt hatte ich gedacht, dass mir Jemand Gerechtigkeit versprochen *hatte*.

„Ich hatte das Gefühl, dass ich Tom anrufen sollte, Isabella“, sagte Gary zu mir, als Hazel davonfuhr. „Lissa hatte erzählt, dass du so durcheinander warst.“

Meine Kiefermuskeln spannten sich. „Hat sie dir gesagt, dass ich durchgedreht bin?“

„So was Ähnliches. Ich vermutete, dass du einfach eine normale Reaktion auf eine anormale Situation gezeigt hast. Sieht so aus, als ob ich recht hatte.“ Seine Sommersprossen kräuselten sich, als er lächelte. „Ich werde Tom sagen, dass er nicht nach Hause zu fliegen braucht.“

„Was?“

„Er wollte, dass ich nach dir sehe und ihm dann sage, ob ich denke, dass er seine Reise abbrechen und nach Hause kommen sollte.“

Ich versuchte mir vorzustellen, wie Tom in diesem Augenblick die Auffahrt heraufkam, dass der Kies spritzte, sich aber erst beruhigte, bevor er aus dem Auto stieg, um zu mir zu kommen und mich wieder zusammenzusetzen.

Aber Gary zufolge war ich gar nicht auseinandergefallen. Er war der Pastor, und er sollte das beurteilen können. Jetzt konnte er Entwarnung geben, und Tom würde wissen, dass es mir gut ging. Niemand fragte mich.

„Nein", sagte ich, „ich hole Maxie ab. Lass mich nur schnell meine Tasche suchen."

„Sie findet es lustig bei uns. Sie haben sich gerade eine Pizza bestellt."

Ich wusste, dass Maxie dort keinen Spaß hatte. Sie fand, dass Justin „der langweiligste Junge der ganzen Welt" war.

„Warum gönnst du dir nicht ein bisschen Freiraum, wenigstens bis morgen früh?", schlug Gary vor.

„Ich möchte, dass sie zu Hause ist."

„Okay." Gary wies in Richtung der Korbsessel. „Lass uns erst noch kurz reden, hm?"

„Willst du mir vielleicht erzählen, dass mein Glaube nicht stark genug ist, sodass der Teufel mich angreift?", fragte ich. „Davon möchte ich nämlich nichts mehr hören, Gary. Das halte ich nicht aus."

Falls er schockiert war, so zeigte er es jedenfalls nicht. Er setzte sich einfach hin und studierte seine Hände, die zwischen seinen Knien gefaltet waren. „Lissa sagt, dass du im Moment ein paar Probleme mit Gott hast, und bevor du jetzt antwortest, sollst du wissen, dass ich das total verständlich finde." Er nickte mir zu. „Und Gott auch."

Es tat trotzdem weh, dieses Aussprechen des Unaussprechlichen. Ich wusste nicht, ob ich dem trauen konnte. Ich setzte mich.

„Lass es uns nicht Probleme nennen", sagte ich vorsichtig. „Lass es uns Fragen nennen."

„Gut. Jetzt ist der richtige Zeitpunkt zu fragen."

„Solange du nicht ‚Gott ist gut zu jeder Zeit. Zu jeder Zeit ist Gott gut' antwortest."

Gary nickte nur wieder. „Hängt von unserer Definition von *gut* ab. Wenn *gut* für uns bedeutet, dass alles so läuft, wie wir es wollen oder wie wir glauben, dass es laufen sollte, dann ist das nicht meine Antwort."

„Hat Gott uns je Gerechtigkeit versprochen?", fragte ich.

Sein Mund verzog sich zu einem breiten Grinsen. „Du magst diese Hazel, oder? Sie hat den Nagel auf den Kopf getroffen." Gary schüttelte den Kopf. „Vernünftige Eltern versprechen ihren Kindern keine Gerechtigkeit, vor allem nicht auf die Art, wie Kinder sie sehen. Kinder finden manches ungerecht, weil sie es nicht verdient haben oder weil es nicht das Gleiche war, was jemand anderes bekommen hat. Das liegt daran, dass sie nicht das große Ganze sehen."

„Es ist mir egal, was das große Ganze ist; dass jemand Charlie weggenommen hat, ist nicht gerecht. Deshalb habe ich Probleme mit Gott, Gary. Es tut mir leid, aber es ist so." Ich wischte mit meinen Fingern die Tränen weg.

„Also, *da* kann ich dir vielleicht weiterhelfen", sagte Gary. „Meistens, wenn wir Probleme mit Gott haben, erwarten wir, dass Gott jemand ist, der Er niemals war."

„Er ist also *nicht* der liebende und sanftmütige Gott? Er schützt uns *nicht*, wenn wir ihm treu sind?" Ich machte mir diesmal nicht einmal die Mühe, meine Tränen wegzuwischen. „Dann bin ich wohl einem Irrtum aufgesessen."

„Doch, das ist Er, aber das ist nicht alles. Wenn du erwartest, dass Er sanft ist und dich tröstet, wenn du eigentlich etwas anderes bräuchtest, dann löst du dich unmerklich von ihm."

„Was ich brauche, ist Charlie."

Gary lehnte sich zu mir herüber. „Was du wirklich brauchst, ist das, was sie nach Hause bringt. Was auch immer es sei."

„Ich weiß nicht, was das ist."

„Gott weiß es."

Ich sank zurück in den Stuhl und schloss die Augen. In meinem

Kopf war es dunkel und still. Es gab kein Bild von meinem Vater dort. Aber wenigstens war auch nichts dort, was mich verspottete. Wenigstens gab es dort Raum für etwas, von dem ich nichts wusste. Es war sehr klein, aber es war etwas.

„Warum hast du mir das alles nicht schon früher gesagt?", fragte ich.

Gary sah mich lange und ernst an. „Weil du nie wütend genug warst, um zu fragen", antwortete er.

***

Am Dienstagmorgen, dem ersten Schultag, kam Maxie in düsterer Stimmung die Treppe herunter, um zu frühstücken. Ihre Blicke hätten Glas zerschneiden können.

Ich wusste, dass das zum Teil auch daran lag, dass wir nicht unsere jährliche Labor-Day-Party gefeiert hatten, die wir immer so begingen, als sei es die letzte Party unseres Lebens. Das Ende des Sommers schrie nach einem großen Fest, bevor die Geschäfte an der Strandpromenade ihre Fensterläden vernagelten, die Sonnenschirme ihre flatternden Farben einzogen und der Geruch von Zu ckerwatte aus der Luft verschwand.

Wenn Maxie auch das ganze Wochenende über nur sehr wenig mit mir gesprochen hatte, hatte ich immer wieder Bruchstücke des Sermons mitbekommen, den Tante Pete sich in der Küche, auf der Seitenveranda und in ihrem Zimmer anhören musste. Überall, wo ich nicht war.

„Das rockt. Auf dem ganzen Ocean-View-Parkplatz werden Autos stehen … Ich weiß, dass es dieses Jahr nicht stattfinden kann. Nichts kann stattfinden … Manchmal hasse ich Charlie dafür, dass sie weggeschnappt wurde. Und sag jetzt nicht, dass ich schrecklich bin, denn das weiß ich schon."

Das war, vermutete ich am Dienstagmorgen, der andere Grund

für die tiefen Furchen, die Maxie zwischen ihren Augen hatte, während sie mit einer Schale Smacks herumspielte. Ich wusste, wie es sich anfühlte, „schrecklich" zu sein.

„Wahrscheinlich hättest du dir gewünscht, dass wir dieses Wochenende eine Party feiern, hm?", fragte ich.

Sie sah mich nicht an. „Ging ja nicht."

„Ich weiß. Aber hättest du dir nicht gewünscht, es wäre gegangen?"

„Was macht das für einen Unterschied?" Ihre Schultern zuckten wie bei einem Pferd, das eine Fliege loswerden will. „Schon okay", fügte sie hinzu.

„Aber es macht einen Unterschied, denn nichts ist, wie es war, und es scheint, als ob es das auch nicht wieder wird. Es ist in Ordnung, das zu hassen."

Sie titschte ihren Löffel in die Smacks, baumelte mit den Beinen und tat alles andere, als mir zu antworten.

„Möchtest du wissen, was *ich* hasse?", fragte ich.

Maxie zuckte mit den Schultern.

„Ich hasse es, dass ich nichts tun kann, was dich glücklich macht."

Ihre Schultern zuckten wieder.

„Es tut mir so leid, Maxie", sagte ich.

„Ist ja nicht deine Schuld", antwortete sie. Die Worte waren erwachsen, aber ihre Stimme zitterte voll kindlicher Angst.

Das Telefon klingelte, und ich schluckte meine Tränen herunter, um ranzugehen. Es war Tom.

„Ich wollte unserem Mädchen nur einen guten ersten Schultag wünschen", sagte er.

„Es ist Daddy", sagte ich zu Maxie. Ich versuchte, meine Stimme so fröhlich klingen zu lassen, wie Tom es mit seiner versuchte, aber alles, was ich vernahm, war die Abwesenheit von Charlies Namen, von guten Wünschen auch für sie.

„Ich muss Zähne putzen gehen", sagte Maxie und verließ den Tisch.

Ich ließ sie gehen.

„Ich hab's gehört", sagte Tom, als ich wieder dran war.

„Sie macht eine schwere Zeit durch."

„Ich wünschte noch immer, sie würde bei dir zu Hause bleiben."

Stille machte sich zwischen uns breit und klaffte weiter als die Kilometer, die uns trennten.

„Geht's dir gut?", fragte ich schließlich.

„Ich versuche nur, mit all dem klarzukommen", sagte er. Er brachte kaum die Lippen auseinander. „Ich setze einfach einen Fuß vor den anderen."

„Hast du irgendetwas herausgefunden?"

„Es war eine Sackgasse. Hör zu, mach dir keine Sorgen deswegen. Versuche einfach, dich für Maxie zusammenzuhalten, bis ich nach Hause komme. Ich fliege noch heute."

Als wir aufgelegt hatten, lief ich ins Badezimmer und schluchzte, weil ich nicht wusste, was ich sonst hätte tun sollen. Dann setzte ich für die Fahrt meine Sonnenbrille auf, obgleich der Himmel bedeckt war. Es nieselte bereits, als wir Ocean View ansteuerten.

Maxie schwieg für eine ganze Weile und drückte den neuen Rucksack an sich, den sie am Samstag mit Lissa gekauft hatte. Ich umklammerte das Lenkrad so fest, dass meine Knöchel ganz weiß wurden.

Schließlich sagte sie: „Alle sagen, dass die fünfte Klasse schwer ist, weil sie einen für die Mittelstufe vorbereiten."

„Ist das unser neues Thema?", fragte ich.

„Hä?"

„Unser neues Thema. Schule. Jungs schießen Papierkügelchen durchs Klassenzimmer, und Mädchen …"

Maxie schrumpfte hinter ihrem Rucksack zusammen. „Ich habe keine Lust auf Spielen", sagte sie. Sie machte das Radio an und schwieg für den Rest des Weges.

Als wir uns in die Autoschlange vor der Lord-Baltimore einreihten, sagte ich: „Möchtest du, dass ich mit reinkomme?"

Maxie rollte mit den Augen. „Ma-ma! Echt nicht. Ich bin doch kein Erstklässler."

„Wie dumm von mir", sagte ich.

In Tränen aufgelöst fuhr ich nach Hause, weil sie mich nicht hatte dahaben wollen, weil ich vor ihrem neuen Lehrer nur wie ein heulender Idiot dagestanden hätte, weil ich auf dem Garfield-Parkway schleuderte und gefährlich nah an Chief Little Owl heranrutschte, den Acht-Meter-Totempfahl, der den Eingang zur Innenstadt von Bethany Beach markierte.

Als ich vor unserem Haus anhielt, zitterte ich. Tante Pete traf mich auf der Veranda an.

„Die Schule hat angerufen", sagte sie.

„Jetzt schon?", erwiderte ich. „Ich habe sie doch gerade erst abgesetzt."

„Nicht Maxies Schule. Charlies. Die Frau will, dass du sie zurückrufst."

Ich schüttelte den Kopf, als sie mit dem Notizzettel unter meiner Nase herumwedelte. „Hast du ihr nicht gesagt, dass Charlie nicht kommt?"

Tante Pete grunzte. „Oh, das wusste sie schon. Sie sagte, es sei dringend. Ruf sie besser an."

Sie hätte beinahe das Handy aus meiner Handtasche gezogen.

„Ich mache dir mal einen Toast", sagte sie und verschwand im Haus.

Ich starrte auf die Ziffern, die Tante Pete mit ihrer wackeligen Hand notiert hatte, und auf den Namen, der dort in sorgfältigen Druckbuchstaben geschrieben stand: Virginia Hatch. Das war nicht die Schuldirektorin. Ich hatte den Namen auch nicht als einen von Charlies Lehrern im Ohr. Ein Kloß bildete sich in meinem Hals, als mir bewusst wurde, dass ich gar nicht wusste, wer ihre neuen Lehrer waren, diejenigen, mit denen sie sich in ihrem Abschlussjahr herumplagen musste. Oder auch nicht.

Trübselig betrachtete ich den Regen und widerstand dem Drang, den Zettel in meiner Hand zu zerknüllen und so zu tun, als ob Charlie heute nach Hause kommen und mir alles über diese Mrs Hatch erzählen würde, dass sie schonungslos war und sie hart arbeiten lassen würde …

Ich hämmerte die Zahlen ins Handy und hoffte, dass nur die Mailbox dranging. Mir war nicht danach zumute, etwas zu erklären, was ich selbst nicht verstand.

„Virginia Hatch."

„Oh", sagte ich.

„Wie kann ich Ihnen helfen?"

Gar nicht, dachte ich. Aber ich antwortete: „Hier ist Isabella Soltani."

„Ah."

Virginia Hatchs forsche Stimme wurde binnen einer Silbe weich. *Bitte, tun Sie das nicht,* dachte ich. Meine Zunge wurde bereits dick.

„Mrs Soltani", sagte sie, „ich bin Charlies Vertrauenslehrerin hier an der Indian-River. Ich möchte mich entschuldigen, dass ich mich nicht eher bei Ihnen gemeldet habe, aber ich war im Ausland. Ich bin erst zum Schulbeginn zurückgekehrt und habe erst jetzt von Charlies Verschwinden erfahren."

„Wir wissen wirklich nicht viel …"

„Aber ich denke, *ich* weiß etwas."

Ich nahm das Handy ans andere Ohr und fuhr mir mit der Hand durch die Haare. „Ich verstehe nicht."

„Vielleicht können wir es gemeinsam herausfinden. Es gibt einiges, das Sie wissen sollten." Sie gab mir keine Gelegenheit nachzufragen. „Können Sie herkommen?"

„Wann?", fragte ich.

„Je früher, desto besser, denke ich."

„Ich komme gleich", sagte ich.

Ich klappte das Handy zusammen, und Tante Pete drückte mir

ein verkohltes Schinkensandwich in die andere Hand. „Für die Fahrt", sagte sie.

Ich bemerkte den Regen kaum, als ich die elf Kilometer zur Indian-River-Highschool in Frankford fuhr. Ich bemerkte überhaupt kaum irgendwas, außer den Fragen, die mich fast zu Brei gemacht hätten, als ich auf dem Besucherparkplatz zum Stehen kam. Eine Minute lang starrte ich in den Rückspiegel, um mich zu vergewissern, dass ich nicht aussah wie jemand, der aus der geschlossenen Anstalt geflohen war. Ich stand kurz davor auseinanderzubrechen, und ich musste mich wenigstens so lange wieder zusammenkitten, bis ich herausgefunden hatte, ob diese Vertrauenslehrerin, diese Virginia Hatch, wirklich etwas über meine Charlie wusste.

Ich schaffe das, machte ich mir Mut. *Gott, hilf mir, da jetzt reinzugehen.*

Es ging mir etwas besser, als ich mich dem alten Backsteingebäude mit seinen Säulen näherte, einer größeren Version von Maxies Lord-Baltimore. Dem Gebäude war es gelungen, seine Würde aufrechtzuerhalten, selbst als über die Jahre neuere Anbauten dazugekommen waren wie Wörter auf einem Scrabblebrett. Immer wenn ich hier gewesen war, hatte ich es idyllisch gefunden, wenn der letzte Stundengong des Tages ertönte und die Schüler aus der Eingangstür und die Stufen herunterströmten, wie sie es seit Jahrzehnten getan hatten. Auch wenn die Hälfte von ihnen Nasenringe trug und ihre Jungfräulichkeit in der Mittelstufe verloren hatte, konnte ich mir noch immer Mädchen in Tellerröcken und Jungs mit Bürstenhaarschnitt vorstellen – oder beide in gebatikten T-Shirts –, alles Geister aus meiner Highschoolvergangenheit. „Glockenröcke" hatten wir sie genannt.

Aber als ich jetzt die Aula betrat, waren die Gestalten um mich herum sehr real. Teenager. Sechzehnjährige. Mädchen mit langem, dunklem Haar und Augen wie junge Rehe, die Pliés an ihren Spinden übten.

Ich hielt mir den Mund zu, um nicht zu schreien: „Charlie! Wo bist du?“, und lief zum Sekretariat.

Eine Frau mit einem Namensschild, auf dem „Virginia Hatch“ stand, lehnte am Tresen und vertrieb eine Meute Schüler, die mit Stundenplänen wedelten und sich beschwerten, dass diese „totaler Mist“ seien.

„Um die kümmere ich mich später“, sagte sie, als sie mich erblickte.

„Ach, kommen Sie, Mrs H.!“, war die einstimmige Antwort.

„Als ob ihr so scharf darauf wärt, gleich mit dem Unterricht zu beginnen“, sagte sie in demselben forschen Ton, den ich schon am Telefon gehört hatte.

Sie entließ die murrende Meute und führte mich in ihr Büro – einen engen Raum, von dem aus man den Parkplatz überblicken konnte und der von Papier und Ordnern überquoll.

„Ich brauche fast selbst eine Beratung, wenn die erste Woche vorbei ist“, sagte sie, als sie ein kleines, rot kariertes Sofa für mich freigeräumt hatte, das ganz offensichtlich nicht Eigentum des Indian-River-Schulbezirks war. Ich sah Virginia Hatchs Gesicht an, das gleichmäßig gebräunt und von einem stylischen Schnitt ihrer dünnen, grauen Haare eingerahmt war. Ihre Augen sahen ganz ähnlich grau aus, aber ihr Gesicht war alles andere als farblos. Sie strahlte eine Wärme aus, die von ihrem Lächeln kam, ein Lächeln, das sie verbannte, als ob es in diesem Augenblick irgendwie unangemessen wäre. Mir blieb lediglich, in eine mitleidige Miene zu blicken.

Sie zog einen Regiestuhl, der mit rotem Leinen bezogen war, in die Nähe des Sofas und nahm mir gegenüber Platz.

„Ich weiß nicht, ob Charlie Ihnen das erzählt hat“, sagte sie, „aber in den letzten paar Monaten des vergangenen Schuljahres kam sie jede Woche hier in mein Büro.“

„Sie meinen für eine Beratung?“, fragte ich. Dann schüttelte ich den Kopf. „Natürlich. Wofür sonst. Sie sind ja Beraterin. Es ist nur so, dass Charlie nie …“

„Die Sorte Mädchen gewesen ist, von der Sie dachten, dass sie ein Problem haben könnte."

Ich starrte hinunter auf den karierten Stoff, der mir entgegenzukommen und ins Gesicht zu schlagen schien.

„Normalerweise würde ich ihr Vertrauen nicht brechen", sagte sie, „aber …"

„Dies ist nicht ‚normalerweise'."

„Nein, und ich glaube, was ich Ihnen weitergebe, könnte das ein oder andere erklären."

„Bitte, erzählen Sie mir alles, was uns weiterhelfen könnte", bat ich.

Bevor sie anfing zu reden, formte sie mit ihren Händen eine Kirchturmspitze und legte die Fingerspitzen unter ihre Nase. „Ende März habe ich Charlie zum ersten Mal gesehen. Sie war im Englischunterricht in Tränen ausgebrochen; der Lehrer schickte sie mit einer kleinen Notiz zu mir, dass Charlie Perfektionistin sei und vielleicht unter dem Druck der Prüfungen und Referate zusammenbrach."

„Das könnte sein", sagte ich. „Sie muss alles ganz genau machen, sonst nimmt sie das furchtbar mit. Das ist schon seit dem Kindergarten so."

„Als wir das erste Mal miteinander gesprochen haben, dachte ich auch, dass das das Problem sei, besonders nachdem sie mir erzählt hatte, wie viele Tanzstunden sie pro Woche nimmt und dass sie außerdem in der Schülervertretung ist und in der Tanzgruppe hier an der Schule, nicht zu vergessen den Französischklub." Virginia Hatch lächelte zaghaft. „Ich wurde schon müde vom bloßen Zuhören."

„Ich hatte auch schon überlegt, ob sie zu viel macht", sagte ich. „Aber sie wollte das alles." Meine Stimme klang gepresst, als ob ich mich verteidigte.

„Das stimmt", sagte Virginia Hatch. „Und als wir mehr miteinander redeten, habe ich auch herausgefunden, warum." Sie blickte an die Zimmerdecke. „Sie sehnte sich nach Anerkennung, insbesondere von ihren Eltern und am meisten von ihrem Vater." Sie sah mich an. „Sie wusste, dass Sie sie auch noch lieben würden, wenn sie den Schulkiosk überfallen würde, aber sie hatte das Gefühl, dass sie ihrem Dad ihren Wert beweisen musste."

Ich schüttelte den Kopf.

„Es tut mir leid", sagte sie. „Ich weiß, das ist nicht leicht für Sie."

Ich rieb über den Schmerz, der sich in meiner Brust zusammenbraute, und bedeutete ihr, fortzufahren.

„Charlie hat sich selbst in eine Unzahl von Aktivitäten verwickelt, sodass jede Minute mit irgendetwas gefüllt war. Allem, was sie tat, gab sie sich wie besessen hin, weil sie Anerkennung mit Wert gleichsetzte und weil es ihr half, mit dem Druck umzugehen."

„Welchem Druck?"

„Dem Druck, den sie sich selbst auferlegte und dem sie sich von zu Hause ausgesetzt fühlte."

„Druck?", sagte ich wieder. Es kam mir wie ein Fremdwort vor, das ich nicht übersetzen konnte.

„Sie hatte das Gefühl, kein normaler Teenager sein zu dürfen", sagte Virginia Hatch. „Und ein Teil des Grundes, warum sie ihren Stundenplan so vollgepackt hat, war, um den Kontakt mit Ihnen und ihrem Dad einzudämmen."

Ganz offensichtlich wählte sie ihre Worte mit Bedacht, aber ich hätte diesen ganzen Stapel präziser Wörter am liebsten mit einer heftigen Handbewegung umgeworfen. Dennoch, durch das Aufeinandertürmen entstand eine Wahrheit, von der ich mich nicht abwenden konnte. Ich konnte sie nur anstarren und mir wünschen, dass sie nicht da wäre.

„Wir hatten heute Morgen vor dem Unterricht eine Lehrerkonferenz", sagte Virginia Hatch. „Nach dem, was ich mir zusammenreimen kann, wurde Charlie zuletzt mit einem Rettungsschwimmer gesehen."

„Ricky Zabriski", sagte ich. „Spinne." Ich spuckte das Wort förmlich aus. „Klingt das nicht schon abscheulich?"

„Ja. Die ganze Sache ist abscheulich; das ist genau das richtige Wort." Virginia Hatch lehnte sich nach vorn, und ich konnte sehen, dass sie müde Ränder unter den Augen hatte. „Die Polizei denkt, dass er sie entführt hat, oder?"

„Ja."

„Was glauben Sie?"

Ich konnte nicht damit herausplatzen, was ich mir als Wahrheit wünschte. Nicht mit Virginia Hatchs Worten im Kopf, die immer noch versuchten, sich zu sortieren: *Charlie hatte das Gefühl, dass sie ihrem Dad ihren Wert beweisen musste. Dass sie kein normaler Teenager sein durfte. Sie wollte den Kontakt mit uns eindämmen.*

Virginia Hatch sah mich unverwandt an, als ob ich mit noch einem Schlag fertig werden könnte. „Haben Sie schon mal die Möglichkeit erwogen, dass Charlie mit diesem Jungen abgehauen ist?", fragte sie.

„Es wurde uns nahegelegt." Meine Stimme wurde fest. „Aber ich glaube immer noch, dass das unmöglich ist. Das sähe Charlie einfach nicht ähnlich."

Virginia Hatch stand auf und ging zu ihrem Schreibtisch. Ich nahm es ihr übel, dass sie Dinge über meine Tochter wusste, von denen ich keine Ahnung hatte. Doch zugleich hoffte ich, dass sie etwas aus ihrer Schublade zog, das mich zu Charlie führte.

Sie reichte mir ein Blatt Papier. „Charlie hat ihre Gefühle in ihren Gedichten ausgedrückt."

Ich starrte auf das Papier. „Sie hat Gedichte geschrieben?"

„Das hat sie mir auch erst in der letzten Schulwoche erzählt, und dies hier ist das einzige Gedicht, das sie mir gezeigt hat." Ihre Stimme wurde weicher, als ob sie Angst hätte, mich zu zerbrechen. „Wenn ich Sie nicht überzeugen kann, kann es vielleicht Charlie."

Als sich die Tür hinter ihr schloss, fuhr ich mit einem Finger über das Blatt Papier in meinem Schoß, über die Gedanken, die meine Tochter dort aufgeschrieben hatte, die Worte, die ich nie hatte lesen sollen.

„In den Tag hinein“
von Charlie Soltani

Ich wandere in den Tag hinein
mit Lasten beladen
so schwer
wie Blei.

Ich wandere in den Tag hinein
fremde Befehle
Gebote
und Stimmen prasseln auf mich ein.

Ich wandere in den Tag hinein
lächelnd bloß
und tanzend
und weiß, ich bin nicht frei.

Ich wandere in den Tag hinein
Ich fliege nicht
Ich singe nicht
Ich sehe kein Licht, nur für mich.
Ich wandere in den Tag hinein
mit Wünschen
mit Blicken
mit Träumen, nur sie sind mein,

Dass eines Tages, ungestört,
alles Müssen, alles Sollen
von meinen Schultern fällt
und der Tag ganz mir gehört.

Ich fühlte mich wie niedergestochen, und dennoch konnte ich nicht aufhören, es wieder und wieder zu lesen, bis der Rhythmus des Kummers meiner Tochter in mein Atmen, meinen Herzschlag übergegangen war.

„Wie konnte ich nichts davon gewusst haben?“, fragte ich, als sich die Tür wieder öffnete.

Geräuschlos bewegte Virginia Hatch sich zu ihrem Stuhl. In ihren Augen glänzten Tränen.

„Das Wichtigste ist doch, dass Sie es *jetzt* wissen“, sagte sie. „Und je mehr Sie wissen, desto größer ist die Chance, sie zu finden und nach Hause zu bringen. Davon bin ich überzeugt.“

Ich drückte das Gedicht an meine Brust. „Sie haben gesagt, es sei das Einzige, das sie Ihnen gegeben hat.“

„Sie erwähnte, dass es noch mehr gebe, aber sie verriet nicht, wo. Ich vermutete, dass sie sie in ein spezielles Buch eintrug, aber sie verneinte das – weil Sie und ihr Dad es dann finden würden.“

„Ich habe nie in ihren Dingen gestöbert.“

„In ihrer Fantasie gab es keine Grenzen. Sie hat mir verraten, dass sie sie an verschiedenen geheimen Orten versteckt hat.“

„Noch mehr Geheimnisse“, sagte ich.

„Vielleicht ist *jetzt* ein guter Zeitpunkt gekommen, ihre Dinge zu durchstöbern“, sagte Virginia Hatch. „Sie können ihr helfen.“

Voller Reue betrachtete ich das Gedicht. „Meinen Sie?“

„Ich glaube sogar, dass Sie die Einzige sind, die das kann“, antwortete sie.

11

Ich wusste nicht mehr, wie ich nach Hause gekommen war. Plötzlich fand ich mich in unserer Auffahrt wieder, im Auto sitzend und den Scheibenwischern lauschend, die mich mit jeder Bewegung verspotteten.

Mit Lasten beladen
so schwer
wie Blei.

In diesem Moment hätten das meine eigenen Gedanken sein können. Gedanken, die ich nie zuvor gehabt hatte und die mir dennoch irgendwie vertraut waren. Dieselben Gedanken, die meine kostbare Tochter so unglücklich gemacht hatten. Gedanken, die sie nicht mit mir hatte teilen wollen.

Der stechende Schmerz in meiner Brust nahm mir die Luft zum Atmen. Hatte es sich für Charlie auch so schlimm angefühlt? War sie an den Punkt gekommen, wo sie den Nippes im Wohnzimmer herunterschleudern oder Leuten ins Gesicht spucken wollte? In *unsere* Gesichter?

Fremde Befehle
Gebote
und Stimmen prasseln auf mich ein.

Sicher war sie das. Und trotzdem lächelte sie. Und tanzte. Und ging in ihr Zimmer und schrieb Gedichte.

Es gab noch mehr davon, hatte Virginia Hatch mir erzählt. Sie versteckte sie „an verschiedenen geheimen Orten".

Ich machte den Motor aus, sodass die Scheibenwischer in der

Mitte der Windschutzscheibe stehen blieben. Ich musste diese Orte finden. Ich musste die Geheimnisse ergründen, sonst würde ich Charlie vielleicht nie wieder zurückbekommen.

Als ich in den ersten Stock stieg, hörte ich Tante Pete im Fernsehsessel schnarchen, und ich war dankbar dafür. Ich wollte nicht, dass sie mich auf dieser Mission begleitete, die türkise Strandtasche hinter sich herziehend und matschfarbenen Kaffee in meine Kehle gießend. Ein paar Minuten stand ich vor Charlies Zimmer, die Hand auf dem Türknauf. Tausende Male oder noch öfter hatte ich dieses Zimmer betreten, mit einem Korb zusammengefalteter Wäsche in der Hand oder mit etwas für zwischendurch zum Essen, um sie beim Lernen für ihren Abschluss zu unterstützen, oder mit der Erinnerung, dass sie um halb zehn das Licht ausmachen sollte. Für gewöhnlich ging ich ohne ein Klopfen hinein, denn die Zimmertüren der Mädchen waren fast immer angelehnt, außer wenn sie sich anzogen.

„Wir wollen weiter offene Türen haben", hatte Tom mir sechs Monate vorher erklärt, als ich ihm davon berichtet hatte, dass Maxie sich beschwert hätte, „so ungefähr null Privatsphäre" zu haben.

„Wenn sie nichts zu verbergen hat", sagte er, „warum muss ihre Tür dann zu sein? Charlie beschwert sich doch auch nicht darüber."

Lächelnd bloß
und tanzend
und weiß, ich bin nicht frei.

Als ich jetzt hier stand, den Kopf an Charlies Zimmertür gepresst, plagte mich der Gedanke hineinzugehen. Ich platzte in das Zimmer von jemandem, den ich nicht kannte, und war im Begriff, Dinge zu durchstöbern, die nicht für meine Augen bestimmt waren. Es kam mir vor, wie durch die Handtasche einer Fremden zu wühlen.

„Ich muss das jetzt tun, Charlie", sagte ich laut, „weil ich dich finden muss."

Dieser winzig kleine Grund brachte alles andere zum Schweigen. Mit dieser Überzeugung öffnete ich schließlich die Tür.

Seit ihrem Verschwinden war ich mindestens einmal am Tag in Charlies Zimmer gewesen, aber ich hatte nichts angefasst außer dem Bett, in das ich während der irremachenden Nachtstunden oft gekrochen war. Ich wollte, dass ihr Zimmer noch genauso aussah, wie als sie es verlassen hatte, damit sie, wenn sie nach Hause kam, einfach wieder in ihr altes Leben schlüpfen konnte, unbeschadet davon, was auch immer sie hatte durchmachen müssen.

Als ich meinen Blick über die perfekt gepackten Korbtruhen schweifen ließ und über die hauchdünnen Gardinen, die das Sonnenlicht abmilderten, kam ich mir wie ein kompletter Idiot vor. War das Zimmer ihr Leben? Wollte sie wieder hineinschlüpfen und es aufnehmen, wo sie es hatte fallen lassen?

Ich sehe kein Licht, nur für mich.

Ich lief zu den Fenstern, die auf den Ozean zeigten, und schob die Gardinen zur Seite, eine nach der anderen, bis alle Wände mit Sonnenlicht getränkt waren. Mit seinen zarten Grauschattierungen ließ es das Zimmer ganz sachlich aussehen – die Kanten der Eichenholzkommode zu scharf, die Linien der Bettpfosten zu streng. Alles war so aufgeräumt und ordentlich. Wo konnte sie wohl geheime Gedichte versteckt haben?

Meine Hände schmerzten, als ich eine Schublade öffnete und sie zwischen säuberlich zusammengefaltete Sockenpaare, Baumwollschlüpfer, T-Shirts und Tanzsachen schob. In meinen Schultern pochte es, als ich jedes musselingefütterte Körbchen aus dem Schrank zog, jede Seite jedes Notizbuches umblätterte und den Inhalt jedes Ordners ausleerte. Mein Nacken war stocksteif vor Schmerzen, als ich schließlich jede eingerissene Kinokarte und jedes Programm einer Tanzvorführung wieder an ihren exakten Ort zurückgelegt hatte.

Tante Pete erwachte gegen Mittag und brachte mir ein Thunfisch-pumpernickel, das ich nicht anrührte. Zu meinem großen Erstaunen fragte sie nicht, was ich da tat. Ich hörte, wie sie am Telefon zu jemandem – wahrscheinlich Hazel – sagte: „Ich hatte mich schon gefragt, wann sie wohl anfangen würde zu graben. Ich wollte ihr noch eine Woche geben, dann hätte ich das Zimmer selbst durchforstet."

Bis um halb drei ließ sie mich allein „graben", dann steckte sie den Kopf zur Tür hinein und fragte, ob ich Maxie von der Schule abholen würde.

„Oh nein!", rief ich und rappelte mich zwischen den Stapeln von Büchern hoch, die ich Seite für Seite durchblätterte, aber Tante Pete winkte ab.

„Bleib sitzen", sagte sie. „Hazel hat gesagt, dass sie Maxie für dich aufsammeln würde, wenn du gerade mitten in einer Sache steckst. Sie holt ihre eigenen zwei sowieso ab."

„Warum?", fragte ich. „Fahren sie nicht mit dem Bus nach Hause?"

„Tri hat Busfahrverbot", sagte Tante Pete. „Er hat im letzten Jahr das Hinterteil eines Kindes mit Sekundenkleber an den Sitz geleimt oder so was."

Ich blickte hilflos auf den Haufen Bücher, die mir bis jetzt nichts geholfen hatten. Ich hatte mir gut zugeredet, dass eines von ihnen ein Gedicht aushusten würde, wenn ich nur lange genug suchte. Bisher hatte nichts in diesem Zimmer das getan.

„Sie hat es angeboten", sagte Tante Pete. „Wenn du mich fragst, glaube ich nicht, dass du es aus der Auffahrt schaffst, ohne mit irgendwas zusammenzustoßen."

„Tom wäre nicht einverstanden damit."

„Mit der Stimmung, in der er war, als er anrief, ist er heute mit überhaupt nichts einverstanden, also ist das gehupft wie gesprungen, wenn du mich fragst."

„Er hat noch mal angerufen?", fragte ich.

„Vom Flughafen in L.A. Vom Flughafen in Denver. Ich habe ihm erklärt, dass du beschäftigt bist, und das bist du noch immer. Ich rufe jetzt Hazel zurück."

Ich ließ es geschehen.

Es waren nur noch drei Bücher übrig, die ich noch nicht durchgesehen hatte: *Anne auf Green Gables*, *Betty und ihre Schwestern* und *Jane Eyre*. Ich wählte *Jane Eyre*. Bis jetzt hatte ich noch nicht einmal gewusst, dass Charlie eine Ausgabe davon besaß. Ich hatte es selbst bloß im Literaturkurs für Neuere Englische Literatur gelesen, den ich auf dem College belegt hatte. Es schien mir etwas zu düster für ihren unschuldigen Geschmack.

Das Buch sah aus, als ob es schon mehr als einmal gelesen worden wäre – und mit viel Hingabe. Mehrere Seiten waren herausgerissen worden, und ein Schokoladenfleck prangte auf der Seite, auf der es sich öffnete. Ein Fleck und ein zusammengefalteter Zettel.

Ich versuchte mir einzureden, dass das sicher bloß eine kleine Nachricht von jemandem war. Vielleicht von Jessica. Vielleicht von Spinne Zabriski. Ich faltete den Zettel auseinander und zwang mich, kurz draufzusehen. Wenn es nicht nach einem Gedicht aussah, würde ich ihn einfach zurücklegen.

„Numeri 30", stand ganz oben. „Von Charlie Soltani." Die Worte waren in ordentliche Abschnitte eingeteilt. Ich konnte bereits ihren Rhythmus in meinem Pulsschlag fühlen.

In meinen Lungen ist kein Atem, als ich ihn hinabsteigen sehe.
Das Gesicht verwandelt von Seiner Stimme.
Seit Kindesbeinen warte ich darauf, sie zu hören.

Wer weiß, was Gott denkt,
wonach sich Sein mächtiges Herz sehnt?
Dieser Mann, das glaube ich.

In meinem Herzen ist kein Schlag, als er die Stimme erhebt,
Worte wie Medizin, in Stein gemeißelt.
Mein Leben lang will ich auf sie achten.

Wer weiß, was Gott liebt,
was Seine Seele entfacht?
Dieser Mann, das hoffe ich.

In meinem Verstand ist kein Gedanke, wenn ich sein Gesetz aufnehme,
mit unwillkürlicher Ehrfurcht erkenne ich es an.
Ich habe versprochen, es beständig zu halten.

Wer weiß, was Gottes Wille ist,
wann Seine Hand mich endlich berührt?
Dieser Mann? Das dachte ich.

Meine Seele findet keine Ruhe, da ich mich am Felsen aufreibe.
Dieser Mann kann die Knoten meiner Versprechen lösen?
Ich gelobe bei meiner Weiblichkeit, das zu vermeiden.

Wer weiß, was Gott spricht,
was Er in mein Ohr flüstert?
Kein Mann. Das fühle ich.

In meinem Innern ist kein Mut, als ich im Dunkeln stehe.
Führerlos versuche, mich hervorzutun.
Ich weiß nicht, wie das geht.

Wer weiß, wo Gott ist,
wie man Seine Führung annimmt?
Dieser Mann nicht.

Wer dann?

Die Worte ergaben keinen Sinn, aber ich bekam Gänsehaut, als ob meine Seele sie bereits verstanden hatte.

Dieser Mann. Wer war das? *Dieser Mann*, der mit dem Gesetz hinabsteigt.

„Moses?“, fragte ich in die Stille hinein.

Nein, Mama.

Ich sprang auf und sah erschrocken zur Tür. Natürlich war sie nicht dort. Für eine wirre Sekunde war ich erleichtert, dass Charlie mich nicht dabei ertappt hatte, wie ich ihre Geheimnisse durchsuchte.

Aber ich hatte es so klar vernommen. *Nein, Mama. Nicht Moses.*

Ich sann noch einmal über das Gedicht nach. „Numeri 30.“ Numeri, das 4. Buch Mose aus dem Alten Testament?

Ich kroch zwischen den Bücherstapeln zum Nachtkästchen, wo ich schon vorher Charlies Bibel entdeckt hatte. Ich bemerkte, wie ich zitterte, während ich die zarten, fast durchsichtigen Seiten umblätterte. Das Buch duftete nach Klein-Mädchen-Händen. Charlie hatte fleißig genug den Kindergottesdienst und die Ferienbibelschule besucht und genügend Preise beim Auswendiglernen von Bibelversen gewonnen. Noch vor ihrem vierzehnten Lebensjahr war sie praktisch die Beste im christlichen Unterricht unserer Gemeinde. Aber als ich das 4. Buch Mose, Kapitel 30 gefunden hatte, bemerkte ich, dass die Seiten noch ganz steif waren. Dieses Buch war – ganz anders als *Jane Eyre* – nicht die Lieblingslektüre meiner Tochter.

Aber dann entdeckte ich zu meiner Überraschung, dass ganze Verse unterstrichen und scharfe Ausrufezeichen an den Rand gezeichnet waren. Die Linien wirkten beinahe wie in das Papier eingraviert, als ob sie voller Wut dort hineingezogen worden wären.

„Gibt eine junge Frau, die noch im Haus ihres Vaters lebt, dem Herrn ein Versprechen und ihr Vater lässt sie gewähren, so hat sie sich daran zu halten. Erhebt aber ihr Vater am selben Tag, an dem er davon hört, Einwände gegen ihr Gelübde, wird es ungültig.“

Erneut betrachtete ich das Gedicht. Wo war die Bibelstelle, auf die sie hier Bezug nahm? Im Schneidersitz lehnte ich mich gegen das Bett.

Okay, *Das Gesicht verwandelt von Seiner Stimme.* Das musste Moses Gesicht gewesen sein, das verwandelt war, oder? Und *Worte wie Medizin, in Stein gemeißelt.* Das war das Gesetz. So weit hatte ich es verstanden.

Mein Blick eilte zum nächsten Vers. *Dieser Mann kann die Knoten meiner Versprechen lösen?* Welcher Mann? Und welche Knoten ihrer Versprechen?

Ich verfolgte Charlies Unterstreichungen in der Bibel mit meinem Finger. Versprechen, Gelübde. Hier kamen die Knoten ihrer Versprechen ins Spiel. Ganz offensichtlich mochte sie die Vorstellung nicht, dass jemand sie löste. Mein Finger hielt inne, und mit dem kleinen Spalt, den mein Fingernagel auf dem Papier hinterließ, kam mir etwas in den Sinn, das ich vorher nicht bemerkt hatte. Charlie hatte in diesem Abschnitt jeden Hinweis auf „ihren Vater" doppelt unterstrichen.

„Erhebt aber ihr Vater am selben Tag, an dem er davon hört, Einwände gegen ihr Gelübde, wird es ungültig."

Ich wandte mich wieder dem Gedicht zu. *Dieser Mann kann die Knoten meiner Versprechen lösen?*

Ihr Vater?

Ich richtete meinen Oberkörper auf und zupfte an den Seiten, bis ein bissengroßes Stück davon abriss. War *dieser Mann* ihr Vater?

Dann versuchte ich verzweifelt, das abgerissene Stück wieder an seinen Platz zu bekommen. Meine Gedanken rasten wie kreischende Autos. *Gott! Gott, bitte lass sie nicht von Tom sprechen! Er ist ein guter Vater! Er liebt sie! Er beschützt sie.*

Das gedankliche Rasen kam kreischend zum Stehen, als ob es per Flagge Zeichen dazu bekommen hätte.

Tom hatte ihr wieder und wieder erklärt: „Hör mir zu. Ich weiß, was das Beste für dich ist. Ich entscheide das." *Als er die Stimme erhebt/Worte wie Medizin, in Stein gemeißelt.*

Tom hatte die Regeln so deutlich gemacht: „In unserem Haus folgen wir der Bibel. Ich bin das geistliche Oberhaupt dieses Haushalts. Wir wollen das tun, was Gott möchte." *Wenn ich sein Gesetz aufnehme/mit unwillkürlicher Ehrfurcht erkenne ich es an.*

Aber irgendetwas war passiert, dass sie sich *am Felsen aufgerieben* hatte. So sehr, dass sie es nicht mehr aushalten konnte? So sehr, dass sie dem entfliehen musste?

„Gott, ist es das?"

Der Klang meiner eigenen Stimme erschreckte mich, und trotzdem gab er mir erneut das Gefühl, als ob jemand mit mir in diesem Zimmer war, jemand, zu dem ich wirklich redete, der mir zuhörte.

„Gott", sagte ich, „wenn es das ist, wenn wir sie von zu Hause vertrieben haben, bitte, bitte, zeig uns, wie wir sie wieder zurückholen können. Bitte."

Das war der klarste Gedanke, den ich seit Wochen gehabt hatte.

Jemand klopfte zurückhaltend an der Tür. „Vielleicht möchtest du das jetzt abschließen", sagte Tante Pete von der anderen Seite. „Hazel ist gerade mit den Kindern vorgefahren."

Ich verstaute das Gedicht in meiner Tasche und steckte die Bücher zurück ins Bücherregal. Maxie sollte nicht mitbekommen, dass ich Charlies Sachen durchstöbert hatte, wenigstens nicht, bis ich eine Möglichkeit gefunden hatte, mit Tom zu reden. Ich schloss gerade die Tür hinter mir, als Maxie oben auf dem Treppenabsatz ankam.

„Hey!", sagte ich betont fröhlich. „Wie war dein erster Tag in der fünften Klasse?"

Sie stampfte hinter mir her, Augenbrauen verknotet, während sie damit kämpfte, ihren Rucksack loszuwerden. „War bloß der schrecklichste Tag in meinem ganzen Leben."

„Oh, Schatz!", sagte ich. „Wieso?"

Maxie schleuderte den Rucksack in ihr Zimmer und beobachtete, wie er über den Holzfußboden glitt. Ich hörte ihn in die Kommode krachen, die zwischen den Betten stand.

„Madison und Ashley und die alle", sagte sie. Noch immer sah sie mich nicht an. „Die haben heute früh im Bus einen Klub gegründet. Nur ich darf nicht dabei sein, weil ich nicht im Bus mitfahre." Ihre Stimme überschlug sich fast. „Ich dachte, sie sind meine Freundinnen!"

Meine Schultern sackten herunter. „Es tut mir so leid", sagte ich.

Endlich drehte sie sich zu mir, Tränen in den Augen. „Kannst du Dad bitten, dass ich mit dem Bus fahren darf?", fragte sie. Dann machte sie eine wegwerfende Bewegung mit den Händen. „Vergiss es. Er sagt sowieso Nein."

„Hey, Maxie! Kommst du?", schrie Sun vom Fuß der Treppe.

„Klar, warte kurz", rief Maxie nach unten. Dann sagte sie zu mir: „Ich gehe mit ihr und Tri und den Hunden schwimmen." Sie machte sich in ihr Zimmer auf, hielt dann noch mal inne und fügte als Nachsatz hinzu: „Ist das in Ordnung?"

In diesem Augenblick gab es kaum etwas, das ich ihr abgeschlagen hätte.

Es tat gut, Hazel zu sehen. Sie erfreute uns mit ein paar Geschichten von Tri, der einen Eintrag ins Klassenbuch bekommen hatte, und Desi, der die Gesäßtasche von Hazels Jeans abgerissen hatte, als die Kindergartentante ihn von Hazels Bein wegzerren wollte. Trotzdem fiel es mir schwer, damit aufzuhören, innerlich Charlies Gedichte zu rezitieren.

Hazel und ihre Brut verließen gerade das Haus, als Tom hereinkam. Sein mürrischer Blick verriet, dass er nicht gerade glücklich darüber war, sie wieder hier zu sehen, und er entschuldigte sich nach oben, wo er sich umziehen wollte.

„Fröhliches Nach-Hause-Kommen", raunte Hazel mir zu.

Ich bat Tante Pete, Maxie etwas zum Abendessen zu machen, und folgte ihm ins Schlafzimmer.

„Geht's dir gut?", rief ich ihm zu.

Er antwortete aus dem Inneren des begehbaren Kleiderschranks. „Die Frage ist, geht's *dir* gut?" Er streckte den Kopf heraus und sah mir dabei zu, wie ich mich auf der Chaiselongue einigelte. Ich zitterte wieder.

„Du hast geweint", sagte er.

Es klang fast wie ein Vorwurf. Ich schlang die Arme um mich. Er drehte sich wieder zum Kleiderschrank, aber ich sagte: „Wir müssen reden, Tomy. Ich habe heute einige Dinge herausgefunden – über Charlie."

Sofort war Tom bei mir, stand über mir, die Arme in die Hüften gestützt. „Was für Dinge?", fragte er. „Warum hast du mich nicht angerufen?"

„Weil es eine Weile gedauert hat, daraus schlau zu werden."

„Was? Was gab es denn, um daraus schlau zu werden?"

Seine Verwirrung war so greifbar, dass ich mich danach ausstrecken und mit meinem Finger hätte hineinpiksen können. Ich beobachtete eine Minute lang, wie er sich den Nacken rieb und sich dann gegen den Bettpfosten lehnte, die Hände in den Taschen vergraben.

„Okay, tut mir leid", sagte er. „Erzähl."

Ehrlich gesagt, hätte ich alles andere lieber getan. Während ich die Bruchstücke vor ihm ausbreitete, von denen Virginia Hatch mir berichtet hatte, meißelten sich neue Furchen in sein Gesicht. Als ich begann, Charlies erstes Gedicht vorzulesen, riss er es mir nach zwei Versen aus der Hand.

„Wovon um alles in der Welt spricht sie?" Seine Augen eilten das Blatt hinunter, als ob er Löcher hineinstanzen würde.

„Sie war unglücklich, Tomy", sagte ich.

„Was gab es, um unglücklich zu sein?" Er fuchtelte mit einer Hand herum, offenbar um unser gesamtes Leben damit einzuschließen. „Sie hatte doch alles. Sie war intelligent, sie war beliebt, sie war …" Für einen kurzen Moment blickte er mich aufgewühlt an. „Sie *ist* all das." Er zerknüllte das Gedicht. „Ich verstehe nicht, worum es hier geht."

„Ich glaube, dieses hier wird es dir erklären", sagte ich.

Zögernd zog ich „Numeri 30" aus meiner Tasche und presste es dann an meinen Oberschenkel. Ich war dabei, ihm ein Messer zu reichen, um sich selbst damit einen Stoß zu versetzen, direkt ins Herz.

„Ist das noch eins?", fragte Tom.

Ich nickte.

„Zeig es mir."

„Es wird dich verletzen", sagte ich. „Aber ich glaube, wir müssen aufmerksam zuhören, was sie zu sagen hat."

„Also, dann zeig es mir." Fordernd streckte Tom mir seine Hand entgegen.

Ich wollte sie wegschlagen. Unbeweglich presste ich das Gedicht an meinen Oberschenkel. Es ihm zu geben, erschien mir plötzlich wie ein weiterer Verrat an meiner Tochter.

„Isabella, zeig es mir!"

„Nicht, wenn du sie dann eine Lügnerin nennst", sagte ich.

Uns beiden stockte der Atem. Mein Herz pochte, aber ich konnte das Blatt Papier nicht weggeben. Tom sah mich an, als ob ich von einem anderen Stern käme. Er atmete tief durch.

„Okay, Liebling, lass uns das jetzt nicht unnötig aufbauschen. Das hat nur ein Kind aufgeschrieben, das durcheinander ist."

„Unser Kind!", sagte ich. Ich drückte das Gedicht an meine Brust.

„Klingt aber nicht nach unserem Kind. Diese Vertrauenslehrerin hat sicherlich nach etwas gegraben, warum sie im Klassenzimmer ausgeflippt ist, und du kennst Charlie. Sie hat nur versucht, ihr zu gefallen."

Lächelnd bloß
und tanzend
und weiß, ich bin nicht frei.

„Ich denke, das ist das Problem“, sagte ich.

„Welches Problem?“ Tom streckte mir das Gedicht entgegen, das er zerknüllt hatte. „Das hier ist etwas, das sie sich ausgedacht hat, während wahrscheinlich nur ihre Hormone verrückt gespielt haben.“

„Ein PMS hat unsere Tochter nicht zum Weglaufen gebracht!“, stellte ich fest.

„Wer hat behauptet, dass sie weggelaufen ist? Die Vertrauenslehrerin? Die Frau mit all den Antworten?“

Tom schleuderte Charlies zerknülltes Gedicht durch das Zimmer. Es stieß an die Fensterscheibe und fiel zu Boden. Ich lief hin, glättete es und faltete es mit dem anderen zusammen. Mit beiden Gedichten an die Lippen gedrückt, weinte ich stumm auf den Ozean hinaus. Toms Arme umfingen mich.

„Es tut mir leid, Liebling.“ Die Worte waren gemurmelt und zäh. „Ich hasse es zu sehen, wie du dich an einem Strohhalm festklammerst. Das bringt dich nur noch mehr durcheinander, und du kannst nicht mehr klar denken.“

Ich stieß seine Hände mit meinen Unterarmen fort und machte einen Schritt von ihm weg. „Nein, Tomy“, sagte ich. „Zum ersten Mal, seit das passiert ist, *denke* ich klar. Es gefällt mir nicht, was ich herausgefunden habe, aber wir müssen uns damit auseinandersetzen. Es könnte uns zu Charlie führen.“

„Es gibt nichts auseinanderzusetzen.“ Toms Mund verhärtete sich. „Jemand hat Charlie gegen ihren Willen mit sich genommen – ob es dieser Junge Zabriski war oder jemand, der mir eins auswischen möchte. Wir werden versuchen, ihn zur Strecke zu bringen und sie nach Hause zu holen.“

„Du und dein Privatermittler?“, fragte ich.

Toms Blick wich meinem aus. „Ich bin immer noch täglich mit Ed Malone in Kontakt.“

„Und was sagt er?“

„Nicht viel. Aber wir werden sie finden, Isabella. Und Dinge hineinzuinterpretieren, die einfach nicht da sind, wird uns nicht dabei helfen."

„Warum hast du mir nicht gesagt, dass du jeden Tag mit Detective Malone sprichst?" Ich schrie richtig, und meine Stimme war so wenig an diese Lautstärke gewöhnt, dass sie wackelte wie Babybeinchen.

„Weil ich mich genau *davor* gefürchtet habe!"

„Wovor?"

„Davor." Tom streckte mir beide Hände entgegen. „Dass du total durcheinander bist und die Kontrolle verlierst ..."

„Sag mir nicht, dass ich die Kontrolle verliere! Meine Tochter ist seit einem Monat verschwunden. Niemand weiß, wo sie ist, und jetzt finde ich heraus, dass sie vielleicht gar nicht nach Hause kommen *möchte*."

„Hör auf damit, Isabella." Toms Kiefermuskeln spannten sich. „Und hör auf, in Charlies Zimmer herumzustöbern. Das tut dir nicht gut, und es bringt uns rein gar nichts."

Ich starrte ihn an und sagte kein Wort. Er versuchte, mich an sich zu ziehen, aber ich drehte mich weg.

„Warum zeigst du mir den Kram nicht?", fragte er.

„Welchen Kram?", sagte ich.

„Diese Gedichte oder was das auch immer ist."

„Warum, wenn sie dir rein gar nichts bringen?"

„Mama?", fragte Maxie von der anderen Seite der Tür.

Ich sah Tom durchdringend an, bevor er öffnete.

„Hey, Knirps", sagte er.

„Hi. Ist Mama hier?"

Ich winkte ihr vom Fenster aus zu.

„Ich finde es auch schön, dich wiederzusehen", sagte Tom.

„Ich hab doch Hi gesagt." Sie wandte sich zu mir. „Ist das okay, wenn ich meine alten T-Shirts bemale?"

Die pure Einfachheit ihrer Frage trieb mir die Tränen in die Augen. „Wozu?", fragte ich.

„Ich und Sun machen unseren eigenen Klub auf."

„Ich und Sun?", fragte Tom. „Was für eine Grammatik ist das?"

Meine Nackenhaare sträubten sich. „Ihr macht euch Klub-T-Shirts?", fragte ich Maxie.

„*Und* Geheimkarten. Unser Klub wird mega viel cooler sein als Ashleys."

„Mega viel cooler", sagte ich. „Klar. Dann mal los."

„Entschuldigung", sagte Maxie zu Tom, als sie an ihm vorbeiging.

„Ich mag ihr Betragen nicht", sagte Tom, als sie gegangen war.

Ich ging ebenfalls an ihm vorbei.

12

In den folgenden Tagen sprachen Tom und ich nur sehr wenig miteinander. Ich schaute mich noch ein paar Mal in Charlies Zimmer um, entdeckte aber keine weiteren Gedichte, also verbrachte ich viel Zeit damit, über die beiden verfügbaren nachzugrübeln. Mit dem Bügeleisen glättete ich die Knitterfalten aus dem Gedicht, das Tom zerknüllt hatte.

„Was machst du, Isabella?", fragte Tante Pete, als sie mich am Donnerstag in der Wäschekammer am Bügelbrett vorfand.

Ich erklärte es ihr. Nachdem sie mich auf so vielfältige Weise unterstützt hatte, hatte sie ein Recht, es zu erfahren. Ich gab ihr sogar beide Gedichte zu lesen.

„Das überrascht mich überhaupt nicht", sagte sie, als sie durch war. „Tomy führt die beiden Mädels, als sei er die Gestapo."

„So schlimm ist er nicht!", sagte ich.

„Achtung! Du willst es doch nicht verbrennen." Tante Pete nahm einen Zipfel ihres Bademantels hoch und legte ihn über das Papier.

„Jetzt plätte", sagte sie. „Und nein, so schlimm ist er nicht, aber er muss nicht so streng mit Charlie sein. Sie ist so ungefähr das perfekteste Kind, das ich je gesehen habe. Das habe ich ihr auch gesagt."

Ich nahm das Bügeleisen weg und starrte sie an. „Ich wusste gar nicht, dass du solche Gespräche mit Charlie geführt hast."

Tante Pete zuckte mit den Schultern. „Sie saß mal unten am Strand und schrieb irgendwas in ein Notizbuch. Man konnte den Rauch förmlich aus ihrem Stift steigen sehen."

„Hast du gesehen, was sie da geschrieben hat?"

„Sie hat mir nicht angeboten, einen Blick reinzuwerfen, und ich habe sie nicht darum gebeten. Sie hat es dann sogar in ihre Tasche gestopft, als ob sie Angst hätte, dass ich es ihr wegschnappen könnte."

Tante Pete zog ihren Bademantel vom Bügelbrett und hielt ihn von sich weg, bis er abgekühlt war. Dabei enthüllte sie ihre Beine, spindeldürr, weiß und lila geädert, und ich erschrak, wie alt sie aussahen.

„Ich habe ihr gesagt", fuhr sie fort, „‚Ich werde nicht in deinen Angelegenheiten herumschnüffeln', und sie hat nur gemurmelt: ‚Da wärst du aber die Einzige.'"

Ich sackte innerlich zusammen.

„Sie hat gesagt, dass ihr Vater zu jeder Sekunde wissen wollte, was sie machte und mit wem sie unterwegs war. Sie meinte, dass es ihm wahrscheinlich gehörig gegen den Strich gehen würde, dass er ihre Gedanken nicht lesen konnte. Ich habe ihr gesagt: ‚Ich schätze, dass es gut ist, dass er das nicht kann', und sie hat geantwortet: ‚Aber echt.'"

Ich setzte das Bügeleisen ab. „Du wusstest das und ich nicht."

„Na ja, jetzt mach dich deswegen nicht fertig. Die Frage ist doch: Was fängst du nun damit an?" Sie nickte in Richtung des Gedichts. „Hast du diesen Detective angerufen?"

„Nein. Ich habe Angst, dass er das als Beweis dafür ansieht, dass sie fortgelaufen ist, und dann die Suche abbläst. Wir müssen sie ja trotzdem finden, auch wenn sie aus freien Stücken gegangen ist." Ich zog den Stecker aus der Dose.

„Wenn du den Detective deshalb nicht anrufst, weil du denkst, dass Tomy dann sauer auf dich ist, vergiss es", sagte Tante Pete. Sie wanderte in die Küche, und ich folgte ihr. Sie goss uns beiden eine Tasse Kaffee ein. „Das wird ihm nicht wehtun, und das wird dir auch nicht wehtun. Du solltest sauer auf ihn sein, so wie der sich benimmt."

„Ich weiß, dass er Angst hat."

„Er hat richtig Angst! Aber er ist zu stur, das zuzugeben, und das hält ihn davon ab, Dinge zu kapieren, die dir jetzt klar geworden sind." Tante Pete schielte mich soltani-mäßig über ihren Becherrand an. „Und deshalb solltest *du* mit Malone reden."

Ich dachte nach. „Ich könnte ihn ja fragen, was passieren würde, wenn wir herausfänden, dass Charlie tatsächlich mit Spinne Zabriski fortgelaufen ist."

„Du hast nichts zu verlieren", sagte sie.

„Wo ist die Nummer?", fragte ich.

„Es ist die 555-0102", sagte Tante Pete.

Ich sah sie an.

„Ich habe darauf gewartet, dass du fragst", antwortete sie.

Ed Malone war nicht auf der Wache, als ich anrief, aber der Beamte, mit dem ich sprach und der so klang, als ob etwas Schweres an seiner Zunge befestigt wäre, sagte mir, dass er Malone bitten würde, mit mir Kontakt aufzunehmen. Zehn Minuten später klopfte Malone an der Haustür.

„Passt es Ihnen gerade?", fragte er, als ich öffnete.

Er sah schmaler aus als das letzte Mal, als ich ihn gesehen hatte, und die winzigen Linien um seine Augen waren deutlicher zu sehen. Die goldgrünen Augen selbst lagen noch tiefer in ihren Höhlen. Trotzdem brachte er ein Lächeln zustande.

„Der Kaffee ist noch heiß", quäkte Tante Pete aus der Küche.

„Gießen Sie mir doch einen Becher ein", rief Malone zurück, während ich ihn in die Bibliothek führte.

Er grinste mich an und wartete, bis ich mich mit einem untergeschlagenen Bein auf einen Stuhl gesetzt hatte, bevor er auf dem anderen Platz nahm. „Ein bisschen mehr Härte könnte mir nicht schaden", sagte er.

Tante Pete brachte ein Tablett mit Kaffeetassen und schloss – zu meiner Überraschung – die Glastüren hinter sich, als sie das Zimmer verließ.

„Haben Sie Neuigkeiten?", fragte Malone.

„Ich habe eine Frage." Ich sah auf meine Zehen hinunter, die aus meinen Sandalen herauslugten.

„Ich hoffe, dass ich sie beantworten kann", meinte er. Seine Stimme war so gütig, dass es wehtat.

„Ich möchte nur wissen", sagte ich, „wenn wir herausgefunden hätten, dass Charlie mit diesem Spinne-Typen fortgelaufen ist – Sie wissen schon, wenn er sie nicht gekidnappt hätte …"

„Ja?"

„Würde das dann bedeuten, dass Sie – die Polizei – aufhören würden, nach ihr zu suchen?"

„Auf keinen Fall." Er pustete in seinen Kaffee. „Das würde nur bedeuten, dass wir ihre Kategorisierung beim Nationalen Kriminalitätsinformationszentrum ändern und sie als Ausreißerin bezeichnen würden."

„Oh", sagte ich.

Der Kampf gegen die Tränen war zwecklos. Malone reichte mir eine Serviette vom Tablett.

„Ich werde nicht aufhören, nach Charlie zu suchen, Mrs Soltani", sagte er. „Denn wenn sie tatsächlich weggelaufen ist, bin ich mir sicher, dass sie inzwischen vergessen hat, warum, und dass sie nach Hause kommen möchte."

„Und warum tut sie es dann nicht?"

„Das wissen wir nicht, und deshalb suchen wir ja auch weiter – für den Fall, dass es etwas ist, das sie nicht steuern kann."

„Zum Beispiel?"

Er verschränkte die Hände ineinander und legte sie an seinen Hinterkopf. Dabei nahm er den Blick nicht von mir.

„Vielleicht hindert Spinne, wenn er noch bei ihr ist, sie daran, nach Hause zu gehen. Nicht dass er sie missbraucht oder so etwas, aber er könnte ihr die Mittel verweigern, die sie braucht um heimzukehren, oder sie nicht telefonieren lassen – so was." Er wartete darauf, dass ich wieder nickte. „Vielleicht ist sie ja auch gar nicht mehr bei Spinne. Vielleicht hat sie versucht, nach Hause zu kommen, und ist dann in andere Schwierigkeiten geraten."

„Was für Schwierigkeiten?"

Malone legte die Hände zurück auf seine Knie und betrachtete sie. „Es ist rau da draußen, wenn Sie allein sind und erst sechzehn, vor allem, wenn Sie sich bisher nie allein durchschlagen mussten. Vielleicht hat sie jemandem vertraut, der ihr Hilfe angeboten hat, und ist in eine tiefere Falle geraten."

„Was für eine Falle?"

Er sah mich zweifelnd an, und ich konnte es ihm nicht verübeln. Bis zu diesem Tag hatte ich fast nichts getan, als ihm zuzunicken. Aber jetzt platzten die Fragen aus mir heraus, wie wenn irgendetwas in mir mit dem Finger schnipsen würde.

„Drogen vielleicht", sagte er. „Nicht dass sie sie unbedingt selbst nimmt. Möglicherweise vertickt sie welche, für Essen und Unterschlupf."

„Sie könnte auf der Straße leben?", fragte ich.

Er lehnte sich zu mir. „Mrs Soltani, wenn Sie Anlass haben zu glauben, dass sie weggelaufen ist, sagen Sie es mir bitte, denn das würde die Art unserer Suche verändern. Wir hätten bessere Aussichten, sie zu finden, wenn wir alle Informationen hätten."

Mit zitternden Schultern zog ich die zusammengefalteten Gedichte aus meiner Tasche und reichte sie ihm. Während er las, kauerte ich mich auf dem Stuhl zusammen und schloss die Augen.

Eine Weile verging, bis er sagte: „Mrs Soltani."

Ich sah auf. Die Adern in seinen Augen sahen sehr rot aus.

„Ich würde gerne Kopien davon machen", sagte er. „Sie beweisen nicht, dass sie weggelaufen ist, aber sie rechtfertigen hinreichend, dass wir unsere Suche ausweiten. Es kann sehr gut sein, dass sie sich eine Herberge gesucht hat. Und es gibt noch andere Orte, an denen Ausreißer sich zusammenscharen."

Ich berührte das Papier in seiner Hand. „Das waren ihre Geheimnisse", sagte ich.

„Ich werde gut auf sie aufpassen. Möchten Sie vielleicht sogar mit zur Wache kommen? Dann mache ich Kopien, während Sie dabei sind, und Sie können sie gleich wieder mitnehmen."

Ich schüttelte den Kopf. „Ich vertraue Ihnen. Ich glaube … ich weiß nicht!"

Er drückte meine Hand, bevor er aufstand. „Sie tun das Richtige", sagte er.

Zu einem Teil hoffte ich, dass Tom das auch dachte. Dem anderen Teil von mir war es egal, ob er das tat oder nicht. Ich wollte meine unglückliche Tochter wieder zu Hause haben, mit der Chance, noch einmal von vorne zu beginnen.

***

Jetzt, wo Tom zurück war, gab es keine Möglichkeit, um den sonntäglichen Gottesdienstbesuch herumzukommen, so sehr ich Rebecca und ihrer Mutter auch aus dem Weg gehen wollte. Lissa umarmte mich, bevor ich den Gottesdienstraum betrat, und flüsterte: „Du musst dich nicht schämen wegen dem, was neulich bei euch passiert ist. Keine von uns hat jemandem davon erzählt."

Ich sah sie nur an.

„Ich bin so froh, dass du hier bist“, sagte sie. „Wir brauchen dich.“

Während des Gottesdienstes saß ich zwischen Tante Pete und Maxie und fragte mich, was ich in diesem Augenblick zu geben hatte. Noch bevor das letzte Lied zu Ende war, flüchtete ich auf die Toilette. Ich hatte kaum begonnen zu weinen, als Hazel in der Tür stand.

„Soll ich dich nach Hause bringen?“, fragte sie. „Sun passt auf Tri und Desi auf, und das Fluchtauto wartet direkt vor der Tür.“

Erst als ich auf dem Vordersitz ihres Geländewagens saß, wo Regis und Kelly mir auf den Kopf sabberten, kam mir in den Sinn zu fragen: „Du warst im Gottesdienst, Hazel?“

„Ich war an den letzten beiden Sonntagen da. Irgendjemand muss ja die Gerüchteküche in Schach halten. Diese Kirchenladys können echt bösartig sein.“ Während sie fuhr, tastete Hazel in ihrer Tasche nach etwas, gab es dann aber auf. „Lissa, na ja, die ist nicht so übel. Aber ich glaube, sie fürchtet sich vor denen. Warum? Spenden die der Gemeinde immer viel Geld oder so was?“

Ich überraschte mich selbst mit einem Lachen. Es linderte den Schmerz ebenso gut wie Weinen.

„Und? Was hat Tom gesagt, als du ihm erzählt hast, dass du Malone die Gedichte gezeigt hast?“

„Ich hab's ihm nicht erzählt.“

Hazel wandte ihren Blick von der Straße und starrte mich an. „Okay, wer sind Sie, und was haben Sie mit Isabella gemacht?“

Ich musste wieder lachen, aber es war nicht das erste Mal in den letzten Tagen, dass ich darüber nachdachte, wie einfach es war, Tom nicht alles zu sagen. Warum auch nicht? Mir fiel erst jetzt auf: Ich hatte ihm nie erzählt, dass ich Maxie im Gottesdienst immer heimlich mit Süßigkeiten gefüttert hatte, um sie ruhig zu stellen, oder dass ich Charlie erlaubt hatte, bis zehn aufzubleiben, um zu lernen, wenn er nicht in der Stadt war.

„Manchmal glaube ich, dass ich mir immer den leichtesten Weg suche“, sagte ich.

„Hm?“, machte Hazel. „Also wird es ganz leicht sein zu erklären, warum du einfach während des Gottesdienstes abgehauen bist?“

Ich zuckte mit den Schultern. Vielleicht würde es mir auch leichter fallen, mit Tom zu diskutieren.

Als wir zu Hause ankamen, legte Hazel ihre Tasche auf die Küchentheke und zog ihr Handy heraus. „Dieses bescheuerte Ding“, sagte sie. „Schon wieder ist der Akku leer. Darf ich nachsehen, ob Sun auf eurem Telefon eine Nachricht hinterlassen hat?“

„Jetzt schon?“, fragte ich, nickte dann aber. Immerhin musste sie auf *Desi* aufpassen.

Hazel drückte die Taste des Anrufbeantworters, während ich einen Krug Orangensaft aus dem Kühlschrank holte. Als ich Charlies Stimme hörte, glitt mir der Krug aus der Hand und zerschellte auf dem Fußboden.

„Hi, Mama. Hi, Daddy. Ich bin’s.“

Ich preschte zum Telefon und schlitterte auf dem feuchten Boden, sodass ich seitlich in Hazel hineinrutschte. Sie schob mich das restliche Stück in Richtung Anrufbeantworter. Die Stimme, die dort herauskam, klang zerbrechlich und dünn, aber es war ihre. Es war Charlie.

„Es tut mir leid, dass ich mich nicht früher gemeldet habe“, sagte sie. „Aber es geht mir gut. Ich wollte nur, dass ihr das wisst.“

„Wo bist du?“, fragte ich.

Natürlich bekam ich keine Antwort. Da war nur ihr zitternder Abschied: „Also, das war’s, denke ich. Ich muss los.“

„Nein! Geh nicht! Charlie, wo bist du?“ Ich fummelte auf den Tasten herum, bis Hazel meine Hand zurückzog.

„Lass mich das machen. Sonst löschst du das noch versehentlich.“ Das Band spulte zurück, und sie spielte es erneut ab.

„Hi, Mama. Hi, Daddy. Ich bin’s. Es tut mir leid, dass ich mich nicht früher gemeldet habe. Aber es geht mir gut. Ich wollte nur, dass ihr das wisst. Also, das war’s, denke ich. Ich muss los.“

Ich spielte es erneut ab und zählte die Worte. Es waren siebenunddreißig. Siebenunddreißig zerbrechliche Worte meiner Tochter – die am Leben war.

„Danke, Gott", sagte ich wieder und wieder. „Oh, Charlie. Meine Kleine."

Ich bat Hazel, das Band mindestens zehn weitere Male abzuspielen, während ich angestrengt darauf lauschte, was Charlie nicht sagte, was sich zwischen den Knittern ihrer Stimme verbergen könnte. Wir hörten es zum elften Mal, als die Haustür zuknallte und Tom plötzlich dastand.

Sein Gesicht war scharlachrot vor Zorn, bis er begriff, was er da hörte. Sein wütender Blick bewegte sich von mir zum Anrufbeantworter, von wo Charlie zu ihm sprach. „Hi, Daddy. Ich bin's."

„Ist das Sissy?", fragte Maxie hinter ihm.

Tom bedeutete ihr, still zu sein, und beugte sich über den Anrufbeantworter, genau wie ich es getan hatte. Ich weinte, als ich sah, wie er schwer schluckte.

„Es geht ihr gut", sagte ich.

„Wo ist sie, Mama?", fragte Maxie.

„Ich weiß es nicht", sagte ich. Ich zog sie in meine Arme. „Aber es geht ihr gut!"

„Ich verstehe nichts", schrie Tom uns an.

Hazel schob Maxie aus der Küche und rempelte fast Tante Pete um. Ich hörte, wie sie in der Diele flüsterten.

Tom spulte das Band zurück und richtete sich langsam auf.

„Tomy", sagte ich, „das sind *gute* Nachrichten."

„Ja", sagte er. Sein Gesicht war kreidebleich, als er sich mit der Hand über den Hinterkopf strich. „Das bedeutet, dass sie lebt." Er schüttelte den Kopf und schluckte erneut, und ich war sicher, dass er weinen würde. Aber bevor ich meine Arme um ihn legen konnte, schlug er mit seiner Faust auf die Theke, dass die Salz- und Pfefferstreuer bebten.

„Sie wusste, dass wir im Gottesdienst sein würden“, sagte er. „Sie hat absichtlich angerufen, als sie wusste, dass wir nicht da sein würden.“

Meine Gedanken prallten ineinander. „Ich glaube nicht, dass sie das bewusst gemacht hat“, sagte ich. „Vielleicht war es ihre erste Möglichkeit anzurufen. Sie hat gesagt, dass es ihr leidtut …“

„Sie hat gesagt, dass es ihr leidtut, dass sie nicht früher angerufen *hat*. Sie hat nicht gesagt, dass sie nicht früher anrufen *konnte*. Warum hat sie uns nicht gesagt, wo sie ist? Oder wie wir sie erreichen können?“

Als der Gedanke sich in meinem Kopf formte, die automatische Rückruffunktion zu wählen, stand ich noch immer weit hinter Tom.

Er hämmerte längst auf den Tasten des Telefons herum, als ob sie allein dafür verantwortlich waren, was Charlie uns nicht verraten hatte. Er horchte für ein paar Sekunden und knallte dann den Hörer auf. „Die Nummer kann nicht erreicht werden“, sagte er.

„Vielleicht kann uns Malone anhand der Hintergrundgeräusche sagen, wo sie ist“, sagte ich.

„Ich habe keine Hintergrundgeräusche gehört“, sagte Tom. „Das ist nicht *CSI*, Isabella.“

„Wir müssen Ed Malone dieses Band bringen“, entgegnete ich.

„Schön. Mach, was du willst. Das tust du in letzter Zeit ja sowieso.“ Tom funkelte in Richtung Diele und senkte die Stimme zu einem tiefen Knurren. „Was mich betrifft: Wenn Charlie möchte, dass wir sie finden, dann kann sie uns auch sagen, wo sie ist.“

Er drehte sich weg, aber ich ergriff seinen Ärmel und wickelte ihn um meine Finger. „Was sagst du da?“

„Sie spielt Spielchen mit uns.“ Toms Lippen bewegten sich kaum. „Ich dachte, ich hätte sie anders erzogen, aber anscheinend nicht. Sie weiß, wo sie wohnt. Soll sie doch selbst den Weg nach Hause finden.“

***

Als er mit quietschenden Reifen davongefahren war, kam Maxie in die Küche geschlichen, das Gesicht in der Farbe von Grießbrei. „Was ist los?", fragte sie.

„Daddy ist nur ein bisschen verärgert", sagte ich.

„Glaubste?", fragte Maxie. Sie deutete zum Anrufbeantworter. „Ich möchte meine Schwester hören."

Ich nickte Hazel zu, die die Taste drückte und sich neben sie stellte.

Tante Pete gab mir ein Zeichen, ihr in die Diele zu folgen.

„Sein Stolz ist verletzt", sagte sie. „Er wird noch zur Besinnung kommen, aber darauf kannst du nicht warten."

„Ich weiß", antwortete ich. „Ich bringe Malone morgen das Band."

„Warum nicht heute?"

Ich schüttelte bloß den Kopf. Vielleicht hoffte ich, dass Tom bis dahin „zur Besinnung" und mit mir kommen würde, wenn ich das Band übergab. Vielleicht hoffte ich, dass Charlie erneut anrufen würde. Vielleicht war sie enttäuscht, dass wir nicht da gewesen waren.

Wenn ich hier gewesen *wäre*, wäre sie vielleicht jetzt schon auf dem Weg nach Hause. Nein. Ich wäre auf dem Weg, sie zurückzuholen.

„Mama?"

Ich zuckte zusammen.

„Charlie klingt, als ob sie Angst hätte", sagte Maxie und drückte sich an meinen Ellbogen. „Wo sie auch immer ist, ich glaube nicht, dass sie dort sein will."

Ich hielt sie fest, und wir weinten beide. Maxie weinte, weil ihre große Schwester Angst hatte. Ich weinte, weil Charlie, so sehr sie nicht dort sein wollte, wo sie war, anscheinend auch nicht zu Hause sein wollte.

13

Am späten Vormittag teilte mir Maxie mit, dass Tom unten am Strand war.

„Was macht er?", fragte ich.

„Ich glaube nicht, dass er Sandburgen baut", antwortete sie. „Dürfen Sun und ich ein geheimes Klubtreffen im großen Zimmer machen?"

Als die beiden sich ins große Zimmer im zweiten Stock zurückgezogen hatten, wagte ich mich an den Strand hinunter. Tom stand direkt am Wasser. Ich fühlte mich wie ein kleines Kind, als ich zögernd näher kam und nach Regungen Ausschau hielt, die mir signalisieren würden wegzulaufen. Aber er wandte sich bereits um und sah mich an. Seine Miene drückte einzig Bedauern aus.

Er sah zu Boden, als ich neben ihn trat. Sein beschuhter Zeh strich über das seichte Wasser, das an seine Füße schwappte.

„Ich war ein Idiot heute", sagte er. „Es tut mir leid."

Ich wusste nicht, was ich auf „Es tut mir leid" antworten sollte, und nickte bloß.

„Ich weiß, das passt nicht zu Charlie", sagte er. „Ich brauchte nur einen Schuldigen."

„Du kannst *sie* nicht beschuldigen", sagte ich.

„Das weiß ich, Isabella." Seine Stimme war angespannt. „Ich habe den Privatermittler wieder hinzugezogen. Ich bin überzeugter denn je, dass sie jemand geschnappt hat, der sie nicht verletzen will. Er möchte bloß, dass ich leide."

„Für wie lange?"

„Woher soll ich das wissen?"

„Das ergibt für mich einfach keinen Sinn, Tomy. Und was ist mit den Gedichten?"

„Die Gedichte. *Du* redest von etwas, das keinen Sinn ergibt."

Toms Miene verdunkelte sich und er blickte weg. „Sie und ich werden uns darüber unterhalten müssen, wenn sie nach Hause kommt."

Plötzlich stellte ich mir vor, wie er mit einem Finger in Charlies Gedichte stach, während sie mit Tränen in den Augen zusah.

„Inwiefern unterhalten?", fragte ich.

„Ich *weiß* es nicht. Was habe ich versucht, dir die letzten fünf Wochen zu erklären, Isabella? Alles, woran ich denken kann, ist, diese Person zur Strecke zu bringen und meine Tochter zurückzubekommen. Das *war's*."

„Gespräch beendet?", fragte ich.

Sein ganzes Gesicht schielte mich an. „Jetzt komm mir nicht so. Hör zu, wir können nicht zulassen, dass das zwischen uns geschieht. Wir müssen zusammenhalten, sonst kann ich nicht tun, was ich tun muss."

Dann stürmte der Mann, der wollte, dass wir zusammenhielten, davon zum Haus. Ich wartete eine lange Zeit, bevor ich ihm folgte.

***

Am nächsten Morgen war ich um sieben Uhr auf der Polizeiwache. Malone hörte sich das Band fünf Mal mit mir an. Als er es zum letzten Mal anhielt, sagte er: „Wie klingt sie für Sie?"

„Ängstlich", antwortete ich. „Nicht hysterisch, nicht, als ob ihr etwas Schreckliches widerfahren würde. Aber sie hat Angst."

Da war noch etwas anderes, etwas, das ich heute um drei Uhr morgens wahrgenommen hatte, als ein mürrischer Tom endlich eingeschlafen und ich hinunter in die Küche geschlichen war, um noch einmal das Band anzuhören. Ich konnte es nicht genau beschreiben, also zuckte ich nur mit den Schultern.

„Was denken Sie?", fragte ich Malone.

Er schob seinen Stuhl zurück. Fluoreszierendes Licht schien auf seinen kahlen Schädel. „Gehen wir mal davon aus, dass Charlie nicht entführt wurde. Nach meiner Erfahrung mit Kindern, die von zu Hause weggelaufen sind, würde ich sagen, dass es sie eine Menge Mut gekostet hat, bei Ihnen anzurufen. Wenn das der Fall ist, dann rührt die Angst, die wir heraushören, eher davon, den Anruf zu wagen, als von irgendetwas, das sie bedroht.“

„Sie hatte Angst, *uns anzurufen*?“, fragte ich.

Er brauchte nicht zu antworten. Ich wusste, dass wir beide an die Gedichte dachten.

„Ich habe keine Hintergrundgeräusche gehört“, sagte er, „zumindest nichts, das uns helfen könnte auszumachen, wo sie ist. Ich werde das Band trotzdem ans Kriminallabor in Dover schicken. Die haben da ziemlich sensible Geräte …“

„Sie wollen es mir wegnehmen?“, fragte ich.

Malones Augen wurden sanft. „Ich mache Ihnen eine Kopie. Dann können Sie ihr lauschen, so viel Sie wollen.“

„Ich habe ihre Stimme schon so lange nicht mehr gehört“, sagte ich.

„Klingt sie anders für Sie?“

Ich stutzte. Das war genau das, wonach ich das Band letzte Nacht abgesucht hatte.

„Ja und nein“, sagte ich. „Ihre Stimme selbst hat sich nicht verändert, aber es ist, als ob sie jemand anderes benutzen würde.“

„Als ob jemand ihr vorschreiben würde, was sie sagen soll?“

Ich schüttelte den Kopf und konzentrierte mich ganz auf das Gefühl, das ich so schwer in Worte fassen konnte. „Es ist mehr, als ob sie jetzt jemand wäre, den ich nicht kenne“, sagte ich. Ich hatte plötzlich einen Kloß im Hals. „Sie ist eine Fremde.“

„Hey“, sagte Malone. „Wir werden Ihnen die Möglichkeit geben, sie noch einmal ganz neu zu kennenzulernen. Das ist ein *sehr* gutes Zeichen.“

„Tom denkt anders darüber“, erwiderte ich.

Malone nickte. „Er ist ziemlich verärgert. Jeder Vater wäre das.“

Ich fragte nicht, wann Malone mit Tom gesprochen hatte. Stattdessen sagte ich: „Ich habe Tom noch nie so wütend erlebt wie jetzt. Er ist sauer auf mich; er war sauer auf Charlie. Heute Morgen hat er sich beim Rasieren geschnitten und das Rasiermesser in die Badewanne geschleudert. So etwas tut er sonst nie."

„Nur um Ihnen mal die männliche Sicht zu zeigen", sagte Malone, „und ich bin kein Vater, aber anscheinend ist er wütend auf sich selbst. Er dachte, er könnte seine Familie beschützen oder wenigstens denjenigen grün und blau schlagen, der versucht, sie zu verletzen. Für Sie ist es leichter zu akzeptieren, dass sie fortgelaufen ist, denn das könnte bedeuten, dass sie sicherer ist. Für ihn …" Malone zuckte mit den Schultern. „Für ihn ist das vielleicht schwieriger. Wenn sie freiwillig gegangen ist, zerstört das sein ganzes Bild von sich selbst als Vater."

Ich musste ihm zustimmen. Das tat meinem Bild als Mutter auch nicht gerade gut. „Also, was machen wir jetzt?", fragte ich.

„Ich kann Ihnen tatsächlich einige Verhaltensregeln mitgeben." Malone drehte sich im Stuhl herum, zog ein Blatt Papier hervor und schrieb ein paar Anweisungen für uns auf. Falls Charlie erneut anrief und wir drangehen konnten, sollten wir ruhig bleiben und ihr sagen, dass wir sie wieder bei uns haben wollten. Wir sollten fragen, wo sie ist, aber nicht die Geduld verlieren, falls sie es uns nicht sagen wollte.

„Das Entscheidende dabei ist, sie wissen zu lassen, dass sie gefahrlos nach Hause kommen kann", erklärte Malone. „Sie ist jetzt lange genug weg gewesen, um manche Dinge etwas verzerrt zu sehen."

„Oder auch nicht", sagte ich reumütig.

„Fangen Sie am Telefon auf keinen Fall an zu streiten."

Aus dem ausgestorbensten Ort in meinem Inneren seufzte ich schwer. „Wissen Sie was?", sagte ich. „Ich hatte nie einen Streit mit Charlie. Aber ich würde meinen linken Arm hergeben, jetzt mit ihr streiten zu dürfen." Malones Büro verschwamm vor meinen Augen und ich nickte in Richtung des Tonbandes. „Wie lange wird das dauern?“

„Einen Tag oder zwei.“

„Ich sollte mir nicht zu große Hoffnungen machen, stimmt’s?“

„Machen Sie sich so große Hoffnungen, wie Sie wollen. Welche Zukunft liegt in der Alternative?“

Dann gab es eine lange, stille Leerstelle. Malone schien selbst innerlich zu zittern. „Ich weiß, dass Sie sich darum sorgen, was sie isst, ob sie ein Dach über dem Kopf hat …“

„Darum drehen sich all meine Gedanken“, sagte ich.

„Da draußen gibt es eine Menge Hilfsquellen für sie. Es gibt das Nationale Ausreißertelefon; die würden sie an den Sicher-nach-Hause-Busservice vermitteln – eine kostenlose Beförderung für Ausreißerkinder, die wieder nach Hause zurückkehren möchten. Basis Zwei hat überall Anlaufstellen und Unterbringungsmöglichkeiten …“

Ich fuhr mir mit den Händen durch die Haare. „Wie soll Charlie von all diesen Dingen erfahren? Sie war vorher nie allein von zu Hause weg.“

„Andere Jugendliche werden ihr davon erzählen“, sagte Malone. „Das Nationale Jugendkrisentelefon hat die Nummer überall ausgehängt. Kinder auf der Straße kennen sie: 1-800-KOMMT-AN.“

„Ich weiß noch nicht einmal, ob sie genügend Geld bei sich hatte, um einen Anruf zu tätigen.“

Malone hielt inne, stand auf und setzte sich vorn auf die Stuhlkante. „Was hat Charlie mit dem Geld gemacht, das sie verdient hat?“

„Gespart. Ich glaube, sie hat sich keine einzige Sache davon gekauft. Das ging alles direkt auf ihr Sparkonto.“

Malone kratzte sich an der Stirn. „Wir hätten Sie schon früher fragen sollen, ob sie Zugang zu Geld hat, aber wir haben uns auf die Entführungstheorie konzentriert. Warum sehen …“

Er musste mich nicht mehr darauf hinweisen, zur Bank zu gehen.

Auf dem Heimweg machte ich dort halt. Es waren noch 5 Dollar auf Charlies Konto. Ihre letzte und einzige Abhebung – 675 Dollar – war am 2. August um halb zwei getätigt worden, am Tag, bevor sie verschwand. An diesem Tag hatte sie die Tagesschicht übernommen. Sie musste das Geld während ihrer Mittagspause abgehoben haben.

„Jetzt gibt es keinen Zweifel mehr, Tomy", flüsterte ich.

Aber die Gewissheit erdolchte mich nicht, wie sie es noch vor einer Woche oder sogar vor einem Tag getan hätte. Stattdessen spürte ich, wie sich etwas in meiner Brust zusammenbraute, eine Gewissheit, die mir sagte, dass die 675 Dollar inzwischen aufgebraucht waren. Ich konnte nicht bloß darauf warten, dass sie wieder nach Hause kam.

Nachdem ich Malone angerufen hatte, um ihm diese Neuigkeit mitzuteilen, ging ich nach oben in Charlies Zimmer, setzte mich im Schneidersitz auf ihr Bett und drapierte die Daunendecke um mich herum, die mir jedoch keine Geborgenheit spendete.

Ich hatte jeden Zentimeter dieses Zimmers untersucht, und dennoch wusste ich, dass es da noch etwas gab, das mir einen weiteren Teil von ihr offenbaren würde. Es musste noch mehr Gedichte geben.

Ich sank in die Kissen zurück. Wenn sie so weit vorausgeplant hatte, sich das Geld von der Bank zu holen, dann hatte sie vermutlich auch ihre Gedichte mitgenommen. Ich versuchte sie mir vorzustellen, wie sie von einem geheimen Ort zum anderen huschte, sie herauszog und sie sicher in ihren Taschen vergrub. Ich kam mit meiner Vorstellung nicht weit. Mit offener Tür und unseren Blicken, die sie ständig verfolgten, wie konnte sie das getan haben, ohne dass es einer von uns bemerkt hatte?

Oder vielleicht hatte es jemand bemerkt, und dieser jemand hatte einfach den Mund gehalten.

Ich eilte nach unten. Tante Pete war auf der hinteren Veranda und mühte sich damit ab, ihre Fußnägel zu schneiden. Eine herrliche Septemberbrise kam vom Wasser herüber und machte mir schonungslos klar, wie viel Zeit vergangen war. Es war so heiß gewesen, als Charlie uns verlassen hatte.

„Es wird immer schwieriger, diese verdammten Dinger zu erreichen", sagte Tante Pete. Sie schnappte mit dem Knipser in Richtung ihrer knorrigen Zehen.

„Lass mich das machen", sagte ich, setzte mich vor sie auf einen Hocker und legte ihren Fuß auf meinen Schoß. Ihr Bein versteifte sich.

„So etwas bin ich nicht gewöhnt", sagte sie.

„Du hast dich letzten Monat um mich gekümmert", erwiderte ich. „Jetzt hast du was gut bei mir."

Außerdem hatte ich sie jetzt so fest im Griff, dass sie nicht einfach weglaufen konnte, wenn ihr meine Fragen nicht gefielen.

„Du hast gesagt, Charlie hat sich dir anvertraut, stimmt's?", fragte ich.

„Ein bisschen." Tante Pete war mir voraus. „Wenn sie mir etwas erzählt hätte, das dir helfen könnte, sie zu finden, glaubst du dann nicht, dass ich längst etwas gesagt hätte?"

„Darauf wollte ich nicht hinaus", antwortete ich. Ich hielt ihren Fuß fest und legte den Knipser an ihren großen Zehennagel. Er war hart und braun wie ein Pferdehuf.

„Hast du sie an ungewöhnlichen Orten herumstöbern sehen, vielleicht kurz bevor sie, du weißt schon, gegangen ist?"

„Du suchst noch immer nach weiteren Gedichten?", fragte sie.

Ich drückte den Knipser kräftig zusammen, aber der Nagel rührte sich nicht. Ich ging zum Nächsten über.

„Nein, ich habe sie nicht herumstöbern sehen", sagte Tante Pete, „aber ich habe über etwas nachgedacht."

„Worüber?"

„An diesem Tag, an dem ich sie am Strand schreiben sah. Sie hatte diese Strandtasche bei sich, die, die ich ihr mal von der Riviera geschickt hatte."

Ich tat so, als ob ich mich auf die kleinen Zehennägel konzentrieren würde, die sich in die falsche Richtung spalteten. Charlie hatte die scheußliche, mit Glitzersteinen übersäte Tasche im Juni kurz nach Tante Petes Ankunft vom Schrank heruntergeholt. „Ich sollte sie benutzen, solange Tante Pete hier ist", hatte sie mir erklärt, „damit ich ihre Gefühle nicht verletze. Ich hoffe nur, dass keine meiner Freundinnen mich damit sieht."

Das letzte Mal, als ich sie gesehen hatte, lag sie im Poolhaus, unter die Handtücher gestopft. Ihre schlimmste Angst musste sich bewahrheitet haben, und sie hatte sie dort versteckt, um die bevorstehenden Hänseleien abzuwenden.

Ich schob Tante Petes Füße von meinem Schoß und warf den Knipser auf den Sitz. Sie brummelte noch immer vor sich hin, als ich die Poolhaustür öffnete, die Klappe der Bank hochstellte und die sorgfältig gerollten Strandhandtücher aus dem Weg räumte.

Da war sie, die algengrüne Tasche mit dem Glitzerfisch, der grell darüberschwamm.

Im Inneren befand sich ein blauer Spiralnotizblock mit einem Gedicht, das Charlie vergessen hatte mitzunehmen. Ich überflog die ausgestrichenen Wörter und las dann diejenigen, denen sie erlaubt hatte, stehen zu bleiben.

„Zufluchtsort"
von Charlie Soltani

Sie war mein sicherer Hort
Sie machte alles wieder gut
„Ein Kuss, gleich besser
Mama ist hier
Was Besondres bist du, Charlie. Meine Liebe gilt dir."

Sie war mein göttlicher Raum
Sie lehrte mich beten
„Jesus liebt dich
Gott ist groß
Er segne Daddy. Segne Maxie. Schlafe gut in seinem Schoß."

Bis ich große Ohren bekam
und hören konnte:
„Ja, Liebling. Nein, Liebling. Du hast recht
Du klärst meinen Blick
Sie ist nur launisch, müde, in der Pubertät.
Ich bleibe fröhlich und unverstellt."

Bis ich hervorlugte
und sehen konnte:
Bring den Kaffee. Beruhig die Kinder.
Halt den Mund und bewahr seine Welt.
Neig den Kopf. Mach keinen Ärger.
Wiederhol seine Worte, die du studiert.

Der Himmel ist nicht mehr echt
Sie hat mich gelehrt zu nicken
„Wie war dein Tag?
Warst du gut?
Hast du gelächelt, getan, was zu tun?"

Meine Zuflucht kann sie nicht sein …
ihre Stärke ist bloßer Schein
„Ich frage Daddy.
Ich weiß nicht. Kann sein.
Wer bin ich, nichts als süß und rein?"

Ich suche nach einem Zufluchtsort
und finde nur:
Gemeindeessen. Lächelnder Menschensturm.
„Kein Zweifel darf herrschen im Kirchenturm."

Ich gehe zu Gott
wie sie es sagen:
„Beug dich Eh'mann, Vater, Lehrer.
Verleugne dich selbst und ehr den Prediger.
Gott ist die Liebe und Jesus der Herr.
Sag auf die Verse, schneller und mehr."

Könnte die Liebe mein Zufluchtsort sein?
Er sagt mir, sie ist es.
„Du bist eine Frau.
Das wissen sie nicht.
Lass mich dich nehmen, so kommt es ans Licht."

Ist er mein Tempel?
Er ist sein Kuss
„Ich kann dich befrein
deine Flügel ausbreiten
dein Herz, deine Arme zum Fliegen weiten."

Ich habe ein Herz
und ich kann fühlen
Mehr bin ich, als sie geplant, gedacht
Die Flammen der Liebe sind schon entfacht
an seinem Feuer wärm ich mich froh
Mein altes Gefängnis brennt lichterloh.

„Gott!“, schrie ich laut. „Ich habe sie enttäuscht. Warum hast du es zugelassen, dass ich sie enttäuscht habe?“

Die aufgerissene Wunde in meinem Herzen war so schmerzhaft, dass ich mich nicht aufrichten konnte. Ich schloss die Klappe der Bank und legte mich darauf, das Gedicht, das mich gerade entzweigebrochen hatte, noch in der Hand. Ich schluchzte zur Decke. „Gott? Habe ich alles falsch gemacht? Warum hast du mir das nicht gesagt? Warum hast du mir keinen Rippenstoß verpasst?“

Aber es war mir nicht so falsch vorgekommen. Ich hatte sie gelehrt zu beten: am Abendbrottisch „Gott ist groß, Gott ist gut“; jeden Abend „Müde bin ich, geh zur Ruh“, wenn ich sie ins Bett brachte; leises Flüstern: „Gott segne Daddy, segne Maxie“, wenn ich ihr einen Gutenachtkuss gab.

Ich lehrte sie zu beten, wie ich betete, zu einem sanften und liebenden Jesus, der immer über ihre kleine perfekte Welt wachen würde. Wusste sie jetzt, wie man betete? Bedrängte sie Gott, wie ich es jetzt tat, schrie sie Ihn an, warf sie Ihm ihre ganze Wut zu Füßen?

Wenn sie das tat, hatte sie es nicht von mir gelernt – nicht, wie ich jetzt auf Ihn zuging und mit Fäusten auf Ihn einschlug.

„Bitte lehre sie, Gott“, weinte ich, „denn ich habe es nicht getan.“

„Alles in Ordnung da drinnen?“

Tante Petes Stimme krächzte von der anderen Seite der Tür. Sie schob sich hindurch und ließ einen schmalen Sonnenstrahl herein, der nicht in diesen Augenblick passte. Ich bedeckte meine Augen.

„Du hast eins gefunden“, sagte sie. Ich hörte sie über den Boden schlurfen und spürte, wie sie sich steif neben mich setzte. Ich zog meine Beine an und drückte mein Gesicht auf die Knie.

„Es handelt von mir“, sagte ich. „Jetzt weiß ich, wie Tom sich gefühlt hat.“

„Ach komm, Isabella. Welches Mädchen im Teenageralter findet seine Mutter nicht lächerlich? Ich hielt meine für total bescheuert, bis ich fünfundzwanzig wurde.“

„Du bist nicht von zu Hause weggelaufen."

„Vielleicht nicht so wie Charlie, aber ich bin gegangen, allein ausgezogen, als ich kaum achtzehn war. Ich dachte, ich weiß alles."

Ich hob den Kopf und winkte mit dem Notizbuch. „Ganz offensichtlich wusste ich rein gar nichts."

„Jetzt aber."

Ich sah sie an. „Was weiß ich?"

„Du weißt genug, um das einzige Gebet zu beten, das dich überall hinbringen wird." Sie schielte zur Tür. „Ich kann nichts dafür, aber ich habe gehört, wie du mit Gott geredet hast, und dann habe ich mein Ohr dicht an den Riss gedrückt."

„Habe ich wie eine Schwachsinnige geklungen?"

„Nein, wie eine Frau, die endlich zur Vernunft gekommen ist."

„Oh, dann erzähl, was ich gesagt habe!"

„Du hast was davon gesagt, dass Gott sie lehren soll, weil du es versemmelt hast. Ich kann es nicht ganz genau wiedergeben wegen all dem Geklopfe."

Ich untersuchte meine Faust und presste sie an den Mund.

„Du hast deine Schwiegermutter, Maximiliane Soltani, nie kennengelernt."

„Nein. Sie starb, bevor ich Tom begegnet bin."

„Sie war eine beachtliche Frau, eine bessere, als mein Neffe verdient hätte, das kann ich dir sagen."

Tante Pete hatte nie einen Hehl daraus gemacht, dass sie und Tom Soltani senior nie einer Meinung gewesen waren. Es brauchte noch immer nicht viel, dass sie von seiner Alkoholsucht anfing, wie er das Familienunternehmen hatte sausen lassen oder wie er Tom nach Maximilianes Tod vernachlässigt hatte. Ich hatte Tante Pete mehr als einmal davon reden und dabei auf den Tisch schlagen hören.

„Wie auch immer", fuhr sie fort, „als Tomy wegzog, um die Oberstufe zu besuchen, sagte ich zu ihr: ‚Fürchtest du dich nicht, ihn gehen zu lassen? Was, wenn ihm etwas passiert?', und sie antwortete:

‚Tante Pete, ich bete einfach, dass Gott die Kluft zwischen dem überbrückt, was er braucht, und dem, was ich ihm geben kann.'"

„Wirklich?"

„Was? Glaubst du, ich denke mir das nur aus?"

„Nein!" Ich drückte meinen Rücken an die Wand und sah auf meine Beine, die vor mir ausgestreckt waren. Meine Hose sah aus, als ob ich darin geschlafen hätte. Die Absätze meiner Sandalen waren abgelaufen, und meine Fersen waren fast so verkrustet wie Tante Petes Zehennägel. Verirrte dunkle Haare ragten an meinen Knöcheln hervor, wo ich vergessen hatte, sie zu rasieren.

„Ich glaube nur nicht, dass ich das Gleiche denken würde wie Mama Maximiliane", sagte ich. „Ich weiß, wenn ihr das passiert wäre, wäre sie nicht so ein Häufchen Elend gewesen wie ich."

„Du hast doch keine Ahnung", sagte Tante Pete. „Sie wäre auf der Stelle tot umgefallen, wenn Tomy verschwunden wäre. Eine Mutter ist eine Mutter. Das Ding ist, dass ihr Gebet das übernommen hat. Tomy hat sich doch verdammt gut gemacht, auch wenn er ein Mann ist."

Ich musste grinsen.

„Ich denke, das ist das Gebet, das du sprechen solltest", sagte Tante Pete. „Bitte den guten Gott, dass er die Kluft zwischen dem überbrückt, was Charlie braucht, und dem, was du ihr geben kannst. Und dann gibst du ihr alles, was du hast."

Ich sah auf das Notizbuch hinunter, das in meinem Schoß lag und mir das Schlimmste angetan hatte. „Ich dachte, das hätte ich."

„Vielleicht wünscht sie sich etwas anderes. Zum Beispiel, dass du sie findest."

Ich sah Tante Pete unverwandt an. „Dieser Gedanke kommt mir auch ständig", antwortete ich. „Dass *ich* sie finden muss."

„Klingt logisch. Du bist die Einzige, die echte Anhaltspunkte hat."

„Ich weiß nur nicht, was ich mit ihnen anfangen soll, außer sie zu

Malone zu bringen." Wir blickten beide auf das Notizbuch und ich schüttelte den Kopf. „Aber nicht das hier."

Überhaupt, was könnte es ihm noch mehr sagen als das, was er bereits wusste? Charlie Soltani fühlte sich von ihren Eltern wie gefangen und war fortgelaufen, um eine Zuflucht zu finden. Einen Zufluchtsort.

In den kommenden Tagen zeigte ich Tom das Gedicht nicht, aber ich versuchte, etwas nachsichtiger mit ihm zu sein. Ich wusste jetzt besser, wie es war zu erfahren, dass alles, was man für seine Tochter getan hatte, ihr das Gefühl gegeben hatte, sie sei in dem Bild gefangen, das es von ihr gab. Wir hatten beide mit Wut reagiert, Tom und ich: Er war wütend auf Charlie, ich auf mich selbst. Wenigstens hatten wir das gemeinsam.

Also machte ich Tom einen Brotpudding nach dem alten Rezept von Mama Maximiliane und kraulte seinen Rücken, der mir wie eine Mauer vorkam, bis er eingeschlafen war. Außerdem warf ich die Werbebriefe weg, sodass er sie nicht durchsehen musste, wenn er die Post abends in der Bibliothek las. Das waren Dinge, die ich immer gern getan hatte.

Aber noch nie vorher hatte er sie so komplett ignoriert.

***

Am Donnerstagabend saßen Tom und ich im Wohnzimmer und taten, als ob wir Nachrichten sehen würden, als Maxie ein paar langbeinige Sprünge zu uns herüber machte. Mir fiel auf, dass sie gewachsen war, ohne dass ich es bemerkt hatte.

„Ich hab euch was gebastelt", sagte sie. „Also, wir. Ich und Sun. Es ist unser erstes Klubprojekt."

Tom schaltete den Fernseher aus und runzelte die Stirn. „Sun und ich."

„Was ist es denn, meine Süße?", fragte ich.

Mit einer schwungvollen Geste holte sie ein Notizbuch hinter ihrem Rücken hervor. Sein Deckel war mit einer Collage von Teenagergesichtern geschmückt. Auf einem Streifen Papier, der darübergeklebt war, stand: BAh-Klub.

„Was ist der BAh-Klub, Knirps?", fragte Tom. Er begann zu lächeln.

„Bring Ausreißer heim. Hier ist all das Material drin, das wir im Internet gefunden haben. Haben wir für euch gemacht, aber ich werde es auch für mein Referat benutzen."

„Das wirst du nicht."

Toms Stimme schnürte mich ein. Maxie umklammerte das Buch an ihrer Brust. „Warum nicht?", fragte sie.

„Weil ich nicht möchte, dass unsere Familienangelegenheiten in die ganze Welt hinausposaunt werden."

„Es ist nicht die ganze Welt. Es ist nur meine Klasse."

„Sprich nicht in diesem Ton mit mir, mein Fräulein."

Das war mein Stichwort, mich auf Toms Seite zu stellen, aber alles, woran ich denken konnte, war, wie sehr ich es hasste, wenn er sie „mein Fräulein" nannte.

„Wer hat dir erlaubt, die ganze Zeit im Internet zu surfen?", fragte Tom. „Muss ich dir alle Regeln noch mal erklären?"

„Scheint so", erwiderte Maxie. Ihr Sarkasmus konnte die Tränen nur schwer aufhalten, das merkte ich. „Ich bin nicht so schlau wie Charlie; ich muss sie tausendmal hören, bis *ich* perfekt darin bin. Sie musste sie nur ein einziges Mal hören. Oh, Moment. Vielleicht ist sie gar kein Engel. Also, immerhin ist sie ja fortgelaufen, oder?"

Toms Hand schoss aus dem Nichts hervor. Nur zwei Worte konnten ihn davon abhalten, Maxie eine zu scheuern.

„Tom, *Stopp!*", rief ich.

Tom schloss die Augen. „Geh in dein Zimmer, Maxie."

Sie floh schluchzend.

Ich wartete, bis sie ihre Tür zugeknallt hatte, bevor ich ihn ansah.

„Ich wollte sie nicht schlagen", sagte er kaum hörbar.

„Du hast sie bedroht."

„Weil sie alles vergessen hat, was wir ihr über Respekt beigebracht haben." Seine Stimme schwoll an. „Isabella, ich werde nicht zulassen, dass der Rest meiner Familie auseinanderfällt wegen dem, was wir mit Charlie durchmachen müssen."

„Oh, Tomy", sagte ich, „ich glaube, wir haben schon angefangen auseinanderzufallen, lange bevor Charlie weggegangen ist."

Der Ausdruck, der sein Gesicht ergriffen hatte, machte mir Angst, aber ich rührte mich nicht. Er tat es, lief weg von mir und schlug die Türen hinter sich zu.

***

In dieser Nacht kam Tom nicht ins Bett. Um ein Uhr kroch ich die Stufen so weit hinunter, bis ich sehen konnte, dass er auf der hinteren Veranda war, das Gesicht starr Richtung Ozean gedreht. Ich ging ins Bett zurück und verbrachte die restliche Zeit damit, die Ausreißerinformationen zu studieren, die Maxie für uns ausgedruckt hatte. Mit einer Sache hatte Tom recht gehabt: Keine Zehnjährige sollte die Fakten kennen, die sie herausgefunden hatte.

Eins von sieben Kindern läuft in unserm Land irgendwann zwischen dem zehnten und achtzehnten Lebensjahr mal davon.

Über 40 Prozent aller Jugendlichen nannten Familienprobleme als Grund für ihr Fortlaufen.

Rund 75 Prozent aller Ausreißer sind weiblich.

In den nächsten 24 Stunden laufen etwa 2700 Kinder und Teens in den USA von zu Hause weg.

Als ob diese Informationen nicht schon genug gewesen wären, um mir das Herz aus der Brust zu reißen, gab es noch mehr davon:

Die meisten Ausreißer, die auf der Straße leben, haben Schwierigkeiten, Geld zum Überleben zu verdienen. Sie erbetteln sich zum Beispiel Klein-

geld oder finden andere Wege wie Prostitution, Pornografie, Drogen und Diebstahl. Jedes Jahr sterben rund 5000 davongelaufene und obdachlose Jugendliche bei einem Überfall, an Krankheit oder durch einen Suizid.

Ich stieg aus dem Bett, stützte ein Knie auf die Chaiselongue und sah in die gleiche tiefschwarze Nacht hinaus, in der sich meine Tochter befand, irgendwo. Es war unmöglich, mir vorzustellen, wie sie ihre Hand aus einer dunklen Ecke streckte, um sich ein paar Cent zu erbetteln, oder sich in die Dunkelheit hüllte, um ein Päckchen von irgendetwas Abscheulichem mit sich herumzutragen, das ich mir nicht vorstellen konnte, denn ich hatte noch nie illegale Drogen gesehen. Ich hatte noch nicht einmal im College einen Joint geraucht. Und es gab definitiv nichts, woraus ich die Vorstellung hätte speisen können, dass sie sich prostituierte, da mich selbst die vageste Ahnung anwiderte.

Kein Wunder, dass Tom das Ganze leugnen wollte.

Aber ich konnte das nicht länger tun. Und weil es so wehtat hinzusehen, verbarg ich mein Gesicht in der Lehne der Chaiselongue und sagte zu Gott: „Bitte überbrücke die Kluft zwischen dem, was sie braucht, und dem, was ich ihr geben kann, denn ich habe nichts."

Ich musste so eingeschlafen sein, denn das Telefon weckte mich, als das Zimmer noch immer grau war. Es klingelte nur zwei Mal, bevor ich Toms leise Stimme hörte und dann seine eiligen Schritte auf den Stufen. Wir begegneten uns in der Schlafzimmertür.

„Was ist?", fragte ich.

„Ed Malone. Sie haben Ricky Zabriski auf der Wache. Ich fahre hin. Leg dich doch …"

„Ich komme mit", sagte ich.

Er antwortete nicht.

14

Ich konnte mich nicht daran erinnern, wann ich zuletzt um vier Uhr morgens draußen gewesen war. Sogar das stille Bethany Beach kam mir um diese Zeit unheimlich vor. Die Straßen waren noch regennass, und die Laternen warfen geisterhaft weiße Flecken auf den Bürgersteig. Die einzige Beleuchtung in den dunklen Läden war diejenige, die Einbrecher abschrecken sollte. Ich verspürte das Bedürfnis, einen kurzen Blick über meine Schulter zu werfen, als Tom und ich die Auffahrt zur Polizeiwache hinaufliefen.

Malone ließ uns hinein. Sein Gesicht machte den angespannten Eindruck von Schlafmangel, aber er lächelte. Doch das Lächeln erreichte seine Augen nicht.

„Entschuldigen Sie, dass ich Sie mitten in der Nacht aufgescheucht habe", sagte er.

Tom sah an ihm vorbei, als ob Zabriski bewaffnet in einer der Türen stehen könnte. „Ich wäre verärgert gewesen, wenn Sie es nicht getan hätten. Ich will diesen Kerl sehen." Seine Stimme klang hart und bedrohlich. Ich sah seine Nackenmuskeln, die Worte zurückhielten, die er nicht an irgendjemandem, sondern nur an der Person auslassen wollte, die ihm seine Tochter weggenommen hatte.

Malone nickte in Richtung einer Milchglastür, auf der *Nur für Mitarbeiter* stand. Selbst mit der Unterstützung von Malones Hand, die die Rückseite meines Arms berührte, um mich sanft in den Raum zu schieben, hatte ich das ekelerregende Gefühl, dass ich nicht hier sein sollte.

Ich sollte nicht hier sein. Nichts von all dem hätte passieren sollen.

Malone bot mir einen Metallstuhl mit olivgrüner Kunstlederpolsterung an, auf den ich mich wie ein Vögelchen setzte, die Füße um die Beine gewickelt. Tom blieb stehen.

„Bearbeiten Ihre Kollegen ihn noch?", fragte er.

Malone setzte sich an die Ecke des langen Tisches und rieb die Hände aneinander. „Wir haben ihn noch keiner Sache bezichtigt." Er hob die Hand, als Tom einen Schritt auf ihn zumachte. „Im Augenblick erzählt er uns, dass Charlie mit ihm nach Baltimore gehen wollte …"

„Er hat sie mit über die Grenze genommen …"

„Mit sechzehn gilt sie vor dem Gesetz von Maryland als mündige Erwachsene."

Toms Miene wurde so dunkel wie die unrasierten Schatten seines Bartes. „Er *erzählt* Ihnen, dass sie mitkommen wollte, und Sie *glauben* ihm?"

„Ich habe nicht gesagt, dass …"

„Warum haben Sie ihm dann nicht eine Entführung vorgeworfen?"

„Wir sind mit unserer Vernehmung noch nicht fertig, Mr Soltani." Ed legte die Hände auf seinem Oberschenkel zusammen. „Bislang hat er sich kooperativ gezeigt."

„Hat er Ihnen gesagt, wo Charlie ist?"

„Er hat uns gesagt, wo er sie zuletzt gesehen hat." Malone sah mich an. „In einem Motel in Baltimore."

„Er hat sie dort zurückgelassen?", fragte Tom. „Ein sechzehnjähriges Mädchen, das nie in seinem Leben ohne seine Familie von zu Hause weg war?" Tom warf den Kopf in Richtung Tür, als ob er bereit wäre, die Polizeistation auseinanderzunehmen, bis er Spinne gefunden hatte.

„Seiner Geschichte zufolge", sagte Malone, „hat sie ihn verlassen."

„Und da er ja so glaubwürdig ist … Was *glauben* Sie denn?"

„Er hat nicht um einen Anwalt gebeten. Ich glaube, je länger wir ihn befragen, ohne ihm etwas vorzuwerfen, desto mehr Informationen werden wir aus ihm herausbekommen."

„Während meine Tochter irgendwo eingesperrt ist?"

„Sie haben einen Anruf von ihr bekommen, Tom."

„Ja, und? Er könnte ja eine Waffe an ihren Kopf gehalten haben."

„Darauf gibt es keinen Hinweis. Als die Polizei von Georgetown Zabriski in seinem alten Buick angehalten hat, fuhr er eine kleine Straße entlang, nur einen Block vom Haus seiner Mutter entfernt. Er war nicht bewaffnet. Und er hat nicht versucht zu entkommen." Malone trommelte auf dem Tisch herum und setzte sich aufrecht hin. „Das einzige aggressive Verhalten, das er gezeigt hat, seit er bei uns abgeliefert wurde, war, dass er nach einem Red Bull gefragt hat."

„Wo hat er die ganze Zeit gesteckt?", fragte Tom.

Ich dachte an Sarah Zabriski, wie sie ihren Sohn in dem zerbrechlichen, kleinen Haus versteckte. Doch ich konnte es mir beim besten Willen nicht vorstellen.

„Er hat gesagt, dass er abgehauen ist, nachdem er den Suchaufruf mit seinem Autokennzeichen entdeckt hat. Ist bei einer Cousine in West Virginia untergetaucht."

„Anstatt sich zu melden", sagte Tom.

„Er ging davon aus, dass Charlie einfach nach Hause zurückgekehrt war. Aber er hatte jetzt Angst, dass ihm das keiner glauben würde."

„Sie glauben ihm doch nicht, oder?"

„Doch", sagte ich.

Tom drehte sich zu mir, als ob ich gerade erst in der Szene aufgetaucht wäre. Das war nicht überraschend, denn dieses Wort war das erste, das ich sagte, seit wir angekommen waren. Ich wickelte meine Knöchel von den Stuhlbeinen und sank gegen das Kunstleder. Es fühlte sich durch die dünne Baumwolle meiner Bluse wie eine kalte Steinplatte an, aber ich war bereits bis auf die Knochen durchgefroren.

„Ich habe ihre Gedichte wieder und wieder gelesen", sagte ich. „Steht da alles drin."

„Fang nicht wieder damit an, Isabella", sagte Tom.

„Es war die ganze Zeit da, direkt vor unseren Augen, aber wir haben es nicht gesehen."

Tom schlug mit der Hand auf den Tisch. „Es reicht!"

„Es reicht, um mich zu überzeugen", sagte ich.

„Menschenskind." Tom senkte die Stimme, die Hände, die Augen und ging vor mir in die Hocke. Die Anstrengung, die es ihn kostete, mich nicht zu packen und zu schütteln, ließ sein Gesicht zucken. „Ich verstehe, warum du möchtest, dass das wahr ist. Es würde bedeuten, dass sie weniger in Gefahr ist …"

„Ich möchte nicht, dass es wahr ist", sagte ich. „Ich möchte nicht glauben, dass unsere Tochter sich in ihrem Zuhause so gefangen fühlte, dass sie mit der erstbesten Person davongelaufen ist, die ihr gesagt hat, dass sie frei sein kann."

Toms Miene verdüsterte sich. „Und das alles hast du von nur zwei Gedichten."

„Drei", sagte ich.

Tom sah Malone an. „Entschuldigen Sie. Lassen Sie uns auf diesen Burschen zurückkommen …"

„Als ich Charlies Gedichte gelesen habe, habe ich ihr wahrscheinlich zum ersten Mal überhaupt richtig zugehört."

„Isabella, halt einfach den Mund!"

„Nein, Tom", erwiderte ich. „Das werde ich nicht."

Tom drehte sich zur Wand und legte eine Hand darauf. Zitternd beobachtete ich ihn, aber ich ging nicht zu ihm.

„Gut", sagte Malone. „Ich glaube, es würde Sie beide etwas beruhigen, wenn Sie Zabriski begegnen würden." Er sah zu Tom, der noch immer mit dem Rücken zu uns stand. „Aber nur, wenn Sie die Fassung bewahren. Wenn Sie auf ihn losgehen, wird er völlig dichtmachen."

„Dann ist das jetzt vielleicht keine so gute Idee", sagte ich.

Tom funkelte mich über seine Schulter hinweg an. „Mir geht's gut. Bringen Sie ihn herein."

Malone sah ihn lange an, bevor er zur Tür ging und ein Zeichen in den Flur machte. Tom blieb mit dem Rücken zur Tür stehen, sodass ich Ricky Zabriski als Erste sah. Obwohl Malone uns gesagt hatte, dass sie ihn keiner Tat beschuldigt hatten, war ich überrascht, dass er keine Hand- und Fußschellen trug und nur von zwei stämmigen Beamten mit Dienstwaffen begleitet wurde. Aber das war nicht das Einzige, was mich überraschte.

Der Junge, der den Raum betrat, glich fast überhaupt nicht dem Bild des tätowierten Sohnes, das Sarah Zabriski Hazel und mir gezeigt hatte. Dieser Junge sah aus wie ein Dreizehnjähriger, dessen Gewicht nicht mit seiner Größe gleichgezogen hatte. Er hatte kurze, ungekämmte und ausgebleichte Haare und ein paar vernachlässigte Stoppeln an seinem Kinn und entlang des Kiefers, der einzige Hinweis in seinem sonst jungenhaften, schmalen Gesicht, dass er die Pubertät tatsächlich erreicht hatte. Mit seinen tarnfarbenen Cargoshorts und dem *Star-Wars-Episode-III*-T-Shirt, von dem die Ärmel abgeschnitten waren, ließ er sich in den Stuhl fallen, auf den Malone gezeigt hatte, und faltete die Hände auf dem Tisch, ohne jemanden anzusehen. Es war absolut nichts Beängstigendes an ihm, das Spinnen-Tattoo auf seinem Arm mit eingeschlossen.

„Das sind Mr und Mrs Soltani", sagte Malone. „Charlies Eltern."

Er forderte Ricky nicht mit Worten auf, uns eine kurze Geste der Höflichkeit zu erweisen, aber er deutete es mit seiner Stimme an. Ich hatte nie etwas anderes gehört als Malones ruhigen und beruhigenden Tonfall; sogar die Autorität, über die er verfügte, passte ganz natürlich dazu. Ganz offensichtlich spürte das auch Ricky, denn er sah zu mir auf, nicht zu Tom, und nickte.

Malone nahm erneut seinen Platz an der Ecke des Tisches ein. „Die Soltanis würden gern hören, was Sie über Charlie zu sagen haben."

Tom bewegte sich ans Ende des Tisches und blieb dort stehen, aber Ricky hielt den Blick auf mich gerichtet. Seine Augen waren grün und von zu kräftigen, gebogenen Wimpern umrahmt, um zu einem Mann zu gehören. Diese Augen waren das Erste, was mir auffiel, das Charlie angezogen haben musste. Seine Stimme war das Zweite.

„Ich habe ihr nichts getan“, sagte er zu mir. Die Worte erklangen in einem sinnlichen Bass, der irgendwo in meiner Brust vibrierte. Das war ebenso hypnotisierend wie überraschend.

„Weiter“, sagte Malone.

„Wir haben uns schon den ganzen Sommer gesehen …“

„Was meinen Sie mit ‚uns gesehen‘?“, fragte Tom.

Malone warf ihm einen warnenden Blick zu, aber Ricky zuckte wieder die Achseln.

„Ich habe in ihrem Bistro rumgehangen. Wir sind spazieren gegangen, wenn sie Pause hatte. Ein paar Mal habe ich sie mit zu meinem Wohnwagen genommen.“

Ich hielt den Atem an.

Tom stieß die Luft durch seine Nasenlöcher aus. „Das ist eine Lüge“, sagte Tom. „Wir wussten immer, wo Charlie sich aufhielt.“

Ricky schnaubte, vielleicht ein Versuch zu lachen. „Ganz offensichtlich nicht. Sie hatte Ihnen gesagt, sie würde bis zum Ladenschluss arbeiten, wenn sie in Wirklichkeit schon um sechs abgehauen war. Ich habe sie mit zu meinem Wohnwagen genommen und rechtzeitig wieder zurückgebracht, wenn einer von Ihnen sie abholte, als ob sie den ganzen Abend lang gearbeitet hätte.“

Ich hatte das Gefühl, Rickys Lippen lächeln zu sehen, obwohl das schwer zu sagen war, weil die Regung so schnell gekommen war, wie sie wieder verschwand. Tom hatte sie auch nicht übersehen.

„Finden Sie das witzig?“, fragte er.

Malone hob eine Hand in Richtung Tom und forderte Ricky auf, weiterzureden. Ich duckte mich in das Kunstleder hinein. Es war, wie eines von Charlies Gedichten zu entfalten. Ich wollte nicht wissen, was ich wissen musste.

„Sie hat mir davon erzählt, wie streng Sie mit ihr waren“, sagte

Ricky. „Sie hat mir so leidgetan, also habe ich ihr gesagt, sie solle mit mir kommen."

„Wohin mitkommen?", fragte Tom.

„Ich weiß nicht." Ricky hatte Tom noch immer nicht angesehen. Seine Augen waren jetzt auf seine Hände auf dem Tisch gerichtet, wo er an einem Hautfetzen an seinem Daumen herumpulte, bis mir übel wurde. „Ich wusste nicht, wohin, aber sie wollte mit mir kommen."

„Und Sie haben sie gelassen!", sagte Tom. „Ein sechzehnjähriges Mädchen …"

„Mr Soltani." Malone wechselte an der Ecke des Tisches die Position. „Lassen Sie uns den Rest hören."

„Das war's eigentlich", sagte Ricky. „Es war schon spät an diesem Abend, also sind wir nur bis nach Baltimore gekommen. Ich habe uns ein Motelzimmer besorgt."

„Meine Tochter hat im selben Zimmer geschlafen wie Sie?"

„Im selben Zimmer? Im selben Bett."

Ich verstand nicht, was Tom als Nächstes sagte. Es ähnelte mehr einem animalischen Urschrei als Worten, als er sich auf Ricky warf, ihn vorne am T-Shirt packte und Darth Vader mit seinen Fingern erwürgte. Als Malone die Arme um Toms Schultern legte, um ihn wegzuziehen, hatte Tom Ricky bereits vom Stuhl hochgezogen und hielt ihn wie einen zappelnden Fisch am Haken.

„Lassen Sie ihn los!", befahl Malone, als er Tom wegriss.

Ricky stürzte rückwärts gegen die Wand und strich mit der Hand über die Vorderseite seines T-Shirts. Sein Gesicht war eingefallen und kreidebleich.

Ricky Zabriski war unhöflich und unfreundlich, aber er war nicht zu den Verbrechen fähig, derer wir ihn beschuldigt hatten.

In diesem Augenblick wusste ich, dass er Charlie nicht in seiner Gewalt gehabt hatte.

Als Ricky wieder aus dem Zimmer geführt worden war und Tom

sich so weit beruhigt hatte, dass er zuhören konnte, erklärte Malone uns, dass wir Anzeige gegen Ricky erstatten könnten, dass er aber nicht glaubte, dass er dingfest gemacht werden könnte. Die Augen fest auf Tom gerichtet, sagte er, dass sie das Motel überprüfen würden, von dem Ricky behauptet hatte, dass er Charlie dort zuletzt gesehen hatte, und auch sein Alibi für die Zeit danach. Wenn dann nichts gegen ihn vorzubringen war, würden sie ihn gehen lassen müssen. Tom stürmte aus der Polizeiwache.

Ich wollte gerade hinter ihm herlaufen, als Malone meinen Namen rief. Seine Stimme kehrte zu der Ausgeglichenheit zurück, bei der ich zur Ruhe kommen und wieder Orientierung finden konnte.

„Alles in Ordnung?", fragte er.

„Nein", antwortete ich, „aber wenigstens weiß ich jetzt, dass er ihr nicht wehgetan hat."

Er erlaubte sich zu lächeln. „Mütterliche Intuition?"

„Vielleicht."

„Ich glaube, dass Sie recht haben. Aber solange sie noch alleine da draußen ist, ist sie noch immer Bedrohungen ausgesetzt."

„Wir müssen sie finden."

„Wir werden weiter alles versuchen, was in unserer Macht steht", sagte Malone. „Ich rufe Sie an, sobald wir etwas Neues vom Motel haben."

Als ich zum Wagen lief, wo Tom in der ersten Dämmerung wartete, spürte ich, dass sich etwas verändert hatte. Vielleicht die Erde, vielleicht die Gezeiten. Vielleicht ich. Was es auch immer war, ich musste damit leben.

Tom sagte kein Wort, als wir den kurzen Weg nach Hause fuhren. Er ging geradewegs nach oben, um sich zu duschen, und verließ dann das Haus mit nur fünf Worten:

„Es ist noch nicht vorbei."

Ich flüsterte ihm hinterher: „Das ist es nicht, bis wir sie gefunden haben."

***

Hazel begrüßte mich freudig auf dem Parkplatz der Lord-Baltimore, als ich Maxie zum Unterricht gebracht hatte, und ich lud sie zu uns zu einem Kaffee ein. Ich war gerade dabei, ihr und Tante Pete von unserer Begegnung mit Ricky zu erzählen, als Malone anrief. Seine Stimme war so ruhig, dass ich wusste, dass er keine ermutigenden Nachrichten hatte.

„Ich habe mit dem Direktor des North-Avenue-Motels gesprochen“, sagte er. „Viel habe ich nicht aus ihm herausbekommen, aber er meinte, dass sich dort am 3. August zwei junge Leute als Mr und Mrs Smith eingetragen hätten.“

„Und hat er nicht gedacht …“

„Er meinte, er hätte gewusst, dass das nicht ihre richtigen Namen waren; aber was kümmerte ihn das? Das Mädchen hatte Bargeld.“

„Das Mädchen hat bezahlt?“, fragte ich. Meine Finger umklammerten den Hörer so fest, dass sie schmerzten.

„Klar, dieser Bursche ist ein Versager. Wie auch immer, er erzählte, dass der Junge am nächsten Tag mittags ausgecheckt hat, dass er das Mädchen aber nicht gesehen hat.“ Malone grunzte sanft. „Ich bin mir sicher, dass er nicht durchs Fenster auf sie aufgepasst hat.“

„Woher wollen wir wissen, dass es Charlie und Ricky waren?“, fragte ich – und erschrak. Es war das erste Mal, dass ich beide Namen gemeinsam genannt hatte. Ich hasste, wie es klang.

„Ich habe ihnen den Flyer und ein Foto von Zabriski gefaxt“, antwortete Malone fast widerwillig, wie mir schien. „Er hat sie identifiziert.“

Für einen Augenblick sagte keiner von uns etwas. Alles in mir schmerzte.

„Ich wünschte, ich könnte Ihnen mehr sagen“, sagte Malone schließlich. „Die Sache ist: Zabriskis Geschichte wurde überprüft, seine Behauptung mit eingeschlossen, dass er bei einer Verwandten in West Virginia war, bis sie ihn hinausgeworfen hat. Es gibt keinen Anhaltspunkt dafür, dass er nicht einfach zu seiner Mutter zurückgekehrt ist, weil er kein Geld mehr hatte."

„Sie müssen ihn gehen lassen", sagte ich.

Als ich auflegte, hatte ich Sarah Zabriski deutlich vor Augen, wie sie endlich ihren Sohn zurückbekam. Ich wünschte, an ihrer Stelle zu sein.

„Nicht gut, was?" Aufgrund der frühen Stunde und Tante Petes Gebräu war Hazels Stimme doppelt so rau wie sonst.

„Aber auch nicht ganz schlecht", antwortete ich. „Sie war dort, in dem Motel, aber der Direktor hat Ricky nicht mit ihr weggehen sehen."

„Wie hieß das Motel?", fragte Hazel.

Ich musste nachdenken. „North Avenue."

Sie verließ die Küche, und ich setzte mich Tante Pete gegenüber wieder an den Tisch.

„Was willst du jetzt tun?", fragte sie.

Ich starrte elend in meinen Becher und beobachtete die Milch, wie sie ihre krank machenden Kreise bildete. „Was kann ich tun?"

„Na ja, du kannst nicht einfach dasitzen, mit den Zähnen im Mund und ein Bein so lang wie das andere." Tante Petes Stimme bebte, ihr Blick wurde stürmisch, vermutlich weil sie ihre Stimme, ihre Tränen und mein Leben nicht unter Kontrolle bringen konnte.

„Glaub mir", sagte ich, „wenn es irgendetwas gäbe, das ich tun *könnte*, würde ich es tun. Das macht mich ganz verrückt. Sie ist allein."

„Nach dem, was du über diesen Burschen gesagt hast, ist sie damit wahrscheinlich genauso gut dran."

Ich schob den Becher von mir weg. „Sie hat sogar das Motelzimmer bezahlt."

„Grund genug, ihn hinter Schloss und Riegel zu bringen, wenn du mich fragst", knurrte Hazel von der Tür. Sie kam zum Tisch herüber und legte eine Karte vor mich hin, die sie am Computer ausgedruckt hatte. Sie pochte mit dem Finger auf eine markierte Stelle.

„Was?“, fragte ich.

„North-Avenue-Motel. Nicht die beste Gegend von Baltimore, aber es sollte nicht schwer zu finden sein.“ Hazel zog ein weiteres Blatt Papier hervor. „Ich habe auch Wegbeschreibungen ausgedruckt. Keine Ahnung, welcher leichter zu folgen ist.“

Erstaunt blickte ich das verknotete Liniengewirr auf der Karte an und dann Hazel. „Wovon sprichst du?“

„Ich spreche das aus, was du denkst.“ Hazel stützte sich auf den Tisch, dass die Armreifen klimperten und ihre Fingernägel klackerten. „Du möchtest da hinfahren und selbst was herausfinden. Es könnte ja noch jemand anderen geben, der sich an Charlie erinnert.“

„Mädels“, warf Tante Pete ein. „Der Putzdienst.“

„Ihr findet, ich sollte nach Baltimore fahren?“

„Du nicht?“, fragte Hazel.

Ich bemerkte, dass ich nickte. „Du kommst aber mit, oder?“, bat ich.

„Und wer holt die Kinder von der Schule ab?“, warf Tante Pete ein. „Wenn du eine Spur findest, wirst du wahrscheinlich nicht rechtzeitig zurück sein.“

„Ich kümmere mich um die Kinder“, sagte Hazel mit einem Schlussglissando ihrer Fingernägel auf dem Tisch. „Geh ruhig und denk an nichts anderes. Konzentrier dich auf Charlie.“

Ich blickte erneut auf die Karte. Grenzstriche und dicke Autobahnlinien schienen sich wie Mauern aufzublähen. Ich fuhr nie aus unserem County heraus, wenn es sich vermeiden ließ. Nicht allein. Nicht bei einem Verkehr, der mir das Gefühl gab zu ersticken.

„Wenn du unangemeldet bei Sarah Zabriski auftauchen kannst“, sagte Hazel, „dann schaffst du das hier auch.“

„Ich pack dir ein paar Sandwiches ein“, sagte Tante Pete.

Ich hatte keine Wahl. Nicht, weil die beiden bereit waren, mich gewaltsam ins Auto zu stecken und wenn nötig bis zur Grenze zu begleiten. Nein, weil die Stimme meiner Tochter auf Papierseiten zu lesen stand, die zusammengefaltet in meine Tasche gestopft waren. Weil ich ihr Flüstern hören konnte: *Komm, folge mir. Egal, was es dich kostet, komm, folge mir.*

Ich sah Tante Pete an, die Salamischeiben auf ein Brötchen stapelte.

„Wenn Tom anruft …“, fing ich an.

„Sage ich ihm, dass er sich um dich keine Sorgen machen soll, weil Gott die Kluft überbrückt.“

Ich umarmte sie, nahm meine Sandwiches und die Karte und machte mich auf den Weg nach Baltimore. Die Angst, die mich begleitete, presste Schweißtropfen aus meinen Handlinien.

15

Auf dem ganzen Weg erbebte ich jedes Mal, wenn ich den Tacho über siebzig Meilen bringen musste, und zuckte zusammen, wenn Neunachser mich zwischen sich einklemmten. Nur Hazels Karte, Tante Petes Gebet und Charlies Rufen in meinem Kopf brachten mich zum North-Avenue-Motel, ohne auseinanderzufallen. Als ich jedoch auf den Parkplatz fuhr, war ich kurz davor.

Das Motel stand im rechten Winkel zur North Avenue, als ob es sich schämte, die Straße mit seinen doppelstöckigen Reihen beigefarbener Schäbigkeit anzusehen. Ein paar vereinzelte Autos zwischen den Gebäuden und ein defektes Neonschild an einem verdreckt-undurchsichtigen Bürofenster waren die einzigen Zeichen von Leben. Charlie wäre nie an einem Ort wie diesem geblieben.

Ich konnte mich nur schwer dazu bewegen, aus dem Auto zu steigen und die verschmierte Glastür zu öffnen. Der Geruch von

Zigarettenrauch warf mich fast um. Als ich zur Rezeption hinüberging, sah ich die verräterischen grauen Kringel, die sich in die Luft erhoben, bevor ich den Kopf eines Mannes entdeckte, der in einen Schwarz-Weiß-Fernseher glotzte.

Er schaltete ihn aus, als ich sagte: „Entschuldigen Sie", und drehte sich herum, um mich durch die Wolke, die er erzeugt hatte, mit zusammengekniffenen Augen anzusehen.

„Sie wollen ein Zimmer?", fragte er.

Wollen Sie mich veräppeln?, hätte ich am liebsten geantwortet.

„Wie viele Personen?"

„Keine", antwortete ich.

Er rückte seine schmierige Brille zurecht und stierte mich an. Seine Finger waren so nikotingelb wie das Weiß seiner Augen.

„Also?", fragte er.

„Also." Ich fummelte in meiner Tasche herum und zog den Flyer heraus, den Hazel gemacht hatte. „Haben Sie dieses Mädchen gesehen?"

Er sah zweimal von mir zum Flyer und wühlte sich durch einen Papierstapel auf der Ablage hinter der Rezeption. Dann zog er eine zusammengerollte Schwarz-Weiß-Version des Flyers heraus und strich ihn auf dem Tresen glatt. Ein brauner Schmutzspritzer prangte direkt neben Charlies Bild. Ich hätte es ihm am liebsten weggerissen und mit meiner mütterlichen Spucke sauber gemacht.

„Wegen ihr hat der Bulle heute früh doch angerufen", sagte der Mann. „Ist sie Ihr Kind?"

Meine Augen füllten sich mit Tränen.

„Ich habe diesem Polizisten schon alles gesagt, was ich weiß. Sie ist hier mit so einem Typen reingekommen und hat als Namen …"

Ich hörte mir die Geschichte noch einmal an, bemüht, etwas zu entdecken, etwas, das Malone mir nicht erzählt hatte. Doch es glich fast wortwörtlich dem, was er mir berichtet hatte.

Als der Mann fertig war, nahm er die Zigarette, die er brennend im Aschenbecher neben dem Fernseher liegen gelassen hatte, und steckte sie sich mitsamt der herabhängenden Asche in den Mund.

„Sind Sie sich sicher, dass Sie sie nicht gesehen haben, als er ausgecheckt hat?", fragte ich.

Er nahm die Zigarette aus dem Mund und drehte den Kopf, um auszuatmen. Ein kleiner Ventilator auf dem Tresen pustete den Rauch zu mir zurück.

„Ich habe sie nach der Nacht, in der sie runterkam, um nach Wegbeschreibungen zu fragen, nicht mehr gesehen."

Ich umklammerte den Tresen mit beiden Händen. „Wegbeschreibungen? Wohin?"

„Ich weiß nicht." Er sah mich an, als ob ich ihn nach den Namen der Richter des Obersten Gerichtshofs gefragt hätte.

„War es ein Laden? Ein Restaurant?"

„Es war nur eine Adresse." Er nahm einen weiteren Zug von seiner Zigarette und warf sie dann in einen Plastikbecher auf dem Tresen. Sie zischte. „Als ob ich mich daran erinnern könnte."

„Bitte", flehte ich. Meine Stimme brach ab, sodass meine Worte hilflos auf den Tresen tropften. „Ich muss meine Tochter finden."

„Und was soll ich Ihrer Meinung nach tun? Mich hypnotisieren lassen? Ich sag es Ihnen doch, ich kann mich nicht erinnern."

Ich beobachtete den Rauch, der von einer neuen Zigarette aus seiner Nase stob. Charlie musste vor ihm weggelaufen sein, mit von seinen schlechten Gewohnheiten und seiner Grobheit brennenden Augen. Meines Wissens nach hatte noch nie jemand auf diese Art zu meiner kostbaren Tochter gesprochen.

„Vielen Dank für Ihre Zeit", sagte ich. Ich griff nach dem Flyer, der neben dem gefaxten lag und auf dem Charlies Gesicht durch die Farbe so lebendig aussah – im Gegensatz zu dem verschwommenen schwarz-weißen auf dem Fax, der zu diesem Ort zu passen schien. Das letzte Mal, das ich sie gesehen hatte, war sie das Mädchen auf dem Farbbild gewesen. Und jetzt? Hatten ausgeatmeter Rauch und die Geringschätzung von Menschen wie diesem Mann sie grau werden lassen?

Ich nahm die gefaxte Kopie und zerknüllte sie in meiner Hand.

„Würden Sie bitte diesen hier aufhängen?", sagte ich und nickte in Richtung des Farbflyers. „Und meine Telefonnummer daraufschreiben?"

Langsam sagte ich ihm meine Handynummer und unsere Festnetznummern auf, während er sie notierte. Dann streckte er sich und pinnte das Papier an die Wand neben den Tresen. Offensichtlich betrachtete er unser Gespräch als beendet.

„Vielen Dank", sagte ich.

Ich drückte die Eingangstür auf und wollte gerade einen kräftigen Atemzug frischer Luft nehmen, als er „Hey" rief.

Ich drehte mich herum.

„Ich glaube, es war auf der North Howard. In der Nähe des Krankenhauses."

Dann wandte er sich weg. Ich konnte den Fernseher hören, als ich zum Auto eilte.

Ich schloss mich in den Geländewagen ein und drehte die Klimaanlage auf, bis ich das Gefühl hatte, wieder zu Atem zu kommen. Die Karte zitterte in meiner Hand, während ich nach der North Howard Street suchte.

Vielleicht sollte ich Tomy anrufen. Soltani-Rollen befand sich am Stadtrand von Baltimore, nur dreißig Minuten entfernt.

Oder vielleicht Malone. Er musste wissen, was Mr Kettenraucher mir erzählt hatte.

Irgendwo auf der North Howard. In der Nähe eines Krankenhauses. Ich wusste noch nicht einmal, wonach ich suchen sollte.

Aber ich würde danach suchen, egal, was es war. Ich zwinkerte meine Augen frei und fuhr mit dem Finger über die Karte, bis ich die North Howard Street gefunden hatte. Sie war tatsächlich nicht weit von hier und bedeutete lediglich eine Abbiegung.

Ich blickte ein letztes Mal auf das schäbige Motel, wo die Reise meiner Tochter begonnen hatte.

„Ich hoffe, es wurde danach besser, Charlie“, flüsterte ich.

Komm, folge mir, flüsterte sie zurück.

Als Hazel gesagt hatte, dass dies nicht die beste Gegend der Stadt war, hatte sie nicht übertrieben. Selbst sie würde dort, wo ich gerade entlangfuhr, ihre Türschlösser doppelt überprüfen. Neben den schmierigen Feinkostläden und Grillrestaurants und den Klitschen, die behaupteten, Vorschüsse auf Gehaltsschecks anzubieten, obwohl es noch Wochen vor dem Zahltag war, war die Straße von Reihenhäusern gesäumt. Die meisten waren zugenagelt, wenn auch ein paar mutig darum kämpften, ein Zuhause zu sein. Das einzige Gebäude, das mich nicht erschaudern ließ, war die idyllische Siebenten-Tags-Adventisten-Kirche, deren heilige Würde noch unversehrt war und die ob ihrer Nachbarschaft traurig zu seufzen schien.

„Gott, ist das schrecklich“, sagte ich zu ihm.

Als ich auf die North Howard Street abbog, kam ich in eine Welt, die die North Avenue wie das vorstädtische heile Amerika aussehen ließ. Mein Glaube in die Autoverriegelung verblasste, als ich an einer verwaisten Ladenfront nach der anderen vorbeikroch. Mr Kettenraucher hatte mit dem Krankenhaus richtig gelegen, es war in dieser Straße. Der Gesundheitsminister von Maryland hatte damit einen beherzten Versuch unternommen, die Gegend aufzuwerten, aber schon einen halben Block weiter fand sich ein leeres Geschäft, auf das mit erschreckender Genauigkeit dämonische Bilder gesprayt worden waren. Auf der anderen Seite befand sich ein Laden, der vielleicht sogar noch betrieben wurde. Die Schaufenster zeigten große Keramikmasken mit leerem, aber dennoch irgendwie beunruhigendem Ausdruck. Jedes Gebäude hatte Gitterstäbe vor den Fenstern und eindrucksvolle Schlösser an den Türen.

Eine Hupe ertönte. Ich zuckte zusammen und fuhr an den Straßenrand, um ein Taxi vorbeizulassen. Der Fahrer brüllte irgendetwas, aber ich drehte den Kopf weg. Er konnte mich beschimpfen, wie er wollte. Alles, was ich hörte, waren ätzende Stimmen, die sich in meine Tochter hineinfrästen, während sie diese Straße entlangging, Mr Kettenrauchers Wegbeschreibung fest in der Hand.

Aber wonach hatte sie wohl gesucht? Was war es wert, dieses Risiko einzugehen, dass irgendein Wesen plötzlich aus einer Gasse auftauchen konnte …

Gerade als ich einen Gedanken wegschob, der mich zu Tode erschreckte, tauchte eine Gestalt in meinem Rückspiegel auf und schritt in Skimütze und Sonnenbrille auf mich zu. Mit quietschenden Reifen wendete ich das Auto auf die Straße zurück und fuhr davon, bevor die Gestalt mich erreichen konnte.

Ich hoffte inständig, dass Charlie das Gleiche hatte tun können.

Ich weinte den ganzen Weg nach Hause, als mich eine neue Angst befiel. Was, wenn Charlie Ricky an diesem Morgen im Motel zurückgelassen hatte, um nach was auch immer zu suchen, und sie *dann* jemand gekidnappt hatte?

Mein einziger Halt war Charlies Anruf. Ich ging ihn in Gedanken wieder und wieder durch. Sie hatte doch nicht aufgelöst geklungen, oder? Es gab keinen Grund zu glauben, dass sie gefangen gehalten wurde, nicht wahr?

Ich nahm mir vor, direkt zum Anrufbeantworter zu gehen und das Band erneut abzuspielen, sobald ich zu Hause angekommen war. Aber Tom stand in der Auffahrt.

Er öffnete die Wagentür und packte mich am Arm. Das Einzige, was mich davon abhielt, ihn wegzuziehen, war die Verwirrung in seinen Augen. Seine Gesichtsmuskeln waren angespannt, sein Mund eine strenge Linie, aber seine Augen schienen nicht zu wissen, wo sie sich niederlassen sollten.

„Ich bin nach Baltimore gefahren“, sagte ich.

„Das hab ich schon kapiert, um Himmels willen, Isabella. Du kannst doch kaum die Brücke überqueren, ohne …“

„Ich bin dort hingegangen, wo Charlie war. Das North-Avenue-Motel. Ich wollte selbst schauen …"

„Klar, super. Ausgezeichnet." Tom kratzte sich am Hinterkopf. „Hast du eine Ahnung, wie viele Messerstechereien und Schießereien es dort *pro Woche* gibt? Du kannst doch nicht einfach in so einer Gegend herumspazieren."

„Charlie hat es getan", antwortete ich.

Als ich ihm die Geschichte des Hoteldirektors erzählte und meine Fahrt entlang der Howard Street beschrieb, konnte ich beobachten, wie sein Gesicht mit Unglauben, Angst und Frust kämpfte, die ich in ihm erregte.

„Das kannst du nicht machen", sagte er. „Ich kann dich nicht auch noch verlieren."

„Charlie ruft mich, Tom", erwiderte ich.

„Ich möchte kein Wort mehr über diese verdammten Gedichte hören!"

„Es geht nicht nur um die Gedichte. Es ist, als ob ich in meinem Kopf hören könnte, wie sie mich darum bittet, sie zu holen."

Tom seufzte aus der Tiefe seiner Seele. „Ich hatte seit jenem Abend Hunderte Male das Gefühl, ihre Stimme gehört zu haben", sagte er. „Ich rechne dauernd damit, dass sie den Kopf in die Bibliothek steckt und ‚Gute Nacht, Daddy' sagt." Tom schüttelte den Kopf. „Ich wünsche mir so sehr, das zu hören, dass mir mein Verstand Streiche spielt."

„Nein. Das ist was anderes. Sie ruft mich, und ich muss darauf hören."

„Isabella, das ist verrückt." Er packte mich an den Schultern. „Du musst mir versprechen, damit aufzuhören. Sofort."

Die Regeln, die meine Ehe geprägt hatten, brüllten ihre Befehle:

Weib, beuge dich der Weisheit deines Ehemannes.
Er ist das geistliche Oberhaupt der Familie.
Er hat das letzte Wort, dieser Mann, der dich liebt.
Tu alles für ihn.

Das waren die Worte, mit denen ich zwanzig Jahre lang gelebt hatte. Das waren genau die Dinge, die ich meinen Töchtern beigebracht hatte.

Bring den Kaffee. Beruhig die Kinder.
Halt den Mund und bewahr seine Welt.
Neig den Kopf. Mach keinen Ärger.
Wiederhol seine Worte, die du studiert.

Ich trat zurück, aus seinem Griff heraus. „Nein, Tomy“, sagte ich, „dieses Versprechen kann ich dir nicht geben.“

***

Am nächsten Morgen rief ich Ed Malone an und erzählte ihm, was ich beim Hoteldirektor herausgefunden hatte. Wenn Tom ihn bereits informiert hatte, behielt Malone es für sich und ich fragte ihn nicht danach.

„Ich werde eine Liste der Unternehmen besorgen, die rund ums Krankenhaus noch in Betrieb sind“, sagte er. „Dann melde ich mich wieder bei Ihnen.“

„Bitte beeilen Sie sich. Es ist jetzt schon wieder so lange her, dass sie dort war.“

„Die Spur ist ziemlich kalt, das stimmt. Aber es ist eine Spur.“

Ich versuchte, ein Bild von Charlie in meinem Kopf festzuhalten, wie sie sich einen Weg ausdachte, dem wir folgen sollten. Es war zugleich ermutigend und erschreckend. Der Anfang dieses Weges bedeutete nichts Gutes für den Rest.

Malone räusperte sich. „Ich möchte ja nicht wie ein Vater klingen“, sagte er, „aber es ist wirklich nicht die beste Idee, alleine in so eine raue Gegend zu fahren.“

Sie klingen nicht wie mein Vater, dachte ich. *Sie klingen wie mein Mann.*

„Wenn ich das nächste Mal jemanden finde, der mitkommt, fahre ich nicht allein", sagte ich.

„Rufen Sie mich an."

„Sie?"

Er lachte leise. „Klar. Ich bin Kriminalbeamter."

„Das weiß ich! Aber Sie haben doch so viel zu tun."

„Das lassen Sie mal meine Sorge sein."

Nachdem wir das Gespräch beendet hatten, setzte ich mich im Schlafzimmer auf die Chaiselongue, das Telefon im Schoß, während meine Gedanken mich wieder einholten. Es war schwer, sich vorzustellen, Bethany Beach in einem Polizeiauto zu verlassen, Seite an Seite mit einem Mann, der nicht Tom war. Schwer vorzustellen, aber nicht unmöglich. Nicht, wenn mich das zu Charlie führte.

***

Für fünf quälende Wochen gab es jedoch keinen Grund, irgendwohin zu fahren. Es gab keine Anrufe oder Nachrichten mehr von Charlie. Keine Hinweise aufgrund der Flyer, die auf den Anschlagbrettern in der ganzen Stadt bereits verblassten und sich nach oben rollten. Keine Ergänzungen zur Geschichte von Ricky, der laut Malone wieder nach Georgetown abgehauen war, sobald wir davon überzeugt waren, dass es keinen echten Grund gab, Anzeige gegen ihn zu erstatten.

„Noch", sagte Tom.

Malone vertraute mir an, dass er froh war, dass Ricky Tom nicht wegen des tätlichen Angriffs auf der Wache angezeigt hatte.

Tom hörte damit auf, mir nahezulegen, dass Tante Pete wieder nach Hause fahren sollte, insbesondere nachdem er mir eröffnet hatte, dass er nach Dallas fliegen würde.

„Warum?", fragte ich.

„Geschäfte", antwortete er.

Ich sah ihn eindringlich an, als er seine zusammengelegten Hemden in einen Koffer packte, aber er mied meinen Blick. „Charlie?", fragte ich.

„Hör zu, nirgends sonst kann ich Untersuchungen anstellen, okay?"

„Das war kein Vorwurf", sagte ich.

„Ich könnte auch mein ganzes Unternehmen den Bach runtergehen lassen, aber wir haben schon genug verloren." Ruckartig zog er am Reißverschluss der Tasche. „Wenn ich nicht hinfliege, muss vielleicht ein ganzes Werk dichtmachen. Wenn ich dich und Maxie jetzt nicht unbedingt allein lassen müsste, würde ich es nicht tun."

„Wir werden schon klarkommen", sagte ich. „Bitte mach dir keine Sorgen."

Trotz meiner Bemühungen, nicht verteidigend zu klingen, warf er mir einen ernsten Blick zu.

„Ihr *werdet* klarkommen, wenn ihr tut, was ich euch sage, und euch nicht von der Stelle rührt", antwortete er. „Aber da ich mich darauf nicht verlassen kann, werde ich mir doch Sorgen machen, Isabella."

Lissa rief jeden zweiten Tag an und versuchte, mir Mut zu machen. Sie versicherte mir, dass niemand in der Gemeinde mich für eine Verrückte hielt. Ich überlegte, ob ich ihr erzählen sollte, was sich hier wirklich abspielte. Ich wusste, wenn ich das täte, würde Tom in ihrer Achtung sinken. Ich würde in die Riege der schlechten Eltern hineinrutschen. Charlie selbst würde …

Was eigentlich? Echt wirken? Normal? Wie ein Mädchen, das reden konnte, ohne Angst zu haben, dass jemand es hören könnte?

Also setzte ich Lissa eines Tages im Oktober ins Bild, als sie mich zum Kaffeetrinken aus dem Haus lockte. Je länger ich sprach, desto mehr sah sie mich an, als ob ich mich in ein Land verlaufen hätte, das nicht existierte.

„Das klingt einfach nicht nach unserer Charlie", sagte sie.

„Ich glaube, dass sie gar nicht wirklich unsere Charlie war", antwortete ich. „Ich glaube, sie war ihre eigene Charlie, und eines Tages ist sie einfach ausgebrochen und weggelaufen, weil sie dachte, dass wir sie nie sein lassen würden, wer sie war." Ich beobachtete, wie die sanften vertikalen Linien zwischen Lissas Augenbrauen sich vertieften. „Das ist die Charlie, die ich finden muss. Ich muss sie finden und ihr sagen, dass sie sein kann, wer auch immer sie sein möchte."

„Ich verstehe das einfach nicht", sagte sie.

Wenn Lissa es schon nicht kapierte, würden Peg und Rebecca es erst recht nicht kapieren. Ich versuchte erst gar nicht, mit ihnen Kontakt aufzunehmen, und Hazel war in der Gemeinde für mich zur Verteidigerin geworden, die mir den Rücken freihielt. Trotzdem dachte ich an sie alle.

***

„Du gehst also nicht mehr zur Müttergruppe, was?", fragte ich Hazel, als sie eines Tages mit zehn Chrysanthementöpfen für meine Veranda ankam.

Sie schnaubte, während sie die Blumen aus dem Kofferraum ihres alten Geländewagens in die Schubkarre beförderte, die ich seit August nicht mehr benutzt hatte. „Ich glaube nicht, dass Rebecca Godfried mir irgendwas übers Muttersein beibringen kann. Und da scheine ich nicht die Einzige zu sein."

„Ich habe gehört, dass Christine sich ausgeklinkt hat."

Hazel hob eine Augenbraue über einen Chrysanthementopf. „Ausgeklinkt? Als sie erfuhr, dass Rebecca die Leitung übernimmt, hat sie die Beine unter die Arme genommen. Die Einzige, die da noch hingeht, ist, soweit ich weiß, Lissa. Steht wahrscheinlich in ihrem Vertrag oder so."

Ich fühlte einen dumpfen Schmerz. „Ich hoffe, Rebeccas Gefühle sind nicht verletzt", sagte ich.

Hazel spähte über ihre grüne Halbbrille mit schwarzen Tupfen zu mir. „Siehst du, das haut mich echt um. Diese Tussi urteilt über dich, als wäre sie Gott höchstpersönlich, und du machst dir noch Sorgen um ihre Gefühle. Glaub mir, solange sie sich noch selbst reden hören kann, geht's ihr gut."

Sie schob die Schubkarre zum Haus, und ich sah sie neugierig an, während ich neben ihr herlief. „Woher weißt du das alles?", fragte ich.

Sie zuckte mit ihren fleischigen Schultern, die selbst in der Kühle des Oktobers unbedeckt waren. „Nur vom Rumhängen in der Kirche. Wenn ich nicht arbeite oder bei dir bin, mache ich ein paar Sachen für Gary – hänge Anschlagtafeln auf, layoute das Gemeindeblatt, drucke Bekanntmachungen aus."

„Ist das dein Ernst?", fragte ich.

„Klar." Sie stellte einen Topf auf eine Stufe und lehnte sich zurück, um ihn zu begutachten.

„Das ist ganz wunderbar, Hazel. Ich freue mich so für dich." Ich legte meine Wange an ihren Arm. „Gelobt sei Gott, hm?"

„Oh Mann", sagte sie.

„Was?", fragte ich.

„Das ist das erste Mal, dass ich dich dieses ‚Gelobt sei Gott'-Ding habe sagen hören." Sie grunzte, als sie mit beiden Händen einen Topf Blumen hochnahm.

„Ich hatte nicht so viel zu loben, seit du mich kennengelernt hast."

„Klar, na ja, wenn sie dein Kindchen wieder nach Hause bringen, möchte ich es aber rund um die Uhr hören." Sie sah mich von der Seite an. „Wenigstens klingt es glaubwürdig, wenn es aus *deinem* Mund kommt."

***

Der Herbst war gekommen, aber abgesehen von den Chrysanthemen, die Hazel gesetzt, gewässert und gedüngt hatte, gab es nur wenig, das bezeugte, dass dies meine liebste Jahreszeit war. Maxie und Tante Pete schnitzten ein paar Kürbisse, was zu einem regelrechten Kürbisschnitzmarathon mit Hazel und ihrer Sippe führte, die Irish Setter eingeschlossen, die die Samen verschlangen. Gary Dalberg brachte eine Kiste Äpfel vorbei, und Tante Pete brannte nur rund ein Viertel davon an, als sie Apfelmus und Apfelchips und verschiedene Apfelkuchen machte, wovon sich unsere Münder verzogen, weil sie den Zucker vergessen hatte.

Ein paar Tage vor Halloween erinnerte Maxie mich daran, dass ich ihr *immer* ein Kostüm für die Party in der Kirche gemacht hatte. Sie sah mich so geknickt an, als ich sagte: „Oh, Schatz, ich weiß nicht, ob ich das dieses Jahr schaffe", dass ich, während sie am nächsten Tag in der Schule war, in den zweiten Stock ging, um nachzusehen, ob ich irgendetwas in der Verkleidekiste finden konnte, das ich verändern konnte. Normalerweise tat ich das nicht, aber alles, was ich normalerweise tat, machte mir auf grausame Weise bewusst, dass rein gar nichts normal war.

Die Verkleidekiste, einst die Quelle endloser Freuden, stand in der hintersten Ecke des alten Schlafzimmers. Sie sah ziemlich verloren aus mit ihrem halb offenen Deckel, als ob sie mit geöffnetem Mund darauf wartete, dass ihre kleinen Freundinnen zurückkehrten und ihr Spiel zu Ende spielten, bis sie ihre Kostüme wieder hineinstopfen und zum Essen hinunterrennen mussten. Als ich mich vor sie kniete, konnte ich mich nicht daran erinnern, sie das letzte Mal, als ich hier oben gewesen war, in so einem Durcheinander gesehen zu haben. Wann mochte das gewesen sein? Ende Juli, als ich hier nach Maxies Geburtstagsübernachtungsparty aufgeräumt hatte?

Behutsam hob ich den Deckel an, obwohl ich nicht wusste, warum. Befürchtete ich, dass irgendetwas herausspringen und mich anfallen könnte?

Zwei von Charlies alten Ballettröckchen sprangen tatsächlich hervor, und ich machte einen gehörigen Satz nach hinten. Der Tüll war auf einen Haufen Klamotten gestopft worden, der aufeinandergehäuft lag wie auf einem Ausverkaufstisch bei H & M.

Ich zog ein lila Viskose-Nachthemd hervor, das Charlie ihr Prinzessin-Leia-Kleid genannt hatte, als sie vier oder fünf war, und faltete es zusammen. Das Gleiche tat ich mit Maxies Vinyl-Cowgirl-Weste und dem Tellerrock, um den sich alle gerissen hatten. Der ordentliche Stapel, den ich auf dem Boden neben mir errichtete, tröstete mich irgendwie. Vielleicht konnte ich doch noch eine Art von Ordnung herstellen.

Ich griff gerade nach dem Pantomimekostüm, das ich letztes Jahr für Maxie genäht hatte, als meine Finger Papier berührten. Was ich herauszog, war säuberlich gefaltet. Von außen konnte ich die geschwungenen Buchstaben von Charlies Schrift erkennen, die mit einem Gelschreiber in das Papier gedrückt worden waren.

„Charlie!“, sagte ich.

Dieses Mal befiel mich keine Beklemmung, keine Furcht, dass ich etwas entdecken könnte, was ich nicht wissen wollte. Ich faltete das Gedicht auseinander und stürzte mich hungrig auf die Worte.

„Mein Selbst verloren“
von Charlie Soltani

Betend
lächelnd
tanzend
machend
wusste ich, wer ich sein sollte

Schluchzend
seufzend
zähneknirschend
schreiend
beschämt, dass ich nicht sein durfte

Sehnend
schreibend
liebend
wagend
entdeckte ich, wer ich sein könnte

Versinkend
schrumpfend
verlierend
sterbend
bange, dass ich niemals sein würde
Hoffend
sinnend
träumend
fliehend
bis ich Zuflucht darin finde

ich selbst zu sein.

Ich las es erneut, laut, und noch einmal, bis ich es mit Charlies Stimme hören konnte. In ebenjener Ecke, in der sie es geschrieben haben könnte und dann verzweifelt in die Verkleidekiste gestopft hatte, vielleicht beim Geräusch nahender Schritte, stiegen und fielen die Worte wie ihre Hoffnung, sich selbst zu finden.

Wie viele Male hatte ich mich lautlos darüber lustig gemacht, wenn ich Leuten in Talkshows bei der Diskussion zuhörte, wie eine Frau „sich selbst finden" konnte?

„Wozu sollte ich das machen?", sagte ich mehr als einmal zum Fernseher. „Ich habe mich doch nicht verloren."

Aber jetzt, da ich den Worten folgte, die die Seite herunterstürzten, fühlte ich mich so weit weg wie nie von dem Ich, das zu sein ich immer zufrieden gewesen war. Charlie, so viel stand fest, wusste um ihre eigene Verlorenheit. Sie war geflohen, um sich selbst irgendwo zu begegnen.

Ich lauschte wieder und wieder ihrem Gedicht, aber sie wollte mir nicht verraten, wo dieses „Irgendwo“ war. Sie musste gewusst haben, wohin sie wollte. Sie hatte nach Wegbeschreibungen gefragt.

Ich fuhr mit dem Finger erneut über die *end*-Wörter in der Hoffnung, eine Spur in der Tinte zu erfühlen. Sie schrieb nichts von einem bestimmten Ort. Der einzige Ort, den sie zu suchen schien, in diesem Gedicht und im vorherigen, war ein „Zufluchtsort“.

Ich drückte das Gedicht an mich, ergriff ein Ballettröckchen und, völlig verrückt, umarmte es ebenfalls.

„Es tut mir so leid, dass du ihn nicht hier finden konntest, Charlie“, flüsterte ich. „Aber ich verspreche dir, ich schwöre, dass er hier sein wird, wenn du nach Hause kommst.“

Versinkend, schrumpfend, verlierend – weinte ich.

Ich wusste nicht, wie lange ich dort gesessen hatte, als Tante Petes Stimme die Stille durchbrach.

„Isabella! Maxies Schule ist am Telefon. Sie ist verletzt.“

16

Ich ignorierte das „Bitte im Sekretariat anmelden!“-Schild und raste um eine Ecke zum Schulkrankenzimmer. Auf halbem Weg nach Ocean View war mir eingefallen, dass es nicht zu ernst sein konnte, wenn sie Maxie nicht in die Notaufnahme gebracht hatten. Aber ich wusste jetzt, wie zerbrechlich die kleinen Leben meiner Töchter waren, und so brauste ich mit dem Geländewagen geradewegs durch den Schulbereich.

Maxie lag auf einer Pritsche, mit einem Verband an jedem Knie und einem Eisbeutel an der Wange. Obwohl ich direkt zu ihr lief und sie untersuchte, von Kopf bis Fuß, war ganz offensichtlich nichts schlimmer verletzt als ihr Stolz. Sie konnte mich kaum ansehen.

„Was ist passiert, Schatz?“, fragte ich.

„Ich bin auf dem Schulhof in eine Schlägerei gekommen.“

„Eine Schlägerei?“

Sie nickte unglücklich. „Ashley und die alle haben Müll über Charlie erzählt, und ich und Sun haben verabredet, dass niemand so was darf.“

„Also hast du jemanden geschlagen?“

Sie schüttelte den Kopf. „Nein, wir haben verabredet, nichts Gewalttätiges zu machen.“

„Und wie …“

„Als ich zu Ashley gesagt habe, dass sie nur in den Spiegel gucken braucht, wenn sie eine Pennerin sehen will, hat sie mich umgeboxt.“ Maxie zeigte auf ihre bandagierten Knie.

„Und was ist mit deinem Gesicht?“

„Ich bin gegen die Mauer gekracht, als ich weggelaufen bin.“ Sie zwinkerte gegen die unvermeidlichen Tränen an. „Ich glaube, ich kann das nicht so gut, für Charlie zu kämpfen. Ich glaube, ich kann nichts gut.“

Ich ließ sie erst mal weinen. Als ich in den Vorraum ging, um ihr ein Tempo zu holen, wartete Mrs Abbott dort auf mich.

„Mrs Soltani“, sagte sie und umklammerte meine Hände. Sie war bereits Charlies Lehrerin in der Fünften gewesen, und ich hatte immer den Eindruck gehabt, dass ihre Haut aus Sahne gemacht war.

„Ich habe ein paar Mal versucht, Sie zu erreichen“, sagte sie. „Das muss wirklich eine schreckliche Zeit für Sie sein. Ich kann mir nicht einmal vorstellen …“

„Mich *wie* zu erreichen?“, fragte ich.

„Ich habe mehrmals Nachrichten auf Ihrem Anrufbeantworter

hinterlassen. Gemailt habe ich Ihnen auch. Sicherlich ist bei Ihnen im Moment eine ganze Menge los …"

Ich sah zu Maxie hinüber. Sie lag zusammengerollt auf der Pritsche, so still wie ein Kaninchen, und versuchte, sich unsichtbar zu machen.

„Es tut mir leid", sagte ich zu Mrs Abbott. „Ich weiß nicht, was mit Ihren Nachrichten passiert ist. Wollten Sie wegen Maxie mit mir sprechen?"

Mrs Abbott wies mich auf den Flur hinaus, wo ich vor ihr stand wie eine Schulschwänzerin.

„Ich bin mir sicher, wir können es dem Verschwinden ihrer Schwester zuschreiben", sagte sie. „Aber Maxie hat sich in der letzten Zeit schon ziemlich aufgeführt – na ja, seit dem Tag, an dem sie ihr Referat über Ausreißerkinder gehalten hat. Einigen meiner kleinen Klatschmäuler zufolge geben ein paar Mädchen auf dem Schulhof ungezogene Kommentare über Charlie ab und sagen, dass sie jetzt bestimmt drogenabhängig und eine Prostituierte ist. Natürlich hat Maxie zurückgeschlagen."

„Und das bedeutet?"

„Gemeine Zettelchen in ihren Fächern. Ausbrüche von Beschimpfungen während des Unterrichts. Ich habe ihr schon zweimal in der Mittagspause Arrest gegeben, weil sie wütend Geschosse auf sie losgelassen hatte – Labellos, Radiergummis, was ihr auch immer in die Finger kam."

Steinerne Untersetzer?, dachte ich.

„Ich versuche, nicht so streng mit ihr zu sein", erklärte Mrs Abbott. „Ich würde ihr gern vorschlagen, zu einem Vertrauenslehrer zu gehen."

Die Worte „Ich bespreche das mit meinem Mann" kamen mir unwillkürlich in den Sinn. Aber ich sagte: „Vielen Dank. Ich werde mit Maxie reden. Wir werden das wieder geradebiegen."

„Ich bin mir sicher, wenn Sie das tun, wird sich das auch mit ihren Noten von selbst erledigen." Sie streichelte meine Hand. „Sie sind nicht gerade herausragend im Moment."

„Bitte sagen Sie mir Bescheid, wenn es wieder Ärger gibt", sagte ich.

„Unbedingt", antwortete sie. „Wir schaffen das gemeinsam."

Maxie schob das Kissen über ihr Gesicht, als ich zu ihr zurückkam. Ich setzte mich auf die Kante der Liege und zog es weg. Ich wollte nicht, dass sich eine weitere Tochter vor mir versteckte.

„Möchtest du mir sagen, was mit den E-Mails passiert ist?", fragte ich.

„Ich habe sie gelöscht."

„Und die Nachrichten auf dem Anrufbeantworter?"

„Auch gelöscht."

„Weil du wusstest, dass du Ärger bekommen würdest?"

„Nein", sagte sie. „Weil ich wusste, dass *du* Ärger bekommen würdest."

„Ich?"

„Mit Dad. Er denkt, dass ich es versaue, weil du wegen Sissy so durcheinander bist. Aber es liegt nicht an dir, Mama." Ihre Augen füllten sich wieder mit Tränen. „Ich habe einfach Angst, dass ich sie nie wiedersehe."

***

Ich versuchte, mich ganz auf Maxie zu konzentrieren, während Tomys Aufenthalt in Dallas sich in die Länge zog. Ich schaffte es, sie mit ihren Schulaufgaben so weit wieder auf Kurs zu bringen, dass sie sich beim Basketball anmelden konnte, und sie mit in einen Kinofilm zu nehmen, den ich komplett durchschluchzte. Die Tränen hatten rein gar nichts mit dem Film zu tun.

Nichts davon hätte ich tun können ohne Tante Pete und Hazel. Es war Tante Pete, die Maxie das Mittagessen einpackte und dafür sorgte, dass das Charlie-Shirt, in dem Maxie jede Nacht schlafen wollte, sauber war, und die mich an jenen Nachmittagen in Richtung meines Autos schob, an denen ich das Gefühl hatte, es nicht zur Lord-Baltimore-Schule zu schaffen, um Maxie abzuholen.

Und es war Hazel, die Maxie zum Pizzaessen mitnahm, ihr die Fingernägel lila lackierte und ihr auf dem Hof beibrachte, originell mit dem Basketball zu dribbeln.

Beide überredeten mich, aus dem Labyrinth von Was-wäre-wenn-Fragen herauszukommen, in das ich mich verirrt hatte. Keine von beiden ließ es zu, dass ich im Treibsand versank, als mir bewusst wurde, wie viele Tage es her war, dass ich Charlie lachen gehört hatte. Sie wechselten sich damit ab, mir zu versichern, dass ich eine gute Mutter war, ganz egal, was sonst irgendjemand sagte.

Am Montag der vierten Woche von Toms Abwesenheit kam Malone vorbei, als Hazel, Tante Pete und ich am Küchentisch saßen und zu Mittag aßen. Tante Pete stellte eine Schüssel Chili vor ihn hin und befahl ihm zu essen.

„Sie sehen furchtbar mickrig aus", sagte sie.

Das tat er wirklich. Er wirkte dünner als in der Nacht, in der wir Ricky gesehen hatten, und sein Gesicht war abgemagert. Seine sonst breiten Schultern waren entschuldigend hochgezogen.

„Mrs Soltani", sagte er, „die Polizei von Baltimore hat jedes Geschäft überprüft, das innerhalb der fünf Blocks von Maryland General noch geöffnet hat. Niemand hat Charlie gesehen." Er sah mich traurig an. „Es tut mir so leid, dass ich Ihnen nicht mehr sagen kann."

„Ich weiß, dass Sie sich bemühen", sagte ich.

„Sie müssen sich mehr bemühen." Tante Pete schob den Brotkorb zu ihm hinüber. „Nehmen Sie sich ein Brötchen."

Malones Lippen zuckten. „Haben Sie schon mal darüber nachgedacht, der Polizei beizutreten?" Er fischte sich ein Brötchen aus dem Korb und wandte sich an mich. „Wenn ich nur mehr vom großen Ganzen sehen könnte, verstehen Sie?"

„Dann wären Sie der Superbulle", sagte Hazel. Sie lehnte sich zurück und entblößte dabei ein Stückchen ihrer stabilen Taille, die unter ihrem tequilagrünen Pulli hervorlugte. Ein paillettenbesetzter Frosch auf einer Schulter hob und senkte sich mit ihrem Atem.

Malone grinste sie an und fuhr sich mit dem Handrücken über die Stirn. Tante Petes Chili war nur ein bisschen scharf.

„Der Einzige, der das große Ganze sehen kann, ist Gott", sagte Tante Pete. „'türlich habe ich Ihn seit Charlies Verschwinden darum gebeten, es mir zu zeigen, aber bisher …" Sie zuckte in ihrem schäbigen Pulli mit den Schultern, den sie gegen den Chenille-Morgenrock eingetauscht hatte, als es kälter geworden war.

Malone nahm einen weiteren Löffel Chili und tupfte sich mit der Serviette über seinen rasierten Schädel.

„Mir erklärt Gott auch nichts", sagte Hazel. „Aber ich bin auch neu bei dieser Bet-Geschichte." Sie zog ihren Pulli herunter und sah mich an. „Wenn Er irgendjemandem was sagt, dann wohl dir."

„Du überschätzt mich, Hazel", sagte ich.

„Ach Quatsch. Wenn ich nicht erkennen würde, wie Gott dich hier durchschleppt, dann würde ich der Kirche nicht mein Zigarettengeld geben."

Ich zwinkerte. „Du hast aufgehört zu rauchen?"

„Hast du das nicht mitbekommen?", fragte Tante Pete, winkte dann aber mit einem „Macht ja nichts" ab.

Malone kaute einen Mundvoll Chili und betrachtete verzweifelt die durchnässte Serviette in seiner Hand.

„Oh, um Himmels willen", rief Hazel. Sie lief zum Spülbecken und warf ihm einen Lappen zu. Er fuhr damit über seine schwitzende Stirn, ohne den Blick von mir zu wenden.

„Ganz egal, was Sie hören, ob es von Gott kommt oder von irgendjemandem sonst, bitte geben Sie mir Bescheid. Selbst wenn Sie nicht denken, dass es wichtig ist, wenn es etwas mit Charlie zu tun hat, muss ich es wissen." Er legte den Lappen auf den Tisch und platzierte seine Hand so sanft darauf wie eine Mutter. „Rufen Sie mich zu jeder Zeit an, Tag und Nacht. Abgemacht?“

Als ich ihn zur Tür gebracht hatte und wieder in die Küche kam, wirbelte Hazel rastlos darin herum, nahm Gabeln und Salzstreuer in die Hand und stellte sie wieder ab.

„Sie stehen ja total unter Strom“, sagte Tante Pete. „Was ist los mit Ihnen?“

„Ich habe einfach das Gefühl, dass wir irgendetwas tun sollten.“

„Gehen Sie denn gar nicht arbeiten?“, fragte Tante Pete.

„Ich arbeite nachts, wenn die Kinder im Bett sind. Ich habe ein paar gute Aufträge, die mich über Wasser halten – Logos, Mitteilungsblätter, so was eben.“

„Oh, ich habe noch nie danach gefragt, wo du arbeitest“, sagte ich.

„Ja, na ja, jetzt mach dir deshalb kein schlechtes Gewissen. Du hattest wohl ein paar andere Sachen im Kopf.“

„Wenn Sie die ganze Nacht arbeiten“, sagte Tante Pete, „und den ganzen Tag hier sind, um uns zu helfen, wann schlafen Sie dann?“

Hazel grunzte. „Ich glaube, ich habe nicht mehr länger als vier Stunden am Stück geschlafen, seit Reagan das Weiße Haus bewohnt hat. Sie brauchen mich, also bin ich hier.“

Das Telefon läutete. Ich ging ran und starrte sie noch immer an.

„Mrs Soltani das ist?“ Die weibliche Stimme hatte einen starken spanischen Akzent.

„Ja?“, antwortete ich. „Wie kann ich Ihnen helfen?“

„Vielleicht ich kann Ihnen helfen.“

„Ich weiß wirklich nicht …“

„Ihre Tochter, sie ist Char-lie Sol-tan-i?“ Sie klang, als ob sie die Worte ablesen würde.

Ich presste mir den Hörer ans Ohr. „Ja.“

„Da ist ein Papier. Ich erst heute gesehen. Ich sie gesehen. Hier.“

Das Zimmer drehte sich. „Wo ist ‚hier‘?“

„North-Avenue-Motel“, antwortete sie. „Ich hier arbeiten – als Zimmermädchen. Dieses Papier, es war unter anderen Sachen an der Wand, aber heute ich es gesehen. Ich mit dieser Charlie gesprochen.“

„Okay“, sagte ich. „Okay …“

Ich torkelte zum Tresen, um mir Stift und Papier zu holen, schob einen Haufen von Tante Petes Gutscheinen auseinander und warf das Glas mit dem Chilipulver um. Hazel legte einen Block und einen Kuli vor mich hin und setzte mich auf einen Hocker.

„Okay“, sagte ich wieder. „Wie ist Ihr Name?“

„Anita“, antwortete sie. „Anita Juarez.“

„Anita Juarez“, wiederholte ich.

Hazel nahm mir den Kuli ab und notierte den Namen.

„Wann haben Sie mit ihr gesprochen?“, fragte ich.

„Diesem Abend. Dreiter August.“

„Dritter August. Was hat sie gesagt?“

Ich hörte eine männliche Stimme im Hintergrund, gefolgt von einem gedämpften Rascheln, als ob Anita das Telefon in eine Tasche gesteckt hätte.

„Anita?“, flüsterte ich.

„Ich beeile“, flüsterte Anita zurück. „Ich nicht darf Telefon in Zimmer benutzen.“

„Bitte, sagen Sie mir, was sie gesagt hat!“

„Sie sehr traurig war. Ich sie finden, als auf Stufen weinen.“

„Was noch?“

Die männliche Stimme wurde lauter und kam mir bekannt vor. Ich konnte fast den nahenden Zigarettenrauch riechen.

„Sie gesagt, sie gehen zu FGZ. Sie mir so leidtun.“

„FGZ?“, fragte ich. „Was ist das?“

„Ich müssen gehen“, sagte sie. Es klickte.

„Gib es mir“, sagte Hazel und nahm mir das Telefon ab.

„Rufen Sie Malone an?“, fragte Tante Pete.

Hazel nickte, hämmerte die Nummer ein und reichte das Telefon an mich zurück. Malone war sofort dran, hörte mir zu und versicherte, dass er herausfinden würde, was es mit diesem FGZ auf sich hatte, und sich dann wieder melden würde. Zwanzig Minuten später umklammerte ich noch immer das Telefon, als ob es sich aus meinen Händen herauswinden könnte, als Malones Jeep die Auffahrt heraufkam. Ich begegnete ihm auf der Vorderveranda.

„Was?", fragte ich. „Nichts Gutes, oder?"

„Es ist kalt hier draußen. Lassen Sie uns reingehen."

„Sagen Sie's mir einfach."

Er zog seine Lederjacke enger um sich herum. „FGZ", sagte er, „steht für Frauengenesungszentrum."

Ich formte das Wort lautlos mit den Lippen und verstand immer noch nicht.

„Mrs Soltani, das ist eine Abtreibungsklinik."

Ich sah prüfend in sein Gesicht, ob er vielleicht einen Witz gemacht hatte. Aber die Traurigkeit in seinen Augen verriet, dass es die Wahrheit war.

„Warum sollte sie in eine Abtreibungsklinik gehen?", fragte ich törichterweise.

Ich sah, wie er schwer schluckte. „Sie haben mir natürlich nichts gesagt. Gesetzliche Schweigepflicht."

„Sie *müssen* mir etwas sagen! Ich bin ihre Mutter!"

„Mit sechzehn gilt sie vor dem Gesetz von Maryland als mündige Erwachsene, erinnern Sie sich?"

„Aber eine Abtreibung?"

Obwohl nichts davon bereits ganz in mein Bewusstsein gedrungen war, bemerkte ich, wie meine Miene zusammenfiel. Bevor auch der Rest von mir das tun konnte, öffnete Malone die Haustür und schob mich sanft in Tante Petes Arme. Sie und Hazel waren natürlich genau dort in der Eingangsdiele. Von irgendwo ganz weit weg hörte ich ihn es den beiden erklären.

„Diese Mexikanerin muss sich da was ausgedacht haben", sagte Tante Pete. „Unsere Charlie ist genauso wenig schwanger wie ich."

Schwanger.

Ich war nicht in der Lage gewesen, das Wort in meinem Verstand zu formen. Jetzt, wo ich es gehört hatte, hörte ich auch alles andere, was in ihm mitschwang.

Spinne, der sagte, dass er sie mit in seinen Wohnwagen genommen hatte, als wir dachten, dass sie arbeiten würde.

Anita Juarez, die sagte, dass Charlie sehr traurig gewesen war – und auf den Stufen geweint hatte.

Diese dumpfe, erbärmliche Straße, in der sie nach dem Klinikgebäude gesucht hatte.

Ich zog mich aus Tante Petes Umarmung und drehte mich zu Malone.

„Haben Sie die Adresse?", fragte ich.

„Klar", sagte er, „und ich habe dienstfrei."

17

Auch wenn Malone mich fuhr und ich in einem Jeep saß, der direkt durch die mit Brettern verschlagenen Fenster der North Howard Street hätte pflügen können, war ich wie gelähmt, als wir am Bordstein hielten. Ich starrte über die Straße auf ein zerbröckelndes Backsteingebäude, an dem ich selbst schon vorbeigefahren war, kurz bevor der Taxifahrer mich angeschrien hatte. Die ganze Front bestand aus einem übermäßig großen Garagentor, das uns unmissverständlich klarmachte, dass wir nicht willkommen waren.

„Ist es das?", fragte ich.

„Ich glaube, ja." Malone legte seine Hand auf meinen Arm. „Vielleicht bleiben Sie hier, während ich die Lage prüfe?"

Ich hatte kein Problem damit, dass er derjenige war, der hinaus auf die Straße trat – bis ich alleine im Auto war. Da kauerte ich mich zusammen und beobachtete, wie Malone kalten Atem ausstieß, als er die Ecke des Gebäudes umrundete und in einen Weg einbog. Es war noch heißer Sommer gewesen, als Charlie den gleichen Weg gegangen war.

In diesem eisigen Augenblick wusste ich irgendwie, dass sie das getan hatte. Ich wusste es einfach.

Malone joggte über die Straße zurück und schlüpfte neben mich in den Jeep. Sein Gesicht war steif, ob von der Kälte oder von Besorgnis, konnte ich nicht sagen. „Das ist es", sagte er. „Der Eingang ist in dem kleinen Weg."

Ich zitterte. „Sie nehmen hier Abtreibungen vor?"

„Ich bin mir sicher, drinnen sieht es nicht so schlimm aus. Diese Kliniken werden ziemlich genau beobachtet."

„Ich möchte es sehen."

Malone rieb die Hände aneinander, die von der rauen Novemberluft ganz gerötet waren. „Sie sind sich bewusst, dass Sie dort nichts über Charlie herausbekommen werden?"

„Ja, ich weiß. Ich möchte einfach sehen, wo sie war." Meine Stimme bebte. „Vielleicht kann ich ja irgendwas fühlen. Das ist wahrscheinlich nicht besonders … kripomäßig."

Malones Miene wurde weich. „Ich habe eine Menge Fälle gelöst, indem ich einem Gefühl gefolgt bin." Er drehte den Kopf zu mir. „Wenn ich mit Ihnen reingehe, könnte ich genauso gut meinen Dienstausweis hochhalten. Die riechen in dieser Gegend einen Bullen drei Meilen gegen den Wind."

„Warten Sie draußen vor der Tür?"

„Und ob. Ich bezweifle ernsthaft, dass Ihnen da drinnen etwas passiert. Vielmehr mache ich Ihnen einen Vorschlag."

„Bitte."

„Wenn Sie einfach nur ein Gefühl für diesen Ort bekommen wollen, dann erzählen Sie denen nicht, dass Sie Charlies Mama sind. Sagen Sie, dass Sie eine Nichte oder so was haben, ein sechzehnjähriges Mädchen, das abtreiben möchte und nicht will, dass seine Eltern davon erfahren."

„Sie meinen, so tun, als ob ich jemanden dort hinbringen möchte?"

„Fragen Sie einfach, was dafür nötig ist. Wer weiß? Vielleicht bekommen Sie ja eine Ahnung."

„Ist das jetzt undercovermäßig?", fragte ich schwach.

Er grinste mich zaghaft an. „Klar. Versuchen Sie erst gar nicht zu verbergen, dass Sie etwas aufgelöst sind."

„Wegen meiner ‚Nichte'."

„Machen Sie sich ihr Mitgefühl zunutze."

Ich hoffte, dass sie welches hatten.

Trotz dem, was ich mir vorgestellt hatte, als ich zu dem kleinen Weg hinüberging, verbot mir nichts, dort hineinzugehen. Als ich den Hinweisen auf der Schwermetalltür folgte und die Klingel drückte, öffnete mir ein gedrungenes spanisches Mädchen in blaugrüner OP-Kleidung, musterte mich und fragte mit einer sanften Stimme, die ich nicht erwartet hatte, ob ich Hilfe brauchte.

Für einen unheimlichen Augenblick war ich Charlie und sah in ein Augenpaar, das an den Anblick verängstigter Mädchen gewöhnt war. Es war ein Gefühl, das mich nicht verließ, als ich nickte und ihr in ein schmales Zimmer folgte. Sie zeigte auf eine Reihe blauer Plastikstühle an der Wand und versprach, jemanden zu holen.

Niemand sonst war im Wartebereich, und ich konnte auch niemanden hinter dem dicken Glas sehen, das mich vom Empfangsbereich am anderen Ende trennte. Es gab sowieso keine Öffnung im Fenster, durch die man hätte sprechen können. Es war wie eine Festung. Sogar die Wände auf beiden Seiten des Glasfensters waren mit dickem Plexiglas verkleidet.

Ich hockte mich auf die Kante einer schmuddeligen weißen Kunstledercouch, die den Stühlen gegenüber an der anderen Wand stand, und nahm in mich auf, was ich durch Charlies Augen sehen konnte. Das Plexiglas war zugepflastert mit Hinweisen in Druckbuchstaben aus Filzstift:

„Fahrer müssen ihren Führerschein vorzeigen

Ihr Termin wird 5-7 Stunden dauern

Zahlung erfolgt bar, als Scheck, per Überweisung, Lastschrift oder Kreditkarte"

Ich dachte an Charlies leeres Sparkonto und stellte mir vor, wie sie einen Stapel Scheine aus dem rosa Portemonnaie zog, das ich ihr zum Valentinstag gekauft hatte. Das erste Geld, das sie sich selbst erarbeitet hatte, minutiös eingetragen in ihr Sparbuch.

An der Wand über der Stuhlreihe hatte jemand einen Versuch unternommen, mit Papierschmetterlingen Stimmung zu erzeugen. Sie waren so ausgebleicht und verstaubt, dass Charlie sie vermutlich auch schon gesehen hatte, vor drei Monaten. Ich war mir sicher, dass sie ihre Stimmung nicht mehr aufgehellt hatten als meine.

Ich reckte den Hals, um einen Blick in den Empfangsbereich zu werfen. Es war immer noch niemand zu sehen. Ein weiteres Hin weisschild besagte: „Bitte warten Sie hier. Es wird gleich jemand zu Ihnen kommen."

Wenn Ricky die Wahrheit gesagt hatte, hatte Charlie hier ganz allein gesessen und gewartet. Ihm zufolge war sie bereits fort, als er am Morgen des 4. August aufgewacht war.

Aber er hatte uns auch gesagt, dass Charlie nur weg von zu Hause wollte, dass er nicht wusste, wohin sie fahren würden, als sie Bethany Beach verlassen hatten. Wusste er, dass sie sein Kind trug?

Mein Enkelkind?

Ich schloss die Augen. Das war ein weiteres Leben. Ich konnte diesen Gedanken an keinem vernünftigen Ort unterbringen und ihn dennoch in meine Arme schließen und wiegen.

Bitte, Gott, betete ich.

Weiter kam ich nicht. Das spanische Mädchen kam herein, trug eine Dose Sprite in der Hand und versuchte, ohne mit mir zu sprechen, jemanden an einer Sprechanlage neben der Tür zu erreichen – vergeblich. Als sie wieder hinausging, hatte ich das unheimliche Gefühl, dass hier noch nie jemand gewesen war. Dass ich in einen Albtraum eingetreten war, den sonst jeder verlassen hatte.

Aber sie kam mit einer großen afroamerikanischen Frau zurück, die eine Jogginghose und Stiefel trug, die nicht zusammenpassten. Die pelzgefütterte Jeansjacke, die sie über den Arm geworfen hatte und die Leinentasche über der Schulter ließen vermuten, dass sie gerade auf dem Weg zum Ausgang war. Sie sah mich kurz an und zog einen Stuhl zur Couch heran.

„Wir sind im Begriff, für heute zu schließen“, sagte sie. „Aber wie kann ich Ihnen helfen?“

Ihre Stimme war wie die des anderen Mädchens ruhig und gelassen. Ich fragte mich, ob sie es gewesen war, mit der Charlie gesprochen hatte. Ich wünschte, sie hätte ihr geraten, nach Hause zu ihren Eltern zu gehen.

Die Frau betrachtete mich mit sichtlicher Geduld. Es war schwer, sie anzulügen, aber ich sah in meinen Schoß hinunter und erzählte ihr, dass ich eine Nichte hätte, die abtreiben lassen wollte. Meine Stimme stolperte über das Wort und brach ab. Die Frau wartete einfach.

„Jedenfalls“, sagte ich, „hat sie große Angst, und ich habe ihr versprochen, hierherzugehen und ein paar Fragen für sie zu stellen.“

„Klar“, sagte sie.

Meine Hände klammerten sich aneinander. „Sie ist erst sechzehn.“

„Das ist kein Problem“, sagte sie.

„Sie möchte nicht, dass ihre Eltern davon erfahren.“

„Alles, was hier geschieht, ist streng vertraulich. Sie wird vom Gesetz geschützt.“

Ich drückte meine Hände so fest, dass meine Fingerspitzen bestimmt schon ganz violett waren. Meine Augen waren jetzt fest auf sie gerichtet.

„Wie viel wird es kosten?“, fragte ich.

„Wie weit ist sie?“

Ein weiteres Stück meines Herzens brach ab. „Man kann noch nichts sehen.“

„Bis zur zwölften Woche sind es 360 Dollar. Zwölfte bis dreizehnte 550 Dollar, dreizehnte bis vierzehnte 600 Dollar …“

„Gut, gut“, sagte ich.

„Nach der achtzehnten Woche führen wir den Eingriff nicht mehr durch.“

Den Eingriff. Inzwischen konnte ich meine Hände nicht mehr spüren.

„Kann sie einfach herkommen und … es wegmachen lassen?“, fragte ich.

„Sie muss einen Termin vereinbaren.“ Die Frau zog einen rosa Zettel aus ihrer Tasche. „Dies sind die Tage, aus denen sie wählen kann.“

Ich nahm den Zettel, sah aber nicht darauf. „Sie muss also vorher anrufen.“

Hatte Charlie das gewusst? Hatte sie das getan oder war sie einfach hineingelaufen, so wie ich, in diese Welt, über die etwas zu wissen wir keinen Grund hatten?

„Es ist für uns nicht notwendig, sie zu untersuchen oder einen Schwangerschaftstest zu machen, wenn sie ihre Befunde selbst mitbringt“, sagte die Frau. „Es kostet sogar fünf Dollar weniger, wenn sie das macht. Sind Sie sicher, dass sie schwanger ist?“

Ich nickte. Charlie musste qualvolle Wochen mit diesem Wissen verbracht haben. Die Frage war, wie ich das nicht bemerkt haben konnte. Ich konnte noch nicht einmal damit anfangen zu klären, wie die Tage vor dem 3. August für sie gewesen waren.

„Also, wenn sie in der sechzehnten Woche ist oder weiter, schlagen wir vor, einen Ultraschall zu machen. Das machen wir nicht hier, aber wenn mit der Schwangerschaft irgendetwas nicht in Ordnung ist, möchte sie vielleicht lieber auf eine Fehlgeburt warten, als den Eingriff vornehmen zu lassen."

Mit der Schwangerschaft. Nicht: mit dem Baby. Schlicht *mit der Schwangerschaft*.

„Wie ich bereits gesagt habe", fuhr die Frau fort, „wir machen das nicht nach der achtzehnten Woche. Je weiter sie sind, desto größer ist das Risiko."

„Welches Risiko?", fragte ich.

Zum ersten Mal bewegte sie sich ein wenig auf ihrem Stuhl. „Die Gebärmutter zu verletzen", antwortete sie. „Es ist hier bei uns noch nie vorgekommen, aber wenn es passieren würde, ist das Krankenhaus direkt um die Ecke."

„Gibt es *hier* keinen Arzt?"

„Ein Arzt nimmt morgens die Eingriffe vor, aber er bleibt nicht den ganzen Tag. Unser Personal besteht aus zertifiziertem …"

„Hat Ihr ‚medizinisches Personal' sie über die Risiken aufgeklärt? Haben sie sie gefragt, ob sie überhaupt *wollte*, dass ihr Baby aus ihr herausgeholt wird?" Ich stand auf und sah in ihr überraschtes Gesicht.

Ihre Augen verengten sich zu Schlitzen. „Sie sind nicht hier, um diese Fragen für Ihre Nichte zu stellen, oder?"

„Ich möchte einfach nur wissen, ob meine Tochter hier war", antwortete ich. Ich schnaufte wie ein Güterzug, und wenn es irgendetwas zu werfen gegeben hätte, hätte ich es gegriffen und heruntergeschleudert. „Charlie Soltani. 4. August. Hat sie bei Ihnen eine Abtreibung vornehmen lassen?"

Die Frau rührte sich nicht von ihrem Stuhl. Sie schüttelte nur den Kopf, während sie beobachtete, wie ich meinen Kopf mit beiden Händen umklammerte. „Ich kann Ihnen nichts über die Frauen sagen, die zu uns kommen."

„Sie ist keine Frau. Sie ist noch ein Baby!"

„Dann ist sie eben ein Baby mit Rechten. Es tut mir leid."

Entsetzt starrte ich jetzt die nutzlosen Schmetterlinge an und die Liste der Zahlungsmethoden, die es jedem Kind leicht machten, eine Entscheidung zu treffen, die selbst ein Erwachsener nie sollte treffen müssen.

„Ich kann nicht glauben, dass sie überhaupt hierhergekommen ist", sagte ich. Aber als ich blindlings zur Tür marschierte, wusste ich, dass es so war.

Malone fing mich auf, als ich auf den Weg hinausstolperte, und ließ die Hände auf meinen Schultern.

„Sie wollen es mir nicht sagen", sagte ich mindestens fünfmal.

Malone erinnerte mich nicht daran, dass er mich deshalb vorgewarnt hatte. Als wir wieder im Jeep saßen, die Heizung aufgedreht, sagte er: „Wir könnten eine Zwangsvorladung erwirken und versuchen, sie dazu zu bringen, uns die Akten auszuhändigen. Sie würden wahrscheinlich sagen: ‚Gut, tun Sie das', aber wenn sie einen guten Anwalt haben, werden wir sie niemals zu Gesicht bekommen."

Seine Worte waren nicht ermutigend, aber die sanfte, gleichmäßige Art, in der er sie aussprach, bewirkte, dass ich aufhörte zu zittern. Er ließ mich die verstreuten Teile von Charlie und mir zusammensammeln, bis wir fast zurück in Ocean View waren.

„Geht es wieder?", fragte er.

„Ich werde nichts Unüberlegtes tun, wenn es das ist, was Sie meinen", antwortete ich.

„Hey, Mrs Soltani?"

„Ja?"

„Bemühen Sie sich nicht um eine Laufbahn als Undercoveragentin."

Ich sah ihn nur an. „Okay", sagte ich. „Aber was machen wir jetzt als Nächstes?"

***

Malone bot an, Tom anzurufen, aber so verlockend der Vorschlag war, wusste ich, dass Charlies Vater es von mir hören musste.

Maxie dagegen brauchte es von überhaupt niemandem zu hören. Nachdem ich Tante Pete und Hazel zur Geheimhaltung verpflichtet hatte, wartete ich, bis ich ganz sicher war, dass sie fest eingeschlafen war, bevor ich mit dem Telefon in den zweiten Stock ging.

„Ich wollte dich auch gerade anrufen“, sagte Tom. Er klang erschöpft.

„Läuft's einigermaßen bei dir?“, fragte ich.

Die Müdigkeit verschwand. „Was ist los? Komm schon, Isabella. Ich höre doch an deiner Stimme, dass etwas passiert ist.“

Vorsichtig hangelte ich mich von einem Wort zum nächsten und erzählte ihm alles. Dann ließ ich ihn schweigend die Wege entlangtasten, die meine Gedanken den ganzen Abend auf und ab gegangen waren. So dunkel und grüblerisch diese Stille war, wünschte ich mir, bei ihm zu sein. Selbst für Tom Soltani war es zu viel, um es allein zu bewältigen.

„Also schön“, sagte er. „Zuallererst wissen wir gar nicht, ob diese Juanita Juarez die Wahrheit sagt.“

„Anita“, sagte ich. „Und warum sollte sie lügen?“

„Vielleicht denkt sie, dass eine Belohnung ausgesetzt ist.“

„Tomy …“

„Die Klinik würde sowieso nicht sagen, ob Charlie überhaupt dort gewesen ist.“

„Sie dürfen nicht.“

„Klar, na ja, das ist ein Gesetz, das geändert werden muss. Hat überhaupt keiner von diesen Leuten Kinder? Ich würde gern mal einen Minister sehen, wenn seine Tochter zu so einer Klinik geht …“

Ich war ein bisschen erleichtert. Wenigstens war das ein Zeichen, dass er begann, es zu glauben.

„Malone hat die Polizei von Baltimore alle Krankenhäuser überprüfen lassen“, sagte ich.

„Keine ‚Mrs Smith‘ eingetragen, was?“ Toms Stimme verhärtete sich gegen die Panik, die ich darin hören konnte. „Wenn sie also eine Abtreibung vorgenommen hat, warum ist sie danach nicht einfach nach Hause gekommen?“

„Das habe ich mich heute Tausende Male gefragt.“

„Warum hatte sie das Gefühl, das zuerst tun zu müssen? Warum ist sie nicht zu uns gekommen, als sie herausfand, dass sie schwanger ist? Wer sind wir, Menschenfresser? Ich war nie böse zu ihr, oder?“

Ich hatte mir dieselben Fragen gestellt. Aber als Tom sie herausließ, hatte ich den Schimmer einer Antwort. „Ich glaube nicht, dass sie unsere Blicke hätte aushalten können, wenn sie uns das gesagt hätte“, sagte ich.

„Was soll das heißen?“

„Das hat Virginia Hatch mir gesagt – dass sie sich nach Anerkennung gesehnt hat, ihren Wert beweisen musste und so was. Sie versuchte all das zu sein, was wir von ihr verlangten, Tomy“, sagte ich. „Kannst du dir unsere entsetzten Mienen vorstellen, wenn wir erfahren hätten, dass sie so einen Fehler begangen hatte? Wie hätte sie damit fertigwerden können?“

„Es reicht mir langsam, dass das alles unsere Schuld sein soll. Sie hat eine ziemlich dumme Entscheidung getroffen, wenn du mich fragst. Ich dachte, wir hätten ihr mehr beigebracht.“

Ich spürte, wie sich meine Augen für die Offenbarung weiteten, die direkt vor mir war. „Wir haben ihr nie beigebracht, wie man eine Entscheidung trifft“, sagte ich. „Wir haben alles für sie entschieden.“

„Wunderbar.“ Ich hörte, wie Tom in seinem Hotelzimmer herumtigerte, wahrscheinlich mit einer Hand am Hinterkopf. „Habe ich entschieden, dass sie mit irgendeinem Idioten schläft und dann schwanger wird?“

„Nein. Du hast entschieden, dass sie nichts mit Jungs zu tun haben darf. Du hast entschieden, dass sie mit zwölf noch zu jung war für sexuelle Aufklärung. Du hast entschieden, sie so ahnungslos zu lassen, dass sie nicht einmal wusste, was sie tun sollte, als sie zum ersten Mal ein Junge angeflirtet hat."

„Das alles habe nur ich entschieden", sagte Tom sarkastisch. „Du hattest gar nichts damit zu tun."

„Doch, natürlich." Ich hielt inne. Mit den folgenden Worten konnte ich mein Leben in etwas verwandeln, von dem ich bisher nicht mal gewusst hatte, wie ich es ausleben könnte. Ich rang mit mir, denn ich wusste selbst auch nicht, wie man Entscheidungen traf.

Aber für Charlie und für Maxie musste ich es tun. „Ich habe alles mitgetragen, weil du gesagt hast, dass es so sein soll", erklärte ich ihm. „Ich habe es noch nicht einmal hinterfragt, und ich übernehme dafür die Verantwortung."

„Herr, hab Erbarmen", sagte er.

„Das hoffe ich auch", erwiderte ich.

18

Bevor wir auflegten, sagte Tom, dass er am Donnerstag nach Hause käme, aber am nächsten Tag wieder wegmüsse. Ich musste kurz nachdenken, bevor ich realisierte, dass am Donnerstag Erntedankfest war.

Irgendwie überstanden wir es. Tante Pete grillte mehr oder weniger einen Truthahn, und ich kaufte Torte. Ich schaffte es den ganzen Tag, nicht daran zu denken, wie Charlie jedes Jahr für mich den Tisch gedeckt hatte, seit ich ihr das Porzellan anvertrauen konnte, und wie sie dreimal so lang wie alle anderen brauchte, wenn wir um den Tisch herumliefen und sagten, wofür wir dankbar waren.

Aber ich schaffte es nicht, mich davon abzuhalten, mir vorzustellen, wo sie an diesem Erntedanktag sein mochte. In einer Suppenküche, wo sie Fertigkartoffelpüree und wässrige Soße aß? In einem einsamen Zimmer, wo sie sich nach ihrer Familie sehnte – aber noch mehr Angst davor hatte, was wir sagen könnten, wenn sie nach Hause gekrochen kam? Diese Gedanken weigerten sich, mich zu verlassen. Sie brachten mich dazu, Gott heftig und mutig zu bitten, diese Kluft zu überbrücken. Das tat ich mit den Händen im Spülwasser, als es an der Tür klingelte.

„Das ist bestimmt Ed Malone", sagte Tom. „Ich habe ihn zum Kuchenessen eingeladen."

„Na, er wird nur gekauften kriegen", sagte Tante Pete mit finsterem Blick. „Konnte ja keiner ahnen, dass du plötzlich jemanden bewirten willst, Tomy."

Sie und Maxie gingen ins Wohnzimmer, um wie jedes Jahr an Erntedank *Das Wunder von Manhattan* anzusehen. Ich nahm den Kaffee und die Nachspeise mit in die Bibliothek, wo Tom und Malone bereits in ein intensives Gespräch vertieft waren. Als ich hereinkam, hörte Tom auf zu sprechen und lehnte sich zurück.

Malone zögerte nicht. „Ich denke, der nächste Schritt wäre, in der Gegend von Baltimore in den Unterkünften für Ausreißer nachzusehen", sagte er. „Ich habe eine Liste."

„Warum glauben Sie, dass die uns mehr mit Informationen entgegenkommen würden als die Klinik?", fragte Tom.

„Das Personal sicher nicht. Aber vielleicht könnten wir da mit ein paar Jugendlichen sprechen …"

„Macht das nicht die Polizei?"

Malone verzog das Gesicht, die Gabel über einem Stück trockenem Kuchen verharrend. „Vielleicht. Vielleicht auch nicht. Die Sache ist, dass die jungen Leute der Polizei überhaupt nichts sagen würden. Straßenkinder können eine ziemlich leidenschaftliche Loyalität füreinander hegen."

„Sie haben gesagt, sie würden gleich merken, dass Sie Polizist sind", sagte ich.

Malone nickte und kaute.

Tom sah mich an, was er in den vierundzwanzig Stunden, die er zu Hause war, nicht oft getan hatte. „Also, ich vermute, du möchtest zu diesen Orten fahren und gucken, ob sie vielleicht mit dir reden."

„Wenn es das ist, was nötig ist", sagte ich.

Er seufzte entrüstet.

„Ich werde sie das nicht alleine machen lassen", erklärte Malone.

„Sie werden sie nicht ‚lassen'?" Tom rollte mit den Augen. „Es gab mal eine Zeit, da hätte ich gedacht, dass Sie das tatsächlich durchziehen könnten." Er stützte die Ellbogen auf die Knie und den Kopf in die Hände, als ob er ihm zu schwer geworden wäre. Als er wieder zu Malone sah, sagte er: „Schauen Sie, bestimmt denken Sie, dass ich mich wie ein totaler Idiot benehme. Ich möchte einfach nicht, dass Isabella verletzt wird. Wahrscheinlich könnte ich mein ganzes Unternehmen sausen lassen, während ich nach meiner Tochter suche. Vielleicht sollte ich das sogar." Ich sah, wie er schluckte. „In Dallas steht eines meiner Werke kurz davor pleitezugehen ..."

Ich sah ihn erstaunt an, während er Malone den möglichen Untergang eines Teils von Soltani-Rollen erläuterte. Er hatte mir nicht gesagt, wie ernst es war, wie ihn das Dilemma zerriss. Während ich ihm beim Sprechen zusah, füllten sich seine Augen mit Tränen.

„Nichts bedeutet mir mehr als Charlies Heimkehr", sagte er. „Aber ich kann das nicht einfach hinschmeißen."

„Ich werde auf Ihre Frau achtgeben, Mr Soltani", sagte Malone.

Tom wandte den Blick nicht von mir. „Lassen Sie nicht zu, dass sie auch noch verloren geht."

***

Malone und ich einigten uns darauf, am Samstag nach Baltimore zu fahren. An diesem Tag hatten die Mädchen und ich traditionellerweise die Weihnachtsdekoration hervorgeholt, aber Tante Pete erklärte, sie würde Maxie beibringen, Preiselbeeren aufzufädeln, und dass das schon in Ordnung ginge. Ich erschrak bei diesem Gedanken und versprach mir selbst, es bei Maxie wiedergutzumachen, sobald ich ihre Schwester gefunden hatte.

Tom fuhr zum Flughafen, noch bevor Tante Pete aufgestanden war. Ich bereitete mir einen Kakao in einem Thermobecher, zog Toms Kapuzenmantel an und einen flauschigen Schal von Charlie und sah darin aus wie ein übertrieben angezogener Pinguin. In diesem Aufzug lief ich hinunter zur Strandpromenade. Wenn ich Charlie auf ihrer Reise folgen wollte, musste ich dort beginnen, wo sie aufgebrochen war. Vielleicht hatte sie ein paar ihrer Gedanken zurückgelassen.

Es war ein herrlicher Spätherbsttag. Die Temperaturen lagen unter null. Die Sonne strahlte so intensiv an einem unendlich blauen Himmel, dass ich mir meine Sonnenbrille herbeiwünschte. Ich bedeckte die Augen mit einer behandschuhten Hand und stieg die Stufen zum nördlichen Ende der Strandpromenade hinauf.

Vom hölzernen Geländer aus, an dem ich lehnte, sah das Meer freier aus als im Sommer. Nicht mit Schwimmern gesprenkelt und ungestört von kreischenden Kindern und rufenden Müttern, glitzerte es in einer Art, wie ich sie nie bemerkt hatte. Nur ein schlicht weißes Boot durchschnitt das Wasser, sein Bug hoch in der Luft.

Während ich mich südwärts bewegte, ließ ich meine Hand über das Geländer gleiten und schob dabei den Raureif weg. Die vom Wasser verdunkelten steinernen Stege waren noch immer mit grünen Algen überzogen wie leuchtende Kissen auf dem Meer. Eine Schar Tauben durchstöberte das Ufer nach Popcorn und Chipskrümeln, die an wärmeren Tagen dort zu finden waren. Ihr vergebliches Picken stach mit Gedanken an Charlie auf mich ein.

Eine überraschende Zahl menschlicher Fußspuren war an vielen Stellen im Sand zu sehen; diese Menschen waren mutig genug gewesen, sowohl die Sonne als auch die Kälte zu genießen. Als ich mich den Geschäften an der Strandpromenade näherte, kamen ältere Leute in Sicht, die wie Kinder in Schneeanzüge eingepackt ihren Morgenspaziergang machten. Eine einsame Joggerin ließ aus ihrer Sportkleidung nur die Augen herausschauen. Ich konnte es ihr nicht verdenken.

Aber trotz der Anwesenheit anderer Menschen überwältigte mich die Einsamkeit, als ich an den verbarrikadierten Läden vorbeilief, die mit Limo und Dippin' Dots winkten, der Eiscreme der Zukunft. Als die älteren Leute mit einem munteren „Guten Morgen" an mir vorbeigingen, fragte ich mich: *Sind ihre Kinder davongelaufen? Hatten sie als Eltern versagt? Als Menschen?*

Ich hielt vor Charlies Bistro an und starrte auf seine geschlossenen Fenster.

Hat Charlie in deinem Hinterzimmer geweint, weil sie wegen ihres Babys solche Angst hatte?, fragte ich es. *Stand sie vor deinem Fettfass, als sie ihre Entscheidung traf? Faltete sie deine Schürze zusammen, bevor sie zum letzten Mal ging?*

Ich bekam keine Antwort. Ich fühlte mich so dichtgemacht wie das Bistro. All die Wärme war verschwunden. Die Strandpromenade war leer. Meine Zähne schmerzten und mein Herz schmerzte, und alles, was ich tun konnte, war, mir Charlies Schal über die Nase zu ziehen und wegzulaufen.

Genau wie sie es getan hatte.

Aber ich konnte noch nicht nach Hause zurückgehen. Ich konnte meine Qualen nicht mit nach Hause bringen, wo Tante Pete Preiselbeeren einweichte und Maxie vergnügt Weihnachts-CDs hervorholte. Ich wusste nicht, wohin ich sonst gehen konnte, und trotzdem fand ich mich am Strand wieder, wo ich am Fuß einer Düne in den Sand sank.

Sogar durch Toms Ungeheuer von einem Mantel konnte ich etwas Hartes an meinen Gesäßknochen spüren. Ich brachte genug Energie auf, um nachzusehen, und erkannte, dass ich mich auf einem Büschel Strandhafer niedergelassen hatte. Es war braun und verschrumpelt, und ich grunzte es an. „Du siehst aus, wie ich mich fühle“, sagte ich laut.

Aber in seinem fast gefrorenen Zustand schien es besseren Halt im Sand zu haben als im Sommer, vor allem, weil jetzt nicht mehr Leute in ihrem Ferienglück gedankenlos darübertrampelten. In ihrem winterlichen Zustand schwemmte vielleicht weniger von der Düne davon.

Ich wünschte, ich hätte dasselbe von mir sagen können. Ich hatte das Gefühl, direkt ins Meer zu gleiten.

„Nein!“, sagte ich. „Das kann ich nicht zulassen. Gott, bitte, hilf mir durchzuhalten!“ Ich kauerte im Sand, rieb meine behandschuhten Hände an den Enden des Büschels und betete – flehte – bettelte, bis ich aufhörte, mich zu verzehren.

Ich befinde mich in meinem Leben an einem winterlichen Ort, dachte ich. Ich blickte auf den Strandhafer hinunter und dann in den endlosen, allmächtigen Himmel und sah, was man nur an so einem Ort sehen konnte. Das einzige Wahre, das mich zusammenhielt.

Komm, folge mir, sagte das Flüstern.

***

Gegen drei Uhr nachmittags betrachtete ich unseren langen Tag als vergeblich. Malone und ich waren von einer Herberge zur anderen gefahren. Ich fühlte mich wie die Tauben am kalten Strand. In meinem Kopf hallten ihre traurigen Schreie.

Wie erwartet hatte keiner der Mitarbeiter in einer der Unterkünfte, die Ausreißern Schutz vor der Straße boten, uns sagen wollen, ob Charlie dort gewesen war. Die Jugendlichen selbst waren irgendwo jenseits der befestigten Eingänge versteckt, an denen wir hielten.

Einige der Angestellten berichteten, erst lange nach dem 4. August eingestiegen zu sein und dass die Jugendlichen höchstens 72 Stunden bleiben durften.

„Meistens versuchen wir sie dazu zu bringen, wieder nach Hause zurückzukehren“, erzählte uns ein riesiger Mann, dessen Brusthaare aus seinem Kragen hervorquollen. Ich konnte mir nicht vorstellen, dass Charlie mit ihm geredet hatte. Wenn sie hier gewesen war, war sie sicherlich sofort weggeschlüpft.

Um drei Uhr waren wir völlig erschöpft und gingen zum Mittagessen in einen Imbiss. Ich ignorierte die mit Klebeband ausgebesserte Schramme am Tresen und bestellte ein gegrilltes Käsesandwich.

„Das schmeckt bestimmt wie Gummi“, sagte Malone, als die Bedienung gegangen war, um unsere Bestellung in die Küche zu brüllen.

„Ich glaube sowieso nicht, dass ich etwas essen kann“, antwortete ich. Die Gerüche in den Ausreißerunterkünften hatten mir den Hunger für den Rest meines Lebens verdorben.

Malone breitete unsere nun abgewetzte Liste aus. Eine Ecke saugte einen fettigen Fleck vom Tisch auf.

„Wir waren im Teen-Challenge, in der Teen-Oase, in der Unterkunft der Heilsarmee und in Basis Zwei.“ Er sah mich mit hängenden Augen und Mundwinkeln an. „Das war’s in Baltimore. Wir könnten es noch in ein paar Vororten versuchen. Sie könnte per Anhalter rausgefahren sein.“

Ich nickte in Richtung des Zettels. „Was ist mit der, die Sie nicht markiert haben?“

„Der Zufluchtsort.“ Malone schüttelte den Kopf. „Ich habe diesen einen Typen danach gefragt. Er meinte, dass es stillgelegt worden sei. Ein paar Jugendliche hängen wohl in dem leeren Gebäude herum, aber es gibt keine Angebote für sie. Er war überrascht, dass die Polizei sie noch nicht von dort vertrieben hat.“

Ich nahm ihm die Liste ab und fuhr mit dem Finger über die Worte. Der Zufluchtsort.

Mein sicherer Hort, mein göttlicher Raum.
Könnte die Liebe mein Zufluchtsort sein?

„Ich möchte dort hinfahren“, sagte ich.

Malone zuckte zusammen. „Da werden nur junge Leute sein, die auf der Straße leben, Mrs Soltani“, sagte er. „Drogensüchtige, jugendliche Trickbetrüger …“

„Prostituierte“, beendete ich seinen Satz.

Die Bedienung warf gleichgültig einen Teller vor mich auf den Tisch. Ich schob ihn weg. „Wenn Charlie diesen Namen gehört hat – der Zufluchtsort –, dann hat sie sich mit Sicherheit davon angezogen gefühlt. Und wenn da nur junge Leute sind – keine Erwachsenen –, dann ist da auch niemand, der sie davon abhält, mit uns zu reden.“

„Wenn *Erwachsene* schon einen Polizisten ausmachen können …“

„Dann gehe ich eben alleine hinein“, antwortete ich.

„Das kann ich Ihnen nicht erlauben.“ Seine Augen schlossen sich für eine Sekunde. „Ich klinge wie Ihr Mann, stimmt’s?“

„Sie haben ihm ein Versprechen gegeben. Das verstehe ich“, sagte ich, während ich mir schon die Tasche über die Schulter warf. „Wenn Sie das nicht gemacht hätten, wäre ich wahrscheinlich gar nicht erst so weit gekommen. Können Sie sich nicht irgendeine Tarnung oder so was anlegen?“

Malone lachte ein tiefes, weiches Lachen, das ich erst ein oder zwei Mal gehört hatte. Es hielt mich davon ab, meine Finger in die Tischplatte zu krallen.

„*Ich* schaffe das vielleicht, mir eine Tarnung überzustreifen“, sagte er, „aber wir wissen ja schon, dass Sie als Undercoveragentin ungeeignet sind.“

„Okay“, sagte ich. „Okay, ich bringe ihnen einfach etwas zu essen mit. Die müssen doch Hunger haben, oder?“

Ein zögerndes Lächeln breitete sich auf Malones Gesicht aus, bis es seine Augen erreicht hatte. „Das könnte klappen, nur …“ Mit hochgezogener Augenbraue betrachtete er das fetttriefende Sandwich, das auf meinem Teller kalt wurde. „Wir sollten ihnen keinen gegrillten Käse anbieten."

Wir kauften ein Dutzend Cheeseburger bei McDonald's, bevor wir uns in einen Stadtbezirk zehn Blocks vom FGZ entfernt wagten. Fröstelnd umklammerte ich die Tüte, als Malone den Jeep an einem Maschendrahtzaun anhielt, der von einem herabhängenden Stacheldraht gekrönt wurde. Dahinter lagen ein zementierter Basketballplatz mit netzlosen, rostigen Körben und ein Betongebäude, in dem die Fensterscheiben fehlten.

Es sah weniger aus wie ein Zufluchtsort als alles andere, was ich mir vorstellen konnte, und trotzdem hing dort ein zerborstenes, wettergegerbtes Schild über der Tür, das genau das in allzu blauen Buchstaben behauptete. Der einzige Versuch, es einer Herberge anzugleichen, waren zwei gewundene schmiedeeiserne Geländer, die beide nur noch an einer einzigen Schraube befestigt waren.

„Ganz im Ernst, Mrs Soltani", sagte Malone, „ich kann keinen einzigen Hinweis auf Leben entdecken."

Gerade als er das sagte, guckte ein Kopf mit einer schwarzen Wollmütze, die bis zu den Augenlidern heruntergezogen war, aus einem der Fenster und war sofort wieder verschwunden. Ich war mir sicher, Malone leise fluchen zu hören.

„Die Hamburger werden kalt", sagte ich.

Malone seufzte und öffnete die Autotür.

Es war surreal, über den verdreckten Platz auf das Gebäude zuzugehen. Ich hatte das Gefühl, keinen Körper zu besitzen, bis Malone die Tür aufdrückte und mich der grässliche Geruch von abgestandenem Rauch und Verwesung überfiel. Ich musste mich zwingen, nicht zu würgen.

„Ist jemand zu Hause?", rief Malone. „Nein!", brüllte jemand zurück. Wer auch immer das war, er sagte die Wahrheit. Das konnte kein Zuhause für irgendein Lebewesen sein.

Malone bedeutete mir zu warten, während er hineinging. Ich blieb zitternd stehen, hielt die magere Fast-Food-Tüte umklammert und lauschte dem Stimmengemurmel. Ich strengte mich an, Charlies Stimme herauszuhören, aber sie klangen alle gleich. Leise und leblos.

Schließlich tauchte Malone wieder auf und nickte mir zu. „Machen Sie sich auf was gefasst", flüsterte er.

Es gab keine Möglichkeit dazu. Der Gestank war jenseits der Tür noch schlimmer, und die Luft, aus der er entstand, war stickig von Zigarettenrauch, wie ich vermutete, bis ich die Flammen sah, die den Rand eines 250-Liter-Fasses leckten.

Das klaffende Loch eines Raumes war übersät mit Haufen, die anscheinend aus Lumpen bestanden. Neben jedem lag ein zerschlissenes Taschenbuch oder ein Kerzenstummel oder eine Einkaufstüte, die schon bessere Tage gesehen hatte. Die jungen Leute, denen – wie ich entschied – die Sachen gehörten, standen um das Feuerfass herum und sahen uns aus Gesichtern an, die so leer waren wie der Raum selbst.

Der Junge mit der Skimütze sah uns mit zugekniffenen asiatisch-amerikanischen Augen an. Neben ihm öffnete ein Mädchen, dessen Haare einmal rot gewesen sein mochten, wenn sie gewaschen waren, den Mund.

Malone hob beide Hände. „Ich versichere euch, wir sind nicht von der Polizei von Baltimore. Wir sind von keinem Sozialdienst. Wir wollen euch nur etwas zu essen geben."

Mit dem Gefühl, als ob „Ich bin die Mutter von jemandem" auf meiner Stirn geschrieben stand, hielt ich die Tüte in die Höhe.

„McDoof", sagte ein knochiger Pimpf, der nicht älter als zwölf sein konnte.

Er kam auf mich zu. Das blond gefärbte afroamerikanische Mädchen neben ihm griff nach seinem Arm, aber es konnte mit dem Duft von Cheeseburgern nicht konkurrieren, der sich zaghaft seinen Weg durch die vorherrschenden Gerüche bahnte.

Keiner von uns sagte ein Wort, als wir die Burger austeilten und die Jugendlichen dabei beobachteten, wie sie sich ans Feuer zurückzogen und das Essen verschlangen. Sie hatten alle denselben leeren Blick, dieselbe Härte um ihre Münder, die sie so erwachsen aussehen ließen und zeigten, dass sie der Straße überdrüssig waren. Aber die Schwäche ihrer Schultern, die ungeformte Zartheit ihrer Kiefer machten mir schmerzhaft bewusst, dass keiner von ihnen auch nur einen Tag älter als sechzehn war.

Ich zählte sechs. Jeder außer dem Rotschopf inhalierte zwei Hamburger. Sie legte ihren zweiten unter einen Haufen Lumpen, was der Junge mit dem Babyface beobachtete und ihm fast geifern ließ.

„Der liegt da besser noch, wenn ich ihn später essen will", sagte sie zu ihm. Ihr Ton war harsch, aber ihre Stimme hätte zu jeder von Charlies Freundinnen gehören können. Es war eine Stimme, die in einer Umkleidekabine kichern oder im Schulbus hätte flüstern sollen.

„Hat noch jemand Hunger?", fragte Malone.

Wie ein Gangmitglied ließ der Junge großtuerisch verlauten: „Ich könnte eine Lieferung Pommes gebrauchen."

Die Blonde stieß ihm in die Rippen, aber er winkte Malone mit einer Hand zu, deren Linien total verdreckt waren.

„Wir können euch Pommes besorgen, Pizza, was immer ihr wollt", sagte Malone, „wenn ihr uns einfach ein paar Fragen beantwortet."

Misstrauen legte sich über die meisten Augenpaare wie Jalousien. Die Rothaarige verengte ihre Augen zu Schlitzen und lehnte sich gegen die Wand.

„Ich sage überhaupt nichts", sagte der asiatisch-amerikanische Junge.

Die Blonde sah mich an. „Ich weiß, dass sie kein Bulle ist."

„Mann, wir sind noch nicht mal von hier", sagte Malone. „Es ist uns völlig egal, dass ihr ein Haus besetzt und noch nicht rausgeflogen seid."

Alle sahen den asiatisch-amerikanischen Jungen an. Er rührte sich nicht.

„Möchtest du meinen Führerschein sehen?", fragte Malone ihn.

„Ja, hau rüber."

„Alles, was wir möchten, ist, dass ihr euch dieses Bild anseht", sagte ich. „Vielleicht führe ich euch alle zu einem Steakessen aus."

Bevor ich das Foto aus meiner Tasche holen konnte, zogen sie sich zum Feuer zurück, mit dem Rücken zu uns, und bedeckten ihre Schultern mit intuitiver Feindseligkeit. Malone hatte die Augen geschlossen.

„Bitte", sagte ich zu ihren Rücken. Ich wusste, dass ich allen Anschein von Coolness verloren hatte, aber ich konnte nicht aufhören, sie anzuflehen. „Ihr Name ist Charlie. Sie hat ein gutes Zuhause. Wir werden sie nicht bestrafen. Wir wollen nur wissen, ob es ihr gut geht."

„Gehen wir", raunte Malone mir zu. „Das war's wohl."

„Sie wollten sich noch nicht einmal das Bild ansehen", sagte ich, als er mich mit beiden Händen zur Tür schob. Meine Stimme hatte sich in ein Winseln aufgelöst. „Wenn sie es sich nur mal ansehen würden, könnte ich schon sagen, ob sie sie gesehen haben."

Erst draußen am Ende des zwecklosen Geländers blieb Malone stehen. „Das wird nicht passieren, Mrs Soltani. Sie sind alles, was sie haben. Wenn einer den anderen verrät, ist die einzige Sicherheit, die sie im Moment kennen, futsch."

Während Malone mich mehr oder weniger zum Jeep zurückzerrte, blickte ich zu dem Gebäude zurück, das so voller Rauch und Gestank und jungen Teenies war, die einer Vorzeigemutti mit Cheeseburgern in der Hand nicht trauen konnten. Ich schluchzte auf, nicht nur wegen Charlie.

Ich blickte noch immer zurück, als Malone versuchte, mich in den Jeep zu stopfen. Eine Gestalt mit stumpfen roten Haaren erschien in der Tür und winkte mir, als wollte sie nicht, dass sie jemand dabei sah. Ich riss mich von Malone los und beobachtete sie.

Sie nickte mit dem Kopf in Richtung Basketballplatz und lief zum Zaun hinüber. Ihre Beine waren dünn wie Stifte und jugendlich-schlaksig.

„Ich muss da hin“, sagte ich zu Malone.

„Mrs Soltani …“

Ich ignorierte ihn und joggte zum Zaun; das rothaarige Mädchen war bereits auf die andere Seite geklettert. Wir trafen in einer abgelegenen Ecke zusammen, ich draußen, sie drinnen, unser frostiger Atem traf sich in der Mitte. Wir zwirbelten beide unsere Finger in den Maschendraht.

„Sollten Sie irgendwem sagen, dass ich Ihnen das verraten habe, werde ich es abstreiten“, sagte sie.

Ich stand nahe genug bei ihr, um zu sehen, dass ihre Zähne gelb waren, fast grün.

„Sie meinten, sie heißt Charlie?“

„Ja“, antwortete ich, „Charlie Soltani. Kennst du sie?“

„Es gibt hier eine Charlie. Dunkle Haare. Große Augen.“ Der Rotschopf nahm seinen Kopf zurück. „Sieht ein bisschen aus wie Sie.“

Ich war fast zu verblüfft, um Charlies Bild aus meiner Tasche zu ziehen. Ich zeigte es dem Mädchen, und es betrachtete es genau, bevor es mir das Bild zurückgab.

„Ist sie das?“, fragte ich. „Die Charlie, die hier wohnt?“

„Keiner von uns sieht aus wie früher“, antwortete sie. „Aber, ja, ich denke, das ist sie.“

Ich klammerte meine Finger wieder in den Zaun, um sie ihren Fingern näher zu bringen. „Wo ist sie? Ist sie irgendwo da drin?“

„Sie arbeitet. Sie macht die Tagschicht.“

„Wo?“

„In der Innenstadt, aber da wollen Sie nicht hin.“

Ich rüttelte am Zaun. „Bitte, sag mir, wo sie ist.“

Das Mädchen warf einen Blick auf das Gebäude. „Kommen Sie

einfach wieder hierher, wenn es dunkel geworden ist. Dann werden alle weg sein außer mir. Sie kommt immer hierher zurück, wenn sie Feierabend hat."

„Bist du dir sicher?", fragte ich. „Schwörst du, dass sie hier sein wird?"

„Außer sie macht nicht das, was sie praktisch jeden Abend getan hat, seit sie hier ist. Ich muss gehen." Sie machte einen Schritt zurück.

„Warte", sagte ich. „Seit wann ist sie schon hier?"

Sie zuckte mit den Achseln. „Sie ist kurz vor mir gekommen, also schätze ich, dass es im August war oder so."

Ich warf beide Hände über meinen Mund, als sie ein paar weitere Schritte zurücktat.

„Vielen Dank", sagte ich. Ich kramte in meiner Tasche und zog zwei Zwanziger heraus. „Hier – ich weiß, dass du ein großes Risiko eingehst, indem du mit mir sprichst."

Sie hielt inne und starrte auf das Geld, das aus meinem Handschuh ragte.

„Und bitte verrate ihr nicht, dass ich komme. Sonst haut sie vielleicht ab, weil sie nicht weiß, was ich ihr sagen möchte."

Das Mädchen zischte durch seine Zähne und nahm die Scheine, die ich durch eine Raute des Zauns stocherte. „Wenn ich eine Mama wie Sie hätte", sagte es, „wäre ich nicht so einfach abgehauen."

19

Ich quatschte Malone bis zum Einbruch der Dunkelheit voll, nur um mich von dem Gedanken daran abzuhalten, wie Charlie während der „Tagschicht" auf einer Straße in der Innenstadt herumlief. Während wir ein paar Straßen weiter die Gänge eines miefigen Lebensmittelladens auf und ab liefen und einen klapprigen Wagen mit Essen für die Kinder beluden, ging ich jede andere mögliche Alternative durch.

„Sie muss ja nicht zwangsläufig eine Prostituierte sein, auch wenn es danach geklungen hat", sagte ich. „Vielleicht arbeitet sie in einem Restaurant. Vielleicht macht sie Pommes; sie weiß ja, wie das geht!"

Nicht ein einziges Mal, wenn ich versuchte, mir etwas auszureden, das zu dunkel und zu abscheulich war, es sich vorzustellen, erinnerte Malone mich daran, dass Charlie ohne Adresse oder saubere Klamotten wahrscheinlich gar keinen Job gekriegt hätte. Oder dass sie, wenn sie nicht gefunden werden wollte, niemandem ihren Ausweis gezeigt hätte. Er hörte mir einfach zu, als ob ich etwas Sinnvolles von mir geben würde.

Erst als wir einen Block vom Zufluchtsort entfernt im Dunkeln geparkt hatten und die Kinder beim Weggehen zählten, wurde ich still und betete wieder.

Überbrücke einfach die Kluft, sagte ich wieder und wieder. *Bitte, Gott, halte uns zusammen.*

„Das sind alle", sagte Malone. „Ich helfe Ihnen, die Lebensmittel reinzutragen, und dann warte ich hier draußen. Ich denke, Sie sollten drinnen sein, wenn sie kommt."

Ich konnte nicht daran denken, wie es sein würde, wenn Charlie herkam, mich hier sah und vor Angst oder sogar Hass davonstürzte. Ich dachte nur daran, wie es sein würde, sie in meinen Armen zu halten.

Die zugekniffenen Augen des rothaarigen Mädchens weiteten sich, als sie die Taschen voller Essen sah, die ich durch die Tür schleppte. Sie war gerade dabei, die Sachen unter den Lumpenhaufen aufzuteilen, als sie sich kerzengerade hinstellte und sagte: „Sie kommt."

Ich stand erstarrt in der Mitte des Flurs, sah zur Tür, die Hände in die Ärmel meines Mantels hochgezogen. Charlie würde gleich da sein, und ich hatte vielleicht nur ein paar Sekunden, ein paar Worte, um sie davon abzuhalten, wieder von mir fortzulaufen. Als die Tür aufging, platzte nur ein „Charlie!“ aus mir heraus.

Ein abgemagertes Mädchen mit dunklen Haaren und einer Maske aus Make-up blinzelte mich an. In dem Rock, der nur knapp ihren Po bedeckte, und Stöckelschuhen, die ihre Schienbeine beugten, sah sie unzweifelhaft aus wie eine Prostituierte. Aber das war nicht meine Charlie.

Meine Brust hob sich, als sowohl Enttäuschung als auch Erleichterung sie durchfluteten.

„Wer ist sie?“, fragte das Mädchen.

Der Rotschopf sah von einer von uns zur anderen. „Ich dachte, sie ist deine Mutter.“

„Als ob meine Mutter herkommen und nach mir sehen würde.“

Das Mädchen lief zu seinem Lumpenhaufen, als ob es sein persönliches Ankleidezimmer sei, warf seine Stöckelschuhe von sich, was es auf eine maximale Größe von zerbrechlichen 1,55 Metern verkleinerte. Sie schob ihre Finger in ihre pinke Plastikjacke und zog ein paar zusammengeknüllte Scheine heraus. „Ich brauche meine Handtasche, Allie“, sagte sie zu dem rothaarigen Mädchen.

Der Rotschopf – Allie – verschwand durch eine Tür im hinteren Teil des Raumes. Das Mädchen ging zum Feuer, das schon fast ausgegangen war, und streckte seine Hände darüber. Sie waren rau und zu Krallen verkrümmt.

„Hast du keine Handschuhe?“, fragte ich.

Sie sah mich mürrisch an. „Wer sind Sie überhaupt?“

„Ich bin Charlies Mutter“, antwortete ich. „Eine andere Charlie. Ich dachte, du könntest sie sein.“

Ihre Augen, braun wie Charlies, weiteten sich im Schein der Flammen. „Vergiss die Tasche, Allie“, rief sie. Sie lief zur Tür, gerade als Allie auftauchte und ihr eine lindgrüne Tasche zuwarf. Das

Mädchen konnte sie nicht fangen, und sie landete zu meinen Füßen. Ein verblasstes, ehemals fröhlich-blaues T starrte mich von dort an.

Es war Charlies Tasche.

Unsere Köpfe schlugen aneinander, als wir beide nach ihr griffen. Ich bekam sie zuerst zu fassen und drückte sie an meine Brust. Das Mädchen erstarrte nach unten gebeugt und sah zu mir hoch. Ich konnte die Angst in seinen Augen flimmern sehen, selbst unter dem Schutz des silbern schimmernden Lidschattens.

„Woher hast du die?", fragte ich.

Das Mädchen richtete sich langsam auf. Es schien seinen gleichgültigen Gesichtsausdruck wiederfinden zu wollen, aber er war verschwunden. „Ich habe sie geschenkt bekommen", sagte es.

„Von wem?", fragte ich.

„Von einem Mädchen, das ich getroffen habe." Es machte einen schwachen Versuch, mir die Tasche wieder wegzunehmen, aber ich trat einen Schritt zurück und riss sie auf. Der Reißverschluss war kaputt, und das Innere roch nach süßem Rauch. Aber das rosa Valentins-Portemonnaie war noch drin. Außerdem ein schmutziger Haufen von Dollarscheinen.

„Sie dürfen mir nicht mein Geld wegnehmen", sagte das Mädchen.

„Ich will dein Geld gar nicht." Ich machte mich über das Portemonnaie her und ließ das gefächerte Kartenfach herunterklappen. Maxies Viertklässlergesicht grinste mich an. Auch Jessicas und das der anderen Mädchen, mit denen Charlie gekichert hatte. Das letzte, das es auszuklappen gab, war das Gesicht meiner eigenen Charlie, das so zart aussah neben dem Indian-River-Highschool-Logo auf ihrem Ausweis.

Ich starrte das Mädchen an, das jetzt zitternd vor mir stand. Tausende von Anschuldigungen rangelten in meinem Kopf um einen Platz.

„Ich habe sie ihr nicht gestohlen", sagte das Mädchen. „Wir haben getauscht. Sie hat jetzt meine."

„Warum?“, fragte ich. „Warum habt ihr das gemacht?“

„Damit uns niemand findet“, antwortete sie.

Ich hielt ihr die aufgeklappte Reihe von Bildern hin. „Ich *muss* sie finden. Schau dir das an. Sie hat eine Familie, die sie liebt. Wir möchten nur, dass sie nach Hause kommt.“

Das Mädchen streckte mir seine Hand entgegen. „Geben Sie mir mein Geld zurück“, sagte sie, „dann sage ich Ihnen, was ich weiß.“

„Nimm's.“ Ich streckte es ihr hin und wühlte noch einmal in meiner eigenen Tasche. Mit einem Fünfzig-Dollar-Schein zwischen den Fingern hielt ich inne. „Nimm es bitte für ein paar dezentere Klamotten und such dir einen richtigen Job“, sagte ich. „Oder noch besser, kauf dir ein Busticket und fahr nach Hause zu deiner Mama.“

„Oh, und zu meinem Stiefvater“, antwortete sie. „Das wäre ein Spaß, klar! Die wollen gar nicht, dass ich nach Huntington zurückkomme, glauben Sie mir.“

Der Sarkasmus war so zerbrechlich, dass ich ihr den Fünfziger gab und ihre Hand drückte. „Bitte“, sagte ich. „Wenn deine Familie dich mit offenen Armen willkommen heißen würde, würdest du dann nicht zurückkehren?“

Sie zog ihre Hand zurück, stopfte das Geld in ihre Jacke und warf Allie über die Schulter einen zornigen Blick zu.

„Brauchst mich gar nicht so anzugucken“, sagte Allie. „Ich dachte echt, dass du Charlie Soltani heißt.“

„Wie heißt du denn *wirklich*?“, fragte ich.

„Wen interessiert's?“

„Wenn Charlie deinen Namen benutzt, kann er mir dabei helfen, sie zu finden. Los. Bitte.“

„Ich heiße Brandi“, sagte sie. „Brandi Wines. Meine Mutter hat einen komischen Sinn für Humor.“ Sie sah Allie erneut wütend an. „Du hast nichts von alledem gehört.“

„Okay“, sagte Allie, „Charlie.“

„Hat Charlie deinen Ausweis?“, fragte ich.

„Meinen Führerschein." Brandi schaffte es, ein Stück Teilnahmslosigkeit in ihrem Blick zurückzugewinnen. „Nicht dass ich einen BMW habe oder so."

„Wann ist sie hier weg?"

„Sie war nur ein paar Tage da. Es war noch heiß, also" – sie hob eine Augenbraue, übersät mit matten Glitzersteinen – „da müsste ich noch mal meine Sekretärin fragen."

„Hat sie gesagt, wo sie hinwollte?"

Brandi zuckte die Achseln. „Keine Ahnung. Sie sagte, dass sie zu einer Tante mit einem Männernamen wollte. Joe. Harry. Irgend so was."

„Pete?", fragte ich.

„Weiß nicht. Kann sein. Hören Sie, das ist alles, was ich weiß. Wir waren nicht so eng."

Ich wusste, dass ich nichts weiter aus ihr herausbekommen würde. Ich zog noch einen Fünfziger aus meiner Tasche.

„Kauf dir ein paar Handschuhe", sagte ich. Ich blickte die lindgrüne Tasche an, die noch immer unter meinem Arm klemmte. „Und eine neue Tasche."

„Sagen Sie ihr nicht, dass ich sie habe auffliegen lassen", sagte Brandi.

„Ich werde ihr sagen, dass ich dir keine Chance gelassen habe", antwortete ich.

„Ja." Mit ihren Augen schenkte sie mir den ersten Hauch eines Lächelns. „Stimmt."

***

Malone stand an der Eingangstür, als ich heraustrat. Ich lief stracks zum Jeep und sagte über die Schulter: „Ich muss nach Philadelphia. Ich weiß, Sie können nicht mitkommen, also bringen Sie mich einfach zum Bahnhof."

Er holte mich ein. „War nicht Charlie, die da reingegangen ist?"

Ich schüttete ihm die Geschichte aus, während ich weiter zum Auto lief und in meiner Tasche nach meinem Handy wühlte. Als wir eingestiegen waren, legte Malone seine Hand auf Charlies Tasche, die aus meiner lugte, und fragte: „Darf ich?"

„Brandi hat gesagt, dass sie zu Tante Pete fahren wollte", sagte ich, als er hineinspähte. „Tom bekommt einen Anfall, aber ich muss nach Philly fahren."

„Warum sollte sie dort hingefahren sein? Tante Pete war doch bei Ihnen, als sie weggelaufen ist."

Ich klappte das Handy auf. „Da wollte Tante Pete auch noch in der darauffolgenden Woche abfahren. Charlie ist nur hiergeblieben, bis sie dachte, dass Tante Pete wieder bei sich zu Hause sein würde."

„Aber, Mrs Soltani", sagte Malone. Seine Stimme wurde sanft. „Das ist mindestens drei Monate her. Als sie Tante Pete nicht bei sich zu Hause angetroffen hat …"

„Dann weiß ich auch nicht", sagte ich. „Ich weiß es nicht, Mr Malone, aber das ist alles, was ich habe."

Ich begann zu weinen. Es schien mir wie ein Wunder, dass ich noch Tränen hatte. „Sie hat sich einfach gegen jemand anderes ausgetauscht", sagte ich.

„Aber jetzt wissen wir, wer dieser jemand ist. Wir haben tatsächlich etwas, um weiterzumachen."

„Haben wir das?"

„Wir werden dort das Gleiche tun, was wir hier gemacht haben."

„Was, wenn sie … Was, wenn sie es nicht bis jetzt geschafft hat, so zu überleben?"

„Sie ist stärker, als Sie glauben."

„Woher wollen Sie das wissen?"

„Ich sehe mir ihre Mutter an", antwortete er, „die stärkste Mutter, die ich je kannte."

Ich lehnte meinen Kopf an den Sitz und schloss die Augen.

„Was möchten Sie jetzt tun, Mrs Soltani?"

„Fragen Sie das eine starke Frau?", fragte ich.

„Ja."

„Dann möchte ich, dass Sie mich zum Bahnhof fahren."

„Ganz sicher?"

„Mr Malone, ich stehe Todesängste aus. Aber ich muss das machen. Es ist das Einzige, was ich tun *kann.*"

Er nickte. „Genau das tut eine starke Frau."

***

Es war Mitternacht, als ich in Philadelphia ankam. Ich stieg zum ersten Mal in meinem Leben allein in ein Taxi und wählte aus meinen Urlaubserinnerungen eine Hotelkette aus. Ich checkte lediglich mit meiner Tasche und Charlies in das „Wyndham" ein und setzte mich beängstigend einsam auf die Bettkante, bis mir einfiel, Tante Pete anzurufen.

„Was machst du da oben?", fragte sie, als ich ihr sagte, wo ich war.

„Charlie hat sich zu dir aufgemacht", antwortete ich. „Erklär mir einfach, wie ich von der Innenstadt zu deinem Haus komme, den Rest erkläre ich dann später."

„Womit fährst du?", fragte sie.

„Ich miete mir morgen früh ein Auto."

„Such dir kein so schickes aus. Die demolieren es, während du drin sitzt. Ganz im Ernst, wenn jemand darauf zuläuft, ist es ganz egal, ob du an der roten Ampel stehst, fahr bloß weg …"

„Tante Pete", sagte ich, „ich brauche nur eine Wegbeschreibung. Und zwar langsam."

Sie entwarf eine Route für mich, während ich mitschrieb, Straße für Straße, Orientierungspunkt für Orientierungspunkt. Sie warnte mich sogar vor den Punkten, an denen ich mich leicht verfahren konnte.

„Also“, sagte sie, nachdem wir alles noch zweimal durchgegangen waren, „wenn du bei mir ankommst, geh nach nebenan zum alten Clarence. Der ist eine größere Tratschtante, als jede Frau träumen könnte. Wenn Charlie dort gewesen ist, kannst du darauf wetten, dass er sie gesehen hat. Du musst schreien, wenn du mit ihm sprichst. Der ist taub wie eine Nuss.“

„Okay“, sagte ich.

„Ruf mich an, wenn du dich verfahren hast.“

„Okay.“

„Isabella, pass auf dich auf.“ Ihre Stimme wurde von dem Knistern und Rauschen erfüllt, das ich so lieb gewonnen hatte. „Dein Problem ist nicht ihr Problem. Die überfallen dich, sobald sie dich entdeckt haben …“

„Pass für mich auf Maxie auf“, sagte ich.

„Mach dir keine Sorgen um Maximiliane. Finde du Charlie.“

Als wir auflegten, klammerte ich mich immer noch ans Handy in dem Verlangen, eine andere Stimme als meine eigene zu hören.

Ich wählte Toms Handynummer. Seine Mailbox ging an. Seine Ansage, die angenehm forsch war und keinen Zweifel daran ließ, wer das Sagen hatte, kam mir zugleich tröstlich und schrill vor. Malone hatte mir versichert, dass ich etwas Unmögliches schaffen konnte. Toms Stimme ließ mich zweifeln. Ich klappte das Handy zu und ließ mich rücklings aufs Bett fallen. Jetzt, wo Malone nicht da war, wer würde mir hier zusprechen, dass ich es schaffen konnte? Wie konnte ich die Nacht überstehen, mir morgen ein Auto mieten, Tante Petes Zuhause finden und einer weiteren Enttäuschung gegenübertreten, die vermutlich dort darauf wartete, mich niederzumachen?

Komm, folge mir, flüsterte die Stimme.

Dann fügte sie hinzu: *Es gibt eine Brücke. Überquere sie.*

„Was?“, fragte ich sie.

Das war alles, was sie mir verriet. Ich fiel in einen unruhigen Schlaf und träumte von Riesenbüscheln amerikanischen Strandhafers.

***

Irgendetwas weckte mich bei Tagesanbruch. Benebelt tastete ich nach dem Telefon neben dem Bett und sah, dass mein Handy blinkte. „Neue SMS", teilte das Display mit.

Ich hatte den beschämenden Gedanken, dass es leichter war, eine Nachricht von Tom zu lesen, als seine Stimme zu hören. Aber die SMS war von Malone.

„Dachte, das könnte Ihnen helfen", stand dort. Ich scrollte eine Liste von Herbergen samt Telefonnummern herunter.

„Gott segne Sie", sagte ich. Wenn ich bei Tante Pete zu Hause nichts herausfand, würde ich dort anrufen.

Hellwach machte ich Kaffee in der Kanne am Spülbecken und ging duschen. Meine Kleidung roch nach Angstschweiß, aber ich bügelte sie und zog sie wieder an. Ich versuchte, mich auf jeden Handgriff zu konzentrieren und mir nicht zu viele Gedanken darüber zu machen, wo ich mich befand.

Die junge Angestellte an der Rezeption nannte mir den Namen der nächsten Autovermietung, und der gut aussehende Bursche vor der Tür rief mir ein Taxi herbei. Sie waren so normal. Das half mir, brachte mich aber auch fast zum Weinen.

Bitte, Gott, betete ich leise auf dem Rücksitz des Taxis, *lass uns wieder zu ein bisschen Normalität zurückfinden.*

Dann betete ich, bei Hertz lebend anzukommen. Der Taxifahrer fuhr über Bordsteine, bog trotz entgegenkommender Busse links ab und nahm seine Hand nie von der Hupe weg. Als ich zum Schalter von Hertz hochstieg, rann mir der Schweiß unter meinem Mantel herunter.

Auf Reisen hatte ich immer die Kinder bespaßt, während Tom ein Auto mietete, und er hatte es immer im Voraus gebucht. Das Einzige, was Hertz mir zur Verfügung stellen konnte, war eine

S-Klasse. Als der Typ es vor die Tür fuhr, erblickte ich eine Limousine.

„Wohin fahren Sie?“, fragte er.

„Italian Market“, antwortete ich.

„Oh Mann“, sagte er.

Ich deutete das nicht als ein gutes Zeichen.

Als ich versuchte herauszufinden, wie man den Sitz so verstellte, dass ich die Pedale erreichen konnte, fühlte ich mich wie ein Patient im Streckverband, der herumfummelt, um sein Krankenhausbett einzustellen. Als ich damit fertig war, mich nach oben, nach unten und zur Seite zu schieben, war mir übel, und ich musste mich aus dem Mantel schälen.

Die S-Klasse schien an beiden Seiten über den Bürgersteig zu hängen, und ich traute mich nicht, schneller als 25 Kilometer pro Stunde zu fahren, als ich auf die Straße fuhr. Die Autofahrer hinter mir hupten wie wild und schüttelten ihre Fäuste durch die geöffneten Fenster. Ein Mann gab einen Schwall Kraftausdrücke von sich.

„Jetzt hört alle mal auf, böse auf mich zu sein!“, sagte ich. Plötzlich war ich das Hassobjekt, nur weil ich nicht wusste, was ich tat.

Irgendwie schaffte ich es, Tante Petes Wegbeschreibung zu folgen und in die richtige Gegend zu finden. Ihr Backsteinreihenhaus war zwischen zwei gleichen Exemplaren eingequetscht. Die Blende der Vortür war eingerissen, und eine Regenrinne voll schwerer Eiszapfen hing schief herunter. Wenn Charlie es irgendwie geschafft hatte, hineinzukommen und darin zu wohnen, war das nach meinem Geschmack so gut wie ein Fünfsternehotel.

Genau wie Tante Pete vorausgesagt hatte, öffnete sich die Haustür nebenan knarrend, als ich zum Vordereingang lief, und ein alter Mann schlurfte heraus und gaffte mich an.

Clarences Nase bog sich fast bis zu seinem Kinn herunter, ein Kunststück, das die Abwesenheit dritter Zähne möglich machte. Er war bequem für draußen gekleidet, komplettiert durch einen weichen Filzhut aus den Fünfzigern.

„Guten Morgen!“, rief ich ihm zu.

„Häh?“, antwortete er. Seine Stimme klang ganz und gar wie ein Lkw-Lufthorn.

Ich überquerte eine kleine Stelle mit von der Kälte gebräuntem Gras, während er ebenfalls weiter auf mich zuschlurfte. Je näher er kam, desto runzeliger sah er aus, bis ich schließlich sogar Angst hatte, er würde verschrumpeln und weggeweht werden, bevor er nah genug gekommen war, um mich zu verstehen. Aber seine Augen waren scharf wie die eines Falken. Tante Pete hatte wahrscheinlich recht: Er beobachtete alles.

„Ich bin Isabella Soltani“, sagte ich.

Unter seiner Hutkrempe formte er eine Hand wie eine Muschel um sein Ohr und rief: „Wer?“

„Die Nichte von Mrs Bernardi.“

„Von wem?“

Ich zeigte auf Tante Petes Haus.

„Oh. Die alte Pete. Ja.“ Er zog ein Paar verwucherter weißer Augenbrauen zusammen. „Der schlimmste Wichtigtuer, den Sie je gesehen haben. Sie ist nicht etwa dort unten in Delaware gestorben, oder?“

„Nein, es geht ihr gut.“

„Häh?“

Ich nahm Charlies Bild aus meiner Tasche und drückte es ihm in die Hand. „Ich bin auf der Suche nach meiner Tochter“, rief ich. „Ist sie hier gewesen?“

Er betrachtete das Foto so lange, dass ich befürchtete, verrückt zu werden. Ich kaute auf meinen Lippen herum und hielt mich betend davon ab zu schreien: *Wie lange dauert das herauszufinden, ob du sie gesehen hast oder nicht?*

„Jo“, sagte er so abrupt, dass ich mich fragte, ob ich ihn vielleicht *wirklich* angeschrien hatte. „Drei oder vier Mal." „Wirklich?", fragte ich. „Sind Sie sicher?"

Er richtete seinen stechenden Blick auf mich. „Ich bin vielleicht alt, gnä' Frau", sagte er, „aber ich bin nicht blind." Er pochte mit seinen Knöcheln auf Charlies Bild. „Das erste Mal war, ehm, sagen wir, August, Anfang September vielleicht. Ich erwischte sie dabei, wie sie durch Petes Fenster spähte. Als ich sie fragte, was sie da tue, rannte sie wie ein Karnickel davon."

Mein Herz klopfte so stark, dass ich es in meiner Kehle spürte. „Aber sie ist zurückgekommen?", fragte ich. „Wann?"

„Häh?", sagte er und fuhr dann fort: „So um Halloween herum ist sie noch mal hier aufgekreuzt. Zuerst dachte ich, sie sei einer von diesen Rabauken, die Kürbisse zertrümmern, bis ich sie hier auf den Stufen sitzen und wie ein Baby weinen sah. Ich vermutete, dass sie harmlos war."

„Wann war sie zum letzten Mal hier?", fuhr ich ihn an.

Er schnaufte, nahm seine Hand zum Mund und hustete. Für einen schrecklichen Moment dachte ich, er würde aus den Latschen kippen, bevor er von Charlies letztem Auftauchen erzählen konnte.

Er fischte ein steifes Taschentuch aus seiner Hosentasche und fand eine unbenutzte Stelle, in die er sich schnäuzen konnte. Ich wartete nicht ab, bis er es wieder eingesteckt hatte.

„Wann haben Sie sie zum letzten Mal gesehen?", rief ich.

Er sah mich finster an. „Es gibt keinen Grund, mich anzuschreien. Ich bin doch schon dabei, es Ihnen zu erzählen." Die Augenbrauen zogen sich erneut zusammen und drohten, sich hoffnungslos zu verheddern. „Muss irgendwann letzte Woche gewesen sein", sagte er. „Ich sah gerade zufällig aus dem Fenster, und da war sie, stand auf dem Bürgersteig und starrte das Haus der alten Pete an, als ob sie ihre beste Freundin verloren hätte."

„Ging es ihr gut?", fragte ich.

„Woher soll ich das wissen?", antwortete er. „Ich streckte meinen

Kopf zur Tür heraus und sagte ihr, dass ihr alter Drachen nicht zu Hause war; da lief sie wieder davon."

„Wohin?", fragte ich. „In welche Richtung?"

„Da lang." Er deutete die Straße hinunter. „Ich glaube allerdings nicht, dass sie weit gekommen ist. Nicht in ihrer Verfassung."

Ich hielt den Atem an. „Wieso? War sie verletzt?"

„Nee", sagte er. „Nur schwanger."

20

Sie war noch schwanger. Charlie war schwanger gewesen, sie war noch immer schwanger, und sie war irgendwo in Philadelphia.

So einfach war das, und doch konnte ich es nicht begreifen. Ich konnte nur dorthin gehen, wohin diese Gedanken mich führten.

Ich schrieb meine Handynummer für den alten Clarence auf und drängte ihn zu dem Versprechen, mich augenblicklich anzurufen, wenn er Charlie wiedersah – selbst wenn es mitten in der Nacht war. Als er davonschlurfte, grummelte er irgend so etwas in der Art, dass ich wohl glauben würde, er verbringe seine ganze Zeit damit, aus dem Fenster zu spähen. Das glaubte ich in der Tat, und ich dankte Gott dafür.

Ich fand ein kleines Restaurant, in dem ich mich setzen, einen Bagel stehen lassen und jede Herberge auf Malones Liste durchtelefonieren konnte. Natürlich wollte mir niemand sagen, ob er von Brandi Wines oder Charlie Soltani je etwas gehört hatte. Es kam mir erst etwa bei der Hälfte der Liste, dass meine kostbare, perfekte, schwangere Tochter einen Decknamen haben könnte.

Meine schwangere Tochter, die Schwangerenbetreuung brauchte. Ich lieh mir von der Frau hinterm Tresen ein Telefonbuch und rief jedes Krankenhaus in Groß-Philadelphia an. Im Augenblick war keine Brandi oder Charlie als Patientin dort gelistet.

Ich bezahlte den Bagel und bummelte zur S-Klasse zurück. Trotz der Minustemperaturen hatte die Sonne das Innere aufgeheizt, und ich versuchte, aus der Wärme etwas Gelassenheit zu ziehen. Aber meine Hände und mein Geist kamen nicht zur Ruhe.

Ich rief Malone an, landete auf seiner Mailbox, hinterließ aber keine Nachricht. Die beruhigende Stimme zu hören, reichte aus. Ich legte auf und wählte die 110 für die Polizei in Philadelphia.

Eine Frau in der Polizeistation hob ab. Sie hatte noch keine fünf Worte gesagt, als ich schon wusste, dass sie noch das ein oder andere von Malones Telefonmanieren lernen konnte.

„Officer Slater. Wie kann ich Ihnen helfen?", fragte sie. Ihre Stimme gab deutlich zu verstehen, dass sie viel zu beschäftigt war, um mir zu helfen.

Ich erzählte ihr trotzdem meine Geschichte. Ich hörte, wie sie nebenher mit ihren Schlüsseln herumspielte, und war kurz davor, sie zu fragen, ob sie mir überhaupt zuhörte, als sie mich unterbrach: „Sie ist schon beim Nationalen Kriminalitätsinformationszentrum als Ausreißerin gemeldet."

„Aber ich weiß, dass sie in Philadelphia ist", erwiderte ich. „Können Ihre Leute nicht irgendwas tun?"

„Klar", sagte Officer Slater wenig begeistert. „Ich werde eine Meldung rausgeben. Wo können wir Sie erreichen, falls sie auftaucht?"

Ich grub meine Finger in den Ledersitz. „Falls sie ‚auftaucht'? Wollen Sie einfach warten, bis jemand in der Gosse über sie stolpert?"

„Hören Sie, Mrs …"

„Erklären Sie mir jetzt nicht, wie viele Ausreißerkinder sich auf den Straßen dieser Stadt befinden", sagte ich. „Wissen Sie was, sagen Sie mir einfach, wo sie ihren Unterschlupf haben, dann werde ich selbst dorthin gehen und nach ihr sehen."

Eine kurze Stille trat ein. Die Stimme, die sie unterbrach, war ein klein bisschen weicher. „Wir möchten nicht, dass Sie das tun. Die besetzten Häuser, von denen wir wissen, sind an Orten, an die Sie nicht alleine gehen sollten."

„Genau darum mache ich mir Sorgen", antwortete ich. Meine Stimme taumelte. „Wenn meine schwangere Tochter an einem dieser Orte ist, möchte ich sie da rausholen."

Officer Slater räusperte sich. „Haben Sie es schon mit einem der Privatermittler versucht, die sich darauf spezialisiert haben, Ausreißerkinder zu finden?"

„Ich habe im Internet von ihnen gelesen", sagte ich. Oder zumindest auf den Blättern, die Maxie für mich ausgedruckt hatte. „Sie wollen, dass die Eltern sich zurückhalten und sie die Arbeit tun lassen. Ich möchte wirklich nicht, dass auf meine Tochter und mein Enkelkind ein Kopfgeld ausgesetzt wird."

„Gut, gut." Die Beamtin hüstelte erneut. „Was wir tun können, ist Folgendes: Ich habe da ein Mädel, das hier und da etwas für mich in Kensington macht ..."

„Was ist Kensington?"

„Eine der Gegenden, von denen Sie sich fernhalten sollten. Viele weiße Mädchen, die auf der Straße landen, leben dort. Ich werde mit dem Mädel Kontakt aufnehmen und ..."

„Wann?", fragte ich.

„Sobald wir beide aufgelegt haben", antwortete sie etwas ungeduldig. „Geben Sie mir Ihre Nummer und bleiben Sie ruhig, bis ich Sie zurückgerufen habe – oder sie Sie anruft. Sie heißt Cricket."

„Kann man ihr vertrauen?", fragte ich. „Was ist mit diesem Loyalitätskodex, den die alle untereinander zu haben scheinen?"

„Ich bewahre Cricket vor dem Gefängnis. Sie schuldet mir was."

„Und wenn ich nichts von Ihnen oder von ihr höre ..."

„Sie werden etwas hören. Versuchen Sie einfach, in der Zwischenzeit nicht auszuflippen." Wieder hustete sie. „Aber eigentlich kommen Sie mir nicht wie jemand vor, der ausflippt."

Wenn sie wüsste.

Mein Handy piepte, und irgendwie fand ich einen Elektromarkt und kaufte ein Handyladegerät fürs Auto. Während des Einkaufs behielt ich mein Handy in der Hand. Als der reichlich mit Ohrringen behängte junge Kassierer mir die Tüte reichte, fragte ich ihn, wo Kensington liege.

„Was wollen Sie dort?“, fragte er.

„Ich möchte einfach wissen, wo es liegt.“ Ich zog ein Stück Papier heraus und die Karte, die ich im Handschuhfach gefunden hatte. Während er sprach, notierte ich alles und fragte nach Orientierungspunkten und wo ich mich leicht verfahren konnte.

„Ich weiß ja nicht, was Sie dort machen wollen“, sagte der Bursche, „aber, echt, ich würde mich in dieser Gegend von der ein oder anderen Straße fernhalten. Jemand ist dort vorletzte Nacht erschossen worden.“

„Danke“, sagte ich.

Es gab keinen Grund für mich, nach Kensington zu fahren. Ich wusste noch nicht einmal, ob Charlie dort war. Und der erschreckte Gesichtsausdruck des Jungen mit den Ohrringen reichte aus, um die Warnung von Officer Slater zu bestätigen. Trotzdem, solange ich das Auto nicht verließ …

Außerdem konnte ich keine Sekunde länger einfach nur dasitzen und darauf warten, dass das Telefon klingelte. Ich sah mir die Wegbeschreibung an, prägte mir die ersten paar Straßen ein und wagte mich hinaus.

Ich verfuhr mich nur zweimal, bis ich die Front Street gefunden hatte, die, wie ich herausfand, nur zwölf Blocks von meinem Hotel entfernt war. Das war beruhigend. Ich konnte praktisch bis zum Hotel rennen, falls das nötig sein sollte.

Aber als ich die Kensington Avenue überquerte und in Richtung des Delaware River fuhr, wurde mir klar, dass ich nirgendwohin zu Fuß gehen würde.

Das Graffito mit den blasigen Buchstaben, das an die Backsteinmauer gesprayt war, brannte mir in den Augen. Ein Müllcontainer auf dem Bürgersteig hatte seinen Inhalt auf die Straße gespuckt, und eine Frau, die mindestens vier Pullis übereinander trug, klaubte darin herum. Für einen kurzen Moment stellte ich mir meine Tochter vor, wie sie Müll durchstöberte, und bemerkte dabei nicht den Mann auf der anderen Seite des Autos, bis er auf meine Windschutzscheibe spuckte. Durch die Spuren gelben Schleims konnte ich die Autoaufkleber auf seinem Hut nicht entziffern, aber ich hörte, wie er irgendetwas über das Ende der Welt jammerte.

Ich war mir ziemlich sicher, dass es bereits gekommen war.

Vorher hatte ich so ein Elend schon einmal gesehen, in der North Howard Street in Baltimore. Aber ich konnte trotzdem nicht unberührt davon bleiben. Nicht mit den winzigen Kindern, die allein in zerlumpten, viel zu großen Sweatshirts auf Eingangsstufen saßen und ausdruckslos vor sich hin starrten, als ich vorbeifuhr. Oder mit Grüppchen von Halbwüchsigen, die an Ecken und in Einfahrten herumlungerten und verschiedene Sachen zwischen die Zähne geklemmt hatten – Zigaretten, Strohhalme, Gegenstände, die ich noch nicht einmal identifizieren konnte.

Es gab auch Mädchen, die auf den Bürgersteigen und altersschwachen Veranden von Reihenhäusern herumhingen, die Tante Petes Zuhause wie den Buckingham-Palast erscheinen ließen. Jedes trug Varianten eines Themas – mehrere Piercings, Tattoos an Fesseln, Schenkeln und Bauch, schauriges Make-up. Wolken eisigen Atems hingen vor ihren glatten Lippen, aber sie entblößten ihre Haut in der stechenden Kälte, als ob sie aus Stahl wären.

Doch das waren sie nicht. Ich fuhr langsam, streifte mit den Reifen den Bordstein, durchsuchte ihre Gesichter. Unter den Masken war junge Kinderhaut verborgen. Augen, die sich nach Zärtlichkeit sehnten. Münder, die ohne Preis lächeln wollten. Ich hielt an in der

Erwartung, dass eines dieser flachbäuchigen Mädchen Charlie war. Sie alle waren meine Töchter.

Eine von ihnen brüllte: „Warum schießen Sie nicht gleich ein Foto?"

Ich erschrak darüber, was sie mir unterstellte, aber konnte man es ihr vorwerfen? Wirklich starrte ich sie und ihre Freundinnen an, als ob sie Präparate unter Glas wären. Wenn ich noch etwas Kraft für Charlie übrig haben wollte, musste ich weg von hier.

Ich startete den Motor und versuchte mich daran zu erinnern, wie ich fahren musste, um diesem Ort zu entkommen. Ich wollte definitiv nicht noch tiefer in das bedrohliche Labyrinth von Mauern geraten, die mir Obszönitäten entgegenschrien.

An der nächsten Ecke hielt ich an, noch immer ohne zu wissen, ob ich rechts oder links fahren sollte, und beobachtete die Straßenkinder-Huren im Rückspiegel. Auf meiner Seite des Autos bewegte sich etwas. Es sprang über die Haube und vervierfachte sich vor meinen Augen. Vier Jungs nahmen vorne auf der S-Klasse Stellung. Geschlossen wie ein Ruderteam sprangen sie unbarmherzig darauf herum.

Zu Tode erschrocken klammerte ich mich ans Lenkrad.

Der eine, der ein blaues Tuch um den Kopf trug, sah mich direkt an und lachte wie eine geistesgestörte Hyäne. Ich konnte Tante Pete hören, wie sie mir erklärte, dass sie das Auto zerlegen würden, während ich noch darin saß.

Ich drückte den Fuß aufs Gaspedal, dann auf die Bremse und schüttelte zwei der Jungs ab, sodass sie rückwärts stolperten. Als ich erneut beschleunigte, ließ ein dritter los, und um ein Haar hätte ich seinen Hintern gerammt. Ich bekam nicht mit, was mit dem Letzten passierte, aber als ich mit quietschenden Reifen um die Ecke fuhr, spürte ich am Kotflügel auf der Beifahrerseite einen dumpfen Schlag.

Wütende Beschimpfungen ertönten. Ich stieg auf die Bremsen, bis ich sah, dass alle vier auf mich zustürmten.

„Ich habe niemanden umgebracht, ich habe niemanden umgebracht …“, wiederholte ich wieder und wieder. Es war das Einzige, das mich davon abhielt, komplett hysterisch zu werden, während ich mit dem Auto über Bordsteine und um Blocks raste, bis ich die Jungs nicht mehr im Rückspiegel sehen konnte. Vor mir war ein Müllwagen neben einer Reihe von Mülltonnen abgestellt worden. Ich hielt dahinter an, ließ meine Stirn auf das Lenkrad sinken und rang nach Luft, die nach ranziger Milch und verdorbenem Fleisch roch. Wenigstens gab es hier Erwachsene, Männer mit Arbeit, die verzinkte Metalleimer werfen konnten. Vielleicht konnte ich in diesen Minuten auf sie zählen, die ich brauchte, um wieder zu Verstand zu kommen, für den Fall, dass diese Gangster wieder auftauchen würden.

Eine Hupe ertönte neben mir, größer und bedrohlicher als die eines normalen Limousinenfahrers, der mich zurück nach Delaware scheuchen wollte. Ein Busfahrer öffnete zischend seine Tür und teilte mir mit, dass ich hier nicht parken konnte.

Dann macht *er* weitere Anstalten, hier zu parken, und versperrte mir den Weg. Er stieg aus dem Bus und schlenderte zu einem dreckigen Laden auf der anderen Straßenseite. Die Müllmänner standen jetzt mit dem Rücken zu mir und zündeten sich neben einem Müllcontainer gegenseitig die Zigaretten an. Ich legte den Rückwärtsgang ein und schnaufte laut, als ich in Richtung eines Lkws rollte, der gerade aufgetaucht war. Ich stieg gerade rechtzeitig auf die Bremsen, um zu verhindern, dass ich in ihn hineinfuhr – und um vier Gestalten um die Ecke kommen zu sehen, die von einem Burschen mit einem blauem Tuch angeführt wurden.

Jeder Pulsschlag schlug Alarm. Ich drückte wie wild auf dem Knopf herum, um den Sitzgurt zu lösen, stieß die Tür auf und schrie um Hilfe. Die einzige Antwort kam vom malmenden Kiefer des Müllwagens. Ich spürte das Vierergespann näher kommen.

Ich schnappte mir meine Tasche, riss das Handy samt Ladegerät und allem heraus und stolperte vom Auto weg. Ich versuchte, mich herumzudrehen und gleichzeitig zu rennen, aber meine Füße verhedderten sich, und ich fiel bäuchlings auf die Straße. Hämmernde Füße erschütterten den Bürgersteig und ließen meine Hände erbeben.

„So hilf mir doch jemand!“, schrie ich.

Es war keine Zeit, darauf zu warten, dass sich jemand herbemühte. Ich konnte Charlie doch nicht so nahe gekommen sein, um mich auf der Straße von einem Haufen Jungs verprügeln zu lassen, die ein schickes Auto gesehen hatten.

Ich rappelte mich hoch und griff in meine Tasche nach den Geldscheinen und Kleingeld, das ich in den eineinhalb Tagen dort hineingeschmissen hatte. „Hier!“, rief ich und schleuderte eine Handvoll nach der anderen in die Gesichter, die inzwischen so nah bei mir waren. „Nehmt das! Nehmt das alles!“

Als die vier Jungs zusahen, wie das Geld vor ihren Füßen herunterfiel, schob ich meine Tasche unter meinen Mantel und rannte los. Nur zwölf Blocks bis zum Hotel. Nur zwölf Blocks.

Ich wusste nicht, wie viele ich tatsächlich geschafft hatte, bevor ich auf einer Parkbank zusammenbrach, wo niemand damit drohte, mich auch noch um den Rest meiner Habseligkeiten zu erleichtern. Die wenigen Leute, die der Kälte trotzten, sahen mich nur neugierig an und eilten weiter.

Ich zog meine Kapuze um mein Gesicht und sank in mich zusammen, den Kopf zwischen den Knien. So war es schwerer zu atmen, aber die bestmögliche Embryonalstellung, die ich erreichen konnte. Alles, was ich tun konnte, war, Gottes Namen zu sagen und Charlies. Sicherlich sah ich aus wie jede andere arme, verrückte Seele, der ich in Philadelphia begegnet war.

Als mein Telefon irgendwo in den Tiefen meines Mantels klingelte, sprang ich von der Bank und fummelte herum, bis ich das Ding an meinem Ohr hatte.

„Sind Sie Mrs Soltani?“, fragte eine weibliche Stimme.

„Ja“, antwortete ich. „Ist da diese … sind Sie Cricket?“

„Hören Sie, ich helfe Ihnen gern, aber ich möchte das nicht an die große Glocke hängen – also keine Namen."

Die Stimme war jung und hart und ein bisschen herablassend, aber es lag etwas Vertrauenerweckendes darin, das mich genug beruhigte, um antworten zu können: „Okay, Entschuldigung. Ich bin nicht so gut darin."

„Sind Sie vielleicht gut darin, zur U-Bahn-Station Chinatown zu kommen?"

„Wo ist das?" Ich grub in meiner Tasche nach der Karte, bis mir kam, dass sie noch auf dem Vordersitz des Mietwagens liegen musste, den ich gerade einer Straßengang überlassen hatte.

„Wo sind Sie jetzt?", fragte sie.

„Ich weiß es nicht."

„Sie sind wirklich nicht so gut darin, was? Sehen Sie sich um."

Das tat ich. „Hier ist eine Statue von Benjamin Franklin."

„Gehen Sie zu ihr hinüber und bleiben Sie dort. Schaffen Sie das?"

Ich ignorierte den Sarkasmus und bejahte.

„In fünf Minuten bin ich da."

„Wie erkenne ich Sie?"

Cricket lachte schroff. „Glauben Sie mir, das wird kein Problem. Oh, und bringen Sie Bargeld mit."

Auf halbem Weg zur Statue erinnerte ich mich daran, dass ich gerade all mein Bargeld auf die Straße geschmissen hatte wie Taubenfutter. Ich vergewisserte mich, dass ich noch meine Kreditkarten hatte, dass ich ihr alles kaufen konnte, was sie wollte, wenn sie mich nur zu Charlie bringen würde. Ich war so nah dran. Ich musste es sein.

„Gott, bitte, nur ein bisschen weiter", flüsterte ich. „Ich tue alles dafür. Ich würde sogar Charlie bei Tante Pete wohnen lassen, wenn sie das möchte …"

„Irgendwie wusste ich, dass Sie die sind, die mit sich selbst spricht."

Ich schnellte herum und sah in ein Paar blaue, fast violette Augen.

Sie funkelten kalt und hart unter den Augenbrauen, die so übersät waren mit Goldringen, dass sie aussahen wie winzige Slinkys.

„Cricket?", fragte ich.

„Entweder Sie haben ein echt kurzes Gedächtnis", knurrte sie mit gedämpfter Stimme, „oder Sie wollen meine Hilfe nicht."

„Nein! Entschuldigung. Ja."

„Was auch immer." Sie warf den Kopf zurück, obwohl ich nicht genau wusste, warum. Ihre Haare waren vollständig von einem straffen, tarnfarbenen Stück Stoff bedeckt. Seine Strenge passte zu den scharfen Kiefer- und Wangenknochen. An einem anderen Ort, zu einer anderen Zeit hätte sie vielleicht exotisch ausgesehen. In diesem Augenblick sah sie einfach nur furchterregend aus.

„Bares?", sagte sie.

„Ich kann was abheben", antwortete ich, „wenn es hier einen Bankautomaten gibt. Ich hatte ein kleines Problem auf dem Weg hierher."

Ich erzählte ihr von meiner Konfrontation mit den vier Jungs in Kensington. „Das war die einzige Möglichkeit, die mir einfiel, sie von mir fernzuhalten", sagte ich.

„Hatte einer von ihnen ein großes rotes Muttermal am Hals?", fragte sie.

„Das konnte ich nicht sehen. Das Einzige, woran ich mich erinnere, ist, dass einer ein blaues Tuch trug, und er lacht wie so eine …"

„Okay, ich kenne sie." Sie nickte. „Sie haben genau das Richtige gemacht. Ich kann Ihr Auto für Sie zurückholen …"

„Was ich möchte, ist meine Tochter. Bitte, Cri– Kennen Sie sie? Kennen Sie … Brandi?"

„Sie meinen Charlie?"

Meine Hände erstarrten, bevor ich sie zum Mund führen konnte, und meine Finger krümmten sich, als ob sie den Klang festhalten wollten, den Klang von jemandem, der ihren Namen sagte.

„Ich wusste gleich, als ich das erste Mal ihren Ausweis sah, dass Brandi nicht ihr richtiger Name war. Das Bild ist ihr überhaupt nicht ähnlich." Die violetten Augen blickten mich prüfend an. „Sie sieht aus wie Sie."

„Ich bin ihre Mama", sagte ich lahm. „Können Sie mich zu ihr bringen?"

Sie nickte in Richtung meiner Handtasche. „Ich habe ein bisschen Hunger. Warum reden wir nicht beim Mittagessen darüber?"

Ich schloss meine Augen, zwang mich, ihr keine zu scheuern, und sagte: „Hören Sie, junge Frau, wo ist meine Tochter?"

Aber dies konnte genauso gut Charlie sein, die irgendwo in dieser Stadt die Mutter eines anderen Mädchens beschwatzte, ihr Essen zu kaufen, weil sie kurz davor war zu verhungern.

Sie und ihr Baby.

Cricket führte mich zu einem verrauchten Sandwichladen, wo sie ein Philadelphia-Käsesteak verschlang und gleichzeitig mit mir redete.

„Also, die Sache ist die: Ich weiß nicht, ob *sie Sie* sehen will", sagte sie. „Sie ist nicht, wie sie vorher war. Na ja, eigentlich" – sie leckte nachdenklich einen Finger ab – „weiß ich ja gar nicht, wie sie war, als sie bei Ihnen gelebt hat. Als ich sie zum ersten Mal sah, kam sie in den Klub, in dem ich tanze, um sich nach einem Job umzuhören. Sie konnte sich bewegen – es war klar, dass sie Unterricht gehabt hatte, aber nicht in dem, äh, *Genre*, nach dem wir typischerweise suchen."

„Stripperinnen?", fragte ich.

Cricket sah mich über ihre Cola hinweg an. „Exotische Tänzerinnen. Wie auch immer, sie schien ein kluges Mädchen zu sein. Ich dachte, ich könnte sie unterrichten, aber dann zog sie das Kostüm an und …" Sie fluchte. „Sie musste schon im fünften Monat sein."

Ich konnte ihr nur zunicken, damit sie weitersprach.

„Da war noch etwas anderes mit ihr. Also, Straßenkinder haben so einen bestimmten Blick. Verstehen Sie, was ich meine? Ich sah auch mal so aus. Sie sind verängstigt, ganz allein, ohne nichts, aber man kann in ihren Augen sehen, dass es da, woher sie kommen, noch schlimmer war als hier. Also reißen sie sich zusammen und lassen es sich nicht anmerken, dass sie Angst haben." Sie schob sich den Rest ihres Sandwiches in den Mund und sagte: „Charlie hatte nicht diesen Blick."

Ich presste beide Hände an den Mund und hielt alles zurück. Ich wollte, dass sie mir alles erzählte, ohne unterbrochen zu werden.

„Na ja, ich bin quasi der Mutterersatz für die Kinder in Kensington", sagte Cricket. „Ich habe mir einen Job gesucht, bin von der Straße weg, kann aber nicht vergessen, dass die Jüngeren noch dort sind."

„Hat sie dort gelebt?", fragte ich durch meine Finger hindurch.

„Ja, sie fand ein besetztes Haus, und einige der Mädchen erzählten ihr von dem Klub. Bisher hatte sie nichts mit Alkohol angefangen oder mit sonst was, soweit ich das sehen konnte, aber ich wusste, dass sie es dort nicht aushalten würde, ohne sich etwas Erleichterung zu verschaffen."

„Drogen", sagte ich.

„Ja, was auch immer. Also habe ich ihr gesagt: ‚Hör zu, es gibt da einen Ort, wo du hingehen kannst. Da nehmen sie dich auf, vor allem, wenn du schwanger bist.' Ich habe ihr erklärt, dass sie das Baby umbringen würde, wenn sie nicht anfing, sich darum zu kümmern." Zum ersten Mal lächelte Cricket ein stolzes Grinsen, das ihre Augen kurz aufleuchten ließ. „Damit hatte ich sie – sie ist total erschrocken. Als sie schließlich aufhörte zu weinen, habe ich sie mit zu mir genommen, weil ihr niemand abgekauft hätte, dass sie achtzehn ist, und diese Unterkunft hätte sie dann nicht aufgenommen. Ich habe ihr etwas Make-up aufgetragen, ein paar Klamotten gegeben, habe *versucht*, ihr ein bestimmtes Verhalten beizubringen – totale Katastrophe …"

Ich schloss die Augen. Dies war der Augenblick; dies waren die Worte, für die ich mein ganzes Selbst hinter mir gelassen hatte.

Aber ich hatte keine Ahnung, was ich damit anfangen sollte, welche der unzähligen Fragen ich zuerst stellen sollte.

„Und etwa vor einem Monat", fuhr Cricket fort, „als ich dachte, dass sie es schaffen könnte, habe ich sie ins ‚Haus der Hoffnung' gebracht. Das liegt oben in Germantown. Wenn ich Ihnen Ihr Auto zurückgeholt habe, können Sie hinfahren." Sie setzte sich seitlich hin, streckte die Beine aus und konzentrierte sich auf ihre Cola. „Als sie bei mir wohnte, weinte sie jede Nacht. Ich habe ihr gesagt: ‚Hör zu, wenn du deine Familie so sehr vermisst, dann geh nach Hause.'" Cricket zog ihren Strohhalm in dem Plastikbecher rauf und runter. „Irgendwas kam mir an der Sache schon die ganze Zeit seltsam vor. Ich meine, ich bin die Checkliste durchgegangen: Wurde sie misshandelt? Belästigt? Vernachlässigt? Ist das Haus abgebrannt und wurden alle außer ihr getötet? Sie sagte, dass es nichts von alledem war, und ich glaubte ihr. Ich meine, hier ist ein Mädchen, das keine Nutte sein will, keine Drogen nimmt, noch nicht einmal einen Schokoriegel klaut. In der Tat musste jemand dieses Kind erzogen haben." Sie nahm einen langen Zug am Strohhalm und schnipste an eines der Slinkys. „Ich habe es aus ihr herausgepresst. Sie sagte, dass sie nicht nach Hause gehen kann, weil ihr Vater sie wahrscheinlich rausschmeißen würde."

„Was?", fragte ich.

Sie nahm beide Hände nach oben, mit der einen mit dem Colabecher wedelnd. „Moment, ich erzähle Ihnen nur, was sie gesagt hat. Ich habe sie gefragt: ‚Und was ist mit deiner Mutter?'" Sie hielt inne und sah mich prüfend an.

„Und?", fragte ich.

„Sind Sie sicher, dass Sie das hören wollen?"

„Wenn Sie mir in den nächsten sieben Sekunden nicht ganz genau sagen, was sie gesagt hat …" Ich brach ab, weil ich natürlich nichts hatte, womit ich ihr drohen konnte.

Aber Cricket schien tatsächlich beeindruckt. „Also gut. Sie sagte wörtlich: ‚Ich möchte zu meiner Mama', und dann schluchzte sie bestimmt eine Stunde lang. Aber sie meinte, ihre Mama würde tun, was auch immer ihr Dad von ihr verlangen würde, weil sie es schon immer so gemacht hätte.“ Cricket sah zu mir hoch. „Wirkt jetzt aber gar nicht so. Sie haben sich vielleicht etwas übernommen, aber ganz im Ernst“ – mit souveränem Nachdruck setzte sie den Becher auf dem Tisch ab – „ich kann mir nicht vorstellen, dass Sie jemand herumschubst.“

21

Cricket benutzte mein Handy, um ein paar Anrufe zu tätigen. Dann lief sie mit mir zum Hotel Wyndham und gab mir unterwegs die Anweisung, dort zu bleiben und darauf zu warten, von ihr zu hören.

„Vielleicht sollte ich einfach mit dem Bus nach Germantown fahren“, meinte ich.

„Und dann müssten Sie im Dunkeln drei Blocks weit laufen.“ Wir hielten vor dem Eingang des Hotels an. „Sie hatten Glück heute. Fordern Sie es nicht heraus.“

Es war schwer, sie gehen zu lassen und ihre Erinnerungen an Charlie mit ihr. Während ich ihr noch hinterhersah, machte sie kehrt und kam zurück.

„Ich habe vergessen, Ihnen das hier zu geben“, sagte sie und holte ein zusammengefaltetes Stück Papier aus ihrer Jeanstasche. „Charlie hat es mir gegeben, als ich sie am Haus der Hoffnung abgesetzt habe. Ich dachte, dass Sie es vielleicht haben möchten.“

Als das Klicken ihrer halsbrecherisch hohen Stiefelabsätze auf dem Gehweg verhallte, starrte ich durch das Papier auf Charlies runde Handschrift.

Ich schaffte es zu warten, bis ich auf meinem Zimmer war, kauerte mich auf dem Bett zusammen und klammerte mich an ein Kissen, bevor ich das Blatt auseinanderfaltete.

„Für dich nur bleib ich hier“
von Charlie Soltani

Sachte tröpfelt in einer Ecke
durch die zerrissene Zimmerdecke
eine Trauernde, dunkel und dünn
auf der Flucht, allein, ohne Sinn
Ganz einsam rinnt sie herab den Putz
bis sie nichtig und klein und ohne Nutz
ein Unglück, lang ist's her
beschmutzt die Wand so sehr.

Ich weiß, es ist unheilvolle Zeit
da die, die sie betrachten, sehen
einen Schandfleck ohne Recht
an diesem Ort zu sein

Aber kann ich auf die gleiche Art
eine bedeutungslose Pfütze stoppen
die wartet, fortgewaschen
oder vom Sein weggemalt zu werden?

Einst, als dieses Rinnsal seinen Platz verlor
verstarb es trüb und trocken
Es gab kein anderes Gesicht, winzig und fein
das im Innern heranwuchs, unten und klein.

Es keimt heran, ganz tief in mir
Kleiner Herzschlag, kleine Seele
noch ein Leben neben meinem
möchte ganz werden

Ich bin kein Regentropfen
der einst durch einen Riss hereingetröpfelt ist
Ich bin eine Mutter, für den Schmerz bestimmt
die ihr Leben zurückbraucht

Damit ich mein Baby nähren kann
mit mehr als schmutzigen Wunden
in der Hoffnung, dass eines Tages vielleicht
wir die Sterne sehen werden.

Sanft strich ich mit den Händen über das Blatt, in der leisen Erwartung, in den Worten einen Puls schlagen zu fühlen. Ihre anderen Gedichte hatten aus ihrem Kopf geschrien. Dieses hier trommelte aus einer Quelle der Verzweiflung. Nur ein winziges Gesicht und ein leiser Herzschlag hielten sie davon ab zu versickern.

Es war ein Gefühl, das ich gut kannte.

Ich zog das Telefon aus meiner Tasche und legte es auf den Nachttisch. Dann aufs Bett. Dann auf meinen Schoß. Sein Schweigen quälte mich.

Das Hoteltelefon konnte ich nicht blockieren. Ich musste erreichbar sein. Noch immer hatte ich keine Möglichkeit, mein Handy aufzuladen, deshalb wollte ich den Akku nicht leer machen. Aber ich sehnte mich danach, Tante Pete anzurufen. Hazel. Sogar Tom. Vielleicht Tom am meisten von allen. Aber was sollte ich ihm sagen? Dass seine Tochter unaussprechliche Bedrohungen auf sich genommen hatte, weil sie dachte, dass er sie hinauswerfen würde, wenn sie schwanger nach Hause kam?

Erneut betrachtete ich das Gedicht. In allen anderen Versen hatte sich Charlie wegen Toms – und meiner – engen Grenzen und himmelhohen Erwartungen gequält. Aber selbst von ihrem schwindelerregend schiefen Standpunkt aus war es eine unmögliche Spanne von dort bis dahin, auf die Straße gesetzt zu werden. Cricket selbst hatte gesagt, dass da noch mehr sein musste. Was immer es war, es schlich entlang der geheimen Orte zwischen den Zeilen des Gedichts, aber gab sich mir nicht zu erkennen.

Das Telefon läutete und warf mich fast vom Bett. Ich griff nach dem Handy, als ich bemerkte, dass es das Zimmertelefon war.

„Mrs Soltani", sagte die erste freundliche Stimme, die ich an diesem Tag gehört hatte, „hier ist Jackie von der Hertz-Autovermietung. Wir haben gehört, dass Sie heute in Schwierigkeiten geraten sind."

Oh, Mann, dachte ich, *Sie wissen noch nicht einmal die Hälfte.*

Sie erklärte mir, dass ein Polizeibericht eingegangen war und dass Hertz sich freuen würde, mir gleich morgen früh ein Ersatzauto zum Wyndham bringen zu lassen. Als sie mir erneut eine S-Klasse anbot, wäre ich über mich selbst gestolpert, wenn ich nicht im Bett gelegen hätte. Ich bat sie, mir das kleinste Fahrzeug zu geben, das sie hatten.

Dann dankte ich Gott für Cricket und die Vereinbarung, die sie mit Officer Slater hatte – wie immer sie aussah.

Ich war versucht, noch mal bei Hertz anzurufen und zu fragen, ob sie mir das Auto nicht gleich bringen könnten. Warum konnte ich nicht einfach heute Abend nach Germantown fahren? Charlie und ich könnten noch vor morgen früh in Bethany Beach sein.

Aber eine tiefe Müdigkeit fiel auf mich – und auch die Gewissheit, dass ich das Labyrinth gefährlicher Straßen nicht noch einmal bestehen konnte, ohne wenigstens versucht zu haben, mich ein bisschen auszuruhen. Wenn ich mich fühlte, als ob ich von einem Bus angefahren worden wäre, könnte ich auf keinen Fall meine Tochter davon überzeugen, nach Hause zu kommen.

Außerdem sah ich auch aus, als ob ich am Ende meiner Kräfte

wäre. Das bemerkte ich, als ich mich ins Bad schleppte und einen Blick in den Spiegel erwischte. Die Frau, die mich anstarrte, war so viele Male mit den Fingern durch ihre Haare gefahren, dass sie in dunklen Strähnen vom ganzen Kopf abstanden. Um die Augen herum hingen Ringe wie bei einem Waschbären, und ihre Lippen waren von der Kälte und vom Daraufherumkauen ganz rau. Wenn sie Make-up getragen hatte, war es jetzt verschwunden, abgesehen von den Spuren von Wimperntusche, die durch ihre Tränen entstanden waren. Sie hatte nur wenig Ähnlichkeit mit der Frau, die vor fast vier Monaten zum Tresen eines Bistros an der Strandpromenade hinaufgestiegen war und nach ihrer Tochter gefragt hatte. Vor allem der Augen wegen. In den Augen meines gespiegelten Ichs lag etwas, das ich noch nie vorher gesehen hatte. Aber ich war zu erschöpft, um herauszufinden, was es war.

Das Telefon klingelte – dieses Mal das Handy. Es war Cricket, die selbstzufrieden und mütterlich klang. „Habe ich mich gut um Sie gekümmert oder habe ich mich gut um Sie gekümmert?"

„Das haben Sie", sagte ich. „Ich weiß gar nicht, wie ich das wiedergutmachen kann."

„Sorgen Sie einfach dafür, dass sie mit Ihnen nach Hause zurückkehrt", antwortete Cricket, „egal, was Ihr Alter dazu sagt."

Als wir auflegten, war es mein „Alter", mit dem ich sprechen wollte. Trotz dem, was ich ihm sagen musste, wollte ich ihn. Ich wollte, dass er bei mir war, wenn ich zum Haus der Hoffnung fuhr, damit er Charlie selbst sagen konnte, dass sie sich in ihm täuschte. Was auch immer sie sonst noch zurückhielt, jedenfalls konnten wir diese Kluft überbrücken.

Aber Tom ging nicht ans Telefon, und ich wusste nicht, was für eine Nachricht ich ihm hätte hinterlassen sollen.

„Du kannst ihn nicht erreichen", sagte Tante Pete, als ich bei ihr anrief, „weil er im Flugzeug nach Hause sitzt."

„Danke, Gott", sagte ich.

Tante Pete grunzte. „Vielleicht sagst du das nicht mehr, wenn du mitbekommst, wie sauer er ist."

„Das ist mir egal", antwortete ich. „Tante Pete ... ich glaube, ich habe sie gefunden."

Sie war eigentümlich still, als ich ihr erzählte, was ich herausgefunden hatte, obwohl ich die Auseinandersetzung mit den Gangstern in Kensington aussparte. Das Einzige, was ich hörte, war ein tiefes, kratzendes Geräusch. Unsere eisenharte Tante Pete weinte.

„Jetzt ist es fast vorbei", beruhigte ich sie. „Ich weiß, dass ich sie morgen sehen werde."

„Ich bin einfach eine Heulsuse", sagte sie.

„Dann sind wir ja schon zu zweit."

„Isabella ..." Ihre Stimme brach ab. „Ich hasse die Vorstellung, dass ich vermutlich nicht ganz dabei sein werde, um dieses Baby aufwachsen zu sehen."

Als sie ging, um Maxie zu holen, glitt ich auf den Boden, mit dem Rücken gegen das Bett. Bis jetzt war es nicht zu mir vorgedrungen, dass ich zwei Kinder mit nach Hause bringen würde – eines, das noch geboren werden musste. Das Leben, wie wir es gekannt hatten, sickerte unter der Tür hinaus. Nichts würde je wieder wie vorher sein, in keiner Weise.

„Mama?", sagte eine winzige Stimme.

Sie klang so zerbrechlich und jung, dass ich fragte: „Maxie?"

„Hast du Sissy gefunden?", fragte sie.

Das konnte nicht die allwissende Zehnjährige sein, die ich vor zwei Tagen verlassen hatte. Ich konnte ihre Besorgnis fast in meinen Händen halten.

„Ich glaube", sagte ich. „Maxie, alles in Ordnung?"

„Ja", antwortete sie. Ihr Atem wisperte ein Nein.

„Also ... erzähl mir was von dir", bat ich.

„Wir machen ein Weihnachtsanspiel in der Kirche. Sie haben mich und Sun als Engel ausgewählt."

„Natürlich."

„Hazel sagt, dass das eine Besetzung gegen den Charakter ist, aber ich weiß nicht, was das bedeutet. Mama?"

„Ja, Schatz?"

„Kommst du jemals wieder nach Hause?"

Ich erinnerte sie nicht daran, dass ich erst zwei Tage fort war. Es kam mir selbst auch so vor, als ob ich Bethany Beach vor einer Ewigkeit verlassen hätte. „Sobald ich Charlie finde – vielleicht sogar schon morgen. Es wird passieren, und dann …"

Ich beendete den Satz nicht, weil ich mir nichts vorstellen konnte, was jenseits dessen lag, die Stufen einer weiteren Herberge hinaufzusteigen, die genauso wenig verpflichtet war, mir zu sagen, ob Charlie da war, wie alle anderen auch. Ich sehnte mich nach den Tagen, an denen ich meine Mädchen und mich selbst fröhlich aus welchem dunklen Ort auch immer herauszwitschern konnte.

„Ich liebe dich", sagte ich. „Mach doch mit Tante Pete ein paar Weihnachtsplätzchen. Charlie wird bestimmt viele davon essen wollen, wenn sie nach Hause kommt."

„Sie wird Tante Petes Plätzchen essen wollen?", fragte Maxie.

Das war ein genügend großes Stück ihres frevlerischen Ichs, um es bei mir zu tragen, bis ich nach Hause zurückkehrte. Ich hatte keine Ahnung, wie ich die letzten vier Monate bei ihr wiedergutmachen konnte.

Als Tante Pete noch mal am Apparat war, bat ich sie, Tom nichts zu erzählen. Das wollte ich selbst tun.

„Er wird um fünf Uhr früh hier sein", sagte sie mit wiedererlangter Eisenhärte. „Sei für einen Anruf gerüstet."

Unter der Dusche versuchte ich, den Tag von mir abzuwaschen, spülte meine Unterwäsche aus und rief dann an der Rezeption an, um nach Zahnbürste und Zahnpasta zu fragen. Nachdem ich mein Möglichstes getan hatte, um mich abzulenken, löschte ich das Licht.

Ich lag lange genug wach, um zu wissen, dass ich den Verstand verlieren würde, wenn ich noch länger so daliegen würde. Also setzte ich mich auf und lehnte mich in die Kissen. Die Knie bis zum Kinn gezogen, betete ich, dass der Morgen kommen möge.

Fast konnte ich Gott sehen, wie er den Kopf schüttelte. Eigentlich war mir das Bild so klar vor Augen, dass ich überrascht war, wie anders Er jetzt aussah. Das tröstliche Bild von Jesus, den Schoß voller Kinder, war fast zeitgleich mit Charlie verschwunden. Aber wann war dieser neue, rauere Gott entstanden?

Dieser hier war ein Gott, der die harten Worte aushielt, die ich ihm entgegengeschleudert hatte, und nie zurückgewichen war. Der sich geweigert hatte, meine Angst übermächtig werden und mich darin ertrinken zu lassen. Der mir geholfen hatte, mich der Wahrheit zu stellen, anstatt sie zu verleugnen.

Aber jetzt war es nicht damit getan, mich in seinem Schoß sicher zu fühlen. Er würde mich diese Nacht nicht in seinen Armen wiegen und schlafen lassen. Es gab keine Versicherung, dass sich alles so fügen würde, wie ich es wollte.

Doch seine Stärke war hier in diesem Raum so gegenwärtig und so beständig, dass ich es laut aussprach: „Du bist da."

Du bist mir gefolgt. Bleib mir jetzt nah.

Das Pumpen meines Herzens, die Atemzüge meiner Lippen verlangsamten sich. Es war wahrhaftig nicht überraschend, dass die Stimme, die ich für Charlies gehalten hatte, Seine war. Sie war es die ganze Zeit gewesen.

„Ich bleibe nah bei dir", flüsterte ich. „Nirgendwo anders kann ich sein."

Ich rutschte seitlich vom Bett herunter, sah aus dem Fenster und wartete auf das Morgengrauen.

***

Um sieben wachte ich auf, erschrocken und verwirrt. Ich suchte unter der Decke nach meinem Handy, aber es zeigte keine verpassten Anrufe an. Es war tot.

Ich musste es im Auto aufladen. In welchem Auto? Wann würde das hier sein? Wo befand sich das Haus der Hoffnung? Und wo lag eigentlich Germantown?

Bleib mir nah.

Gar nicht so leicht, während ich durch das Zimmer rannte und an allem herumzupfte. *Bleib mir nah. Geh noch mal duschen. Zieh dieselben Sachen zum dritten Mal hintereinander an. Bestell dir Frühstück und iss es.*

Ich nahm jeden Augenblick ganz bewusst wahr. Dann bekam ich an der Rezeption eine Wegbeschreibung, unterschrieb für einen VW Jetta und kaufte mir im Souvenirladen ein überteuertes Sweatshirt, auf dessen Vorderseite „Stadt der Nächstenliebe" stand. Ich zog mich auf den Toiletten in der Hotellobby um und fuhr dann gen Norden nach Germantown, während das Handy lud.

Die Straßen von Philadelphia waren verstopft mit Montagmorgenverkehr, aber der breite, mit Bäumen gesäumte Lincoln Drive, der mich durch Rittenhouse Town und bis nach Germantown führte, war ruhig und gab mir sogar ein nostalgisches Gefühl. Germantown war einst größtenteils eine Quäker-Gegend gewesen, wie man mir an der Rezeption gesagt hatte, und es schien ein wenig ihrer stillen Geduld übrig geblieben zu sein.

Das Ende der School House Road spuckte mich in einen gespenstischeren Teil von Germantown, in dem der Wohlstand offensichtlich vor Jahren seine Koffer gepackt hatte. Dennoch gab es an der Ecke das Christliche Zentrum, dessen Fahne verkündete: „Gott erschuf Menschen, die nichts und niemand zerstören kann." Selbst die krummen Hintergassen, die mich schließlich zum Haus der Hoffnung brachten, waren nicht so bedrohlich wie die Sackgassen, in die ich bei meiner Suche nach Charlie schon geraten war, obwohl auch sie voller Schlaglöcher waren und gesäumt von unpassenden Blumenläden und leidgeprüften Pizzabuden.

Doch als ich auf dem eingezäunten Parkplatz parkte und das trostlose Gebäude anstarrte, hatte ich Angst hineinzugehen. Ich hatte Angst, dass Charlie trotz all meiner Hoffnungen nicht da sein würde.

Bleib mir nah. Das zog mich aus dem Auto hinaus und über den Parkplatz, wo ein afroamerikanisches Mädchen mit leerem Blick an einem Campingtisch saß und eine Zigarette rauchte. Ich lächelte sie an. Sie konnte eine Freundin von Charlie sein. Sie winkte mir mit der qualmenden Hand zu.

Es war die erste Herberge, die ich betrat, bei der ich nicht gleich von einer Art Türsteher aufgehalten wurde. Schilder wiesen mir den Weg zu einem länglichen Raum mit einem Tresen, an dem eine freundliche junge Frau in einem neonpinken Pulli saß und fragte, ob sie mir helfen könne. Ich belästigte sie nicht mit meinem üblichen Geschwafel, sondern sagte einfach: „Ich glaube, meine Tochter könnte hier sein. Charlie Soltani. Vielleicht ist sie auch unter Brandi Wines angemeldet."

Sie sah mich lange an und bat mich, mich zu setzen. Sie sagte nicht: „Wir geben keine Informationen heraus", also verbuchte ich ihre Reaktion auf meinem Hoffnungskonto.

Ich machte dort eine weitere Einzahlung, als sie in ein kleines Büro verschwand und mit einem luftigen: „Es wird gleich jemand bei Ihnen sein" wiederkehrte.

Ich wollte am liebsten über den Tresen springen und selbst diesen „jemand" finden, aber ich befürchtete, dass das nicht als „nahe bleiben" durchgehen würde. Also setzte ich mich in einen der ehemals grünen Kunstledersessel, die auf einer gewellten Bodenmatte aufgereiht waren, und versuchte mir vorzustellen, wie Charlie zum ersten Mal hierhergekommen war.

Hatten sie sie durch die Tür mit dem runden Drahtglasfenster mitgenommen, auf der „Aufnahmezimmer" stand? War sie von der hoffnungsvollen Stimme dieser Frau aus ihrer Tiefe aufgerichtet worden? Hatte sie sich an jeden Farbtupfer geklammert, der die vergilbten Wände mit Ankündigungen von Kursen für Eltern und Stipendien an „St. Joe's“ auflockerte?

Ich war überrascht, Leute, die ich für Bewohner hielt, durch das Büro laufen zu sehen. Ein Junge um die neunzehn mit müden Augen beschwerte sich darüber, dass er in der Nacht nicht hatte schlafen können, weil andere Leute so laut geschnarcht hatten. Fräulein Freundlich reichte ihm ein Paar Ohrstöpsel. Ein anderer schob einen tragbaren CD-Player auf den Tresen und fragte, ob sie darauf aufpassen könnte.

„Gern“, erklärte sie ihm, „aber wenn ihn jemand stiehlt, bin ich nicht verantwortlich dafür.“ Sie verkündete das in der gleichen vergnügten Weise, wie sie alles andere sagte. Der Junge entschied, den CD-Player wieder mitzunehmen.

Von irgendwo hinter den Bürozellen hörte ich junges Frauenlachen. Ich strengte mich an, darin eine Spur von Charlie zu erkennen, als jemand sagte: „Kommen Sie doch mit mir.“

Ich sah zu einer mageren Afroamerikanerin auf, die nach Lavendel roch und so unendlich müde aussah, als wäre das bei ihr ein Dauerzustand. Ich sprang auf, sodass der Stuhl gegen die Wand schlug.

„Oh, Entschuldigung!“, sagte ich. „Ich bin einfach ein bisschen [illegible]“

„Wenn ich richtig verstanden haben, suchen Sie nach Ihrer Tochter“, sagte sie. Dann lächelte sie, und das änderte alles. Plötzlich lag Heiterkeit in ihren Augen und Optimismus in ihren hochgezogenen Augenbrauen. „Am besten gehen wir nach oben. Dort ist es ruhiger.“

Nach oben. Wo die jungen Leute, die hier untergeschlüpft waren, wohnten und einfach sie selbst sein konnten. Ich stieg hinter ihr her die Treppe hinauf, umklammerte das Geländer und versuchte, jede Stimme aufzusaugen, jeden menschlichen Schatten an den Wänden des Flurs über uns. Sie führte mich rasch in den ersten Raum auf der linken Seite und schloss die Tür.

Das Zimmer war klein und nur von einer Stehlampe mit gelber Glühbirne beleuchtet, die in der Ecke stand. Der Stuhl, den sie mir anbot, sah aus, als ob er einst zu einer Esszimmergarnitur gehört hatte. Andere nicht dazupassende Stühle waren um einen niedrigen Couchtisch versammelt, auf dem eine Kerze stand.

„Das ist unser Raum der Stille", sagte sie. „Ein guter Ort, um zu reden." Sie streckte mir ihre Hand entgegen, dann setzte sie sich mir gegenüber hin. „Ich bin Demetria Hall."

„Isabella Soltani", erwiderte ich. Ich suchte in ihren Augen nach einem Hinweis, dass sie ahnte, wer ich war. Aber das Einzige, was ich fand, war erwartungsvolle Aufmerksamkeit.

Doch ich konnte nicht noch mal von vorne anfangen. Ich wusste, dass Charlie hier war, und der Gedanke, meine Geschichte zum hundertsten Mal ausschütten zu müssen, erschien mir plötzlich grotesk. „Meine sechzehnjährige Tochter", sagte ich, „Charlie Soltani. Sie wurde hierhergebracht; jemand rettete sie von der Straße, als sie von zu Hause weggelaufen war." Ich lehnte mich nach vorne. „Ich möchte sie sehen, bitte."

Demetria Hall faltete die Hände im Schoß und schien mich ganz genau zu betrachten. Ich konnte nichts in ihren Augen lesen, und es war mir offen gestanden egal, was sie in meinen sah.

„Sie sagen, sie ist sechzehn?", fragte sie schließlich. „Normalerweise genehmigen wir niemandem unter achtzehn, für länger als eine Nacht hier zu bleiben. Wir schicken Teens dann zum Jugendamt. Die haben dort bessere Möglichkeiten, Minderjährigen zu helfen."

Meine Hoffnung sank rapide. Ich durfte nicht zulassen, dass eine weitere Enttäuschung sie ganz und gar zunichte machte.

„Sie hat vermutlich vorgegeben, dass sie achtzehn ist", erwiderte ich. „Und vielleicht kennen Sie sie unter dem Namen Brandi Wines. Der steht auf ihrem Ausweis."

Demetria Hall lächelte schwach. „Ihr wahres Alter zu vertuschen, würde hier für vielleicht eine oder eineinhalb Wochen funktionieren. Dann wäre sie einem Erstberater zugewiesen worden, und der kann normalerweise mithilfe eines psychologischen Gutachtens und aufgrund der Geschichten, die die Jugendlichen erzählen, auf deren Alter schließen."

„Normalerweise", sagte ich.

„Unsere Arbeit steht auf dem Spiel, wenn wir Minderjährigen ohne die Zustimmung der Eltern oder des Ministeriums für Innere Sicherheit helfen."

„Und *das Ministerium* könnte sie Ihnen geben?"

„Das kommt nur selten vor." Demetria Hall setzte sich aufrecht hin. „Wenn Sie also die Nummer des Ministeriums wünschen …"

„Sagen Sie mir einfach …" Ich legte die Finger an meine Schläfen und schloss für einen Moment die Augen. „Sagen Sie mir einfach, was Sie zu ihr gesagt haben, als sie hierherkam."

„Was wir zu ihr gesagt hätten, wenn sie hierhergekommen wäre?"

Ich nickte. Sie betrachtete mich erneut genau, bevor sie erklärte: „Wir hätten ihr keine Fragen gestellt, außer ob sie hungrig sei, sich duschen möchte oder einen Sicherheitsanruf machen wollte."

„Was ist ein Sicherheitsanruf?"

„Jemanden wissen zu lassen, dass sie lebt, unverletzt ist und sich an einem sicheren Ort befindet. Dann hätten wir sie gefragt, ob es irgendetwas gebe, das sie uns anvertrauen wollte. Während dieses Erstkontakts hätten wir versucht, zu erspüren, ob sie in der Gefahr steht, sich selbst oder andere umzubringen."

Ich verscheuchte meine Gedanken von diesem Pfad. „Und was dann?", fragte ich.

„Wir würden ihr ein Bett zuweisen und – wie ich schon gesagt habe – in den folgenden Tagen würden wir sie besser kennenlernen und sie wissen lassen, was wir ihr anbieten können."

„Und das wäre?"

„Das spielt doch jetzt keine Rolle, Mrs Soltani."

„Ich will es einfach nur hören."

Sie schob die Hände in die Taschen der langen scharlachroten Strickjacke, die sie über der Jeans trug. „Okay, gut. Wenn wir nicht gewusst hätten, dass sie erst sechzehn ist, hätten wir ihr gesagt, dass sie bis zu neun Monaten bleiben könne, solange sie bei unserem Programm mitmachen würde. Das würde bedeuten, sich gegenseitig kennenzulernen, ihr zu helfen, bestimmte Ziele festzulegen, sie mit allem Nötigen auszustatten, damit sie einen Job finden kann, und ihr ein Outfit zur Verfügung zu stellen, mit dem sie zu Vorstellungsgesprächen gehen kann."

Ich sank zurück an die Stuhllehne und bemerkte, dass ich während Demetria Halls Ausführungen den Atem angehalten hatte.

„Alles in Ordnung?", fragte sie.

„Ich bin so dankbar, dass sie hierhergekommen ist. Selbst wenn es nur so lange war, bis Sie herausgefunden haben, dass sie noch nicht achtzehn ist; wenigstens waren Sie freundlich zu ihr. Sie ist so sensibel ..."

Meine Stimme brach ab. Demetria Hall antwortete nicht. Zumindest bestritt sie nicht, dass sie Charlie schon mal gesehen hatte.

„Die meisten jungen Leute, die hierherkommen, sind zwischen achtzehn und einundzwanzig", sagte sie schließlich. „Zu alt für die Jugendwohlfahrt und zu jung für die Erwachsenenprogramme. Sie wollen unbedingt ihr Leben selbst in die Hand nehmen, aber sie haben nicht die richtigen Mittel dafür." Ihr Gesichtsausdruck verdunkelte sich. „Selbst die Toughen merken schnell, dass sie einen sicheren Unterschlupf brauchen. Straßenkinder, vor allem Mädchen, werden auf jede erdenkliche Weise ausgebeutet. Wenn sie Glück haben, finden sie zu uns, bevor sie in die Prostitution geraten oder heroinabhängig werden."

„Selbst wenn dem so ist: Wir wollen, dass sie wieder nach Hause kommt. Wir möchten nicht, dass sie ihr Baby in der Fremde zur Welt bringt. Ich weiß nicht, was wir falsch gemacht haben, aber wir lieben sie ..."

Ich konnte mich selbst nicht in diese Zeit zurückversetzen. Ich lehnte meinen Kopf an die Stuhllehne und weinte. Ich war mir so sicher gewesen, dass ich sie hier finden würde, dass ich diesen Ort verlassen würde, die Arme um Charlie geschlungen.

„Lassen Sie mich dies sagen." Dementria Hall sprach, als ob ihre Worte auf Zehenspitzen gehen würden. „Wenn sie hierhergekommen ist und wir sie weiter zum Jugendamt geschickt haben, hätten wir sie gefragt, wem in ihrer Familie sie vertraute. Wir hätten ihr gesagt, dass, wenn dieses Familienmitglied je nach ihr fragen würde, wir die Kontaktdaten dieser Person aufnehmen und an sie weitergeben würden. Also, falls Charlie uns gesagt hat, wo wir sie erreichen können."

Sie presste die Finger auf ihre Lippen, bevor sie sagte: „Das ist alles, was ich für Sie tun kann."

„Dann wollen wir das so machen", antwortete ich.

Sie verließ den Raum, um ein Formular zu holen. Ich schloss die Augen und ließ die Hoffnung neu erwachen. Wie sie Charlies Namen gesagt hatte – sie kannte sie. Und sie hatte sie gern.

Ich stand auf, ging zur Tür und horchte, ob ich Charlies leichten, tanzenden Gang im Flur erhaschen konnte. Als ich mich gegen die Wand lehnte, bemerkte ich, dass ich mit dem Rücken zu einem hohen Fenster gesessen hatte. Ein gerahmtes buntes Kirchenfensterglas hing davor. „Auch ich sage zu Gott, dem Herrn: ‚Bei dir finde ich Zuflucht, du schützt mich wie eine Burg!'", stand dort in staubig grünen Buchstaben. „‚Mein Gott, dir vertraue ich!'"

„Du hast deinen Zufluchtsort gefunden, Charlie", flüsterte ich. „Bleib uns nah, dann werden wir dich finden."

Meine Zuversicht welkte trotz allem dahin, als ich den Bogen ausgefüllt, meine Handynummer als Hauptnummer angegeben und Demetria Hall auf Wiedersehen gesagt hatte. Ich verließ die Herberge ohne Charlie. Meine Arme schmerzten noch immer. Die Angst um sie durchströmte noch immer meine Adern, es fühlte sich an wie Stacheldraht. Ich wartete immer noch darauf, dass sie sich nach mir ausstreckte.

Und ich wusste nicht, ob ich es noch länger tun konnte.

Ich ging nicht direkt zurück zum Auto. Ich überquerte die Straße, ging zu einem Blumenladen und tat so, als ob ich das Schaufenster mit den seidenen Weihnachtssternen betrachten würde, die tapfer versuchten, weihnachtliche Stimmung zu erzeugen. Das Haus der Hoffnung spiegelte sich im Schaufenster wider, und ich suchte jedes Fenster nach einem flüchtigen Auftauchen von Charlies Gesicht ab, einem kurzen Blick, um sicherzugehen, dass sie noch lächeln konnte, einem Hauch einer Chance, ihr etwas zu sagen, das sie nach Hause bringen konnte.

Als ich in der Spiegelung des Schaufensters sah, dass sich die Eingangstür öffnete, vergrub ich meine Hände in den Taschen und wandte mich mit gesenktem Kopf Richtung Parkplatz. Sicherlich dachten sie, dass ich nach einer Möglichkeit suchte, einzubrechen und Charlie zu stehlen. Ich überquerte gerade die Straße, als jemand, eine Frau, „Mrs Soltani!" rief.

Ich drehte mich herum und lief rückwärts weiter. „Ich habe nicht vor, irgendetwas zu versuchen", rief ich der hochgewachsenen Gestalt zu, die sich mir näherte. „Wirklich."

Sie beschleunigte ihren Schritt. „Nein, warten Sie, bitte. Ich habe eine Nachricht für Sie, von Charlie."

Reifen quietschten hinter mir. Ich hechtete zum Straßenrand, den die Frau im selben Augenblick erreichte. Sie umschloss meinen Ellbogen mit einer Hand und winkte mit der anderen den fluchenden Fahrer davon.

„Alles in Ordnung mit Ihnen?", fragte sie mich.

Mit beiden Händen umklammerte ich ihre Hand, die in einem Wollhandschuh steckte. „Charlie?", sagte ich.

Sie legte ihre freie Hand auf meine Schulter. „Sie hat mich gebeten, mit Ihnen zu sprechen. Wollen wir einen Kaffee trinken?"

22

Ihr Name war Kate George. Pastorin Kate George. Mit ihren mausbraunen, zerzausten Haaren, die von der Strickmütze platt gedrückt waren, der fleckigen, unverzärtelten Haut und einem Knochenbau, der an Abraham Lincoln erinnerte, war sie die schönste Frau, die ich je gesehen hatte: Sie kannte Charlie.

Sie setzte sich mir gegenüber an einen kleinen Tisch in der Ecke eines Lebensmittelgeschäfts, schob einen dampfenden Pappbecher zu mir herüber und sagte: „Charlie möchte, dass ich Ihnen ein paar Sachen sage."

„Geht es ihr gut? Ist das Baby …?" Ich unterbrach mich selbst und spreizte die Hände auf der Tischplatte. „Tut mir leid. Sie sind an der Reihe."

„Ach, ich bitte Sie. Sie sind ihre Mutter. Natürlich möchten Sie wissen, in welcher Verfassung sie ist." Kate George versetzte ihren Kaffee mit einem Plastiklöffel in rasche Bewegung. „Körperlich geht es ihr gut. Sie hat noch nicht so viel an Gewicht zugelegt, wie sie es sich in der Klinik wünschen würden, aber sie hat ja auch noch ein paar Monate vor sich. So weit, so gut."

„Sie sagten körperlich. Wie geht es ihr seelisch? Hat sie Angst?"

„Manchmal." Sie nahm einen Schluck und verzog das Gesicht. „Das schmeckt scheußlich." Sie öffnete ein Sahnedöschen. „Lassen Sie mich Ihnen meine Beziehung zu Charlie erklären. Ich bin im Haus der Hoffnung Seelsorgerin. Eines der ersten Dinge, die Charlie erzählt hat, als sie dort aufgenommen wurde, war, dass sie Christin ist. Na ja, sie sagte, sie war Christin, bis sie ihr ‚ganzes Leben total verpfuscht' hat. Sie war sich sicher, dass Gott jetzt nichts mehr mit ihr zu tun haben wollte."

Meine Hände verkrampften sich.

„Jedenfalls wurde ich gerufen. Immerhin handelte es sich um etwas mit Gott." Sie blickte kurz zur Decke. „Ich habe einige Stunden mit ihr verbracht, konnte ihr ein kleines bisschen ins Herz sehen, lief dann schnurstracks zur Hausleiterin und erklärte: ‚Wir dürfen *nicht* zulassen, dass diese junge Frau in diesem System untergeht. Es ist mir egal, wie jung sie ist: Sie muss hierbleiben.' Wir ließen unsere Verbindungen zum Jugendamt spielen, und dann durfte sie einen Monat bei uns bleiben."

Sie kippte ein weiteres Sahnedöschen in ihren Becher, die Augen fest darauf gerichtet.

„Gott segne Sie", sagte ich. Meine Stimme war kaum hörbar.

„Ich habe jeden Tag mit ihr Zeit verbracht." Kate George lächelte schief. „In meinem Büro herrscht nicht gerade viel Andrang. Wir gehen normalerweise in den Raum der Stille und zünden eine Kerze an. Das scheint sie zu beruhigen."

Ich spürte einen unangenehmen Reiz in meinem Nacken. Irgendetwas lief hier gewaltig schief. Ich musste eine fremde Frau Dinge fragen, die meine Tochter mir nicht selbst sagen wollte. Ich musste über sie herausfinden, wie es ihr gesundheitlich, seelisch und geistlich ging. Diese Frau erklärte mir, der Mutter, die Charlie großgezogen hatte, was es brauchte, um sie zu beruhigen.

Ich ballte die Hände zusammen und hatte plötzlich eine Tom-Sekunde. Er hätte der Pastorin in diesem Augenblick mit einer Klage gedroht, und seine Adern wären überall hervorgetreten. Noch ein Grund, warum *ich* hier saß und mit ihr sprach, und nicht er. Ich atmete tief ein. „Hat sie Ihnen gesagt, warum sie nicht nach Hause kommen wollte?"

„Ich habe das Gefühl", sagte Kate George, „dass Charlie ziemlich gut ihre Gefühle vor allen verbergen konnte, auch vor sich selbst. Aber dann hat sie es mit einigen zu tun bekommen, die größer waren als sie. Sie waren so fremd und beängstigend, dass sie davor wegzulaufen versucht hat."

„Gar nicht zu reden von der Tatsache, dass sie dachte, ihr Vater würde sie zu Hause hinauswerfen, wenn er herausfände, dass sie schwanger ist. Das musste ich mir von einer ‚exotischen Tänzerin' sagen lassen." Verkrampft umfasste ich meinen Becher. „Das ist einfach nicht wahr."

„Ich habe sie dazu bewegt, das zu einem gewissen Grad zuzugeben. Sie ist noch immer davon überzeugt, dass er sie nicht mehr lieben würde, wenn er es herausfände – was er sicherlich längst getan hat."

„Er ist bestürzt und durcheinander."

„Natürlich."

„Aber er liebt sie. Wie kann sie das bezweifeln?"

„Ja, hier wird es etwas komplizierter." Kate George rieb ihre kräftigen Hände aneinander. Die Haut an den Knöcheln war aufgerissen und sie sahen schmerzhaft rot aus, aber das schien sie nicht zu stören. „Charlies Gefühle ihrem Vater gegenüber hängen unmittelbar mit den irrigen Vorstellungen zusammen, die sie von Gott dem Vater hat. Sie glaubt, dass der Vater – egal welcher – dich nur liebt und stolz auf dich ist und dich mit allem Guten segnet, solange du perfekt bist. Enttäuschst du ihn aber, indem du nur das kleinste bisschen unvollkommen bist, dann war's das. Der Vater sagt vielleicht, dass er dir vergibt, aber er schreibt auch einen Minuspunkt neben deinen Namen. Und dann bist du nicht länger der, für den du und alle anderen dich gehalten haben. Das ist etwas, womit Ihre Charlie einfach nicht umgehen kann." Kate George stülpte ein leeres Sahnedöschen über ihre Zeigefingerspitze und tippte damit auf den Tisch. „Sie ist tief beschämt wegen all dem, und ich glaube nicht, dass das alles von ihrem Vater kommt."

Der Rest blieb unausgesprochen. Mein Name war in die Stille geschrieben.

Der Reiz in meinem Nacken kroch meinen Rücken hinunter. Wenn ich Nackenhaare gehabt hätte, wären sie mir zu Berge gestanden. Seit meinem Treffen mit Virginia Hatch war ich gewillt gewesen, meinen Anteil an der Schuld für Charlies Entscheidungen zu akzeptieren – selbst wenn Tom das nicht tat. Es gab keinen Stolz herunterzuschlucken. Ich hatte falsch gelegen, und das Einzige, was eine Rolle spielte, war, sie zu finden. Aber das …

„Ich bin hierhergekommen …“ Meine Zähne wurden bei meinen Worten nach unten gezogen. „Ich bin hierhergekommen, um Charlies Scham *wegzunehmen*. Ich möchte ihr sagen, dass wir *alle* schuldig sind.“ Ich schob meinen unberührten Becher beiseite; kalter Kaffee schwappte über Kate Georges Ansammlung leerer Sahnedöschen. „Ich muss mit ihr reden. Wie viele Vermittler muss ich noch durchlaufen, bis ich mit meiner eigenen Tochter sprechen darf?“

Kate George sah mich an, als ob ich gerade einen Schleier von meinem Gesicht gezogen hätte.

„Das ist interessant“, sagte sie.

„Das ist nicht ‚interessant‘. Das ist frustrierend. Alles, was ich möchte, ist, meine Tochter und ihr Baby in die Arme zu schließen. Sie können das nicht für mich tun.“

„Es tut mir leid. Ich wollte das nicht verharmlosen. Es ist nur, dass das, was ich hier sehe, überhaupt nicht zu dem passt, was Charlie mir über Sie erzählt hat. Ich war mir ganz sicher, dass sie die Wahrheit gesagt hat.“

„Hat sie auch.“

Kate George zog eine Augenbraue nach oben.

„Bestimmt hat sie Ihnen erzählt, ich hätte zugelassen, dass ihr Vater alle Entscheidungen getroffen hat, und ich hätte mich um die Durchführung kümmern müssen.“

„Das trifft es ziemlich genau.“

„Und genauso war es. Tom ist klug, liebevoll und stark, und ich hatte nie einen Grund gesehen, dass irgendetwas anders laufen sollte. Aber das hier – das war ein Grund. Ich stehe hinter ihr, egal, was passiert. Ich bin diejenige, die ihr das sagen muss.“

„Können Sie versprechen, dass ihr Vater sie nicht dazu zwingen wird, das Baby zur Adoption freizugeben?“

Mein Kiefer klappte herunter.

„Davor fürchtet sie sich im Moment am meisten. Sie hat einen starken Beschützerinstinkt für das Baby."

„Und sie glaubt, dass Tom es ihr wegnehmen will?"

Kate George rieb sich mit den Fingerspitzen über die Stirn. „Ich habe sie schon so weit gebracht, dass sie Sie anrufen will. Sie vermisst Sie so sehr, dass ich gar nicht weiß, wie sie den Schmerz bewältigt." Sie schnaufte laut. „Jedes Mal, wenn ich glaube, dass sie dazu bereit ist, sieht sie auf ihren Bauch hinunter und wird fast hysterisch."

„Sie ist so fest davon überzeugt, dass er sie dazu zwingen will, das Baby wegzugeben?"

Die Pastorin hob den Blick und sah mich an. „Sie ist fest davon überzeugt, dass Sie ihn lassen würden."

Ich schüttelte den Kopf, aber die Worte in mir blieben unversehrt. *Bleib mir nah. Folge ihr. Sag es ihr.*

„Sie haben mir gegeben, was ich brauche", sagte Kate George. „Ich kann Ihnen nichts versprechen, aber ich denke, damit und aufgrund der Tatsache, dass Sie hier sind, so nah, kann ich sie dazu bewegen, sich mit Ihnen zu treffen."

Ich legte die Hand in den Nacken, um sicherzugehen, dass mir keine Stacheln gewachsen waren. Sie wären zu Giftpfeilen geworden.

„Darf ich wenigstens sagen, dass ich es hasse, dass es so laufen muss?", fragte ich.

„Ich kann Ihnen das nicht zum Vorwurf machen. Aber wie ich auch immer Charlie versichere: In all dem ist Gott am Werk. Sehen Sie, wie Er Sie gestärkt hat. Jetzt können Sie das an sie weitergeben."

Ich ließ mich gegen den Tisch sacken. „Das hoffe ich."

„Ich weiß es. Es ist offenbar, wer Sie sind. Und das geben Eltern wahrhaftig an ihre Kinder weiter."

Ich schloss die Augen und sagte: „Bitte, Herr, überbrücke die Kluft zwischen dem, was ich bin, und dem, was sie braucht."

„Amen", antwortete Kate George.

Sie versprach, mich sofort anzurufen, wenn Charlie eingewilligt hatte, mich zu sehen. Nicht falls, sondern wenn.

Sie sagte, sie würde mit ihr sprechen, sobald sie aus der Schule käme.

Schule. Es gab so vieles, was ich nicht wusste.

Obwohl es noch Stunden dauern konnte, bis Kate George mich anrief, konnte ich nicht zurück in die Stadt fahren und einen so großen Abstand zwischen uns schaffen. Ich hatte nichts im Wyndham zurückgelassen, also gab es keinen Grund, warum ich nicht hierher umziehen sollte. Das würde mir eine Beschäftigung verschaffen und mich davon abhalten, völlig verrückt zu werden.

Ich war gerade im Begriff, die Anmeldung im Rittenhouse Inn zu unterschreiben, als mein Handy klingelte.

„Mrs Soltani?“, fragte Kate.

„Sie hat Ja gesagt?“, fragte ich.

„Sie hat Wehen bekommen und wird gerade mit dem Krankenwagen ins Uniklinikum gebracht. Ich komme zu Ihnen, dann können Sie mir hinterherfahren.“ Durch die Besorgnis hindurch konnte ich sie lächeln hören. „Sie möchte *Sie*.“

***

Eine Frau von der Schwesternstation rief mich, noch bevor Kate George und ich ganz aus dem Fahrstuhl gestiegen waren.

„Sind Sie Mrs Soltani?“

„Ja! Meine Tochter …“

„Folgen Sie mir.“

So einfach war es plötzlich. Nach all den verschlossenen Türen und Datenschutzregelungen und Menschen, die behaupteten, nichts zu wissen, betrat ich einfach ein Zimmer – und dort lag sie.

Ich hörte sie, bevor ich ihr Gesicht sah. Sie weinte, als ob ihre Seele sterben würde, und schluchzte: „Bitte! Bitte nicht!“

Ich drängte jemanden in Grün beiseite und trat zwischen zwei weitere Grüngekleidete an ihr Bett.

„Charlie, Schatz", sagte ich, „ich bin's, Mama."

Im ersten Moment, als sie mir ihr Gesicht zuwandte, packte mich der Gedanke, dass dies nicht meine Tochter war. Die Haut dieses Mädchens hatte die Farbe einer Taube, und ihr langes, dunkles Haar war bis zum Kinn abgeschnitten worden. Die Sehnen in ihrem Nacken verhärteten sich direkt unter der Haut wie Drähte, als sie ihre Kiefer aufeinanderpresste.

Nur ihre Augen waren dieselben – zwei seelenvolle, unergründliche braune Augen, die sich an mich hefteten und tief in sie hineinzogen.

„Mama!", sagte sie. „Bitte, lass sie das nicht tun!"

Ich nahm ihren Kopf in meine Hände. „Was nicht tun, Kleines?"

„Lass sie sie mir nicht wegnehmen! Sie haben gesagt, dass sie sie wegnehmen wollen!"

Hilflos sah ich die grün gekleidete Frau am Fuße des Bettes an, die versuchte, Charlies Knie auseinanderzudrücken.

„Ich habe gesagt, dass wir dein Baby, sobald es geboren ist, sofort auf die Intensivstation bringen müssen", erklärte die Frau in einem Tonfall, der gewöhnlich Schwerhörigen vorbehalten war. Etwas gedämpfter sagte sie zu mir: „Sind Sie ihre Mutter?"

„Das bin ich."

„Dann können Sie sie vielleicht davon überzeugen, dass wir ihr Baby nicht jemand anderem geben werden."

„Lass sie das nicht tun, Mama!", heulte Charlie.

Ich setzte mich halb auf das Bett und legte meine Hände fest um ihr Gesicht. „Charlie, Schatz, hör mir zu."

Sie biss sich auf die Lippe und verzog ihr Gesicht.

„Sie versuchen nur, dir zu helfen, dein Baby zu behalten", sagte ich. „*Dein* Baby. Niemand will es dir wegnehmen. Weder die Ärzte. Noch die Schwestern. Noch ich." Ich drückte die Hände fester auf ihre Wangen. „Und selbst Daddy nicht."

Ihre Hände kamen unter den Laken hervor und griffen nach meinen Handgelenken.

„Meinst du das ernst?", fragte sie. „Ich weiß, ich war schrecklich. Ich weiß, dass ich sie nicht verdiene …"

Ihre Miene verzog sich erneut. Ich hatte das Gefühl, ich würde gleich platzen vor Schmerz.

„Atme, Charlie!", rief ihr jemand zu. „Atme hindurch."

„Mama, ich weiß nicht, wie man ein Baby bekommt!", weinte Charlie. „Es ist zu früh. Ich habe es noch nicht geschafft, Geburtskurse zu besuchen!"

„Wir versuchen ja, dir zu helfen …" Das war die eine Schwester.

„Okay, Charlie, hör zu." Ich setzte mich ganz auf das Bett, um ihrem Gesicht noch näher zu sein. „Es ist dein Baby, und du weißt, wie du es zur Welt bringen kannst. Ich werde dir jetzt nur einen kleinen Crashkurs geben, okay, damit es nicht so wehtut. Sei jetzt ganz bei mir. Bleib nah."

Sie verschlang mein Gesicht mit ihren Augen. „Du gehst nicht weg?"

„Nicht für eine Sekunde. Also, bevor die nächste Wehe kommt, versuch dich zu entspannen. Lass das Baby ausruhen."

„Sie möchte herauskommen, aber sie ist noch nicht so weit."

„Sie glaubt, dass sie bereit dazu ist", sagte die Frau am Fuß des Bettes. Ihr Ton hatte sich gemildert.

„Wird sie sterben?", fragte Charlie.

Das schwache Beben in ihrer Stimme ließ mich erschaudern.

„Wir werden alles in unserer Macht Stehende tun, um das zu verhindern", antwortete die Frau, die wahrscheinlich die Ärztin war. „Jetzt wollen wir sie erst mal auf die Welt bringen."

„Oh!", heulte Charlie.

Ich schob meinen Arm hinter ihren Rücken und half ihr, sich aufzusetzen. „Schön tief atmen, kleine Mami. Los, atme … atme … atme … Gleich wird der Schmerz nachlassen."

Als die Wehe vorüber war, ließ sie sich an meine Brust sinken, der Blick verwirrt.

Ich sah zur Ärztin, die Charlie jetzt untersuchte. „Können Sie ihr nicht irgendetwas geben?“

„Zu spät“, antwortete sie. „Charlie, du musst jetzt pressen.“

„Ich weiß nicht, wie!“

„Doch, das tust du“, flüsterte ich in ihr Ohr. „Press einfach von deiner Hüfte aus, dann wird sie gleich draußen sein, um dich zu sehen …“

„Ich sehe einen Kopf“, sagte die Ärztin. „Wie soll die Kleine heißen, Charlie?“

„Isabella!“, antwortete Charlie. „Isabella Grace. Oh – jetzt pressen?“

„Du bist die Mami“, erwiderte ich. „Wenn du jetzt pressen möchtest, dann press.“

***

Isabella Grace Soltani wurde um 13.06 Uhr geboren und wog ein gutes Pfund. Um 13.11 Uhr bekam ihre Mami eine schwere Blutung. Beide Mädchen weinten, als eine Horde von Menschen in Grün sie in entgegengesetzten Richtungen von mir fortbrachten – Baby Grace mit einem dünnen, feinen Wimmern; Charlie rufend: „Mama, bitte lass sie nicht allein.“

„Wir geben Ihnen Bescheid, sobald Charlie aus dem OP draußen ist“, erklärte mir eine Schwester. Seufzend schloss sich eine Doppeltür hinter ihr.

Ich lief in die andere Richtung hinter der winzigen Liege her, auf der meine Enkeltochter lag. Aber ich durfte nicht nah bei ihr bleiben, sondern musste auf einer Couch im Gang vor der Neugeborenenintensivstation warten. Kate George kam mit ein paar Sandwiches und einem Becher Tee zu mir.

„Ein Stückchen Zucker oder zwei?“, fragte sie.

„Geben Sie einfach her“, sagte ich, schlang meine Hände um den warmen Becher und ließ mich in das Sofa sinken. Es war weiß und rein, und die Beleuchtung darüber war mild. Die Sanftheit war zu viel.

„Herr, bitte lass sie nicht sterben“, sagte ich. Ich sah die Pastorin an. „Sie glauben doch auch nicht, dass Er das tut, oder?“

„Ich weiß es nicht“, antwortete sie.

Ich nahm einen Schluck heißen Tee. Das war das Beste, was ich seit Tagen geschmeckt hatte.

„Danke, dass Sie nicht sagen: ‚Gott ist gut zu jeder Zeit. Zu jeder Zeit ist Gott gut.‘“

„Ich glaube, ich habe diesen Spruch mal auf einem Autoaufkleber gesehen.“ Kate George wickelte ein Sandwich aus und brach ein Stück davon ab.

„Vielleicht sollte es besser so etwas heißen wie: ‚Gott ist mittendrin zu jeder Zeit; zu jeder Zeit ist Gott mittendrin‘“, sagte ich.

„Das gefällt mir“, sagte Kate George. „Er steht das mit uns durch.“

„Das war mir vorher nie so klar.“

Kate George kaute gedankenverloren. „Wahrscheinlich musste es das auch nie. Von Charlie hatte ich den Eindruck gewonnen, dass Sie in Ihrer Familie noch nie eine echte Krise durchlebt haben.“

„Nein, nicht wirklich. Meine Eltern sind zwar schon beide gestorben, aber das hat mich nicht so umgehauen wie das hier. Ich fühle mich, als ob ich mich in einem fremden Gebiet verirrt hätte.“ Ich nahm ein Sandwich in die Hand und legte es dann wieder hin. „Ich glaube, genau das habe ich getan.“

„In mancher Hinsicht bestimmt“, sagte Kate George. „Aber dass Ihre Eltern gestorben sind, als Sie schon erwachsen waren – das sind die normalen Sorgen des menschlichen Lebens. Das stürzt einen normalerweise nicht in so dunkle Seelennächte.“

„Ist es dort, wo ich gewesen bin?“

„Das wissen nur Sie.“

Es lag mir auf der Zunge zu antworten: *Ich weiß es nicht.* Doch ich wusste es. Es war neu für mich, und es kam nur zögernd, aber ich wusste es. „Ich hatte das Gefühl, dass Gott ganz weit weg war. Aber in Wirklichkeit war er so groß, dass ich ihn nicht im Ganzen erfassen konnte", sagte ich. „Wissen Sie – wie wenn man so auf eine Sache konzentriert ist, dass man nicht das ganze Bild sehen kann."

„Wahrscheinlich könnten Sie dasselbe jetzt auch über sich selbst sagen."

Ich schüttelte den Kopf. „Ich bin mir nicht sicher, ob ich das alles ganz begreifen kann."

„Das müssen Sie auch gar nicht. Nehmen Sie Gott einfach so an, wie er ist – und sich, wie Sie sind."

Ich nickte. „Und Charlie, wie sie ist."

„Mir gefällt Ihre Art zu denken", sagte sie. Sie ließ mich mit dem Eiersalatsandwich allein, um ein paar Telefongespräche zu führen. Ich versuchte, meine Ängste um die beiden Kinder zu sortieren, die an verschiedenen Enden des Korridors leiden mussten. Das eine, für das ich all meine Kraft aufgewandt hatte, um es wieder kennenzulernen. Das andere, von dem ich noch so schmerzlich wenig wusste und das ich unbedingt kennenlernen wollte.

Endlich näherten sich quietschende Gummisohlen auf dem Flur. Es war Charlies Geburtshelferin. Ohne ihre Kopfbedeckung sah sie jünger und weniger streng aus. Ich mochte ihr Lächeln, das nach frischer Luft und Müsliriegeln aussah.

„Sie ist auf dem Weg der Besserung", sagte sie. „Wir haben die Blutung gestoppt, und ich glaube nicht, dass es bleibende Schäden an ihrer Gebärmutter geben wird. Ich bin übrigens Dr. Kelly."

„Isabella Soltani."

„Ah, Ihre Enkeltochter wurde also nach Ihnen benannt."

Ich lächelte ein bisschen. Ich hatte noch nicht einmal die Zeit gefunden, das zu begreifen.

Dr. Kelly nickte in Richtung der Neugeborenenintensivstation. „Wie geht's unserem kleinen Mädchen?"

Auf die Antwort musste ich eine weitere Stunde warten. Dann trat ein großer Mann mit wenig Haaren auf dem Kopf, dafür umso mehr an seinen Armen, aus der Stationstür heraus. Er musste sich stufenweise hinsetzen, um seinen hoch aufgeschossenen Körper am Tisch neben mir zusammenzufalten.

„Dr. Branaugh", sagte er. „Ich bin Frühgeborenenmediziner. Wenn ich richtig sehe, sind Sie die Großmutter."

„Das bin ich", antwortete ich. „Meine Tochter ist noch im Aufwachraum."

„Sie ist sehr jung, nicht wahr?" Seine Augen waren so blau und erfrischend wie Heidelbeeren.

„Sechzehn", sagte ich.

„Es ist wahrscheinlich das Beste, wenn ich Ihnen sage, womit wir es zu tun haben, und dann können Sie ihr die Nachricht überbringen. Ich werde dabei sein für den Fall, dass Fragen geklärt werden müssen."

Etwas brach in mir zusammen. „Es ist nichts Gutes, stimmt's?"

„Nein, leider nicht."

Dr. Branaugh benutzte fast all seine Finger, um die Probleme aufzuzählen, mit denen Baby Grace zu ringen hatte.

Atemnotsyndrom.

Eventuell VH, eine Blutung im Gehirn, die Druck und möglicherweise Hirnschäden verursachen konnte.

Unterentwickeltes Verdauungssystem.

Anämie.

Erste Anzeichen von Gelbsucht.

Risiko eines Herzfehlers.

Sie hatte bereits zwei Apnoen hinter sich, während denen sie komplett aufgehört hatte zu atmen.

„Sie ist medizinisch fragil", sagte er. Seine Finger waren noch immer aufgefächert, um ihre Schwachstellen aufzuzeigen. „Wir tun alles Menschenmögliche, um sie am Leben zu erhalten, aber geboren in der 28. Schwangerschaftswoche mit 510 Gramm Geburtsgewicht ist sie extrem gefährdet."

„Wie extrem?", fragte ich.

Zwei traurige Grübchen erschienen, als er seine Lippen zusammenpresste. „Sie hat eine 40- bis 50-Prozent-Überlebenschance, wenn wir uns weiterhin so intensiv um sie kümmern. Wenn sie es schafft, wird sie vermutlich noch zwei oder drei Monate hier im Krankenhaus bleiben müssen und danach voraussichtlich unter Entwicklungsstörungen leiden – Sprache, Verhalten ..."

Ich verschränkte die Arme, die mir fast zu schwer schienen, um sie an meiner Brust zu halten, und mein Kopf sank nach vorne.

„Ihre Tochter bekommt gerade eine Bluttransfusion", sagte der Arzt. „Sobald sie wieder zu sich kommt, werden wir ihr Milch abpumpen und der Kleinen diese gute Nahrung durch eine Magensonde zuführen. Danach können Sie sie sehen, wenn Sie möchten."

„Nur durch die Glasscheibe?"

„Nein. Sie können hereinkommen, sich an ihren Brutkasten setzen und mit ihr sprechen. Sie werden sie noch nicht berühren dürfen, aber wir haben herausgefunden, dass es Frühchen sehr viel besser geht, wenn ihre Familien Zeit mit ihnen verbringen." Er faltete sich auseinander, um aufzustehen, und lächelte zu mir herunter. „Es wird mindestens noch eine Stunde dauern. Sie können sich etwas ausruhen, Anrufe tätigen – was auch immer."

Anrufe tätigen. Tom.

Beim Betreten des Krankenhauses hatte ich mein Handy entsprechend den Hinweisschildern ausgeschaltet. Als ich die Treppe nach unten lief, schaltete ich es wieder ein. Die Abenddämmerung hatte die dunkle Silhouette der Stadt in rotes Licht getaucht, und Lichter blinzelten am Vordereingang den Gehweg entlang, als ich hinaustrat und einen Platz auf einer dem Wind abgewandten Bank fand.

Das Display informierte mich heftig blinkend, dass ich neun neue Nachrichten erhalten hatte. Ich ignorierte sie und wählte die Nummer von zu Hause.

Als Tom abnahm, konnte ich seine Stimme kaum wiedererkennen. Die Frage „Isabella?“ zersplitterte wie heißes Glas, das auf die letzte zerstörende Berührung gewartet hatte.

„Alles in Ordnung, ich bin in Ordnung“, sagte ich.

„Wo *bist* du? Isabella, was ist los?“

„Tomy, hör mir einfach zu, okay? Ich erkläre dir alles, aber hör einfach zu. Bitte.“

Bleib mir nah, hätte ich am liebsten zu ihm gesagt. Ich lehnte den Kopf gegen die Backsteinmauer hinter der Bank.

„Ich habe Charlie gefunden, hier in Philadelphia. Es geht ihr gut … es *wird* ihr wieder gut gehen … und, Tomy …“ Meine Stimme wurde rau. „Sie hat gerade unsere Enkeltochter zur Welt gebracht.“

Ich gab ihm Zeit, das aufzunehmen, bevor ich weiterredete: „Aber das Baby ist sehr krank. Keines seiner Organe ist schon ausreichend entwickelt, um außerhalb des Bauchs seiner Mami zu funktionieren. Es stirbt vielleicht, Tomy.“

„Großer Gott“, sagte er.

„Ja“, antwortete ich. „Das ist genau das, was ich mir immer wieder sage.“

23

Tom erklärte, dass er sofort nach Philadelphia aufbrechen würde. Er klang immer noch benommen, als wir unser Telefongespräch beendeten, und ich betete, dass er genug Geistesgegenwart für die Fahrt besaß. *Welche Ironie*, dachte ich. *Ich zweifle an Toms Fähigkeiten.*

Als ich wieder oben war, war Charlie in ein Einzelzimmer mit zartrosa Wänden, einem rosa Stuhl und rosa Bettdecke gebracht worden. Irgendwie milderte das für mich den Nadeleinstich in ihrem Arm und das Piepen der Maschine, die ihren Blutdruck anzeigte. Ich schob den Stuhl näher an ihr Bett heran, sodass ich ihr über die Wange streichen konnte. Sie rührte sich nicht.

Es war so wenig Zeit gewesen, sie in der Notfallentbindungsstation richtig anzusehen. Eine Frau sah wahrscheinlich sowieso nicht aus wie sie selbst, wenn sie gerade entband.

Eine Frau.

Das Gesicht, das ich streichelte, war warm und weich vom Schlaf, genau wie als sie drei Jahre alt gewesen war. Ihre Wimpern beschatteten die zarte Haut unter ihren Augen, und ihre Augenlider bewegten sich im Traum. Wenn ich sie damals als kleines Kind beim Schlafen beobachtet hatte, hatte ich mir vorgestellt, dass sie von Engeln träumte, die auf Wolken tanzten.

Zwei feine Linien vertieften sich zwischen ihren Augenbrauen, und sie stöhnte, leise, aber doch aus dem tiefsten Inneren. Sie träumte nicht von etwas so Freundlichem wie Engeln oder Wolken. Sie trug jetzt die schweren, massiven Sorgen einer Frau – ein winziges Baby, das ums Überleben kämpfte, eine Reise voller Not, von der sie sich erholen musste, eine Zukunft, die ganz anders war, als sie sich je vorgestellt hätte. Oder auf die sie vorbereitet war.

Ich küsste ihre Stirn und blieb mit meinen Lippen nah an ihrem

Gesicht, als ich flüsterte: „Gott wird die Kluft überbrücken, kleine Mami. Dafür beten wir."

Ihre Augen öffneten sich zuckend und suchten nach meinem Gesicht, als ob sie aus einem Nebel hervorkommen würde.

„Mama", sagte sie.

„Ich bin hier, Charlie."

„Es tut mir so leid." Ihre Augenlider fielen wieder zu, und ihr Atem gewann die Tiefe des Schlafs zurück.

„Mir auch, meine Kleine", sagte ich. „Mir doch auch."

Charlie schlief noch immer, als eine rundliche Schwester mit ahornfarbigem Teint und wunderbar üppigem Busen ihren Kopf ins Zimmer streckte und mir erklärte, dass ich das Baby sehen dürfte.

„Ich bin Debbie", sagte sie, als sie mich zur Neugeborenenintensivstation begleitete. „Wenn Sie irgendetwas brauchen, lassen Sie es uns wissen. Das ist eine schwere Zeit für die ganze Familie, und wir sind für Sie alle da."

Ich berührte ihren Arm, fühlte die weiche Haut unter meiner Hand. So schnell konnte sich Philadelphia reinwaschen.

Gekleidet in eine ganze Ausrüstung aus einem Papierkittel, einer Haube, einem Mundschutz und Schuhüberziehern, streifte ich mir hellrosa Latexhandschuhe über und drehte mich um, um einen ersten Blick auf meine Enkeltochter zu werfen.

Baby Grace lag in ihrem kleinen Brutkasten, in warmes Licht gebadet und in weiße Decken gewickelt. Nur ihre klitzekleinen geballten Fäuste und Teile ihres Gesichts lugten aus dem Babysack und zwischen den Bändern hervor, die sie vor dem Gewirr an Kabeln und Schläuchen schützten. Ehrfürchtig sah ich sie an.

Ihr Kopf schien für ihren zerbrechlichen Körper zu groß zu sein, obwohl er trotz der kuscheligen Mütze nicht größer war als ein Apfel. Ihre 27 Zentimeter hätte ich mit meinen Handflächen bequem umschließen können.

Trotzdem war alles, was ich sehen konnte, makellos ausgebildet –

ihre Finger, ein Fuß, der sich aus der Decke befreit hatte, sogar ein unfassbar kleines Kinn, das mich an Maxie erinnerte. Ihre Haut, leicht gelb getönt, war so dünn, dass ich ihre Adern sehen konnte, die wie Seidenfäden darunter verliefen. Voller Staunen beobachtete ich, wie ihre Brust von der Größe einer Spielkarte sich so lebendig hob und senkte.

„Es ist oft ein wenig verwirrend, wenn man sie zum ersten Mal sieht“, raunte eine Stimme hinter mir. „Aber da liegt wirklich ein lebendes Baby.“

Baby Grace ließ ihren winzigen Arm unter der Decke hervorgucken. Finger so klein wie Streichhölzer tasteten in der Luft herum und fanden ein Kabel, das über ihrer Decke lag. Für einen Augenblick versuchte sie, es zu greifen.

„Genau wie jedes andere Kind“, flüsterte die Krankenschwester. „An allem interessiert.“

Ich lächelte. Aber das Baby vor mir war nicht wie jedes andere Kind. Vielleicht war keines von ihnen das. Vielleicht war es unsere Aufgabe als Eltern, jeden unserer einzigartigen Sprösslinge selbst sagen zu lassen, wer sie waren und wie sie aufgezogen werden mussten.

„Was ist mit dir, Baby Grace?“, wisperte ich. „Wer bist du?“

Sie strampelte ihr Füßchen, halb so groß wie mein Daumen, weiter aus ihrem Babysack heraus. Die Krankenschwester, die sich bisher außer Sicht gehalten hatte, steckte ihre Hände durch die beiden Öffnungen des Brutkastens und prüfte das Gerät, das an die minikleine Ferse angeschlossen war.

„Das solltest du nicht verlieren, du süßes kleines Mädchen“, sagte sie. „Wir müssen doch sicherstellen, dass du dein Blut mit Sauerstoff anreicherst.“

Ihr Blut mit Sauerstoff anreichern. Das Surfactant-Level in ihrer Lunge erhöhen, damit sie selbstständig atmen konnte. Das Bilirubin senken, um eine Schädigung des Hirns zu verhindern. Das waren nicht die Dinge, um die ein frisch geborenes Leben zu kämpfen haben sollte. Wenn sie diesen Kampf verlor, würde ich nie erfahren, wer sie war. Es würde keine Zeit sein, dass sie einen von uns kennenlernte, ihre Mami oder ihre Großeltern oder ihre Tante Maxie. Es gab so viel, was sie wissen sollte.

Ich drückte meine Hand an den Brutkasten, in die Nähe ihres Kopfes. „Ich will dir nur dies eine sagen, Isabella Grace", flüsterte ich ihr zu. „Wer du auch immer bist, was auch immer du fühlst oder denkst oder tust, Gott liebt dich. Was du brauchst, ist vielleicht weit weg von dem, was wir dir geben können, aber Gott wird die Kluft überbrücken."

Grace strampelte erneut ihr Füßchen unter der Decke hervor, als ob ihre winzigen Zehen sich danach sehnten, frei zu sein. Ich entschied mich, dass sie mich verstanden hatte.

***

Einige Stunden später fuhren Debbie und ich Charlie in einem Rollstuhl zur Neugeborenenintensivstation, sodass sie Baby Grace zum ersten Mal sehen konnte. Ich beobachtete sie durchs Fenster, als sie den Brutkasten streichelte. Ich wusste, dass ihre Hände sich danach sehnten, ihr kleines Töchterchen zu halten. Ihre Lippen bewegten sich in einem tonlosen Monolog, den ich nicht hören musste, um ihn zu verstehen. Sie war wie jede andere Frau, die entbunden hat. Sie war eine Mutter.

***

Nachdem Dr. Branaugh und ich sie über den Zustand des Babys aufgeklärt hatten, war Charlie so bleich und zerbrechlich, dass sie mir fast durchsichtig erschien. Als ich sie wieder ins Bett gebracht hatte, zog ich die Decke bis zu ihrem Kinn hoch und sagte: „Versuch dich ein bisschen auszuruhen."

„Ich kann nicht“, antwortete sie. „Wie soll ich schlafen, wenn ich nicht weiß, was mit meinem Baby passiert?“

Ich vernahm mich selbst in ihrer Stimme, in der Angst, die niemand lindern konnte.

„Ja, du hast recht“, sagte ich. „Vermutlich kannst du nicht schlafen.“

„Du hast wahrscheinlich selbst lange nicht mehr geschlafen, oder?“ Sie hob ihren Arm und fuhr mit einem Finger unter meinen Augen entlang. „Mama, es tut mir so leid, dass ich dir das angetan habe.“

„Nein, Charlie, das muss es nicht“, sagte ich. „Denk so was nicht.“

Sie ließ ihre Hand zurück auf das Laken fallen. „Das musst du mir erlauben.“

Ich suchte in ihrem Gesicht nach Gründen, es nicht zu tun – ihre Unschuld und die Zerbrechlichkeit, die wir so lange beschützt hatten. Alles, was ich sah, war die liebevolle junge Frau, die wir nie herausgelassen hatten.

„Gut“, sagte ich, „das tue ich.“

Charlie schloss die Augen. „Es sollte nicht auf das hier hinauslaufen. Ricky wollte mich nur für die Abtreibung nach Baltimore bringen und mich am nächsten Tag direkt wieder zurückfahren. Er sagte, er würde das mit Daddy in Ordnung bringen, damit ihr beide niemals davon erfahren würdet.“ Sie öffnete die Augen und starrte aus dem Fenster, als ob sie das Ganze nun von der anderen Seite betrachten würde. „Es war dumm, aber ich habe ihm geglaubt. Ich dachte, er könnte alles zum Guten wenden.“

„Er dachte also, ihr würdet beide wieder zurück nach Bethany Beach kommen?“, fragte ich.

„In der Nacht in diesem schrecklichen Hotel hat er gesagt, dass wir wieder zur Normalität zurückkehren können, wenn wir das Baby erst mal los sind. Bis dahin hatte er das nie so ausgedrückt. ‚Das Baby loswerden.‘ Es war, als ob ich ganz plötzlich wusste, wer er wirklich ist, nur wegen dieser drei Worte.“ Charlie krallte die Finger in das Laken. „Ich konnte diese Abtreibung nicht machen.

Ich hatte die Wegbeschreibung zur Klinik und alles, aber ich konnte einfach nicht. Dann dachte ich daran, wie es sein würde, wenn ich nach Hause kommen und dir und Daddy erzählen würde, dass ich schwanger bin, und das konnte ich dann auch nicht. Ich konnte überhaupt nichts machen. Also bin ich fortgelaufen. Ich bin einfach … fortgelaufen."

Sie zwang sich, mich anzusehen. „Ich wusste, dass ihr mich hassen würdet …"

„Dich hassen? Schatz, nein …"

„Ich dachte wirklich, dass du mich hassen würdest und ich nicht nach Hause kommen könnte, dass du noch nicht einmal dort wärest. Es gab nur mich allein, und weißt du was?"

Ich schüttelte den Kopf.

„Mir ist klar geworden, dass ich noch nie vorher allein gewesen war. In meinem ganzen Leben nicht. Ich musste immer wieder nach meinem Gesicht tasten, um sicherzugehen, dass es mich immer noch gab. Ich dachte, ich werde noch verrückt."

„Nein, Charlie", antwortete ich. „Das ist der Beginn des Heilwerdens."

Sie schien das begierig in sich aufzunehmen, bevor sie sagte: „An diesem Tag, an dem ich dachte, dass ich irgendwie unsichtbar bin, da habe ich dieses Flattern gespürt – hier." Sie spannte ihre Hände über dem Bauch. „Ich wusste, dass es das Baby war, und dann wusste ich, dass ich nicht allein bin."

Charlie versuchte, sich aufzusetzen. Als ich ihr zu Hilfe kam, umklammerte sie mit ihren Fingern meinen Ärmel. „Hast du ernst gemeint, was du gesagt hast, Mama?"

„Wegen …"

„Wegen Dad. Dass du es nicht zulassen würdest, dass Dad sie mir wegnimmt? Denn wenn du ihn nicht davon abbringen kannst, kann ich nicht nach Hause kommen. Es gibt hier Menschen, die uns helfen können."

Ich hob ihre Hand von meinem Ärmel und nahm sie zwischen meine Hände. „Möchtest du zurückkommen, Charlie?"

Ihre Augen füllten sich mit Tränen. „Ich vermisse dich. Ich vermisse Maxie. Aber …"

„Sag."

„Ich bin nicht die, für die ihr mich gehalten habt." Sie sprach es aus wie ein Bekenntnis, als ob sie jetzt Buße dafür tun müsste.

„Ich weiß doch", antwortete ich.

„Nein, das tust du nicht, Mama …"

„Oh, doch, das tue ich."

Ich griff in meine Tasche und zog die gefalteten Zettel heraus, die seit Tagen dort drin gewesen waren. Charlie legte ihre Hände auf den Mund, genau wie ich es in den letzten vier Monaten so oft getan hatte, als ein Schock dem nächsten gefolgt war.

„Mama, es tut mir so leid. Bitte …"

„Stopp", sagte ich. „Damit hast du mir gezeigt, wer du bist. Du hast mich direkt zu dir geführt. Wie sonst hätte ich dich je finden sollen?" Ich nahm ihre Hände von ihrem Mund und drückte ihr ihre Gedichte in die Hand. „Also, jetzt sag mir, möchtest du nach Hause kommen?"

Sie blickte von mir zu den kleinen gefalteten Hinweisschildern zu ihr selbst. „Ich brauche dich, um mein kleines Mädchen aufzuziehen."

„Dann werde ich für euch da sein."

Sie richtete ihre Augen wieder auf mich. „Und was ist mit Daddy?"

Und was ist mit Daddy? Diese Frage hatte sie mir schon ihr ganzes Leben gestellt. Diese Frage, die ich immer hastig an ihn weitergereicht hatte, um eine Antwort zu bekommen – eine Antwort, die ich dann übertünchte und abpolsterte, bis alles wieder gut war. Es war die letzte Frage gewesen, die sie mir gestellt hatte, bevor sie aus unserem Leben verschwunden war. *Und was ist mit Daddy?* Wenn ich damals anders reagiert hätte, müsste sie dann jetzt diesen Schmerz ertragen?

Ich küsste ihre Hand und ließ sie los. „Ich weiß nicht, was mit Daddy ist", antwortete ich. „Ich weiß nur, was mit mir ist – mit mir und Gott."

„Gott nicht in einer Schublade", sagte sie.

„Was?"

„Kate sagt, dass ich Gott in eine Schublade gesteckt habe. Ich hatte ihn mir immer in einer kleinen Schublade vorgestellt, die ich öffnen und in die ich hineinbeten konnte. Es kam mir so vor, als ob jeder bereits alles über ihn wusste, sodass er genau in dieses niedlich kleine Gehäuse gepasst hat." Ich sah den Hauch eines Lächelns. „Ich habe ihr gesagt, dass ich weiß, dass das seltsam ist, aber sie meinte, dass viele Leute so von Gott denken. Na ja, jedenfalls hat sie gesagt, wenn ich aufhören würde, mir überhaupt eine Vorstellung von ihm zu machen, dann würde er einfach *sein*, und dann würde ich auch aufhören, mir auszudenken, wer ich bin, und einfach *sein* können." Sie hob ihr anmutiges Kinn. „Das schaffe ich nur sehr langsam."

Ich legte meine Stirn an ihre. „Weißt du was, Charlie?", fragte ich. „Ich werde wohl richtig Gas geben müssen, wenn ich dich aufholen will."

Ich setzte mich wieder aufrecht und sah sie an. „Gott hat uns auch nicht in eine Schublade gesteckt", fuhr ich fort. „Wenn er das tun würde, wäre er wie dein Vater und ich gewesen, die dich dazu gezwungen haben, ein kleines Mädchen zu bleiben, lange nachdem wir dich hätten heranwachsen lassen sollen."

„Ich hätte nicht fortlaufen sollen, Mama", sagte Charlie.

„Ja, das stimmt", antwortete ich. „Aber jetzt verstehe ich, warum du es getan hast."

***

Als Debbie ihren Kopf hereinstreckte, war Charlie eingeschlafen.

„Ich glaube, Sie sollten das Gleiche tun", sagte sie zu mir und zeigte auf den rosafarbenen Stuhl. „Die Lehne lässt sich nach hinten stellen. Es ist kein Luxusbett, aber ich wette, Sie könnten jetzt überall schlafen."

„Ich weiß nicht, ob ich je wieder schlafen werde", antwortete ich, als sie ein Kissen unter meinen Kopf schob.

„Na klar", sagte sie.

***

Kaltes Morgenlicht fiel durch die Rollläden. Ein tiefes, trauriges Geräusch weckte mich. Mit seiner vollkommenen Hilflosigkeit holte es mich aus dem Schlaf.

Charlie?

Als ich meine Lippen öffnete, um ihren Namen zu sagen, hörte ich sie flüstern: „Ich liebe dich auch, Daddy."

Es war nicht Charlie, die ich als Antwort darauf weinen hörte. Die Person, die schluchzte, als ob ihre ganze Widerstandskraft zerbarst, war Tom. Ihn nur zu hören, brach mein Herz – noch einmal.

„Es geht mir gut, wirklich", sagte Charlie. Ihre Stimme klang verhalten, vielleicht ein bisschen zu hoch.

Meine Brust zog sich zusammen. Ich setzte mich auf und schreckte sie aus ihrer Umarmung. Im Halbschatten sah ich Tom lächeln und seine Wange mit dem Handballen abwischen.

„Wir haben unser kleines Mädchen wieder", sagte er.

Ich konnte nichts antworten. Ich sah Charlie zurück in die Kissen sinken und sich die Decke über die Schultern ziehen. Fast erwartete ich, dass sie sie über den Kopf zog.

Tu das nicht, Charlie, wollte ich ihr zurufen. *Versteck dich nie wieder.*

Es klopfte leise an der Tür. Ein lockiger Frauenkopf lugte herein und verkündete, dass es Zeit für Charlie war, etwas Frühstück für Baby Grace herzugeben.

„Sie können wiederkommen, sobald wir fertig sind, Großpapa", sagte sie mit einem Augenzwinkern zu Tom.

Ich führte ihn zu meiner Couch auf dem Gang, wo perlgraues

Licht gerade die Wände erreichte. Tom setzte sich neben mich. Er barg sein Gesicht in meinem Nacken und seufzte tief. Ich ließ es zu und dann küsste ich seinen Kopf.

Als er sich aufsetzte, begann er meine Schultern zu massieren. Sicherlich versuchte er damit nicht nur mich, sondern auch sich selbst zu beruhigen. „Es scheint alles in Ordnung mit ihr zu sein", sagte er. „Sie ist ganz schön dünn, aber ich bin mir sicher, wenn wir sie erst mal nach Hause gebracht haben, kannst du sie wieder aufpäppeln."

„Das kann noch eine Weile dauern", antwortete ich und nickte in Richtung der Stationstür. „Wenn das Baby überlebt, könnte sie für mehrere Monate hierbleiben müssen. Charlie wird es nicht verlassen wollen."

Tom öffnete den Mund und schloss ihn dann wieder, als ob er erst einmal sortieren würde, um das Richtige zu sagen. Ich hatte ihn noch nie so zögernd gesehen.

„Isabella, hör zu." Erneut machte er eine Pause. Dann drückte er seinen Nasenrücken zwischen seinen Fingern. „Ich habe darüber nachgedacht und gebetet, und ich weiß jetzt, dass ich zu unbarmherzig mit dir gewesen bin."

Ich gab keine Antwort.

„Es ist nicht so, dass ich nicht immer noch an meine Rolle als Ehemann glaube, aber ich habe nie Dinge mit dir besprochen. Ich habe dich nie um deine Meinung gebeten. Ich habe einfach immer gedacht, dass ich wüsste, was das Beste ist."

Irgendwo in mir drin sprang automatisch eine beschwichtigende Stimme an, wie eine Telefonansage, bei der jemand die Eins gedrückt hatte für: *Nein, Liebling!* Du *solltest die Entscheidungen treffen. Was immer du sagst, ist richtig.*

„Lass mich das noch fertig sagen", fuhr er fort. „Von jetzt an möchte ich dich um Rat bitten. Ich glaube, ich habe dich so behandelt, als ob das Einzige, was du kannst, Lasagne machen wäre, weißt du?“ Er nahm seine Hand von meiner Schulter und legte sie an meine Wange. „Ich brauche deine Weisheit. Deine Intuition.“

Eine weitere Stimme blubberte aus meinem Inneren hervor. *Drücken Sie die Zwei, um die Situation zu entspannen: In Ordnung. Und wo ist der echte Tom?*

Aber ich konnte es nicht aussprechen. Ich konnte nichts davon aussprechen. Er *hatte* falsch damit gelegen, meine Intuition außer Acht zu lassen, genauso falsch, wie ich damit gelegen hatte, ein fröhliches Gesicht aufzusetzen und ihm das alles durchgehen zu lassen.

Tom strich mit seinem Daumen über meinen Wangenknochen. „Es tut mir so unendlich leid, dass du Charlie ganz alleine suchen musstest. Ich hätte mit dir kommen sollen.“

Er drückte die Drei für: *Du hast ganz und gar recht. Ich brauchte dich, Tomy.* Ich löschte den Text. Ich löschte das gesamte Ansagemenü.

„Nein“, erwiderte ich. „Diese Reise musste ich ganz alleine machen.“

Ich erwartete, Schmerz in seinen Augen zu sehen. Oder Wut. Doch das Einzige, was ich sah, war Verwirrung.

„Ich möchte, dass wir Dinge besprechen. Ich möchte bei Entscheidungen zurate gezogen werden.“ Ich nahm die Hand, die von meiner Wange zu gleiten begann, und drückte sie. „Aber das hätte ich vorher nicht tun können. Ich wusste noch nicht einmal, dass ich Weisheit besitze, bevor ich es auf eigene Faust bis hierher geschafft habe.“

Tom lehnte sich zurück, rieb sich mit der Hand über das Gesicht und suchte mit seinem Blick mein Gesicht. Der Blick schien sich auf nichts Bestimmtem niederzulassen. Schließlich zog er seinen Mund zurück in die gerade Linie und sagte: „Gut, dann lass uns über das Baby reden.“

„Sie ist dort drin“, sagte ich und nickte in Richtung der Tür. „Möchtest du sie sehen?“

„Lass uns noch warten." Ich sah, wie er schluckte. „Ich denke, dass noch niemand von uns eine Verbindung mit ihr aufbauen sollte."

„Dafür ist es wohl ein bisschen zu spät. Charlie spricht mit ihr bereits so, als ob sie …"

„Charlie hat sie schon gesehen?"

Ich starrte ihn an. „Natürlich."

„Glaubst du, das war eine gute Idee?"

„Tom, sie ist ihre Mutter."

Er lehnte sich zu mir. „Hör zu, ich glaube, wir – du und ich – sollten die Möglichkeiten durchsprechen. Wenn das Baby lebt, was wird dann geschehen? Auf den Vater können wir wohl nicht zählen. Denkbar wäre eine Adoption …"

„Tom."

„Ich sage ja nicht, dass sie das Baby weggeben *muss* …"

„Du und ich, wir können über Möglichkeiten sprechen, bis wir heiser sind." Ich blieb nahe an seinem Gesicht. „Aber das ist nicht unsere Entscheidung. Sondern Charlies."

Tom stand so abrupt auf, dass die Couch erbebte. „Klar, wo sie es bisher so wunderbar gemeistert hat, Entscheidungen zu treffen …"

„Sie hat ein paar schlechte Entscheidungen getroffen, aber auch ein paar gute. Sie hat das Kind nicht abtreiben lassen. Sie hat sich nicht prostituiert. Sie hat keine Drogen genommen …"

„Sie hätte keine dieser Entscheidungen treffen müssen, wenn sie sich nicht dazu entschlossen hätte, mit einem Dreckskerl zu schlafen …"

„Das hat sie getan, weil …"

„Jetzt fang bloß nicht damit an, dass es unsere Schuld ist, weil wir ihr nie beigebracht haben, eigene Entscheidungen zu treffen …"

„Tom", erwiderte ich, „bitte hör auf, auf mich zu zeigen."

Seine Kiefermuskeln zuckten, als er seinen Zeigefinger senkte.

„Und plötzlich lassen wir sie Entscheidungen über ein anderes Leben fällen", sagte er.

„Wir können sie begleiten und führen“, antwortete ich, „aber sie hat bereits eine Entscheidung getroffen.“

Tom wandte seinen Blick in Richtung der Neugeborenenintensivstation. „Hat sie irgendeine Ahnung, was das für uns als Familie bedeutet? Das würde alles auf den Kopf stellen.“

Ich machte ihn nicht darauf aufmerksam, dass wir bereits alle kopfstanden. Ich konnte mich lediglich auf einen inneren Sog konzentrieren, der mich bis an den Rand einer Kluft zog, die zwischen zwei Teilen meiner selbst zu klaffen schien. Ich konnte stehen bleiben, wo ich war, und all die neue Stärke entschwinden lassen, die mich an diesen Rand gebracht hatte.

Oder ich konnte einen Sprung über die Kluft wagen, um ein anderes Ich zu finden – mein wahres Ich.

Ich wankte über dem Abgrund, denn ich wusste, dass so vieles von dem wahr war, was Tom über den Preis sagen wollte, den ein krankes Baby bedeuten würde. Aber ich wusste genauso, dass die Instinkte meiner Tochter gegenüber ebenfalls echt waren. Während ich noch taumelte, spürte ich, wie sich etwas bewegte – etwas außerhalb von mir, das den Boden unter mir verschob, bis die Kluft mit stiller Endgültigkeit geschlossen war. Ich trat in mir an diese neue geschlossene Stelle.

„Du kannst dich dafür entscheiden, nicht hinter ihr zu stehen, Tom“, sagte ich. „Und ich werde das respektieren. Aber ich werde ihre Entscheidung unterstützen.“

„Der Plan ist doch, dass wir das zusammen entscheiden. Wir müssen eine geschlossene Front sein.“

Ich stand auf und machte einen Schritt auf ihn zu. „*Wir* werden nicht entscheiden, was *ich* fühle. Nicht mehr.“

Tom drehte sich weg, die Hände in die Hüften gestützt, das Gesicht zum Boden. Ich unterdrückte ein altes Verlangen, zu ihm zu gehen und die Spannung aus seinem Rücken zu lösen, indem ich die Worte sagte, die er gewohnt war zu hören. Ich war mir nicht sicher, was hier gerade mit uns geschah. Und ich wusste, dass es Tom ausnahmsweise genauso ging.

„Okay", sagte er. Er drehte sich um, sah mich aber nicht wirklich an. „Ich werde mal einen Ort suchen, an dem ich mich frisch machen, Tante Pete anrufen und uns etwas zu essen besorgen kann."

„Gute Idee", sagte ich. Dann beobachtete ich, wie er fortging, um Dinge zu tun, die für ihn noch gewiss waren.

Während er weg war, stattete Charlie Grace einen weiteren Besuch ab. Ihr dabei zuzusehen, wie sie ihrem Baby etwas zuflüsterte und jedes winzige Stückchen von ihm in Augenschein nahm, machte mir bewusst, dass ich meine Tochter als Frau besser kannte, als ich sie je als Kind gekannt hatte.

Aber alles andere war plötzlich neu, fremd, als ob ich ebenfalls gerade erst geboren worden wäre. Als Charlie in einen neuerlichen erschöpften Schlaf fiel, griff ich nach etwas Vertrautem und rief zu Hause an. Hazel hob ab.

„Tante Pete hat endlich auch die Waffen gestreckt", erklärte sie mir. „Als ich die Kinder in die Schule gebracht hatte und wieder zurückkam, fand ich sie in Charlies Zimmer schlafend. Armes altes Mädchen."

„Erzähl mir irgendwas Normales", bat ich.

„Du meinst, so was wie, dass meine Hunde geschnappt wurden und ich sie gegen eine Kaution aus dem Tierheim herausholen musste? Lass mal überlegen. Desi geht abends nicht mehr schlafen, ohne dass Maxie anruft und am Telefon mit ihm betet. Tri hat Herbie mit in sein Bett genommen …"

„Herbie?"

„Seine Lieblingssandkrabbe. Ich habe ihr erklärt, dass das nur bedeutet, dass er total auf sie steht. Und Sun und Maxie haben beschlossen, dass sie im Krippenspiel Engel sein wollen." Ich konnte das hämische Hazel-Grinsen in ihrer Stimme hören. „Ist das normal genug für dich?"

„Ich weiß gar nicht, wie ich dir danken soll, dass du so viel für Maxie tust."

„Die Kleine tut mehr für uns als wir für sie, glaub mir. Und Lissa hat auch geholfen. Pastor Gary Dalberg kommt jeden Abend vorbei, schaut, wie es uns geht, und betet mit uns." Sie grunzte. „Es ist nicht so, dass ich bei euch eingezogen bin, aber ich bin viel hier."

Ich ließ die Heimwehtränen ungehemmt fließen. „Ich weiß noch nicht, wie lange ich hierbleiben muss. Ich erwarte nicht, dass du ..."

„Bleib so lange dort wie nötig. Lass mich einfach wissen, wann du wiederkommst, damit ich meine Taufe planen kann."

„Hazel!", rief ich aus.

„Jawohl, eine der zwei klugen Entscheidungen, die ich je getroffen habe."

„Welche war die andere?", fragte ich.

Ich hörte sie wieder lächeln. „An deine Tür zu klopfen", antwortete sie.

***

Tom war immer noch fort, als ich auf die Station zurückkehrte. Charlie saß aufrecht im Bett, die Augen panisch geweitet.

„Mama, irgendwas stimmt nicht", sagte sie.

„Was, Schatz?"

„Diese gelockte Schwester kam gerade herein und hat nach dir gesucht. Sie war total in Eile, als ob – ich weiß nicht – irgendwas nicht stimmen würde."

Ich ging auf den Flur zurück. Kalte Angst durchkroch mich, als ich die Schwester auf mich zukommen sah. Ihre Schritte waren steif und grimmig.

„Irgendwas *stimmt* nicht", sagte ich.

Als sie bei mir war, legte sie ihre ausgestreckten Arme auf meine Schultern. „Herzversagen. Ihre Lungen haben sich gefüllt ..."

„Ist sie …"

„Ihr Leben hängt am seidenen Faden. Sollen wir Charlie holen?"

Das war keine Frage. Wir hoben Charlie in den Rollstuhl und eilten mit ihr zur Neugeborenenintensivstation. Dr. Branaugh erwartete uns an der Tür. Sein Gesicht sah fast gespenstisch aus.

„Wir können nichts tun", sagte er. „Eine Operation würde sie nicht überleben, das weiß ich."

„Ist sie noch am Leben?" Charlies Stimme war klar und mütterlich bestimmt.

„Gerade noch", antwortete Dr. Branaugh. „Ich dachte, du würdest bei ihr sein wollen."

Charlie erhob sich aus dem Rollstuhl und drückte ihre Hände an den Brutkasten. „Bitte nehmen Sie all diesen Kram von ihr weg", sagte sie. „Ich möchte sie im Arm halten."

***

Baby Isabella Grace starb zehn Minuten später in den Händen ihrer Mutter. Die Schwestern erlaubten Charlie, sie so lange zu wiegen, wie sie wollte, und Tom und ich standen in respektvoller Entfernung, während Charlie dem reglosen, winzigen Wesen Dinge zuflüsterte.

„Sie wird jetzt in den Armen eines liebenden Gottes gewiegt", murmelte Tom mir zu.

Ich blickte zu ihm hoch, war aber nicht überrascht. Tom Soltani war ein Mann des Glaubens. Er liebte mich, und er liebte seine Töchter nach bestem Wissen.

Bleib mir nah, flüsterte unser Vater mir zu.

Was könnte ich sonst tun?, flüsterte ich zurück.

24

So viele Male ich die Sanddünen von unserer Veranda aus schon nachdenklich beobachtet hatte, konnte ich mich nicht erinnern, dass sie je so ausgesehen hatten wie jetzt.

Selbst ohne den Hauch ihrer glorreichen Sommertage kamen sie mir stark und robust vor. Von der Seitenveranda aus konnte ich sehen, wie sich ihr Sand bewegte; fast hörte ich, wie sie dem Wind ins Gesicht lachten. Ich lehnte mich in diesen Klang hinein und ließ ihn sich mit den Geräuschen im Haus verbinden:

Tante Petes schrill-kratzendes Rauschen, mit dem sie die Kinder zum letzten Mal ermahnte, sich heiße Schokolade aus der Küche zu holen, die sie gleich dichtmachen wollte.

Hazels Kiesstimme, die Desi erklärte, dass er die Weihnachtssterne besser nicht umwerfen sollte, da er sonst in „Matsch" umbenannt würde.

Maxies kräftiges Kichern, das sich mit Suns vermischte.

Irish Setter, die bellten. Der Teekessel, der pfiff. Das Telefon, das klingelte.

Das alles war so wunderbar normal.

„Alles klar für dich, Mama?"

Ich streckte die Hand nach Charlie aus. Sie schloss die Tür hinter sich und schmiegte sich ins Rund meines Arms.

„Ich fühle mich im Moment nur ein bisschen wie eine Sanddüne", sagte ich. „Wer war am Telefon?"

„Detective Malone. Er rief an, um mich zu Hause willkommen zu heißen." Sie zog ihre Augenbrauen nach oben. „Ich kenne ihn nicht, aber er klang nett."

„Er ist Teil deiner Geschichte", antwortete ich.

Ein Schatten huschte durch ihre Augen. Ich hatte ihn während der Woche, die wir gerade hinter uns gebracht hatten, in ihr Gemüt ein- und ausziehen sehen. Manchmal tauchte er nur einen flüchtigen Moment lang auf, aber oft verweilte er. Dieser hier schien sich auf uns beiden niederzulassen.

„Möchtest du zu den Dünen hinuntergehen?", fragte sie.

Sie flocht ihren Arm durch meinen, und wir gingen die Stufen zwischen den eingetopften Weihnachtssternen hinunter, die Hazel für unsere Ankunft dort aufgereiht hatte. Auf dem Weg zum Strand klammerten wir uns im Wind aneinander.

„Meinst du, Isabella Grace hätte ihr Gedenkgottesdienst gefallen?", fragte Charlie.

„Oh, da bin ich mir sicher. Ganz feierlich gekleidet in ihrem kleinen rosa Kleidchen. Die ganzen Menschen, die sie lieb hatten und ihr zugesungen haben. Pastorin Kate George, die sie in Gebete gehüllt hat. Ich glaube, dass es ihr gefallen hätte."

„Ich habe sie geliebt", wisperte Charlie.

Unsere Stiefel wühlten sich durch den Sand, als wir zur sonnigen Seite einer Düne liefen. Es war das einzige Geräusch, bis Charlie sich anmutig am Fuß der Düne niederließ und sagte: „Es gibt mehr Strandhafer, als ich mich erinnern kann."

„Findest du?", fragte ich.

„Das ist lustig, jetzt im Winter." Mit ihren Fingern fuhr sie über ein Büschel. „Ich hatte mir immer Sorgen gemacht, dass unser ganzer Strand fortgespült würde."

„Hast du?", fragte ich. „Maxie wird deshalb immer ganz kratzbürstig. Am liebsten würde sie alle Leute vertreiben."

„Ich glaube, Isabella Grace wäre so wie Maxie gewesen. Das hoffe ich zumindest."

„Nicht so wie du?", fragte ich.

Vorsichtig berührte sie den Hafer mit ihren Fingerspitzen. „Nicht wie mein altes Ich."

„Vielleicht hat es das nie gegeben. Vielleicht war da immer einfach Charlie, die darauf gewartet hat hervorzukommen."

„War das bei dir so? Ist das der Grund, warum du jetzt anders bist?"

Ich hörte mich selbst lachen. Nicht Marlene Dietrichs Lachen, das einem versteckten Teufelchen entschlüpft war. Ein lockeres, freies Lachen, das ich nicht länger zurückhalten konnte. „Ich lasse etwas raus, ganz genau", sagte ich.

„Ich mag das." Charlie lehnte ihren Kopf an meinen Arm. „Ich glaube, Isabella Grace wäre so wie du gewesen."

„Weißt du was?", sagte ich. „Ich hoffe, sie wäre einfach gewesen, die sie war. Das ist schon eine ganze Menge."

„Und gar nicht so einfach."

Ich sah eine weitere Wolke durch ihre Augen gleiten, als sie ihren Blick hoch zu den Stufen richtete. Ich drehte mich herum und erkannte Toms große, sanfte Gestalt, die schemenhaft in der Abenddämmerung auftauchte.

„Glaubst du, er wird es uns erlauben?", fragte Charlie. „Die zu sein, die wir sind, meine ich? Er fängt schon wieder an, mich zu drängen, wieder zur Schule zu gehen und wieder mit dem Tanzen anzufangen." Sie wandte ihren Blick von ihm weg. „Ich weiß das alles jetzt noch gar nicht."

Ich schirmte meine Augen mit einer Hand ab und sah Toms Gesicht. Es war angespannt, wie schon so lange. Ich winkte ihm zu. Er erlaubte sich ein Lächeln, das so viel Trauer und Sehnsucht in sich barg, dass ich sie fast mit den Händen hätte greifen können.

„Bete einfach, Charlie", antwortete ich. „Bete, dass Gott die Kluft überbrückt zwischen dem, was jeder von uns braucht, und dem, was jeder von uns einfach ist."

Ich küsste ihre Wange, stand aus dem Sand auf und lief zu meinem Mann.

Der Unterschied zwischen Tom und mir, entschied ich, war wie Granit und Erde. Und vielleicht würde dieser Unterschied nie deutlicher werden, als wenn wir über unsere Töchter redeten. Aber schlussendlich wusste ich, dass doch alles in Gottes Händen lag.

Dank

Ein ganzes Netzwerk von Menschen hat mir geholfen, Charlies Kluft zu schließen – und meine:

Dale McElhinney, Doktor der Psychologie –
unbezahlbarer Berater

Nikki Ivey –
Berater in Sachen Rettungsdienst

Mike Redmon –
Polizei von Bethany Beach

Candy und Drew Abbott, Fenwick Island/Delaware –
perfekte Gastgeber

Brenda und Ron Ulman, Gambrills/Maryland –
Recherchehelfer für Baltimore

Pam Palumbo, Bowie Crofton Pregnancy Clinic –
unschätzbare Informationsquelle

Cordella Hill, Covenant House, Germantown/Pennsylvania –
mitfühlende Ratgeberin

Sarah Todd und Keely Cutts, Drexel Hill/Pennsylvania –
Philadelphia-Kollegen

Joyce Moccero, Drexel Hill/Pennsylvania –
Leserin und Brainstorming-Partnerin

Marijean Rue –
Recherchehelferin, Leserin, unterstützende Tochter

Jim Rue –
Leser, so wunderbar un-tom-mäßiger Ehemann

Don Pape, Dudley Delffs, Lee Hough –
unermüdliche Selbstvertrauen-Geber

Shannon Hill, Elisa Stanford und Carol Bartely –
einfühlsame Lektorinnen